AF489257

COWBOYS & KISSES

EVA M. SOLER   IDOIA AMO

© 2020 Eva M. Soler e Idoia Amo
Primera edición: Mayo 2020

ISBN: 978-84-09-20424-3
Registro Safecreative: 2005043867571
Maquetación: Idoia Amo
Cubierta: Nerea Pérez Expósito de www.Imagina-designs.com.

CONTENIDO

Capítulo uno

Un zumbido molesto en el bolsillo de su americana distrajo durante unos segundos a Kayla, que se obligó a no coger el teléfono, un acto reflejo casi imposible de controlar.

«Y luego la gente dice que no es esclava de sus móviles. YA», pensó ella.

Se obligó a concentrar la mirada en el hombre que, parapetado tras su mesa, comprobaba datos en la pantalla del ordenador.

Unos segundos antes, había paseado sus ojos azules por ese escritorio, consciente de la austeridad del mismo y del mensaje que eso enviaba al mundo: alguien que no perdía el tiempo en adornos innecesarios ni distracciones absurdas. Un defecto de decorador, no podía evitar ser una intrusa en los espacios del resto del mundo

¡Con lo fácil que era aportar un pequeño toque de calidez! Eso relajaba a los clientes y los hacía sentir en un entorno cordial. Aunque claro, aquello era un banco. Quizás crear cordialidad no era el objetivo principal.

—Muy bien, señorita Green. —El hombre se giró hacia ella y, al hacerlo, la pequeña placa que pendía de su chaqueta azul con el nombre de «Grant» se movió al mismo tiempo—. Aquí veo que tiene… ciento veinticuatro mil dólares, ¿correcto?

—Sí, correcto —se apresuró a responder Kayla.

Le entró cierto nerviosismo al pensar en ello. Dios, llevaba tanto tiempo ahorrando que ni se acordaba de cuándo había empezado a hacerlo. Pocos meses después de incorporarse a la plantilla de la empresa materna, había decidido que no se quedaría allí de por vida. Y la única manera que se le ocurría de labrarse otro futuro era guardar cada dólar que le sobrara, lo que llevaba haciendo desde muy joven.

Kayla era consciente de que, con ciento veinticuatro mil dólares, sus sueños aún quedaban un poco alejados. Pero también sabía que, si no lo hacía en ese momento, no lo haría nunca. Ya tenía treinta y uno, si permitía que los cuarenta la sorprendieran en el mismo lugar… podía darse por jodida.

No, debía moverse, empezar a buscar. Y el primer paso era cerrar esa cuenta, coger el dinero y tratar de dar forma a su proyecto personal, quizá hasta mudarse. No era que Boston no le gustara, de hecho, le encantaba el frío y la nieve; solo necesitaba irse a algún sitio lejos de su madre… como Seattle, en la otra punta del país y más frío aún. ¡Perfecto!

—¿Y qué quiere hacer con ese dinero? —preguntó Grant, adoptando al momento voz de experto en finanzas—. ¿Invertir? ¿Tal vez comprar acciones?

—No, lo que quiero es… —Otro zumbido, y otro—. Bueno, cerrar la cuenta.

—Ah, ¿desea usted cerrar la cuenta y retirar el dinero?

—Exacto, sí.

—Espero que no se encuentre a disgusto con el banco, señorita Green.

—Oh, no, no, en absoluto —se apresuró a responder Kayla—. Es solo que…

La constante vibración no hacía más que desconcentrarla. Si uno telefoneaba y la persona no respondía, ¿qué sentido tenía insistir una y otra vez sin dejar pasar siquiera unos minutos?

Aunque… ¿y si ocurría algo urgente?

—Perdone. —Miró a Grant con un gesto de disculpa—. Tengo que contestar.

El hombre afirmó y volvió su atención de nuevo al ordenador. Kayla sacó el móvil del bolsillo y comprobó que tenía seis llamadas perdidas de su madre, Francine. ¿Qué demonios era tan importante? Conociéndola, era capaz de ponerse así solo para comentarle que había visto en un escaparate un bolso divino que estaba segura le iba a encantar.

Entonces, le saltó otro mensaje.

«Mamá trasnochada. Café en WaFFle CoFFee en diez minutos. Algo urgente que decirnos. Mueve el culo.»

Era de Winter, quien no perdía mucho tiempo comunicándose con ella en general, con lo cual a ese sí debía prestar atención.

Con un suspiro, guardó el teléfono y se incorporó.

—Lo siento, va a tener que perdonarme —se excusó—. Tengo que marcharme ahora mismo.

—Entonces, ¿su cuenta...?

—No se preocupe, volveré en otro momento.

Le sonrió de manera educada y salió a toda prisa del banco. Imposible realizar aquella gestión en ese instante si tenía que estar en diez minutos en el WaFFle CoFFee, cuando uno cerraba una cuenta había papeles que firmar. Y unos cuantos.

El local se hallaba a tres manzanas, así que Kayla aceleró el paso, esquivando charcos de lluvia para que no salpicaran su impecable conjunto. Trajes que debía arreglar la mayor parte de las veces: por culpa de los genes de su padre todos los pantalones le quedaban largos.

Lo recordó con afecto sin aminorar la marcha. Él también tenía la costumbre de andar demasiado rápido, y Kayla se había adaptado a hacer lo mismo hasta se convirtió en algo suyo. No importaba, le gustaba tener cosas de su progenitor en ella, hacía que su espíritu estuviera presente de algún modo.

Logró llegar al WaFFle CoFFee antes de que comenzara a llover de nuevo, y entró sacudiéndose la ropa. El lugar olía a café y caramelo, toda una tentación para Kayla, que aún no había desayunado. Se preguntó por qué habrían escogido aquel sitio, ni Winter ni su madre eran muy amigas de ese tipo de excesos. A menos que estuviera de...

BUM. Kayla localizó a su madre, Francine, en una mesa del fondo. Armando, su socio, se encontraba a su derecha, Winter a la izquierda.

Al ver el *frapuccino* lleno de nata y calorías ante su madre, que vivía entre hojas de lechuga y brócoli, cayó en la cuenta de que aquello era un desayuno de recuperación.

Entonces comprendió las primeras palabras del mensaje de Winter: «mamá trasnochada». Y cuando llegó a su altura y pudo verla de cerca, todo cobró sentido.

Tenía el rímel en las mejillas en lugar de en las pestañas, nada de carmín y el cabello despeinado. Francine era elegante el noventa y nueve por ciento de las veces, pero ahí estaba el uno por ciento restante, haciéndose notar.

Cada vez que la veía, Kayla tenía claro que no había heredado ni su porte de modelo, ni su elegancia innata. Esas cosas le habían tocado a Winter en el momento de repartir genes, ella más bien se parecía a su padre. Sí, tenía la misma melena larga y rubia que las dos, también los ojos azules... y ahí terminaban los parecidos. Cuando la gente la veía con su hermana, siempre decían que se parecían mucho, algo en lo que Kayla no estaba de acuerdo. Winter tenía unos rasgos delicados que no apreciaba en su cara, un pelo ondulado precioso, unos ojos azules grandes y una nariz pequeña por la que hubiera matado, además de tener los centímetros que le hubieran correspondido a ella por derecho.

Estaba segura de que su madre la prefería, no tenía la menor duda. Winter era el modelo mejorado en la fabricación de hijas, por eso pasaba tanto tiempo a su lado y en cambio apenas encontraba unos minutos que dedicarle a Kayla.

Cogió aire, recordando que todo eso ya no importaba. Estaba a días de dejarlo atrás y dar comienzo a una nueva etapa: pronto aquellas dos estarían a tantos metros de distancia que sus temas dejarían de importarle. No tendría que compararse continuamente con Winter, ni discutir con Francine a todas horas por discrepancias en el trabajo.

—Siéntate —fue el saludo de su hermana—. ¿Quieres un café?

—Ya que me habéis arrancado de mis gestiones… estaría bien, sí. Hola, mamá.

—Hola, Kayla.

Sí, desde luego, estaba trasnochada. No se quedaría dormida encima del *frapuccino*, pero tampoco vocalizaba del todo bien. A Francine le encantaba la juerga, toda la vida había amado la fiesta nocturna, bailar, tomar copas y coquetear, y aunque una podía pensar que al cumplir los sesenta esos impulsos se calmaban, resultaba que no era así.

—Una noche emocionante, ¿eh? —bromeó, sentándose—. ¿Qué tal, Armando? ¿Cómo es que nos deleitas con tu selecta compañía?

—Aún no hemos ido a casa —replicó él, revolviendo su café americano triple.

—Vaya, de fiesta los jueves por la noche, igual que los universitarios.

Winter regresó con un café que depositó ante su hermana, y después ocupó el sitio a su lado. Al ver su expresión interrogante, Kayla se dio cuenta de que ella tampoco parecía conocer el motivo de haber sido convocadas a esa reunión matutina un viernes.

—¿Qué pasa, hoy no se trabaja?

—Lo primero —dijo Francine, arrastrando la última o de forma que sonó como «primerooooo»—, ¿alguien tiene una aspirina? ¿Un Valium?

Se frotó las sienes, gesto que acentuó las arrugas de su frente. Kayla se dijo que, si su madre pudiera verla a través de sus ojos, correría a inyectarse el bótox del mes.

Como si le hubiera leído la mente, Francine dejó de frotarse y miró a sus dos hijas.

—¿Me salen arrugas al hacer esto?

Kayla miró disimuladamente por encima de su hombro, porque no existía respuesta correcta a aquella pregunta. Si decía que sí, su madre se enfadaría por ser la mensajera de tan desagradable hecho, y si lo negaba, se enfadaría porque el dinero invertido en sus múltiples pinchazos no estuviera surtiendo efecto. ¡Todo era una trampa con ella!

—¿Quieres que llame al doctor Lee para concertar una cita? —ofreció Winter.

Kayla la miró, resentida. A diferencia de ella, Winter sí sabía cómo responder a su madre. No era un «sí», no era un «no», era un «dejo la respuesta en tus manos».

Demonios, no la tragaba. No porque no fuera su hermana al cien por cien, no compartían padre, sino porque no tenían nada en común. Y era una pena, porque a Kayla le hubiera encantado tener una hermana de verdad con la que compartir cosas y llevarse bien, pero Winter no era esa persona, estaba claro. Cuando ambas eran más jóvenes, Kayla aún adolescente, las cosas resultaban algo más naturales, Winter incluida… sin embargo, después del accidente de moto se había vuelto un poco distante, al igual que su relación. Y la influencia de Francine no ayudaba, claro.

Kayla prefería recordar a Winter con su moto y sus vaqueros, y no a esa especie de clon elegante de su madre. Las dos distantes, y expertas en dejarla al margen.

—Sí, llámalo, pero antes tengo que hablar con vosotras. —Francine cogió el vaso y empezó a chupar su *frapuccino*, quizá con la esperanza de que el azúcar disipara su dolor de cabeza.

Las dos chicas se miraron.

—¿Armando?

—Sí, vale, está bien. —Él también dio un sorbo a su café—. Bueno, chicas, tenemos un trabajo para vosotras. Estoy seguro de que os va a encantar.

Kayla alzó una ceja, ¿eso era todo? ¿Las habían hecho ir a toda prisa hasta allí solo por un trabajo?

—No me lo puedo creer —murmuró—. Estaba en el banco, ¿sabes? Tengo cosas que hacer.

Francine alzó las manos y dejó de sorber.

—Es un asunto importante que requiere de toda vuestra atención —dijo. Al ver que lograba silencio, siguió—: Bien, las dos sabéis que cuando bebo un par de copas soy un peligro.

—¿Un par? —resopló Kayla.

—Subamos la apuesta —Winter le siguió la corriente con una sonrisa leve.

—Seguro que fueron seis, mínimo.

—Esa no es la cuestión. —Francine dio un par de palmadas para cortar las burlas—. Seis, diez, ¡qué importa! Aquí la madre soy yo.

—Lo que vuestra madre quiere decir es que estábamos de celebración porque las cifras de este año han salido muy bien —comentó Armando—. Así que bebimos mucho champán durante la comida, y después habíamos quedado en ir a la subasta de Glendale's.

—¿Por qué allí? —quiso saber Winter.

—Hay oportunidades estupendas —contestó Francine—. ¿Recuerdas el bajo de la calle Tower? Pues salió de allí. Y no es lo único que hemos conseguido pujando en ese lugar.

—Y estamos hablando de esto porque… —interrumpió Kayla, a la que no le apetecía mucho escuchar una lista de todos los logros conseguidos por su madre.

—He comprado una cosa.

Las chicas se miraron, después otra vez a Francine. Esta se metió la pajita en la boca y succionó la nata de un modo que enorgullecería a cualquier proxeneta. Al ver aquello, las miradas de las hermanas se giraron hacia Armando.

—Ha comprado una cosa —repitió él.

—¿El qué? —preguntó Kayla.

—Una co… una co…

—¡Compro letra! —intervino Winter—. Y alguna vocal.

—Acabemos con este suspense —interrumpió Kayla—, ¿puedes decir de una vez qué has comprado? No puede ser peor que aquella colección de animales disecados.

Francine dejó de sorber de forma abrupta, como si de pronto se hubiera dado cuenta de la cantidad de calorías que estaba ingiriendo.

—Es increíblemente rústico y encantador —dijo, con cautela. Y señaló a Kayla—. De esos que te gustan a ti, ya sabes.

—¿Qué cosa? ¿Un mueble? ¿Has comprado un mueble antiguo?

De ser así, nada podría sorprenderla más. A Kayla le apasionaban, pero formando parte del equipo de su madre, las posibilidades de encontrarse con algo antiguo que restaurar eran tan poco probables como las de ver a su progenitora usando sandalias de goma. Francine era amiga del minimalismo: siempre optaba por líneas suaves, ausencia de adornos y muebles en su mayoría blancos. Cualquier cosa vieja la hacía retroceder, y ni siquiera el hecho de restaurarla cambiaba esa aversión.

—No exactamente, aunque debe haber muchas cosas rústicas de esas allí dentro, ¿no crees, Armando?

—Oh, sí. Montones —asintió él.

—Es un trabajo perfecto para ti —siguió Francine.

—No digo que no, pero el primer paso es explicarme en qué consiste —dijo Kayla, confusa por los rodeos que estaban dando ambos para no explicar las cosas con claridad.

Winter se cruzó de brazos, impaciente.

—¿Por qué evitas decir lo que es? ¿Qué has liado, mamá?

A Kayla le sorprendió el tono de su hermana para dirigirse a Francine, ¿desde cuándo le hablaba en esa voz exasperada? ¡Si eran uña y carne! Estaba convencida de que se hacían los tratamientos de belleza juntas, hasta el dichoso bótox.

—No lo evito, solo busco la forma de decirlo con suavidad.

—Es un rancho —comentó Armando.

El silencio hizo acto de presencia en la mesa durante un par de minutos. Francine observaba a sus hijas con cara de expectación mientras ellas asimilaban lo que acababan de escuchar.

Kayla fue la primera en salir de su asombro y echó la cabeza hacia atrás, sorprendida.

—¿Cómo, un rancho? ¿Qué rancho?

—¿Es que hay de eso en Boston? —intervino Winter, con la misma cara de pasmo que su hermana.

—No está en Boston, aunque casi.

—¿Qué significa eso?

—Que está casi en Boston.

—¿Dónde? —Kayla se cruzó de brazos—. ¿Rhode Island? —Vio cómo Francine negaba—. ¿Más arriba? ¿Maine?

La mujer arrancó la tapa de plástico del vaso y utilizó la cuchara para meterse grandes cantidades de nata en la boca. Armando se encogió de hombros, resignado al entender que iba a tener que ser él quien hablara.

—Un poco más al oeste —comentó.

—¿Pensilvania?

—Un poco más al…

—¡¿Dónde?! —casi gritó Kayla, ya aburrida de aquel juego.

—Vale, vale, no hace falta que grites. Por Dios, ¡que está solo a unas cuatro horas!

El hombre colocó su maletín sobre la mesa y sacó una carpeta de papel, que empujó hacia las dos chicas. Kayla la cogió sin pensar, con un mal presentimiento. Normalmente, Francine se jactaba de sus adquisiciones, no se escondía tras bebidas azucaradas por muy buenas que fueran contra la resaca.

Abrió la carpeta y se encontró con unas escrituras, cuyo papel amarillento indicaba la antigüedad que debían tener. Lo primero que su vista vio en las primeras líneas de la descripción fue el estado donde se encontraba: Arizona.

Bien, la geografía no había sido su fuerte en el instituto y en la universidad no había tocado el tema ni de pasada, pero estaba segura de que Arizona no estaba «casi» en Boston ni a unas pocas horas.

—Ahí pone Arizona —indicó su hermana, que se había asomado por encima de su hombro.

—Gracias, ya lo había visto —masculló—. ¿En qué universo paralelo está esto a cuatro horas de aquí?

Miró a su madre y a Armando. La primera continuaba con la tarea de dar buena cuenta de la nata de su bebida, y el segundo se encogió de hombros.

—En avión, mujer.

—No va a ser en burro —replicó Francine—. Aunque allí seguro que hay muchos.

Se rio por su propia gracia, aunque ninguna de las dos hermanas tenía pinta de apreciar el chiste. Kayla bajó la vista a las escrituras de nuevo, moviéndose incómoda por tener a Winter por encima del hombro. La chica no pareció darse por aludida porque no se apartó.

—¿Un rancho de qué tipo? No veo que diga nada de animales —dijo Winter, pasando el dedo por el texto.

Kayla, sin embargo, estaba aún por el principio, asimilando con cuidado cada una de las palabras allí escritas. Porque lo que en aquel documento se describía no era un rancho, para nada. Apartó el dedo de su hermana y pasó la hoja, asegurándose de que lo que estaba leyendo era real.

Aquello no era solo un rancho.

Ni siquiera una casa antigua con terreno.

No, su madre había adquirido un pueblo entero, una especie de parque o a saber qué. Además, no tenía claro lo que eran algunas de las construcciones con exactitud… había un hostal, una tienda, una gasolinera… pero no le cuadraba nada una estación de tren como ahí ponía cuando no había vía férrea alguna en las cercanías.

Por si tenía dudas, al final de las escrituras había algunas fotos en blanco y negro, que Winter cogió con el ceño fruncido. Edificios en mal estado, sí, un pozo y algo que parecían vagones enanos, todo ello extraño y que dejaba claro lo que aquel lugar era: un pueblo fantasma.

—¿Qué demonios es esto? —preguntó—. ¿Un parque de atracciones?

—No. —Kayla se las arrebató, parpadeando al ver aquellos edificios en un estado deplorable—. Nuestra madre ha comprado un pueblo entero, además del rancho. Santa Claus, en Arizona. Despoblado desde dos mil tres. —Cerró la carpeta y la deslizó por la mesa hacia Francine—. No sé cuánto te ha costado, pero devuélvelo.

—No puedo.

Empujó la carpeta hacia ella, que la paró con la mano y repitió la operación.

—Hay un periodo de gracia para el pago en cada subasta, así que estás a tiempo —replicó.

Francine volvió a empujar la carpeta, Kayla igual y entonces Winter la cogió a medio camino al ver que aquello iba a acabar en el suelo.

—Está pagado, no hay vuelta atrás —dijo Armando—. Estaba tirado de precio, la verdad.

—No me extraña.

—¿Todo un pueblo? —Winter no daba crédito—. ¿Es en serio?

—¿Qué pretendes que hagamos con esto? —preguntó Kayla, cruzándose de brazos.

—Lo de siempre… —contestó Francine, con un suspiro al ver que se había quedado sin nata—. Ir, arreglar y vender. Como hacemos con todo.

—Esto no es un piso. No es un garaje o una casa de varias plantas, mamá, ¡esto es un jodido pueblo en medio de la nada!

—¿Cómo lo sabes? No viene ningún mapa, seguro que está cerca de Phoenix o alguna ciudad enorme. Eso nos va a dar mucha pasta.

Winter ya estaba con su móvil en la mano, buscando el sitio, y se lo pasó a Kayla. Ella se sorprendió por el gesto, aunque la cara de incredulidad de su hermana le dio a entender que lo hacía porque se había quedado sin habla.

Un punto en el mapa marcaba el lugar donde estaba Santa Claus, rodeado por la nada más absoluta. Tocó la pantalla y amplió.

Más tierra y polvo. Bueno, y una carretera. Volvió a tocar... aquello no era posible: ¿cuánto desierto podía abarcar esa pantalla? ¿Y por qué no había más carreteras? ¿Tendría su hermana alguna configuración extraña en el móvil?

Por fin, tras ampliar un par de veces más, apareció un pueblo. Le dio para unirlo a Santa Claus y ahogó una exclamación.

—Mamá, no hay nada a menos de veintidós minutos en coche. ¡Esto es imposible de hacer! ¿Cómo se te ha ocurrido?

—Son diez edificios más el rancho, hija, ¿tú sabes el beneficio que nos puede dar eso?

—Repito: ¡no hay nada! ¿De dónde vamos a sacar los trabajadores y los materiales? ¿O en ese lugar hay fantasmas a juego del pueblo dispuestos a trabajar?

—Anda, eso estaría bien.

—No me hace gracia.

—No, ya veo, ya. No deberías fruncir el ceño tanto, te están saliendo unas arruguitas ahí que no te sientan nada bien.

Lejos de cambiar su expresión, aquel comentario hizo que Kayla se mosqueara aún más. ¿Acaso su madre estaba escuchando algo de lo que decía? ¿Era la única que veía la locura que era aquello? Porque Winter bien calladita que estaba.

—Qué negativa eres, hija, no sé de dónde has salido.

—Eso no contesta a mi pregunta.

—¿Cuál de ellas?

—¡La mano de obra y los materiales!

—Seguro que alguno de esos sitios que dices que está a media hora tiene gente deseando trabajar.

Kayla negaba con la cabeza, mientras Winter examinaba los papeles. No terminaba de creerse lo que su hermana decía, pese a que la evidencia estaba ahí, antes sus ojos.

—Esto llevaría meses —comentó, pensando cómo afrontar aquello.

—¿Ves? —saltó Francine, al segundo—. Winter lo ve como una oportunidad.

Kayla resopló. Claro, cómo no, en qué momento se le había podido pasar por la cabeza que quizá Winter vería la locura que era todo eso.

—No pienso marcharme a saber cuánto tiempo, tengo una vida aquí, ¿sabes? —replicó, cruzándose de brazos.

—Eso es discutible, y...

—Chicas, pensadlo bien —intervino Armando, al ver que la discusión podía degenerar en algo peor—. Sí, son meses. Unos cuantos, seguro, eso lo podréis saber al llegar allí. Las fotos no dan muchas pistas, pero seguro que podéis ver el beneficio que sacaremos. Vuestra madre está dispuesta a ofreceros más de lo que soléis cobrar.

Aquello interesó a Kayla, que se inclinó hacia delante, aunque Francine levantó las gafas para mirar a Armando.

—¿Eso he dicho? —susurró, aunque todos la pudieron oír.

—Sí, eso dijiste. —El hombre carraspeó—. Bien, vuestro porcentaje normal del beneficio es un diez por ciento cada una. En este caso, sería un quince.

Kayla tamborileó con los dedos encima de la mesa, pensativa. Si ganaba más, antes podría independizarse, eso seguro.

—¿Un quince? —repitió Winter.

—Bueno, podemos subir hasta un veinte —dijo Armando—. ¿Kayla?

Ella estaba mordiéndose la lengua figurada y literalmente. Estaba segura de que, si hubiera intentado negociar, ni por asomo le habrían subido el porcentaje sin más. Winter decía una frase y ya estaba, no le ponían ninguna pega. Sin embargo, no era el momento de discutir, porque un veinte por ciento de un pueblo entero eran palabras mayores. La logística ya le estaba dando dolor de cabeza y tampoco veía claro cómo pensaba su madre vender después aquello, ¿quién iba a querer comprar una casa en medio de la nada?

—¿Habéis estudiado el mercado inmobiliario? —preguntó.

—Por supuesto —contestó Francine, en tono ofendido.

Kayla no estaba segura de creerla, visto que lo había comprado en un impulso hacía unas horas. No podía haber tenido tiempo de investigar nada.

—Los pueblos fantasma están de moda —comentó su madre, sorbiendo el resto de su *frapuccino*.

Todos la miraron, hasta Armando, aunque este se recompuso rápidamente para afirmar enérgicamente con la cabeza.

—Es un negocio seguro, vais a sacar mucho con esto.

«Y trabajar aún más», pensó Kayla.

Volvió a coger las escrituras y sacó las fotos para examinarlas. Quizá algún edificio estuviera mejor de lo que parecía y pudieran empezar por ahí. No había imágenes del interior de ninguno, lo cual también despertaba su desconfianza.

Su mente, en cambio, estaba calculando lo que había ganado en la última reforma y cuánto hubiera sido el doble de eso.

—Piensa en los tesoros que habrá dentro de las casas —dijo Francine, agitando el vaso como si así pudiera sacar más contenido del que ya se había bebido—. Seguro que habrá muebles y tonterías de esas antiguas que te gustan. —Se recolocó las gafas y suspiró con cansancio—. Me tengo que ir a dormir, que mi piel necesita descansar. Llamadme cuando lleguéis.

—Mamá… —empezó Winter.

—Sí, sí, lo sé, no me deis las gracias. —Ahogó un bostezo—. Y mandadme informes al menos una vez a la semana, a ver cómo vais.

Agitó la mano para despedirse y le hizo un gesto a Armando, que se apresuró a murmurar un «adiós» seguido de un «buena suerte» antes de salir corriendo tras ella.

Kayla miró los papeles y después a su hermana, que consultaba la información en el móvil con gesto preocupado.

—No hay avión —comentó Winter.

—Claro que no hay avión, ¡no habrá ni trenes! Tendremos que ir en coche.

Winter escribió en su móvil y después la miró.

—Cuarenta y ocho horas —dijo.

De haber tenido una bebida en la mano, Kayla se hubiera atragantado. ¿Cuarenta y ocho horas en coche con su hermana? No habían compartido un espacio reducido tanto tiempo en… bueno, nunca.

—Habrá que organizarlo bien —comentó, intentando hacerse a la idea—. Iremos en mi coche.

Ni loca se iba a ir al fin del mundo sin un medio de locomoción propio. Winter se encogió de hombros y guardó su móvil, ¿en cuál sino? Ella no tenía vehículo.

—Vale, yo me encargo de las provisiones. ¿Cuándo quieres salir?

—No sé. ¿El miércoles que viene, para tener tiempo de hacer las maletas y organizarnos?

—Vale.

—Te paso a buscar a las ocho.

—¿De la mañana?

—No, si te parece de la noche y voy sin dormir.

—No hace falta que seas sarcástica. —Se levantó—. Ocho de la mañana, de acuerdo. Te veo el miércoles.

Recogió su bolso y salió del WaFFle CoFFee mientras Kayla volvía a mirar los papeles y se preguntaba en qué acabaría todo aquello.

Capítulo dos

—¿Dónde dices que estás?

—En las Bahamas.

Winter miró el teléfono, perpleja. ¿Se le habría cruzado alguna línea desconocida, o realmente acababa de escuchar a su madre diciéndole tan tranquila que estaba de vacaciones en las Bahamas?

—¿Qué haces ahí? ¿Cuándo te has ido? ¡Si estuvimos juntas el lunes!

—Mira, nena, este último mes ha sido un estrés continuo. Necesitaba tomarme un respiro, lo comenté con papá y él me dijo que le parecía bien, así que compré el billete el martes y me subí al avión ayer.

—¿Y decírmelo antes no se te pasó por la mente? ¡Imagina que no te veo en días y me da por llamar a la policía! —protestó Winter, irritada.

—No exageres, que papá regresa hoy de su viaje y te hubiera puesto al día —comentó Francine, con tono relajado.

Winter miró al techo, controlando las ganas de pegar cuatro gritos, ¡su madre era tan egoísta a veces! Después de la bomba del rancho (o más bien, ¡pueblo!), había intentado quedar en algún momento con ella para ver si conseguía que cambiara de opinión, sin éxito. O bien estaba trabajando, o tenía una comida importante de negocios, o iban a arreglarle las uñas… y como todas esas cosas eran habituales, a Winter tampoco le habían extrañado. No sospechó nada hasta el miércoles, cuando Francine no apareció en el salón de masajes donde coincidían una vez al mes. Era tan raro que se saltara aquello que enseguida la telefoneó, para poder tener de paso la conversación pendiente sobre el dichoso Santa Claus, los fantasmas que había allí y las tropecientas horas que iba a tener que soportar a su hermana en el coche.

Sin embargo, cuál fue su sorpresa cuando le respondió la voz feliz y ligeramente narcotizada de su madre, desde algún cálido punto de las Bahamas. La muy maldita… ¡por supuesto que no tenía tiempo para ella, estaba muy ocupada haciendo las maletas para escaparse a escondidas!

Sabía de sobra que el objetivo era no dar la cara por la metida de pata en la subasta: si se quitaba de la ecuación no podrían seguir protestando.

—¿Os marcháis mañana, entonces?

—A las ocho, sí —refunfuñó Winter.

—Oh, nena, no seas negativa. Te lo vas a pasar genial con tu hermana, no dejes que su ceño fruncido te estropee la experiencia.

—Ni hablar, seguro que su ceño fruncido es lo más entretenido de la experiencia —replicó la chica con ironía.

—El sarcasmo no te hace bien —dijo Francine, con voz remilgada—. Bueno, ya os llamaré, ahora me esperan en las tumbonas para un masaje de pies. Mucha suerte, nena.

Francine cortó y Winter colgó el teléfono con tanta fuerza que podría haber roto la mesa. Primero las metía en aquel atolladero y después desaparecía, ¡qué cara más dura! Y tampoco contaba con conseguir nada de Armando, siempre dispuesto a cubrir a su socia de trabajo. Su padre poco podía hacer al respecto, Francine era un caso perdido.

Con un suspiro, Winter fue a su habitación para prepararse. Era temprano, pero tenía muchas cosas por hacer antes del temido viaje. Había prometido a Kayla ocuparse del tema provisiones, solo que después de pensarlo mejor, se dio cuenta de que no sabía cómo hacerlo: no tenía coche. A los dieciséis, sus padres le compraron una moto y aquel fue su medio de transporte hasta los veintidós, cuando tuvo el accidente. Tras eso, su experiencia sobre ruedas se limitaba al autobús, metro o avión, nada que tuviera que manejar ella, y dado que habían pasado seis años, no parecía que esa dinámica fuera a cambiar.

A veces veía las motos y las echaba terriblemente de menos, pero si se acercaba a una, si tan solo intentaba tocar el manillar, su cuerpo temblaba y terminaba por alejarse antes de sufrir un ataque de ansiedad.

Sacudió la cabeza para olvidar el tema y no angustiarse, y abrió el armario. Empezó a pasar una percha tras otra con cara de aburrimiento, porque estaba harta de toda esa ropa que casi nunca le quedaba en condiciones. La mayoría de las mujeres suspiraban por un cuerpo delgado, pero tampoco era ninguna maravilla: encontrar piezas que sentaran bien era una utopía. Allá donde debían ajustarse, caían sin dar forma alguna.

¿Y dónde estaban sus pechos? Por más que buscaba, no los encontraba. Serían fantasma, igual que el pueblo donde las mandaban.

¿Por qué había heredado la constitución de palo de su madre y no el cuerpo que le había tocado a Kayla? Siempre perfecta con aquellos trajes que le quedaban de maravilla, que marcaban sus proporciones de una forma que hacía girar cabezas. Tenía de todo en su justa medida y, no contenta con eso, unos labios preciosos y esa nariz redondita que le daba tanta personalidad. La gente solía comentar que se parecían, ¡qué mentira!

Y no era que Winter se considerara fea, sabía bien que tenía un rostro armonioso y bello… pese a ello, siempre le había parecido que Kayla era muchísimo más atractiva. Suponía que, por ese motivo, además de su evidente inteligencia, su madre siempre sacaba tiempo para estar con ella.

Winter no protestaba porque comprendía que al ser fruto de su primer matrimonio era especial y tal vez le recordaba a su exesposo fallecido. La cosa no era que Francine pasara tiempo con Kayla, sino que no lo hacía con ella.

Casi veía más a Armando, para ser sincera. Su padre sí intentaba estar presente en su vida, aunque estaba tan ocupado que, a veces, tenía la sensación de ser huérfana.

Se puso unos vaqueros, una cazadora y el pelo en una coleta desenfadada, y cogió el móvil para llamar a Kayla.

—Necesito coche para suministros. ¿Dónde estás?

—WaFFle CoFFee, he quedado con Andy un rato.

—¿Andy? ¿Es ese tío que según tú besa tan mal? ¿Aún lo ves?

Oyó una especie de gruñido al otro lado y controló una sonrisa.

—Es un amigo. ¿Quieres el coche o no?

—Voy ahora mismo.

Winter colgó y salió a toda prisa. El local no se encontraba lejos de su piso, así que no tardó demasiado en llegar.

Kayla estaba sentada en una mesa con un chico al que Winter solo había visto en un par de ocasiones, aunque había oído comentarios sobre él. Al parecer, no merecía la consideración de «novio», algo que no le extrañaba si de verdad besaba tan mal. Kayla iba vestida con ropa deportiva, y hasta de esa guisa se veía favorecida.

Winter resopló, cogió las llaves y quedó en estar de regreso en una hora a más tardar.

Condujo hasta el Whole Foods y aparcó cerca de la entrada. Se sentía extraña por el hecho de conducir, aunque al ser un coche no le daba la aprensión que sentía al pensar en volver a tocar una moto. Entró muy decidida, y casi al momento tuvo que retroceder a coger un carrito. ¡Por Dios! Ella jamás se ocupaba de eso, casi siempre hacía los pedidos *online*, mucho más cómodo.

Pero al tener que cargar en el coche de Kayla, no tenía más opción.

En las estanterías, cogió cosas aquí y allá basándose en su propia alimentación y sin pensar demasiado a largo plazo: cerca del pueblo fantasma seguro que había supermercados, vamos, era imposible que no fuera así. No tenía sentido acumular en exceso: necesitaban todo el espacio posible en el capó para las maletas.

Cogió agua y té verde a partes iguales, lo mejor para mantenerse hidratada durante el camino. Leche vegetal para los desayunos de los primeros días, cereales bajos en grasa, *crackers* salados y algunas piezas de fruta.

En la balda de cosas preparadas encontró unas cajitas redondas monísimas que se convertían en deliciosos fideos chinos con solo poner agua caliente, así que cogió todas las que había. También leyó que el pan que mejor se conservaba era el de centeno, por lo que echó cuatro paquetes a pesar de que le recordaban más a un ladrillo que a un pan. Qué importaba, ya se apañarían.

Al pasar por los frutos secos, le pareció recordar que a Kayla le gustaban las pasas. Ella las odiaba, pero debía pensar también en su hermana. Cogió seis o siete paquetes, y después fue a comprar ese tipo de sopa que en realidad eran polvos que se mezclaban con algo. Un producto que nunca estaba en su armario, aunque si tanto se vendía sería por algún motivo de peso.

Winter no pasaba demasiado tiempo en casa, menos cocinando. Tampoco era una gran comedora, así que se encontraba desubicada. Aun así, de ninguna manera pensaba llamar a Kayla para preguntarle, la tomaría por idiota seguro.

Ya iba a ponerse en la cola cuando contempló las compras y se preguntó si su hermana no creería que pretendía ponerla a dieta, de modo que volvió sobre sus pasos y empezó a coger cosas que jamás comería: queso en espray —puagh—, *pop tarts* de todos los sabores, un paquete de Twinkies, patatas fritas… no sabía si le gustaría algo de eso, esperaba acertar.

Mientras conducía de vuelta y pensaba en qué ropa podría llevarse a Arizona, se preguntó por qué Kayla y ella tenían una relación tan difícil de adultas. Cuando era pequeña, a Winter le encantaba la idea de que llegaran a vivir juntas.

Sí, sabía que Francine se había divorciado cuando Kayla apenas tenía dos, al conocer a Stan Hennessy. En cuanto se planteó la idea de formar una nueva familia, Francine decidió dejar a Kayla con su padre para que de ese modo este no estuviera solo, y así había sido hasta el final. Ni siquiera el nacimiento de Winter y la posibilidad de una hermana la hicieron cambiar de opinión.

Los primeros años, su relación fue buena. Francine hacía que se vieran varias veces por semana, y ambas eran como hermanas… después llegó la muerte del padre de Kayla y ahí las cosas habían cambiado por completo. Kayla tenía dieciocho años y un gran espíritu de independencia, pues no quiso trasladarse a vivir con ellos, algo que a Winter le dolió bastante en su momento. La relación entre ambas sufrió la distancia, después llegó su accidente y eso terminó por estropearlo todo.

Costaba mantener los lazos de cariño por una persona que no mostraba el menor interés, de forma que Winter perdió las ganas poco a poco hasta que ambas se convirtieron en poco menos que simples conocidas que se saludaban por la calle.

Trabajaban juntas, pero ni por esas se decidían a pasar tiempo haciendo cosas. Kayla siempre se veía amargada por los trabajos que le pasaba Francine, y, para qué mentir, a ella tampoco le gustaba lo de redecorar. Algo que ni siquiera sabía por qué hacía, dado que había estudiado gestión de empresas bajo la promesa materna de que se podría dedicar a ello al terminar la carrera.

Una nueva mentira, ya que Francine no le permitía de ninguna manera meterse en las cuentas de la empresa. De modo que Winter, sin conocimientos ni motivación, se dedicaba a algo para lo que no estaba preparada y, lo más importante, que no le gustaba.

De cualquier modo, la idea de pasarse los próximos meses en un pueblo perdido del oeste americano casi hacía que la idea de decorar resultara atractiva.

¿Cómo diantres iban a restaurar… todo un pueblo? Además de las observaciones lógicas de Kayla, ¿y los materiales, el personal? Si el sitio más cercano estaba a media hora, desde luego accesible no era. Además, a saber qué lugar sería ese.

Otro tema era que no estaban preparadas para un trabajo de esa magnitud. Ambas habían restaurado objetos, trabajado con casas, incluso en una ocasión se ocuparon de unas oficinas, pero de ahí a un pueblo entero… daba miedo. Hotel, oficina de correos, y el resto de las cosas que había enumerado Kayla, eran demasiados frentes abiertos. Por no decir que en Boston tenían el respaldo de todos los gremios con los que trabajaban, que al ser los habituales aceptaban los encargos, eran puntuales y cumplían con las fechas.

En el lugar al que iban, todo eran dudas. Primero tendrían que preguntar en el pueblo más próximo para ver qué servicios o ayudas podrían conseguir, pero estaba tan en el aire que no le daba ninguna confianza. Además, no las conocían. Dudaba horrores que se esforzaran en hacer los trabajos dentro del tiempo, y Winter sabía que coordinar gremios era una pesadilla.

Lo que sí le extrañaba era que Kayla hubiera aceptado. Aunque teniendo en cuenta que solo lo había considerado de verdad cuando habían hablado de dinero, seguro que esto último era el único motivo para acceder. Desde luego, por pasar tiempo con ella no era, seguro.

Con un montón de dudas en la cabeza, regresó hasta el WaFFle CoFFee para devolverle el vehículo a su hermana.

Kayla continuaba sentada con Andy y vio que Winter regresaba un poco antes de la hora. La chica se acercó a dejarle las llaves y Kayla se fijó en la mirada que su amigo-ligue le lanzaba a la recién llegada. Claro, típico: Winter se ponía unos vaqueros y una coleta despeinada y aun así parecía sacada de cualquier catálogo de moda, ¡qué asco, joder! De haberlo hecho ella… en fin, seguro que la confundían con una mendiga.

Murmuró un «mañana a las ocho» a la chica y se concentró otra vez en su bebida, de la que solo quedaba la espuma.

Romper con Andy no debería resultar complicado, dado que no había nada serio entre ellos, excepto algún encuentro ocasional sin la menor importancia.

—¿Quieres otro café? —preguntó él, apartando la mirada de su hermana.

Kayla empezó a mover la cabeza de forma negativa, hasta que recordó que no volvería a tomar un café como ese durante mucho, mucho tiempo.

Le daba pánico calcular cuánto podía alargarse su estancia en el dichoso pueblo fantasma. Lo único que la animaba era imaginar la recompensa económica y cómo iba a darle el empujón final para salir de debajo de las garras de su madre. Ganar el doble de lo habitual no era algo que se pudiera desechar sin más, no con sus planes, pero estaba preocupada por lo que se iba a encontrar en Santa Claus.

—Sí, por favor —dijo a Andy—. Uno doble, necesito fuerzas.

El chico se levantó para ir a buscarle otro y Kayla lo observó durante todo el proceso, sin sentir nada al mirarle. De hecho, echaría de menos más el buen café que a él. No solo porque besara fatal —en mal momento se le ocurrió comentar eso delante de su hermana, con la que normalmente no compartía confidencias—, sino porque no era… ¿nada? Vaya, así sonaba fatal hasta en su cabeza, pero la realidad era que no le provocaba nada más que la tranquilidad de estar con alguien conocido, que más o menos le gustaba y que le evitaba tener que buscar compañía.

Andy regresó con la bebida y se la dejó delante antes de volver a ocupar su silla.

—¿Vas a terminar de decirme lo que querías contarme? —preguntó—. Llevamos una hora aquí y no has hecho más que dar vueltas a los proyectos sin decir nada concreto, aparte de que te vas mañana con tu hermana.

—Pues eso, me voy con ella. —Se encogió de hombros—. A Arizona.

—¿Hasta Arizona? No sabía que tu madre hiciera negocios allí.

—Ni ella, hasta la subasta de la semana pasada. En fin, el tema es que es una renovación larga y quería avisarte.

—¿De qué? Siempre trabajas mucho, no va a ser nada nuevo. Si hay veces que ni siquiera nos vemos el fin de semana…

Kayla abrió la boca y la cerró al momento, pensando en las veces que había dejado de salir con él a cenar o ver una película por terminar alguna cosa. En fin, que lo suyo no era algo serio, tampoco era para echárselo en cara.

—No creo que volvamos en meses —dijo—, así que lo mejor es que lo dejemos.

Él pareció sorprendido por aquello y se echó hacia atrás en la silla para mirarla, con el ceño ligeramente fruncido.

—¿Estás cortando conmigo?

—Si quieres llamarlo así… Lo nuestro no era nada serio.

Andy se quedó quieto unos segundos y acabó negando con la cabeza.

—No, supongo que no, aunque a veces… Bueno, pensaba que podría haber algo más.

—Es mejor así, ¿no crees? Cada uno por su lado.

—Tampoco me dejas otra opción. —Se levantó—. Que te vaya bien con el trabajo, es mejor novio que yo o cualquiera, eso seguro.

Y, sin más, se marchó dejándola con su café, que Kayla tomó con cuidado de no quemarse mientras meditaba sobre sus palabras, aunque pronto las olvidó: ¿no habían quedado en que no eran novios? No tenía derecho a enfadarse, estaba segura de que se le pasaría enseguida.

Una vez hubo dado buena cuenta de la bebida, se marchó a su piso para preparar sus maletas. Como no tenía claro cuánto tiempo estaría fuera, había hablado con la casera para avisarla de que tenía que dejarlo unos meses y ya enviaría a alguna empresa para recoger todo y dejarlo en un guardamuebles hasta su vuelta. Tenía que dar un mes de preaviso, así que tenía tiempo organizarlo todo desde Arizona. Dejó todo recogido y con pósits en los muebles que le pertenecían para evitar problemas cuando fueran a por todo y se acostó pronto para estar puntual al día siguiente en casa de su madre.

Puntual, aparcó justo delante de la puerta y pitó un par de veces antes de bajarse, aunque no llegó a entrar. Mientras esperaba a que Winter saliera, abrió el maletero y movió sus cosas para hacerle hueco.

Su hermana salió un par de minutos después, arrastrando dos maletas y cargada además con un par de bolsas de Whole foods.

Cuando llegó a su lado, resoplaba y tenía las mejillas ruborizadas debido al frío de la mañana.

—No te muevas, no —refunfuñó.

—¿Has metido saco de dormir? —replicó ella, ignorando la pulla.

—No, ¿por qué?

—No sabemos si habrá sábanas en el rancho y, de haber, dudo que estén limpias.

Eso no podía discutirlo, así que Winter se dio la vuelta para regresar a la casa y no tardó en salir con un saco de dormir bajo el brazo. Por suerte, era algo que tenía localizado porque su padre tenía todas las cosas de *camping* guardadas en el garaje y, aunque hacía años que no iba, recordaba perfectamente tener uno del instituto. Solo esperaba que no se hubiera estropeado con los años.

Kayla la esperaba en la misma postura, sin haber metido ni una sola de sus maletas en el coche, y Winter tiró el saco dentro con un resoplido. Al hacerlo, golpeó algo que rodó hacia un lado y lo cogió, frunciendo el ceño.

—¿Un bate? —preguntó.

—Nunca se sabe cuándo puede hacer falta.

Kayla se lo arrebató y lo metió en un lateral. Moviendo la cabeza mientras pensaba en lo chalada que estaba su hermana, Winter encajó las maletas como si fuera aquello un Tetris y después introdujo las bolsas de comida en los asientos traseros.

—¿Meto la dirección en el móvil? —preguntó, una vez sentadas las dos.

—He trazado el itinerario en el mapa, está en la guantera —contestó Kayla, arrancando el coche.

Winter lo sacó y miró las líneas que había marcado su hermana sobre el papel.

—¿Esto no es un poco… anticuado?

—Me fío más del mapa.

«Que de mí», terminó Winter en su cabeza por ella. En fin, no iba a discutir por eso. Se acomodó en el asiento mientras el coche se dirigía hacia la autopista y sacó el móvil para enviar unos mensajes a sus amigos. Después, jugó al Candy Crush unas cuantas partidas. Revisó sus redes sociales, volvió a wasapear con sus amigos y miró el reloj, preguntándose si no deberían parar a desayunar, pero casi le dio un ataque al ver que solo habían transcurrido cuarenta y cinco minutos.

Se giró hacia atrás y cogió una de las bolsas del supermercado.

—¿No has desayunado? —preguntó Kayla.

—Sí, pero tengo hambre. ¿Tú no?

Kayla se encogió de hombros, maldiciendo el hecho de que su hermana pudiera desayunar dos veces como los hobbits y mantener esa figura delgada. Ella se comía un postre de más y se quedaba en sus caderas un mes. O dos.

—¿Quieres pasas? —oyó que le preguntaba Winter.

—¿Que si quiero qué?

—Pasas. Son buenas para el cerebro, ¿no?

—Odio las pasas.

—Ah.

La chica asimiló aquel dato como algo nuevo sobre su hermana y las dejó a un lado. Sacó un paquete de Twinkies y cogió uno.

—¿Pastelito?

—No, no quiero nada.

Winter decidió comer y callar, como la ratoncita del cuento —¿o era dormir y el gato? Menudo lío—, y abrió el Twinkie. En el silencio del coche, el ruido del plástico se volvió algo escandaloso, de modo que Kayla alargó la mano para poner la radio y escuchar las noticias o lo que fuera, con tal de cubrir aquel silencio.

Así pasaron las siguientes cinco horas, hasta que decidió parar en una estación de servicio para repostar y comer algo rápido. La conversación entre ambas era mínima y, cuando volvieron al coche, de nuevo Winter echó mano de las provisiones como distracción mientras atravesaban kilómetros y kilómetros de autopista.

Cuando empezó a anochecer, Kayla decidió que debían parar para dormir y continuar al día siguiente temprano. No habían pillado ningún atasco ni accidente, así que estaba contenta porque habían avanzado más de lo esperado en las más de diez horas que llevaba conduciendo. A ese paso, podrían llegar el viernes por la noche.

—Cuando veas una señal de hotel con sitio me avisas —comentó.

—Y que no parezca de *Psicosis*, porque el que acabamos de pasar… —Vio una luz a lo lejos y esperó a estar un poco más cerca—. Prueba en la siguiente salida.

El cartel al menos no tenía bombillas fundidas que se pudieran ver desde la carretera, lo cual era una buena señal en comparación con otros avistados desde la ventana durante el largo día que habían pasado encerradas en aquel coche.

Kayla se desvió para ir al hotel y aparcó en la entrada. Era el típico de carretera: habitaciones en hilera repartidas en un par de plantas alrededor del aparcamiento, con desayuno incluido. Suficiente para la noche.

—Voy a por una habitación, espérame aquí —le dijo.

—¿Una habitación?

—Mamá no nos ha dado casi presupuesto para dormir, así que es lo que hay.

Winter se apoyó en el capó mientras su hermana se dirigía a la recepción. Genial, encima iban a tener que dormir juntas.

Kayla no tardó en salir con una llave en la mano y se acercó a ella.

—Coge solo lo imprescindible para dormir. —Winter sacó las dos bolsas de comida—. ¿Vas a llevar todo?

—No sé si voy a querer algo.

—Hay un restaurante ahí al lado para cenar.

—Me puede entrar el gusanillo por la noche.

Kayla no dijo nada más y cogió una de sus maletas. Subieron a la habitación, que tenía dos camas, y después de dejar las cosas bajaron al restaurante. Tras pedir, Winter sacó su móvil y escuchó a su hermana resoplar.

—¿Qué pasa? —le dijo.

—Estás todo el día enganchada a eso.

—Qué va.

—No lo has soltado en casi todo el viaje. ¿Qué estás haciendo ahora?

—Avisando a mis amigos de que hemos parado a cenar. ¿No deberías hacer lo mismo?

—No creo que haya que ir dando avisos de todo lo que hago.

—Al menos para que sepan que estás bien. —Terminó de escribir una frase y la miró, elevando una ceja—. ¿O es que no tienes nadie a quien escribir?

Kayla apretó los labios, sin contestar, porque la verdad era que no, no tenía a nadie a quien escribir. Unos días atrás, podría haber dicho Andy, pero después de haber roto con él, no veía qué sentido tenía enviarle un mensaje para decir que estaba bien o que habían parado a dormir.

—Así que es eso —continuó Winter, dejando su móvil por un momento a un lado—. Bueno, entiendo que a Andy no, si le has dejado. ¿Qué hay de tus amigos?

—¿No está tardando mucho la camarera?

—Venga, Kayla, que alguno tendrás fuera del trabajo. —Nada, silencio absoluto—. ¿Cómo se llamaba esa amiga tuya…?

—¿Quién?

—Molly, ¿no?

Kayla jugueteó con el tenedor, evitando el contacto visual.

—Hace mucho que no hablamos.

—Si erais uña y carne.

—Tenemos unas vidas muy ocupadas.

—Yo también, pero siempre hay tiempo para un café o unas copas. —Cogió de nuevo el teléfono y escribió—. Las amistades hay que cuidarlas.

—Ah, la cena.

La camarera les dejó los platos y Kayla aprovechó la excusa de la comida para no tener que hablar de aquel tema. Eso de que siempre había tiempo era una utopía, no en su mundo en el que necesitaba ahorrar hasta el último centavo… No mentía: hacía mucho que no hablaba con Molly y sabía de quién era la culpa: suya y solo suya. Su amiga había estado con ella siempre, a su lado en los buenos y malos momentos, apoyándola cuando su padre murió y en el duelo posterior. Sin embargo, ella no había sabido corresponder de la misma forma, aunque no era algo que hubiera hecho a propósito o con intención de hacer daño. Poco a poco, las llamadas se fueron espaciando, cada vez quedaban menos y unos años atrás, la amistad se resintió del todo cuando Molly pasó por un divorcio. Lo pensaba y ni ella misma podía creerse que, después de haber sido su dama de honor, no hubiera podido acompañarla en el proceso contrario.

Coincidió con la reforma de un piso en el centro al que había dedicado muchas horas, recordaba la llamada de su amiga y que ella no le había dedicado ni cinco minutos al teléfono para escucharla. O cuando quedaron para un café y, mientras Molly le explicaba los papeles del divorcio, se marchó por una emergencia con el fontanero.

Al pensar en ese tema, fue consciente de que había actuado así en otras ocasiones. De joven ponía sus estudios o intereses por delante de los demás, de adulta el trabajo, y al final, los amigos jamás eran su prioridad. Hasta que llegaba el momento en que mirabas el móvil y te preguntabas por qué no había nadie preocupándose de si llegabas bien a algún sitio.

La comida se le atragantó y tuvo que apartar el plato a un lado, molesta con su hermana por sacar aquel tema. Y la muy feliz ahí estaba: comiendo y wasapeando a la vez. Genial. Qué gran viaje, era igualito que esas maravillosas *road movies* donde la gente estrechaba lazos, pasaba aventuras trepidantes y conocía lugares exóticos.

De esa forma, con Kayla enfurruñada, se fueron a pasar su primera noche de viaje.

Y tal cual había transcurrido el primer día, se sucedió el segundo y la siguiente noche: sin apenas hablar, con Winter la mayor parte del tiempo distraída con el móvil y Kayla cambiando de canal de radio cada hora para mantener su mente ocupada. Lo único que ambas compartían era el hecho de ir quitándose ropa según avanzaban: las chaquetas pronto acabaron en el asiento trasero y los jerséis, metidos en alguna maleta.

Cuando el viernes atravesaron la frontera de Arizona, el ánimo de Kayla mejoró un poco, ya que al menos llegarían aquella noche y no tendrían que volver a dormir en ningún hotel. Esperaba, además, que pudieran ocupar habitaciones separadas en el rancho de marras.

Ya había anochecido cuando cogieron la carretera noventa y tres que, en teoría, llevaba a Santa Claus, con el detalle de que no habían visto ni una sola señal en todo el camino.

—Según mi móvil está a cien metros a la izquierda —dijo Winter.

—¿Seguro? ¿Qué pone en el mapa?

—En el tuyo solo se ve un punto y no sé si es izquierda o derecha… ¡Para!

Kayla pisó el freno a fondo, asustada, pensando que quizá se habría cruzado algún bicho, pero al detenerse, los focos iluminaron un cartel y ambas ahogaron un grito.

—¡Joder, qué mal rollo! —exclamó Winter.

En las fotos del pueblo habían visto un Santa Claus enorme con un cartel de bienvenida al lugar, solo que aquel que veían no era exactamente igual: le faltaba la cabeza.

Kayla carraspeó y giró hacia la carretera que señalaba.

—Será por aquí…

El coche derrapó un poco con la tierra y polvo del camino, lo que ya le indicó que por allí no pasaban muchos vehículos. Por suerte, no tuvieron que avanzar mucho para llegar a los primeros edificios, cuyo aspecto en la oscuridad no daba ninguna seguridad: tejados medio caídos, puertas sueltas, ventanas sin cristales…

—Quizá mejor vamos directamente al rancho… —sugirió Winter.

Por una vez, Kayla no iba a discutir con ella y siguió hacia delante, atravesando la calle principal —o más bien la única— del pueblo. Reconoció alguno de los edificios por las fotos, pero desde luego que aquel no era el momento para ponerse a investigar. Mejor al día siguiente, después de una buena noche de descanso.

Unos metros más adelante vieron una bifurcación, así que giró por allí hasta atravesar un arco de madera y, por fin, llegar al rancho.

Se bajaron del coche y ambas se quedaron mirando la casa. Las ventanas tenían los cristales rotos o directamente, no tenían; la puerta principal estaba entreabierta y había tejas caídas en la entrada.

Winter encendió la linterna de su móvil y Kayla la imitó.

—Vamos a ver dónde podemos dormir y luego metemos las cosas —dijo.

Sin darse cuenta, se arrimaron la una a la otra para atravesar el umbral, aunque Kayla fue la primera en apartarse con un grito mientras agitaba los brazos en el aire.

—¿Qué? ¿Qué? ¿Qué? —exclamó Winter, alumbrando a todas partes—. ¿Murciélagos? ¿Ratas?

—¡Telarañas!

Winter se acercó a ella y le dio unas cuantas palmadas para ayudarla a quitárselas.

—Joder, ni que fuera algo peligroso —refunfuñó.

Por si acaso, Kayla se puso detrás de ella mientras recorrían la planta baja: cocina, salón, baño, despacho. Todo patas arriba, sin apenas muebles y lleno de telarañas, polvo y tierra.

Se dirigieron a las escaleras, que crujieron nada más poner el pie encima. Kayla pisó con fuerza en cada escalón antes de apoyar todo el peso por si acaso, aunque la estructura parecía estar bien y lo que emitía aquellos ruidos era solo la madera de encima.

La primera habitación que miraron tenía el techo hundido. La segunda, un par de agujeros en el suelo. La tercera estaba vacía, a excepción de unas cuantas arañas que salieron corriendo a la luz de los móviles. La cuarta era la más presentable: tenía techo, suelo y una cama de postes con un colchón que había vivido mejores años, aunque al menos podrían poner los sacos encima.

—No queda otra que aquí —dijo Kayla.

—¿Las dos ahí encima?

—¿Tienes una idea mejor?

Se escuchó el ulular de un búho y algo corretear por el exterior, así que Winter negó con la cabeza. Ni loca iba a dormir sola allí.

Por lo tanto, bajaron al coche a coger lo indispensable, sacudieron la superficie del colchón y pusieron los sacos encima. Aunque habían parado a comer algo un par de horas antes, Winter llevó las bolsas de comida y las dejó en la cocina mientras Kayla buscaba por el exterior el cuadro de luces, al parecer sin éxito, porque no se encendió nada y cuando entró, tenía cara de mal humor.

—A ver si es tan antigua que no hay luz —bromeó Winter.

Kayla señaló la lámpara del techo, que, aunque vieja, tenía bombillas, y la chica decidió que no estaba el tema para bromas.

—¿Qué podemos cenar? —preguntó Kayla.

Iluminó la comida que había sacado su hermana... y frunció el ceño.

—¿No hay nada que no haya que cocinar?

—Es todo instantáneo.

—Si hubiera luz, una tostadora para las *pop tarts* y un hervidor de agua. ¡Así no podemos comer nada!

—¡Será culpa mía que no hayas encontrado la luz!

—¡Búscala tú, si lo ves tan fácil!

Cogió su móvil para iluminarse y salió refunfuñando. Winter frunció el ceño y dio una vuelta rápida por dentro de la casa, por si acaso, pero tampoco encontró nada y subió al dormitorio o lo que fuera aquello. Su hermana ya estaba bien embutida en su saco, así que ella hizo lo propio y se puso de espaldas, cerrando la cremallera hasta arriba.

«Culo con culo, ni mirarnos», pensó, fastidiada.

Cerró los ojos... y oyó al búho de nuevo. Al poco, un correteo. Después, el viento o un aleteo o... mejor ni pensarlo.

Joder. Menuda noche les esperaba.

Capítulo Tres

A pesar de los ruidos de la casa y del exterior, las dos hermanas habían conseguido conciliar el sueño, aunque de forma ligera e intranquila. La falta de cortinas hizo que, en cuanto el sol comenzó a salir, la habitación se fuera iluminando poco a poco hasta que un rayo se reflejó en uno de los pocos cristales supervivientes y le dio a Kayla en pleno rostro, haciendo que despertara con un gruñido.

—Joder, ¿quieres apagar la luz? —protestó Winter, tapándose con el saco.

—No hay luz, te recuerdo. —Se frotó los ojos y deseó no haberlo hecho, puesto que su mirada se tropezó con la parte alta de la cama, llena de telarañas—. Es el sol.

—Qué sol ni qué porras, si son… —Buscó su móvil y lo sacó para mirar—. Las seis y media de la mañana.

—Pues se ve que aquí amanece pronto. Mejor, así aprovechamos el día.

Winter apretó el móvil entre los dedos para no estampárselo en la cara. Vale, la cama era lo más incómodo del mundo, pero al menos estaba metida en su saco y daba cierta sensación de aislamiento de la realidad que las rodeaba. De buena gana se hubiera quedado un buen rato más ahí envuelta. Notó movimiento en el colchón, pese a que Kayla no se levantaba. Con cierta dificultad, se giró en su saco para verla moviéndose dentro del suyo como si fuera un gusano encerrado en el capullo luchando por salir.

—¿Qué estás haciendo? —preguntó, ahogando un bostezo.

—Intentando levantarme, ¿a ti qué te parece?

—Ni que fuera tan difícil. ¿Qué pasa, te haces vieja?

Al momento se tuvo que tragar sus palabras. Fue a demostrar lo ágil que estaba, abrió la cremallera e intentó incorporarse… para darse cuenta de que el colchón se había hundido, engullendo a ambas en el proceso, y que no era tan fácil salir de aquel agujero. Se movió de un lado a otro, imitando a Kayla, aunque le dio la sensación de que solo conseguían hundirse más.

—¡Para! —exclamó de pronto la mayor, respirando con dificultad—. Vamos a pensar, ¡esto no puede ser tan difícil!

—Tú dirás, genio.

—Rueda y empújame y luego yo a ti, a ver si así salimos.

¿Empujarla a propósito? Sí, a eso se apuntaba, desde luego. Cogió impulso apoyando las manos y así girar hacia Kayla, golpeando su culo con el de ella. Sin embargo, lo hizo tan bien que no solo consiguió que su hermana rodara hacia el extremo, sino que ella rebotó y se vio de regreso al punto de origen. Cayó por el extremo de la cama con una exclamación de susto, justo al mismo tiempo que su hermana por el otro lado.

—Anda que no eres bruta —refunfuñó Kayla desde el suelo.

—Hemos salido de la cama, ¿no? —Se deshizo del saco y se levantó, satisfecha a pesar del costado dolorido—. Todo tiene que parecerte mal, chica.

Kayla también estaba levantándose y se estiró. La noche había sido infernal, a ver si el día mejoraba un poco.

—Voy al baño del fondo a darme una ducha —dijo.

—Pues suerte, yo voy al de abajo.

Kayla cogió ropa y una toalla de su maleta y salió de la habitación. Al llegar al pasillo miró a un lado y al otro para ver qué aspecto tenía todo a la luz del día… y no era mucho mejor que por la noche. Al contrario, era peor puesto que podía distinguir bien las partes desconchadas de la pared, el papel caído, las maderas rayadas y descoloridas, el polvo que cubría todo y las malditas telarañas, omnipresentes. Avanzó con cuidado de no tocar ninguna pared hasta llegar a la puerta del baño y, una vez dentro, decidió que darse una ducha en aquella bañera sacada de alguna película de terror no era la mejor idea. Ya buscaría alguna solución, por el momento se refrescaría en el lavabo y listo. Utilizó el baño con cuidado pero, al tirar de la cadena, el agua salió de la cisterna con un color más bien gris y apartó la vista, aunque cuando abrió el grifo el tema no fue a mejor: tras escupir agua o lo que fuera aquello, emitió unos chasquidos. Las tuberías temblaron por toda la estancia y, tras escupir un par de chorros más, todo líquido cesó de aparecer. Kayla se apresuró a cerrar al ver que aquello tenía pinta de explotar por alguna parte.

Salió igual que había entrado y se encontró con que Winter volvía de la planta de abajo con la misma cara.

—No pienso volver a usar ese baño —espetó la chica—. Creí que iba a atacarme.

—El agua estará cortada también y lo que ha salido era lo que quedaba en las tuberías. Habrá que ver si encontramos la llave de paso o si está conectada a la general del pueblo.

—Qué bien.

Entraron en la habitación para cambiarse de ropa y bajaron a la cocina. Con un paquete de toallitas, Kayla limpió la superficie de la mesa y colocaron la comida encima. No podían desayunar *pop tarts* ni tostadas, solo quedaban galletas y Twinkies, así que los repartieron entre las dos. Para comer podían apañarse con los paquetes de patatas fritas, tortitas y… las pasas, que ahí estaban intactas. Para el día les valía, pero tendrían que ir a comprar en algún momento. Dónde, ya era otro tema.

—Veamos primero el rancho y después vamos al pueblo —dijo Kayla—. A ver si conseguimos luz y agua y nos vamos haciendo a la idea de qué hay que renovar.

—Eso te lo digo yo: todo —replicó Winter.

Kayla miró al techo para armarse de paciencia y sacó los papeles del rancho. Los planos estaban incompletos y así iba a ser imposible encontrar el maldito panel de la luz: solo había uno general con lo que medían las habitaciones, nada de la instalación eléctrica o tuberías. Genial, ¡todo facilidades!

Armadas cada una con un cuaderno de notas y bolígrafo, emprendieron el recorrido de la casa. Kayla fue tomando apuntes también sobre el plano, con lo que faltaba en cada parte —ya fuera tejado o incluso en un extremo del salón, donde encontraron un agujero en la pared—. La casa había vivido tiempos mejores, pero los espacios eran amplios y luz no le faltaba, eso por descontado. Al faltar cristales se podía notar una corriente que atravesaba la casa y refrescaba el ambiente, además de remover el polvo, y se preguntó qué temperatura alcanzaría en días de calor. Por supuesto, no había ninguna instalación de aire acondicionado, así que era un punto también a considerar.

No tenía muchos muebles, aunque los que quedaban estaban en buen estado y eran macizos: la mesa del comedor le llamó la atención en cuanto la vio y se dio cuenta de que era buena. Restaurada, valdría dinero, mucho. Igual que un par de armarios de las habitaciones y la chimenea, artesanal, que aumentaría el valor de la casa. Aquello sería su proyecto personal, al menos algo bueno sacaría de todo eso y era poder hacer lo que le gustaba.

Salieron fuera y se dirigieron al granero y establos, según indicaban los planos. Ambos necesitaban un lavado de cara y revisar el tejado, aunque no tenían tan mal aspecto como el interior de la casa principal. Probablemente, porque había menos que ver: el granero era en realidad un espacio amplio vacío y los establos tenían compartimentos separados para los caballos y poco más. Había alguna silla vieja de montar aún colgada en su gancho, sacos de pienso abiertos con el contenido desparramado…

—Está claro que esta parte hay que venderla como lo que es: un rancho de caballos, y así aprovechar lo que hay —dijo Kayla, mientras atravesaban los establos.

—No sé yo si…

Echó un pie hacia el exterior del establo y al momento se tuvo que echar hacia atrás, cuando un animal enorme pasó corriendo justo de lado a lado haciendo que las dos pegaran un bote y se apresuraran a esconderse tras una de las paredes de madera.

—¿Qué ha sido eso? —preguntó Winter, llevándose la mano al corazón.

—No lo sé.

—¿Qué hacemos? ¿Nos asomamos?

—Así, ¿tal cual?

—No, si quieres enseñamos la patita a ver.

—Me refiero a que tengo el bate en casa, podría sernos útil.

—Como sea un puma, me da a mí que no va a haber bate que valga.

Se asomó con cuidado, mientras Kayla buscaba algo con la vista que pudiera servirles para defenderse.

—No es un puma —informó Winter.

—Entonces, ¿qué es?

Kayla se asomó a su lado y vio al animal en cuestión.

—Una vaca —murmuró.

Que no estaba sola: había alguna más como ella rumiando los pocos hierbajos que quedaban en el suelo y, trotando al fondo junto a la valla rota, un par de caballos.

—Esto explica alguno de los ruidos de anoche —dijo Kayla.

—A lo mejor eran del rancho, o descendientes de los que había aquí. Aunque se habrán vuelto salvajes.

—Por si acaso, de momento no vamos a acercarnos.

—¿Qué quieres decir con «de momento»? Porque yo no pienso acercarme a una de esas vacas ni loca, ¿tú has visto qué cuernos tienen?

—Tendremos que buscar a alguien que sepa de animales para que se encargue de echarlos o lo que sea y después arreglar el perímetro.

Tomó nota con un suspiro. Ya el rancho iba a tener un buen presupuesto, seguro que su madre se arrepentía de haberlo comprado cuando le enviaran las notas con lo que necesitaban para realizar las mejoras.

—Vamos al pueblo —dijo—. Pasamos por la casa para coger agua y lo que queda que se pueda comer y así no tenemos que andar yendo y viniendo.

A Winter le dieron ganas de cuadrarse y hacer el saludo militar, pero se contuvo. No le apetecía un pimiento ir al pueblo, aunque también quería, como ella, hacer todo cuanto antes, y ya habían pasado media mañana solo con el rancho de marras. En ese momento agradecía incluso el madrugón, puesto que se habían quitado una buena parte, además de aprovechar bien el tiempo. Lo malo era el calor, que, si ya se notaba desde por la mañana, al salir de los establos les dio de lleno en la cara.

—Espero que haya alguna sombra en el pueblo —murmuró Winter—. O nos derretiremos.

Kayla no contestó, aunque no las tenía todas consigo. Cuando lo habían atravesado la noche anterior, no había visto muchos árboles ni nada que pudiera servir como sombra.

Fueron a la casa, recogieron la comida y el agua y se subieron al coche. Estaba cerca y podrían haber ido andando, pero cinco minutos de aire acondicionado… eso era mejor que nada.

Kayla aparcó el coche en la antigua gasolinera. El edificio tenía rayas blancas y rojas, como la mayoría del pueblo, y los surtidores eran de los años sesenta. Obviamente, no funcionaban y a saber desde cuándo estarían vacíos. No sabía si aquello se podría restaurar, si merecería la pena cambiarlo todo o si se podría hacer algo diferente con eso. Nunca habían tenido que arreglar una gasolinera, así que tendría que investigar.

—Vamos a la estación —indicó.

Winter empezaba a cansarse de tanta orden, ¿por qué no le pedía las cosas o las sugería? No, le hablaba como si fuera su perrito faldero: «vamos aquí, coge eso, ven conmigo».

La siguió hasta el edificio y las dos se quedaron mirándolo. Efectivamente, tal y como indicaban los planos, no había ninguna vía férrea, aunque el edificio sí conservaba el cartel que indicaba que era una estación de tren.

En la foto del informe aparecía también un pequeño tren con varios vagones, todos de color rosa y cubiertos de grafitis, aunque no estaban a la vista.

—Sería un tren para los críos —dedujo Kayla.

—Pues yo no lo veo por ninguna parte.

Rodearon el edificio y, cubierto por matorrales y malas hierbas, encontraron la locomotora y un vagón.

—Las fotos no están muy actualizadas —comentó Winter—. Aquí han robado casi todo.

El interior de la falsa estación tampoco contenía mucho más, aunque al menos conservaba paredes y tejado: solo había una ventanilla y un banco de madera.

De nuevo, Kayla se preguntó qué hacer con aquello. Era muy pequeño para ser una casa, ni siquiera podía convertirlo en un garaje. Y el tren enano… pues tampoco sabía qué partido le podrían sacar.

Menudo desastre. Normalmente enseguida tenía una visión de cómo transformar las cosas, en qué estado quedarían al terminar su trabajo. Sin embargo, aquel pueblo se le resistía.

—Todo es una incongruencia —dijo Winter, con un suspiro.

—¿A qué te refieres?

—A que no entiendo el concepto. ¿Un pueblo de Santa Claus en medio de Arizona, con este calor? ¿Quién iba a querer venir? Yo no visualizo un sitio así sin nieve.

Ella tampoco, así que quizá era ese el problema: tal cual estaba, no podían restaurarlo. Había que darle una vuelta, buscarle otra utilidad. Por mucho que su madre hubiera dicho que la gente quería comprar casas en el lejano Oeste, seguro que sería en algún sitio con infraestructuras, no ahí en el medio de la nada.

Le hizo un gesto a Winter para que la siguiera y se metieron en el hostal. No faltaban las rayas blancas y rojas ni un par de palos curvados imitando los de caramelo en la entrada. La chimenea de piedra roja por fuera y el tejado de madera le daban cierto encanto, aunque también, como el resto del lugar, una sensación de desubicación que no veía para qué podía servir.

Mientras examinaba las paredes, vio que Winter había pasado unos pañuelos por una mesa y un par de sillas y se sentaba, abriendo la mochila.

—¿Qué haces? —preguntó.

—Voy a comer. No sé tú, pero yo tengo hambre.

Aunque quería seguir mirando las casas, el estómago de Kayla protestó así que se sentó frente a su hermana y miró lo que había sobre la mesa. Sano y equilibrado desde luego que no era, pero no les quedaba mucho más. Alargó la mano hacia la bolsa de pasas, otra de tortitas de arroz y cogió el queso en espray ante la atenta mirada de Winter, que no sabía qué esperar de aquella mezcla. Kayla utilizó las tortitas como si fueran rebanadas de pan, echó queso y un puñado de pasas.

—Creo que es lo más asqueroso que he visto en mi vida —comentó Winter.

—¿Y de quién es la culpa?

Su hermana se envaró, molesta.

—Perdona, cogí lo que me pareció mejor. Si no, haber hecho una lista de lo que querías.

Siempre igual, sacando pegas a todo.

Mientras Kayla masticaba una de las tortitas, fantaseó con echarle el espray por el pelo tan perfecto que tenía; luego recordó que no había agua y pensó que era demasiado cruel hasta para ella.

Acabaron todas las provisiones menos los comestibles que necesitaban ser cocinados y volvieron al exterior, donde el calor había aumentado aún más.

—Ni una nube —comentó Winter, mirando al cielo.

—Ni nada que dé sombra por aquí —suspiró su hermana, mirando a su alrededor—. Esto es un secarral, solo falta…

Y entonces, empujada por una ligera brisa, una planta rodadora apareció por un lateral, pasó por delante de ellas y siguió su camino hasta desaparecer detrás de una de las casas.

—Nada, ya no falta nada —terminó Kayla.

Sacó los planos y señaló la casa que tenía el cartel de «Oficina de correos» para examinarlo a continuación. Al abrir la puerta, algo salió corriendo y rozó los pies de ambas, que saltaron hacia atrás con un grito.

—¿Qué era eso? —gritó Kayla.

—¡Una rata!

Sin darse cuenta, se habían agarrado la una a la otra, y al mirarse, se apresuraron a poner distancia entre ellas. El animal se detuvo a unos metros y se elevó sobre sus patas traseras, olisqueando.

—¿Es una ardilla? —dijo Kayla.

—No sé, parece una nutria, aunque esas viven en el agua, ¿no? Y de eso aquí no hay mucho… —Sacó su móvil y le hizo una foto para buscar—. Anda. Se llaman perros de las praderas.

—¿Un perro? Si no se parece en nada... Da igual, lo más importante: ¿muerden o algo?

—Aquí pone que se parecen a las marmotas y que las llamaron así porque parece que ladran. Son inofensivos, solo que se comen los cultivos.

—Creo que entonces podemos estar tranquilas, no tenemos nada comestible, así que...

Se dio la vuelta y, tras asomarse por si había más animales, entró en el edificio.

«Como vuelva a hacer un comentario de la comida, le tiro el móvil», pensó Winter, antes de entrar tras ella.

El interior estaba lleno de casilleros y baldas y había papeles y sobres por todas partes. No era demasiado grande tampoco y, de nuevo, Kayla llenó de interrogaciones sus notas.

Algo más apartados de ese grupo de edificios con motivos navideños y aquí allá, había unas cuantas casas donde leyó que habían vivido los dueños y trabajadores del lugar. La teoría, en origen, había sido hacer muchas más y venderlas, pero nadie se interesó, por eso el pueblo se había quedado tan pequeño y, con el tiempo, abandonado.

—¿Qué hacemos ahora? —preguntó Winter, al salir de la última casa—. ¿Buscamos algún sitio donde podamos darnos una ducha?

—Hay que buscar un fontanero y un electricista. ¿Cómo se llamaba la ciudad que pasamos antes de llegar?

—Kingman, creo.

—Pues habrá que ir allí. Vamos a la casa a dejar las cosas y cambiarnos de ropa, no podemos ir así.

Aunque se habían puesto ropa más cómoda de la habitual para recorrer el pueblo, para contratar a quien fuera o visitar tiendas, lo suyo era ponerse un traje como Dios mandaba.

Subieron al coche y ambas suspiraron al notar el aire acondicionado. Qué pena no poder quedarse allí a dormir y todo...

Kayla condujo despacio hasta el rancho para beneficiarse en lo posible del frescor del vehículo y, cuando estaba acercándose a donde lo había dejado el día anterior, se encontraron con que había un grupo de gallinas picoteando en el lugar.

—¿También tenían gallinas? —dijo Winter.

—Eso parece. Al menos no son peligrosas.

Se bajó del coche para acercarse haciendo aspavientos con las manos. Las gallinas dejaron de picotear, la miraron, emitieron unos cloqueos... y agitaron sus alas para lanzarse sobre ella.

Kayla emitió un grito y corrió de vuelta hacia el coche, metiéndose de nuevo en su asiento y cerrando la puerta incluso con el seguro.

—No creo que sean capaces de abrir puertas —bromeó Winter.

—Ja, ja, qué graciosa. Tendré que aparcar en otro lado.

Solo esperaba que no se pusieran delante de la puerta principal, porque no habían encontrado la llave de la entrada trasera. Movió el coche hasta otro lado de la casa y se bajó, tropezando al instante y cayendo cuan larga era a la tierra.

Winter se acercó con cuidado al escuchar el golpe, por si el causante había sido algún otro bicho; no había nada vivo aparte de ellas dos.

—¿Estás bien? —preguntó.

—Sí, sí. —Se levantó y se sacudió la ropa—. Me he tropezado con esa piedra.

La señaló y las dos se quedaron mirándola, puesto que no parecía una roca normal: era perfectamente cuadrada y de un color algo más claro que las de al lado. Más bien parecía una especie de losa cubriendo algo.

Kayla se agachó para coger un extremo y solo pudo levantarla unos milímetros.

—Ayúdame —dijo.

Winter estaba hasta el moño de que le diera órdenes, pero la curiosidad era más fuerte y se inclinó para coger el otro lado y así poder apartar la piedra. Debajo había un agujero, cuadrado también, y al acercarse vieron una tubería y una palanca encima.

—¡Es la llave de paso! —exclamó Kayla, emocionada.

La giró con dificultad y, al poco, escucharon un siseo y el ruido del agua moverse por la tubería.

—¿Qué demonios hace aquí fuera la llave del agua?

—La instalación es antigua y vendrá todo de algún pozo subterráneo, ¡qué más da! No te quejes tanto por todo y vamos dentro, a abrir todos los grifos para que corra el agua hasta que salga limpia y nos duchamos. Beber mejor no, sigamos con las botellas.

—Yo no me quejo por todo, perdona —protestó Winter.

Kayla no la escuchaba, se había dado la vuelta y se dirigía hacia la casa. Winter la siguió refunfuñando, aunque no le replicó más: ya discutirían después, la prioridad era el agua… solo de pensar en que iba a poder quitarse el sudor y el polvo del día le producía escalofríos de placer.

Lo que le hizo pensar con qué poco se contentaba, en Boston necesitaba mucho más para emocionarse así.

Kayla ya había abierto el grifo de la cocina y estaba en el baño de abajo, así que ella subió a la planta superior y abrió el del lavabo y la ducha. Las tuberías emitieron unos ruidos nada tranquilizadores, de los grifos salió una mezcla de agua, tierra y barro y, poco a poco, se fueron despejando hasta que el agua se volvió transparente.

—¡Ya sale bien abajo! —gritó Kayla.

—¡Aquí también! —corroboró Winter.

Kayla apareció en la puerta, se mojó la mano en el lavabo y cerró el grifo, lo que molestó a su hermana. ¿Qué pasaba, no la creía o qué?

—Como no hay electricidad, no hay agua caliente —dijo Kayla.

—Tampoco importa, no es que salga helada precisamente.

Aunque proviniera de algún pozo o reserva natural, no era tan fría como en Boston ni por asomo y, de todas formas, en aquel momento le daba igual con tal de ducharse. Se quitó la camiseta y Kayla se apresuró a salir y cerrar la puerta, lo cual disfrutó Winter: el hecho de haberse adelantado y poder ser la primera. De buena gana se hubiera quedado media hora debajo de aquel chorro, solo que justo cuando estaba pensando en que no debía abusar, Kayla dio un par de golpes en la puerta para que se diera prisa.

Mosqueada, cerró el grifo, se puso una toalla alrededor del cuerpo y otra en el pelo y salió sin dirigirle ni una mirada a la borde de su hermana. En la habitación, buscó qué ropa ponerse para su excursión a Kingman. Como era tarde, supuso que el ambiente refrescaría y sacó sus botas altas de tacón y un vestido muy mono que iba a la perfección con ellas. Mientras Kayla se preparaba, aprovechó para lavarse los dientes también y dedicarle un rato a su pelo, que con aquel ambiente tan carente de humedad le daba la sensación de que necesitaría una mascarilla hidratante todos los días.

Media hora después, Kayla apareció por fin y se preparó también. Antes de salir de la casa, se asomaron con cuidado para comprobar que no había gallinas, perros falsos ni similares y poder subir al coche con tranquilidad.

—¿Cómo se llega a Kingman? —preguntó Kayla, arrancando.

—Fácil: salir y girar a la derecha. No hay muchas más opciones.

Kayla emitió un bufido, ¿por qué a los copilotos siempre les parecían sencillos todos los recorridos? Claro, como no eran ellos los que conducían, ¡qué manía con opinar sin saber!

Se preguntó si era eso lo que de verdad le molestaba, o los comentarios sobre la amistad que había tenido que escuchar durante el viaje. Una vocecita interna le susurraba que, a pesar del sarcasmo empleado por su hermana, algo de razón tenía. No había tratado muy bien a Molly, eso no se podía negar, y suponía que lo que realmente le molestaba era que Winter le hubiera confirmado a la cara lo que llevaba tiempo tratando de minimizar: que era una amiga de mierda, sin más.

—¿Has buscado algún fontanero en ese móvil tuyo que no sueltas?

—Sí, hay varios. Y también electricista y supermercado para comprar comida. ¿Quieres hacer una lista?

—No, como vamos las dos no hace falta.

Llegaron a la carretera principal y Kayla, a pesar de lo que había dicho, se puso a hacer una lista mental. Ya tenía claro que no dejaría sola a Winter o volvería a coger de todo menos cosas útiles.

Por otro lado, esperaba que al menos el electricista estuviera abierto, aunque no las tenía todas consigo por ser sábado y esas horas… quizá debían haber empezado por eso y dejar el recorrido del pueblo para más tarde, pero le habían podido las ganas de ver qué había y no pensaba tardar tanto. Al menos tenían agua… algo era algo.

Por el rabillo del ojo vio que Winter seguía con el móvil en la mano y apretó los labios para no decir nada, aunque le parecía increíble todo lo que hablaba con sus amigos. Una cosa era que ella pecara de poco, y otra eso, que era justo el otro extremo. Alargó la mano para poner la radio y entonces vio algo a lo lejos en la carretera.

—¿Qué es eso? —musitó.

Winter levantó la vista y siguió la dirección de su mirada. Había algo en la carretera, se podían distinguir varios bultos y…

—¿Vacas? —replicó.

Kayla redujo la velocidad según se acercaban hasta quedarse a unos cinco metros del grupo de animales. Efectivamente, eran vacas. Ocupaban los dos carriles de la carretera y no parecían tener ninguna intención de moverse, puesto que varias de ellas incluso estaban tumbadas rumiando con parsimonia. Apretó la bocina y solo consiguió que un par de ellas desviaran la mirada hacia el vehículo, sin moverse ni un milímetro. Iba a repetir la operación cuando Winter le dio un pequeño empujón.

—¡Quieta! —le advirtió.

—¿Por qué? Están bloqueando el camino, así no vamos a poder llegar a Kingman.

—Según internet, se pueden asustar y si se lanzan sobre el coche llevaremos las de perder. Es mejor esperar.

Kayla miró la carretera, las vacas y después resopló.

—Esto puede durar eternamente. Habrá que ir a otro sitio, ¿qué más hay?

Ya estaba dando la vuelta al coche, y lo detuvo al ver que su móvil sonaba. Era su madre, así que frunció el ceño y contestó.

—Mamá, estamos ocupadas —respondió.

—Solo quiero saber qué tal va todo.

—Mal. Es peor que en las fotos, no te haces ni idea de…

—Qué poco optimismo.

—¿Cómo no comprobaste nada antes de pujar, por Dios?

—Escuché Santa Claus, el precio de inicio y pensé que era alguna figura de porcelana cara. Cualquiera hubiera pensado lo mismo en mi lugar. ¿Y Winter?

Claro, para eso llamaba, para preocuparse por la consentida de mamá. ¿Por qué no la llamaba directamente, si tan preocupada estaba?

—¿Os estáis coordinando? —continuó Francine.

—Sí, claro, a la perfección —masculló—. ¿Quieres hablar con ella?

—No, no hace falta. Te dejo, que tengo masaje.

Sin darle tiempo a decir nada más, colgó.

—¿Qué quería? —preguntó Winter.

—Nada, un control rutinario, supongo. ¿Todavía no has buscado nada?

Hasta a ella le sonó muy brusca la forma de preguntar, pero la llamada de su madre la había mosqueado sobremanera. Tenía que preguntar por Winter, no por ella, para dejarle bien claro de quién se preocupaba más. Aunque por el lado bueno, no había hablado con su hermana, así que se había ahorrado tener que escuchar todas sus quejas como llevaba haciendo todo el santo día. Dio la vuelta al coche apretando el volante con fuerza, mientras esperaba que Winter se dignara a utilizar el móvil para algo más que perder el tiempo, que allí estaban, en el medio de la nada y no sabía qué dirección tomar. Claro que, en aquel momento, solo podía ir en una, así que eso le daba igual.

Capítulo Cuatro

Winter se cruzó de brazos y desvió su mirada hacia la ventanilla, enfurruñada con su madre por enviarlas allí, con las vacas por bloquear el camino y con Kayla por todo en general. Solo veía tierra y más tierra: eso era todo. Literalmente, no había otra cosa.

Cogió el móvil y buscó el siguiente pueblo cercano.

—Dolan Springs —informó.

—¿Por dónde? No veo que ponga nada —comentó Kayla.

—Todo recto hasta Grasshopper Junction, según mi móvil —respondió Winter con tono distraído y sin dejar de teclear—. Luego hasta la gasolinera Chevron y después a la derecha, fácil.

Qué manía con lo de «fácil», pensó Kayla. Si fuera tan fácil, no preguntaría, que aunque la carretera parecía tener una sola dirección, seguro que había más cruces por el camino.

Tras unos minutos en silencio, no pudo por menos que bufar al ver que Winter seguía escribiendo de nuevo en su móvil.

—¿Otra vez hablando con tus amigos?

—Es sábado, el grupo está revolucionado preparando la juerga de esta noche. Juerga que me voy a perder por estar dando tumbos en un lugar que no me siento capaz de describir.

—Nadie te ha obligado a venir. —Kayla aceleró para tratar de llegar cuanto antes.

—Como si no conocieras a mamá —protestó Winter—. Además, tú sola para ocuparte de todo no lo veo.

—Claro, porque tu ayuda va a ser clave en este proyecto —se burló Kayla—. No has hecho otra cosa que protestar desde que hemos llegado.

—¿Y tú no? Que si los bichos, las telarañas…

—No tendríamos que perder el tiempo en ir a ese pueblo a buscar comida de verdad si hubieras hecho una compra en condiciones. ¿Pastelitos y patatas? ¿Sopa de sobre en un sitio donde no hay cocina?

—¿Cómo iba a imaginar que…?

—¡Y las pasas! ¿Qué tienes, cien años? ¿Quién coño come pasas? ¡Es comida de abuelas!

—¿Comida de viejas?

—¡Sí! Pasas, sémola, compota, cabello de ángel, ¡comida de abuelas!

—Yo pensaba que te gustaban.

—Nah, tú qué vas a pensar. Todos los esfuerzos los dedicas a combinar la ropa y estar mona, nada más.

—¿Me acabas de llamar cabeza hueca?

—No te lo tomes así. —Kayla giró a la derecha al visualizar la gasolinera—. Seguro que no soy la primera en decírtelo.

—Perdona, pero trabajamos en lo mismo y ambas hemos estudiado, así que lo de cabeza hueca te lo metes por donde te quepa. Amargada —añadió Winter, cruzándose de brazos para focalizar su atención en el paisaje.

Kayla subió la música para no oír nada más, ¡amargada ella! Porque no procedía, pero en su opinión, una bofetada no sobraba en aquella conversación.

Pasó junto a un cartel que ponía «Welcome to Dolan Springs» con seis cartelitos llenos de indicaciones debajo y se encaminó directa hacia la calle principal.

En efecto, no había mucho en aquel lugar. Casas sueltas aquí y allá, algún que otro establecimiento y… poco más. Sintió una enorme decepción porque, pese a saber que era un pueblo pequeño, había esperado encontrar más vida y comercios.

¿Dónde estaría el supermercado?

Frenó el coche para echar un ojo a ver si veía alguna señal que la ayudara, y entonces escuchó un portazo. Miró a su derecha, lo justo para comprobar que Winter acababa de bajarse del coche. Bajó la ventanilla a toda prisa.

—¿Se puede saber a dónde vas?

—¡A pasear mi cabeza hueca por algún sitio donde no estés tú!

Echó a andar, de modo que Kayla tuvo que volver a arrancar para ponerse a su altura.

—Winter, no seas cría.

—Que me dejes en paz.

—¿Cómo vas a quedarte por aquí sola? ¿Te parece que este sea un sitio donde puedas pedir un taxi cuando te aburras?

—Oh, sí, cierto. Tienes razón, menudo dilema: elegir entre morirme de asco aquí o hacerlo en ese puto lugar siniestro donde hemos dormido.

Kayla alzó una ceja, pensando que no le faltaba razón.

—Al menos allí tienes un saco de dormir.

—Sí, y tú en el lote. Mira, vete a comprar tu comida o hacer lo que sea que hagas cuando no estás trabajando, yo me voy por mi cuenta.

Siguió caminando sin mirar atrás, lo que hizo resoplar a Kayla.

—Muy bien, ¡haz lo que te dé la gana! —exclamó—. Cuando se haga de noche y no sepas cómo volver no me llames.

Torció en dirección contraria, mirando de reojo por si su hermana cambiaba de opinión. Winter no solo no lo hizo, sino que aún se alejó más de ella.

«Estupendo», pensó Kayla. Pues que se largara, ya se acordaría de ella cuando el enfado se hubiera disipado, tuviera hambre, frío, calor, miedo o cualquier otra emoción básica. Ella buscaría un supermercado y volvería a Santa Claus con comida decente, entre eso y el saco de dormir seguro que estaría mejor.

Aceleró hasta perder de vista a Winter, quien desentonaba por completo en el entorno con aquel vestidito y esas botas altas. Algo de lo que ya se había percatado la propia Winter: llevaba demasiado tacón para caminar con tanto garbo por esa carretera.

Se detuvo en cuanto el coche de Kayla desapareció en dirección contraria, ¡la muy…!

No tenía la menor idea de dónde ir, la situación era surrealista: sábado, las siete de la tarde, acababa de pelearse con su hermana y estaba perdida en un pueblo cutre que con suerte tendría dos mil habitantes y no más.

Ojalá estuviera en Boston, con sus amigos, lista para tomarse unas copas y divertirse de baile en baile y local en local.

Bueno, estaba convencida de que en Dolan Springs no existían sitios sofisticados como los que conocía, pero algún bar tenía que haber sí o sí, y para tomarse un par de chupitos le servía cualquier cosa, por polvorienta que fuera.

Sacó el móvil y buscó hasta encontrar uno cercano y que tenía un aspecto aceptable: el Grand Canyon Café, bar y restaurante.

Perfecto, hambre no tenía, pero pensaba celebrar su sábado como pudiera, y si hacía falta, abriría el Skype para ver a sus amigos y así no echarlos de menos. Cómo volver lo pensaría más tarde.

El sitio estaba cerca, por suerte, y llegó sin problemas, a pesar de las botas y la carretera. Era un sitio enorme, con las letras del local estilo oeste, varias mesas fuera y un banco de madera que daba justo al aparcamiento. Todo muy rústico y americano: alrededor no había nada más, excepto un cartel gigante que recreaba a un indio encima de un caballo. No le sorprendería ver otra rodadora por el lugar, desde luego.

Cuando entró al Grand Canyon, los clientes sentados en las mesas enmudecieron al verla. Winter se sentía igual que en una mala película, observada por los presentes sin el menor disimulo, pero fue directa a la barra, que iba de lado a lado, y se sentó en un taburete. Justo enfrente había mesas para cuatro, y al final del local, una zona ligeramente más oscura con una diana en la pared.

Una chica joven se apresuró a acercarse, observándola sin rubor alguno. Era bajita y regordeta, con un rostro simpático y lleno de pecas.

—¡Hola! —saludó, sin dejar de recorrerla de arriba abajo con la vista—. Me llamo Regina, ¿puedo servirte algo?

Winter entrecerró los ojos.

—Hola, Regina —respondió—. ¿Ya es la hora de los cócteles?

—¿Qué?

Regina no parecía entender la pregunta, y Winter se fijó también en que era muy joven, tal vez demasiado para trabajar allí.

—¿Eres mayor de edad?

—Tengo diecisiete. El local es de mis padres. —La joven se encogió de hombros—. ¿Estás de vacaciones?

—Por supuesto. Esto estará muy solicitado como destino turístico, ¿no?

—No, no creas. —Regina no captó su comentario irónico—. ¿De dónde vienes?

—Boston.

La joven camarera continuó su escrutinio sin perder detalle, casi como si tuviera ante sus ojos a algún tipo de celebridad. Con lo aburrido que parecía ser Dolan Springs, Winter lo comprendía a la perfección.

Al igual que el hecho de que debía destacar mucho; todos los presentes, tanto hombres como mujeres, llevaban ropa informal compuesta por vaqueros, botas de *cowboy* y camisetas de manga corta, incluida Regina. Y allí aparecía ella, con un vestidito perfecto para salir por Boston, pero que en ese lugar estaba fuera de lugar. A ver si Kayla iba a tener razón y era una cabeza hueca…

—Vaya, eso está muy lejos —observó Regina.

—Veamos, ¿qué puedes ofrecerme en plan alcohol?

—Lo que quieras. Cerveza, whiskey, vodka…

—¿Un Gimlet?

—Sí, por supuesto. Tenemos lima Rose's y una ginebra de calidad —sonrió la muchacha—. Creo que nadie me había pedido uno antes, así podré practicar algo de la carta de coctelería.

—Y todos contentos. —Winter le dedicó una sonrisa postiza.

Mientras la pelirroja iba en busca de las bebidas para hacer pruebas con ella como conejillo de indias, Winter cogió el teléfono y escribió a su grupo de amigos para que abrieran el Skype. Le entró un ataque de nostalgia salvaje al ver que estaban a punto de entrar a uno de sus *pubs* favoritos, aunque logró controlarse para ofrecerles una panorámica del sitio en el que estaba.

Una vez cerrado el programa, el grupo de WhatsApp se llenó de comentarios jocosos, emoticonos de sombreros de *cowboy* y comentarios de la parte femenina sobre lo bien que sonaba ligarse a un vaquero pese a lo destartalado del local.

Winter echó un vistazo a su alrededor, sin ver ninguno que mereciera la pena. Un noventa por ciento estaba acompañado de su mujer e hijos, y el resto sobrepasaban su límite de edad muy por encima. No, allí no iba a encontrar ningún ligue, estaba claro.

Regina regresó con una botella de lima, otra de ginebra y una copa de aspecto nuevo.

—Tardo un minuto —dijo, empezando a preparar la bebida—. ¿Sabes? El ambiente se anima mucho a partir de las ocho. Hoy es sábado, se llenará.

—Qué bien —murmuró Winter.

—Imagino que esto no se parece en nada a los sitios que habrá donde vives. ¿Cómo es estar en una gran ciudad? Yo nunca he salido de aquí.

La rubia la miró con cierta pena. Que no había salido se lo creía, era obvio, al igual que estaba deseando hacerlo. Dolan Springs se le quedaba pequeño hasta a una muchacha de diecisiete.

—Me encanta la ciudad —explicó—. No soy chica de campo.

—¿Y qué estás haciendo aquí?

—Ojalá lo supiera…

Regina depositó la copa sobre el mostrador con expresión de orgullo. El hecho de que fuera el primer Gimlet que preparaba en su vida no daba mucha confianza, así que Winter lo cogió con recelo. Al probarlo, lo encontró perfecto, con la cantidad justa de lima y ginebra.

—Tienes buena mano —comentó.

—Gracias. Me he estudiado el libro de coctelería muchas veces —sonrió Regina.

—Espero que el resto me los prepares tú. —Winter le guiñó un ojo.

Se tragó la copa de golpe, volviendo a los pensamientos sobre Kayla y el lío en que se habían metido al aceptar la propuesta de su madre. Ninguna quería estar allí, y no solo eso: no se soportaban. Ni siquiera habían podido pasar tres días sin terminar con un cabreo monumental. Vale, entendía que estuvieran con los nervios de punta: el viaje había resultado agotador, la noche una pesadilla y la expedición por Santa Claus desoladora.

Era imposible calcular el tiempo y recursos que iban a necesitar para adecentar aquello. Por primera vez, Winter tenía claro que podían pasar muchos meses hasta que pudiera regresar a su vida. Y suponía que lo mismo le sucedía a Kayla, pero tratarla como si fuera una estúpida descerebrada… no pensaba consentírselo.

De hecho, si se ponía exquisita, su carrera de gestión de empresas era bastante más complicada que jugar a decorar casitas, ¿no? Otra cosa era que Francine no le dejara utilizar sus conocimientos.

Regina acababa de sacarle otro Gimlet, así que Winter lo cogió pensando que era de mala educación rechazar una bebida preparada con tanto cariño.

Entre charla intrascendente con Regina, copas, mensajes de sus amigos, copas, pensamientos negativos y algunas copas más, de pronto Winter se dio cuenta de que había anochecido. Y de que estaba bastante borracha, tanto que no se atrevía a bajarse del taburete.

No sabía cuándo había ocurrido, pero, al mirar a su alrededor, se encontró con que el ambiente del local era ligeramente diferente: la media de edad de los presentes había bajado, al menos un poco, y la música más acorde al día de la semana en que estaban.

Hasta creyó ver algunos hombres próximos a su ratio de edad, algunos con chalecos de cuero y vaqueros. ¡Qué pena! El alcohol ingerido le jugaba malas pasadas y no atinaba a distinguir demasiado los rasgos de nadie.

Era hora de tomar el aire, a ver si se despejaba. De paso pensaría en la forma de volver a casa, porque acababa de mirar el móvil para consultar la hora y de tanto hablar con sus amigos se había quedado sin batería. Estupendo, aunque quisiera llamar a Kayla para suplicarle que fuera a recogerla no podría hacerlo.

—Regina —la llamó, haciendo un esfuerzo por vocalizar bien.

—¿Sí? —La muchacha apareció frente a ella, solícita.

Por cómo la miraba, Winter se dio cuenta de que la veía como la típica mujer empoderada, una de esas ejecutivas que se veían tan elegantes tomando su copa embutidas en un traje. Pobre, si supiera que mentalmente estaba haciendo cálculos sobre cómo bajar sin estrellarse ni enseñar la ropa interior...

—¿Estoy muy mal?

—¿Cómo?

—Por fuera, si se me ve mal. Muy perjudicada.

—¡Ah! —Regina se alejó para observarla—. No, para nada. Bueno, al hablar un poquito, arrastras las palabras, suena gracioso. Y tienes el maquillaje perfecto, te aseguro que algunas de las que se emborrachan por aquí terminan pareciendo un cuadro de Picasso.

—Es bueno saberlo —murmuró Winter—. Voy a salir a tomar el aire, ¿vale?

—Sí, claro, tranquila. Puedes pagar al final de la noche, cuando te vayas. ¿Cómo has venido y cómo vas a volver?

—Esa es la mejor pregunta del mundo.

Winter se bajó del taburete con cuidado, esforzándose por mantener el paso recto y así no llamar la atención. De todos modos, la gente estaba muy entretenida, y como todos bebían... sí que la miraban, cierto, seguro que más por el hecho de ser una cara nueva que no por su estado.

Dejó a Regina con gesto perplejo en la barra y salió a la entrada, esperando que una brisa fresca la recibiera. No fue así y quedó consternada, ¡si era de noche! En Boston, lo de salir a tomar el aire funcionaba. Te despejaba, y un rato después podías volver dentro como nueva. Allí seguía haciendo una temperatura similar a la del mediodía, pese a que eran casi las once.

El cielo estaba lleno de estrellas, eso sí, un paisaje que no era muy común de ver en Boston. Bien, podía mirarlo un rato a ver si de ese modo su cabeza se despejaba. Fue derecha al banco de madera de la esquina, no tan a la vista de los coches y de la gente de paso en la entrada, y se dejó caer sobre él. Muy incómodo, echaba de menos el sofá. Su querido sofá.

Ya estaba preparada para entrar en otro bucle de lloriqueos mentales cuando la hilera de motos aparcadas frente a ella llamó su atención.

¡Siempre igual! Allá donde iba, encontraba motos y motos que no hacían sino recordarle su experiencia. Sin apresurarse —Winter salía bastante y tenía bien controlados sus movimientos cuando bebía de más, lo justo para no perder la elegancia—, se incorporó del banco y se acercó hasta la barandilla.

Por norma general no se hubiera acercado a ninguna moto, pero el alcohol hacía de las suyas, dejaba atrás ese miedo que asomaba en su corazón cuando estaba ante una.

Sin saber cómo, se metió por el hueco de la barandilla y apareció justo frente a la hilera de motos.

«Y sin perder el equilibrio. Soy la mejor borracha del mundo», se dijo, divertida.

Al menos había diez, si la vista no la engañaba. Se fijó en la primera, la que tenía más cerca, negra con algunos detalles en rojo que la hacían destacar.

Winter pasó la mano por el manillar con cuidado y un escalofrío la recorrió, incluso en el estado de embriaguez en el que se encontraba. Dios, ¡cómo había echado de menos aquello! Por debajo del miedo notaba un deseo casi irrefrenable de subirse encima.

Y encima era una moto muy bonita y bien cuidada, de las que te hacían desear hacerte con una al momento. Hasta tenía el tamaño perfecto: no tan grande como para que el conductor pecara de llamar la atención, ni tan pequeña como para pasar desapercibida. Conocía bien el mundo de las Harley, y aquella era una…

—¿Te gusta?

La joven alzó la vista y dejó de tocar el asiento. De haber estado sobria habría pegado un salto para después murmurar una excusa precipitada, a la gente no solía gustarle que le toquetearan sus medios de transporte… pero todas las copas que se había tomado cumplían su función a la perfección. Sentía una tranquilidad tremenda y ni siquiera el tío vestido de cuero apoyado en la entrada podía sacarla de ese estado.

—Es una Road King —contestó, tratando de que no se notaran las copas en su voz—. Muy chula.

Se alejó de la moto, dispuesta a regresar a su querido banco de madera. Viejo y gastado, pero su mejor amigo desde que había salido a despejarse con un poco de aire fresco nocturno. Enseguida recordó que la idea de aire fresco nocturno era ridícula en Arizona.

Entrecerró los ojos para mirar al de la cazadora de cuero, tratando de analizarlo sin demasiado éxito. Nada, el alcohol hacía de las suyas… parecía guapo, pero a saber. Tampoco era la primera vez que creía estar hablando con un Brad Pitt para al día siguiente descubrir que más bien era un Al Pacino.

—Vaya, veo que entiendes de motos.

—Es que yo antes tenía una. Hace años. Unos cuantos años.

En su cabeza, se preguntó por qué hablaba con frases tan cortas y elementales hasta el punto de parecer retrasada. No lo podía evitar, ¡y además el esfuerzo de no parecer borracha le costaba muchísimo!

—¿Qué modelo?

El hombre se acercó y ella lo miró de reojo, concentrada en distinguir mejor sus rasgos. Nada, estaba desenfocado, aunque parecía mono. Un ángel motero de ojos azules y barba de tres días.

Frunció el ceño ante aquella idea estúpida sobre alguien a quien veía como en una mala foto y se acomodó en el banco como si estuviera en el sofá de su casa.

Ese sofá que tanto extrañaba…

Lo escuchó hablar y se puso alerta, ¿aún seguía allí? Mierda. No estaba como para mantener una conversación, en serio.

—¿Qué?

—¿Cuántas copas te has tomado?

Incluso con tantas dosis de alcohol, Winter percibió el tono irónico. Por norma general se defendía bien con la gente sarcástica; sin embargo, en aquel momento no estaba en plenas facultades.

—Seis, o siete. Quizá alguna más —contestó, de nuevo hablando despacio.

—¿Quién eres? No te había visto nunca.

—Winter.

—¿Winter? ¿Eso es un mote o un nombre de verdad?

—Un nombre. —Se encogió de hombros—. Es que mi madre es muy excéntrica.

—¿Estás de vacaciones o algo así?

Winter sufrió un ataque de risa que apenas pudo controlar. Dios, qué imagen debía estar dando… si acaso le importaba su imagen en aquel pueblucho, claro. Controló las risitas como pudo, porque, ¿quién en su sano juicio iría de vacaciones allí?

—Trabajo.

—¿Trabajo? ¿Aquí, en Dolan Springs?

—No, qué va. A una media hora en coche —explicó Winter, arrastrando las palabras—. Un sitio donde no hay nada.

Hubo un breve silencio, en el cual el desconocido permaneció pensativo.

—No hay ningún pueblo a media hora.

—No es un pueblo, no es nada. No hay tiendas, ni cafeterías, está abandonado. Como los pueblos fantasma de las películas de terror.

—¿Hablas de Santa Claus?

—Sí, eso, Santa Claus. —Winter se sintió feliz por recordar el nombre.

—Pero si allí no hay nada.

—Exacto, es justo lo que acabo de decir.

El desconocido se sentó a su lado en el banco, lo que no importó a la chica en absoluto. Mientras en su cabeza lo siguiera viendo mono, el resto no importaba: era mejor estar entretenida de charla que no pensar en cómo iba a regresar a su casa semi derruida.

—¿Y qué trabajo puede haber allí?

—Mi madre lo ha comprado —la joven trató de usar un tono de voz normal para así dejar de arrastrar las palabras—. En una subasta. Se fue borracha a una subasta.

—Ah, así que lo de beber te viene de familia.

Vaya, qué gracioso. Winter pensó algo que decir al mismo nivel, y no le salió nada. Mierda.

—¡Y cómo no voy a beber! Aquello está en un estado terrible.

—Sí, es un pueblo fantasma. Lleva deshabitado desde…

—Dos mil tres —refunfuñó Winter—. Se nota, se nota. Hemos tenido que dormir ahí y, en fin, mejor te ahorro los detalles.

—¿Quiénes? ¿Hay alguien más contigo?

—Mi hermana. Hermanastra. —La joven permaneció pensativa—. Si eres hija de la misma madre, pero de distinto padre, ¿eres hermana o hermanastra?

Hubo un breve silencio por parte del motero, hasta que lo oyó carraspear.

—Hermana, creo.

—Sea como sea, es una idiota. Va de superlista, ya sabes, todo lo sabe. Como es la mayor…

—¿Quieres decir que estáis viviendo allí? ¿Que vais a vivir allí?

—Esa es la idea. Arreglarlo y venderlo. Así trabajamos en la empresa de mi madre, arreglamos cosas y después las vendemos.

Winter se recolocó mejor, porque empezaba a estar incómoda sentada. Si se esforzaba, hasta podía olvidar la dureza de la madera.

—Qué locura, ¿quién va a comprar nada allí?

—¡Gracias! Eso mismo pensamos nosotras. Nadie en su sano juicio. Ni una sola persona. Esto es una mierda y quiero volver a casa.

Oyó una risita y se semi incorporó, irritada. Claro, qué gracia le hacía a aquel desconocido que estuvieran viviendo en un sitio casi en ruinas. Muy divertido, sí.

—¿Cómo has acabado aquí?

—Íbamos en busca de un supermercado y nos hemos peleado. Ella me ha llamado cabeza hueca y yo le he dicho que es una amargada sin amigos.

—Muy cruel.

—Es verdad, no tiene amigos.

—¿Cómo piensas volver a casa?

—No tengo ni idea —replicó Winter, entrecerrando los ojos—. ¿Pasa algo si me quedo en este banco a pasar la noche? ¿Regina me reñirá?

Apoyó la cabeza en su propio hombro, ya cansada. Cansada del viaje, de no haber podido descansar, de las broncas con su hermana y de los sentimientos negativos en general. Entre eso y los Gimlets, necesitaba cerrar los ojos. Solo un ratito.

—No puedes quedarte aquí sola ¿estás loca?

—No estoy sola, estás tú. No sé ni tu nombre, vale, pero…

Winter dejó de hablar, vencida por una mezcla de cansancio y alcohol. El hombre vestido con cazadora de cuero y vaqueros permaneció estupefacto, sin saber qué hacer.

Justo en aquel momento, las puertas se abrieron y otro hombre con ropa similar se asomó. Echó una mirada hasta localizarlo.

—¡Ah, estás ahí! —exclamó, encaminándose hacia él—. Joder, Travis, empezaba a pensar que habías usado la excusa de tomar el aire para hacer una bomba de humo.

Según se aproximaba hacia su amigo, cayó en la cuenta de que no estaba solo.

—La leche, ¿y esto? —preguntó, al llegar su altura.

—No sé, Logan, estoy flipando tanto como tú.

El recién llegado, alto, de pelo castaño y guapo, con unos ojos tan azules como los de su amigo, observó perplejo la escena: una chica rubia a la que ninguno conocía, con un vestido corto y unas piernas kilométricas, semi inconsciente en un banco de madera del Grand Canyon.

—Ya sé que dices que las chicas se desmayan a tu paso —comentó—, pero a esta directamente la has matado de la impresión, ¿no?

—Ja. Qué va, he salido a tomar el aire y ahí estaba, mirando mi moto. Tiene una tajada de concurso.

—No es de aquí, eso seguro —comentó, señalando su atuendo—. ¿Se habrá perdido?

—Esto es lo mejor de todo, no te lo vas a creer. Dice que su hermana y ella están en Santa Claus, al parecer su familia tiene una empresa que compra, restaura y vende, y las han enviado aquí a ver si hacen algo de provecho.

Logan frunció el ceño, ¿Santa Claus? Si allí no había nada, excepto edificios en mal estado y animales salvajes. Se cruzó de brazos, pensativo.

—¿Su hermana y ella?

—Hermana. Hermanastra —comentó Travis, y lo miró—. Si eres hija de la misma madre, pero de distinto padre, ¿eres hermana o hermanastra?

—¡Y yo que sé! Hermana, supongo.

—Pues eso, dice que viven allí mientras hacen las reformas.

—Qué locura, ¡si debe estar cayéndose a pedazos! —Vio a su amigo encogerse de hombros—. ¿Y cómo pretenden hacer las reformas? Con lo lejos que está de Kingman…

Los dos permanecieron callados unos instantes, en espera de que Winter se despertara. Algo que no parecía estar en los planes de la joven, que se acomodó mejor en el banco.

—¿No habrá venido en coche?

Travis iba a contestar cuando escucharon las puertas otra vez. Otros dos hombres con idéntica indumentaria se asomaron en su busca.

—¡Eh! ¿Qué hacéis ahí? —exclamó uno—. ¡Ezequiel nos está dando la paliza del siglo con los dardos, os recuerdo! ¿Cuánto tiempo necesitáis para tomar el aire, cabrones?

—Ahora vamos —respondió Logan—. Tenemos un pequeño problema.

Al escuchar aquello, los recién llegados decidieron sumarse a la reunión junto al banco, poniendo la misma cara que Logan al llegar y encontrarse con la escena.

—¿Quién es? —preguntó uno, de edad superior al resto y con una barba pelirroja muy llamativa.

—No me suena —comentó el otro—. Pero tiene buenas piernas.

—¿Qué hacemos? —preguntó Travis, mirando a Logan—. No podemos dejarla aquí sin más, le podría pasar cualquier cosa.

—¿Y si llamamos a la hermana? —propuso Logan—. Puede venir a recogerla y listo.

—Buena idea.

—¿Alguien quiere explicarme de qué habláis?

—Cállate, Reece.

Travis agarró el bolso de la joven y rebuscó en su interior hasta encontrar el móvil. Mientras intentaba encenderlo, el de la barba pelirroja cogió su cartera para averiguar algo más.

—Winter Hennessy —leyó—. ¿Boston? Está un poco lejos de su casa.

—El móvil no tiene batería —anunció Travis.

—Joder —dijo Logan, y miró a los otros dos—. Harrison, Jaden no ha traído la furgoneta, ¿verdad?

El pelirrojo negó, quitándose el sombrero.

—No, hemos venido todos en moto —replicó.

—A lo mejor Morty puede decirle a su padre que le deje la suya —propuso Reece—. Aunque no creo, nunca lo hace desde aquel golpe en la sesenta y dos.

Logan y Travis se miraron, indecisos. No tenían el teléfono de la hermana para avisarla del problema, y lógicamente no iban a dejar a una chica casi inconsciente tirada en un banco. No era que Dolan Springs fuera un pueblo criminal, pero nunca se sabía.

—Habrá que llevarla —dijo al final Travis.

—¿Hasta Santa Claus?

—Está a veinte minutos, ¿se te ocurre alguna idea mejor?

—Voy a avisar a los chicos —informó Reece, desapareciendo antes de que ninguno pudiera decirle nada.

Harrison carraspeó, interponiéndose entre sus dos amigos y la chica del banco.

—A ver que me entere, ¿queréis coger a una chica borracha que ninguno conoce y llevarla hasta Santa Claus? ¿Sabéis lo rematadamente mal que suena eso?

Logan asintió mientras Travis se encogía de hombros.

—¿Y qué hacemos? ¿La dejamos aquí tirada?

—Podríamos dejarla dentro del local… —propuso Harrison.

—¿Cómo, dentro del restaurante? ¿Pero qué dices? ¿Si fuera tu hermana te parecería bien?

El aludido suspiró, frotándose la barba.

—Vale, vale, ha sido una idiotez. Estoy pensando…

No tuvo tiempo de terminar la frase cuando el resto del grupo se reunió con ellos, todos muertos de curiosidad. Las noches de los sábados casi siempre eran iguales, así que cualquier novedad era bien recibida. Completaban el equipo Ezequiel, Simon, Morty y Jaden, todos con sus camisetas blancas de manga corta y los chalecos de cuero típicos de los moteros. Por detrás, el nombre del club:

Rattlesnakes. Las serpientes de cascabel eran muy típicas de la zona, así que era apropiado.

—Vale, está bien —aceptó Logan—. La llevaremos a Santa Claus con su hermana. Pero —se giró hacia Travis—, como nos pare la policía o algo nos vamos a meter en un buen lío.

—¿Qué dices de Santa Claus? —preguntó Ezequiel—. ¡Si allí no hay nada!

—Luego te lo explico —contestó Logan—. ¿Cómo vamos a llevarla? ¿Alguien ha traído su casco?

Nadie contestó, y él sacudió la cabeza.

—Qué desastre.

—Se suponía que no íbamos a conducir más por hoy —se defendió Morty.

—Ya la llevo yo —se ofreció Jaden, el más joven del grupo—. No se me caerá, prometido.

—No, que tú tienes las manos muy largas. —Logan rechazó la idea—. Travis, hazlo tú. Eres quien mejor controla con la moto.

Travis asintió, y aquello pareció convencer al resto, porque ninguno protestó. Al ver que todos se encaminaban hacia sus motos, Logan se cruzó de brazos.

—De verdad, no hace falta que vayamos todos. Ya lo acompaño yo por si acaso, el resto os podéis quedar aquí y seguir con la partida de dardos.

—¡Y una mierda! —dijo Ezequiel, que ya estaba arrancando su moto—. ¿Y perdernos la diversión?

Logan se acercó a su amigo con una sonrisa en el rostro.

—¿Te ayudo, o puedes con la bella durmiente del banco?

Travis podía con ella sin duda, aunque lo de llevarse a una desconocida en brazos no dejaba de darle cierto respeto. Como bien había dicho Logan, si por alguna casualidad del destino se encontraban con la policía, la situación podía volverse rara. Los conocían, por descontado, pero eso no ocultaba el hecho de que eran diez tíos llevándose a una chica inconsciente a saber dónde. A él tampoco le daría buena espina, desde luego.

La levantó sin el menor esfuerzo, aliviado al ver que la chica colaboraba y no iba a ser un peso muerto, y se la llevó en brazos hasta su moto. Logan le echó una mano para que estuviera más o menos segura dentro de las posibilidades, y le dio unas palmaditas.

—Te seguimos —dijo, con una sonrisa.

Winter no se enteró de que iba montada encima de un tío que a su vez iba montado en una moto. Abrió los ojos con dificultad más o menos a mitad de camino, notando cómo el aire alborotaba su cabello, y se dio cuenta de que iba tan cerca del ángel motero que su barba le hacía cosquillas en la mejilla. A pesar del alcohol y el sueño, fue consciente de que ninguno llevaba casco, y de que no conocía de nada a aquel tipo… pero, por si acaso, se sujetó bien a él. Ya pensaría en su irresponsabilidad en otro momento, cuando estuviera sobria.

Capítulo cinco

Kayla se encontraba sentada sobre la mesa del comedor, con las piernas cruzadas. Hacía un rato que se había hecho de noche y no dejaba de consultar la hora, tanto para comprobarla como para no estar totalmente a oscuras. Era tarde, muy tarde, y estaba intranquila, pero no se decidía a tomar ninguna decisión porque sabía que su hermana solía volver ya de día. Sin embargo, la situación era ligeramente distinta, dado que estaba en un lugar desconocido. Además, había intentado llamarla, y el móvil le salía apagado o sin batería, ¿y si le había pasado algo?

Apartó esa idea de su cabeza, molesta. No, seguro que se encontraba bien y lo de apagar el teléfono era su manera de castigarla, ¡como si no la conociera!

De ese modo se aseguraba de tenerla inquieta y preocupada mientras ella se divertía, si es que eso era posible en el pueblo cutre donde la había dejado.

Probó a llamar de nuevo y no tuvo éxito. Joder, ¿por qué se le había ocurrido dejarla allí tirada, sola? Ahora la idea de que le hubiera ocurrido algo no se le iba de la cabeza y, como fuera cierto, se sentiría estúpida por haber dejado pasar ese tiempo muerto en lugar de coger el coche y dar vueltas para buscarla.

Se estaba planteando moverse cuando escuchó un ruido lejano que sonaba a motor.

Ay, Dios, ¿un coche se acercaba? ¿A qué iba allí? ¿Sería un taxi? Desde luego, si alguien podía conseguir uno, esa era Winter. Era capaz de aburrir a las piedras hasta que estas decidieran transportarla, o sea que con un pobre taxista era pan comido.

Según el ruido se intensificaba, se dio cuenta de que no era un coche, sino varios.

¡Mierda, mierda, mierda!

Saltó de la mesa y corrió hacia la puerta principal para echar un vistazo por una de las ventanas rotas. Vio puntos de luz que se hacían más grandes a medida que se aproximaban hasta la entrada y se quedó con la espalda pegada contra la pared. Eran motos, ¡por Dios! Y unas cuantas, a juzgar por todo el ruido que metían.

Cruzó el salón para ir a coger el bate y regresó hasta la puerta, deseando que pasaran de largo, porque… ¿quién no sabía que aquello era una mala señal?

En el mejor de los casos, seguro que eran una panda de capullos que utilizaban Santa Claus para beber, fumar, drogarse o cualquier otra barbaridad. Y en el peor… no quería ni pensarlo, podían estar allí para robar. O secuestrarla.

¡Eso es! Seguro que ya tenían a Winter en su poder, esta les había hablado de ella y allí estaban, dispuestos a sacarle dinero.

¿Y si querían matarla? A lo mejor eran asesinos a sueldo. O sicarios. ¿O era lo mismo?

Contuvo la respiración al escuchar cómo los motores se apagaban. Su corazón latía de forma descontrolada por el miedo, y ni siquiera el bate le daba seguridad, pero… ¿qué más podía hacer? No tenía dónde huir, en ese sitio perdido de la mano de Dios tampoco iba a ayudarla nadie, no sabía a qué teléfono debía llamar para contactar con la policía, y su coche no se encontraba a mano, sino aparcado detrás.

¿Por qué puñetas lo había dejado detrás?

Se estaba reprendiendo mentalmente por gilipollas cuando oyó el ruido de botas en el suelo. Un paso, dos, tres, y…

Kayla salió a la entrada, sujetando el bate de manera amenazante.

—¡Ni un paso más! —exclamó—. ¡Tengo un bate y no me da miedo usarlo!

A pesar de la oscuridad, las estrellas hacían que se pudiera distinguir más o menos lo que tenía delante. Cuando fue consciente, se le cayó el alma a los pies, porque allí había unos nueve o diez hombres, nada menos. Los focos de las motos no ayudaban mucho, puesto que al darle de frente, la deslumbraban y solo delineaban las siluetas, que pudo contar.

Diez hombres que permanecían en silencio, mudos. Kayla no se dejó engañar, ¡seguro que estaban pensando su estrategia! Nada bueno querían, ¿por qué sino se presentaban diez tíos en su casa en plena noche?

—Tiene un bate —escuchó decir, aunque no fue capaz de identificar de dónde provenía la voz, o más bien, de qué figura encuerada.

—Y no le da miedo usarlo —comentó otra voz.

Ese tono tenía un leve matiz burlón, que lo único que hizo fue crispar más a Kayla.

—¡Ya sé cómo funciona esto! —dijo.

—Ah, ¿sí? —preguntó el que más cerca de ella estaba—. Cuéntanos, por favor, ¿cómo funciona?

—Habéis venido hasta aquí para asustarme y que os pague, o algo.

El hombre se frotó la barbilla, pensativo, y después se giró hacia el resto.

—Pues no es mala idea —comentó—. ¿Cómo es que nunca se nos ha ocurrido?

Kayla creyó escuchar una risita. A pesar de todo, no se amilanó. Aquello era como estar frente a un perro, si detectaba que tenías miedo estabas perdido.

—Sí, me vais a pedir dinero por protección —siguió—. ¡O queréis usar esta localización para entregas de drogas! Cualquier cosa, ¡veo *Hijos de la anarquía*, sé cómo va esto!

A su comentario sobrevino un silencio que hasta a ella se le hizo eterno, ¿qué pasaba, no tenían nada que decir? ¡Pues menuda panda de traficantes, con que poco se les dejaba mudos!

De pronto, escuchó:

—Joder, *Hijos de la anarquía*. ¿De cuándo es esa serie? ¿Aún la echan?

—No estarás hablando de *Los mayas*, ¿verdad? Porque esa sí es actual…

Kayla seguía con el bate en alto y la mirada confusa, ¿en serio estaban charlando sobre series de televisión?

—A ver, monada, un poco de calma —intervino otra vez el primero—. Aquí nadie va a robar a nadie, ¿de acuerdo?

—¿Entonces qué queréis? ¡Porque presentarse en mi casa de noche es para asustarse, desde luego!

—Te hemos traído una cosa. ¿Puedes dar la luz para que esto no sea tan raro?

—No hay luz. ¡No tengo luz! —exclamó.

—¿Que no tienes luz?

—¡Mira a tu alrededor! ¿Acaso ves algo de utilidad en este lugar, excepto arañas, cascotes, una cama de mierda y animales salvajes? ¡No, no tengo luz, si apenas tengo agua!

—¿Se han saltado los plomos?

—¿Qué plomos? ¡No hay panel de luces, listillo!

—El bate, monada, el bate.

Kayla se dio cuenta que al chillar estaba moviendo el arma hacia él de manera amenazadora, así que lo apoyó contra el suelo con una mueca. A esas alturas dudaba que el tema tratara de drogas o dinero, pero de todos modos no lo soltó. Nunca se sabía…

—No me llames monada, ¡no soy tu monada!

—Vale, vale, tranquila. Joder, ¡qué humor!

—¿Y qué humor se supone que debo tener cuando me asalta un grupo de desconocidos con pintas poco tranquilizadoras?

Volvió a escuchar otra vez ese ruido y entonces sí, se dio cuenta de que eran risas. Casi todos los moteros vestidos de cuero se estaban riendo a carcajadas, seguramente de ella, su altura ridícula y el bate con el que pensaba que podía acabar con alguno de ellos. ¡Panda de cabrones!

—Muy bien. Soy Logan. —El hombre le alargó la mano.

Ni de broma pensaba Kayla estrechar la mano a ningún intruso, ¡faltaría más!

—¿Y qué?

—Ya no soy un desconocido. Y como muestra de buena fe, intentaré dar la luz para que veas que hemos venido en son de paz, pero solo si me prometes soltar ese bate tan peligroso.

—¿Te crees que voy a dejarte entrar en mi casa por voluntad propia?

—A ver, tienes las ventanas rotas. Vamos, que puedo entrar sin que me dejes, igual que cualquier extraño.

Ella frunció el ceño al darse cuenta de que llevaba razón. Vaya con el motero, ¡menudos aires de superioridad!

—¿Y cómo piensas dar la luz?

—Conozco el rancho, monada. Sé dónde está.

Con un refunfuño, Kayla se hizo a un lado para dejarlo pasar. Dejó caer el bate al suelo a regañadientes, atenta por si alguno pretendía aprovecharse de ello. Ninguno hizo ademán de nada, así que se permitió tranquilizarse un segundo. Resultaba obvio que, de querer hacerle cualquier daño, ya lo habrían hecho porque, siendo realista, su presencia no era un obstáculo. Su maldito metro cincuenta y cinco no amedrentaba, no…

Se cruzó de brazos, furiosa.

—¿A qué habéis venido? —preguntó, elevando el tono.

—Sí que parece un poco estirada, sí —escuchó decir a otro, seguida de nuevas risitas.

La chica abrió la boca, dispuesta a soltar otra retahíla de exabruptos que los dejara a la altura del betún. Ya no era el susto que acababan de pegarle, ¡encima se permitían el lujo de burlarse de ella en su propio terreno!

Sin embargo, antes de que pudiera decir nada, el porche se iluminó, y con él, a todos esos moteros que tanto parecían divertirse a su costa. La bombilla no tenía demasiada fuerza, o sea que la visión tampoco era para tirar cohetes, aunque resultaba mejor que nada.

Miró a los recién llegados, reacia a relajarse, pese a que absolutamente todos sonreían o se veían divertidos por la situación, lo que chocaba de manera radical con su idea de que estaban allí para hacerle alguna putada.

—Repito —insistió—. ¿A qué habéis venido?

—A ver, ¿esto es tuyo?

Y entonces, Kayla se dio cuenta de que uno de ellos llevaba a su hermana en brazos. Sintió un alivio inmenso al verla, aunque este se transformó en preocupación casi al instante.

—¡Winter! ¿Está bien? ¿Qué le ha pasado? —preguntó, acercándose a toda prisa.

—Nada, está bien. Bueno, se ha bebido medio bar… dejando eso aparte está perfecta, es de esas que se ponen graciosas cuando se emborrachan.

Kayla frunció el ceño al chico de ojos azules que cargaba a su hermana. Este carraspeó y al momento dejó de sonreír para poner expresión inocente.

—Lo siento —dijo—. Tú debes de ser la hermana amargada.

—¿Cómo dices?

—Sssshhhh, Travis, no lo empeores, ¿no ves que está a punto de estallar?

Kayla escuchaba tantas risitas que era incapaz de adivinar de quién venían, cada vez que miraba a uno, este se apresuraba a poner cara compungida. ¡Era tan inmaduro todo…! Porque vamos, de adolescentes no tenían nada, eran todos de su edad o similar. Y si con treinta y pico se comportaban así, una de dos: o mucho se aburrían o, como todos los hombres, eran unos infantiles de cuidado.

Miró al que la había llamado amargada, aún enfadada.

—¿Te llamas Travis?

—Depende. Si es para algo malo, no.

—Pasa, por favor. Para que dejes a mi hermana dentro, si no te importa.

—Sí, eso sería genial. Lleva tanto rato encima de mí que empiezo a ponerme nervioso.

Otra vez las risitas. Kayla lanzó una mirada avinagrada que los hizo callar al momento. Pasando por alto la broma, abrió la puerta para que él pudiera entrar.

Una vez en el interior, Travis miró a su alrededor, sin tener claro dónde iba a depositar a la bella durmiente del banco, ya que no veía ningún sofá ni nada similar.

—¿Puedes llevarla arriba, a la cama? —preguntó Kayla.

—Vaya, qué raro suena así, tan directo…

—¡Ni una broma más! —exclamó ella, furiosa.

—Bien, bien. Joder, qué genio para ser tan bajita…

Kayla enmudeció, sin poder creer lo que acababa de escuchar. Pero, ¿qué educación era aquella? En Boston a nadie se le ocurriría hacer bromas respecto a su altura, o a cualquier aspecto relacionado con el físico: sabían lo que era la corrección política.

Travis desapareció escaleras arriba, y entonces ella recordó que el otro motero, el que había devuelto la luz a sus vidas, aún andaba por la casa. Genial, perfecto, tenía dos desconocidos rondando por allí sin control y…

—¿Cuánto tiempo lleváis aquí sin luz?

Kayla dio un bote al escuchar la voz masculina justo detrás y levantó el bate de forma inconsciente al darse la vuelta.

—Y dale con el bate… —murmuró él.

—¡No te acerques así!

—Así, ¿cómo?

—Tan en silencio, como si tramaras algo.

—Mi malvado plan consistía en encender la luz y acabo de hacerlo, ¿no crees que deberías…?

—¿Cómo lo has hecho?

—De la forma habitual, yendo al panel y…

—¿Dónde está?

—¿Haces eso siempre?

—¿El qué?

—Interrumpir a la gente cuando habla, mon...

—¡No me llames monada! ¡Y no interrumpo a la gente! —Al momento se dio cuenta de que acababa de hacerlo y carraspeó—. ¿El panel?

Logan señaló un cuadro colgado en la pared junto a la puerta de entrada. Pues vaya con la gente de Boston, mucho acento pijo y mucha universidad famosa y parecían desconocer la buena educación, puesto que todavía no había escuchado un «gracias» de su boca.

La observó acercarse de forma lenta al cuadro, con el bate aún en alto, y utilizar el extremo para tocar el marco y moverlo hacia un lado hasta descubrir parte del panel.

—Pues sí que estaba ahí —murmuró.

—Claro que está ahí, ¿qué pensabas? ¿Para qué te iba a mentir? ¿No eres un poco desconfiada?

—¡No soy desconfiada! —Escuchó madera crujir en el piso superior y se dio cuenta de que había dejado sola a su hermana con un completo desconocido—. ¡Winter!

Echó a correr y Logan puso los ojos en blanco, siguiéndola con parsimonia. Después de todo, medía unos treinta centímetros más que ella, así que cada paso suyo, eran dos. Además, la vio reducir la velocidad en las escaleras para pisar con cuidado, lo cual le facilitó alcanzarla enseguida.

—La escalera es maciza —comentó, mientras subía tras ella—. No hay peligro de que se caiga y los escalones deberían ser seguros. —Ella le lanzó una mirada furibunda por encima del hombro y Logan levantó las manos—. Aunque no seré yo quien te diga que no desconfíes.

La chica resopló y continuó su camino, sujetando el bate con fuerza. ¡Qué manía con que era una desconfiada! ¿Acaso le había dado con el bate? No, ¿verdad?

Llegó al final de la escalera y se encontró con que Travis estaba en el pasillo, aún con Winter en brazos.

—¿No ibas a dejarla en la cama?

—Claro, cuando la encuentre. Esa habitación no tiene techo y esa un agujero en el suelo, tú me dirás.

—Es ahí. —Señaló la puerta con el bate—. ¿Es necesario que te la arrimes tanto?

Winter suspiró sin despertar de su sueño alcohólico y se acurrucó aún más contra el pecho del chico, que pasó su mirada de la «hermana inconsciente» a la «hermana amargada».

—Te juro que no llevo velcro.

Logan emitió una risita, que contuvo ante la mirada furibunda que le lanzó Kayla. Visto que el ceño de la chica no se relajaba, Travis decidió dejar las bromitas para otro momento y se dirigió a la habitación señalada. Empujó la puerta con el codo y entró.

—En el lado derecho —indicó Kayla, de nuevo con el bate.

Travis fue hasta allí y, con cuidado, dejó a Winter en el saco que había en ese lado y la tapó, aunque sin cerrar la cremallera.

—Como de acampada familiar, ¿no? —comentó Logan.

De nuevo, Kayla se sobresaltó al escucharlo detrás de ella. Pensaba que se había quedado fuera, pero no, ahí estaba: a su lado, con las manos en los bolsillos y examinando la habitación.

—¿A ti te parece esto un *camping*?

—Lo decía por los sacos. —Se encogió de hombros—. Mon… Chica, qué susceptible eres. —Miró la cama—. ¿Cómo lo haces?

Kayla lo miró sin entender. ¿A qué se refería? ¿Hacer qué? A ver si bajo aquella apariencia inofensiva y tanta bromita, al final tenía delante a un par de delincuentes y le estaba preguntando cómo lo hacía en la cama, cosa que no pensaba ni plantearse responder. Apretó de nuevo el bate, retrocediendo hacia la cama para interponerse entre el tal Travis y su hermana inconsciente, aunque estaba segura de que no tenía nada que hacer contra ninguno de ellos. El que había dado la luz —¿Logan, había dicho?— era mucho más alto que ella. Vale, eso no era difícil, solo que además veía que no estaba para nada como esos moteros pasados de rosca gordinflones y con barbas descuidadas. Ni él, ni ninguno del grupo. De hecho, ni siquiera la ropa aparentaba estar rota o sucia, no se parecían en absoluto a la imagen que tenía en la cabeza de un grupo de moteros del profundo Oeste.

Claro que la imagen no importaba, sino los hechos, y esos eran que estaba sola en una habitación con dos desconocidos con intenciones ocultas.

—Subir —contestó Logan.

Travis se había colocado a su lado y le dio un codazo, apretando los labios para no reírse. Obviamente, la chica no había pillado lo que decía, porque los miraba con cara de no entender nada.

—¿Qué pregunta es esa? —dijo ella, mosqueada—. ¡Acabamos de subir por la escalera!

—¿Todos gritan tanto en Boston? —comentó él.

—No creo, su hermana hablaba normal en el bar —dijo Travis, encogiéndose de hombros.

—Me refería a la cama —aclaró Logan—. Ya es alta de por sí, y ese colchón debe medir la mitad que tú.

A pesar de saber que estaba totalmente a salvo y que le sería fácil defenderse de un eventual ataque con el bate, por un segundo temió por su cabeza —o quizá, partes bajas, que era donde mejor llegaría ella— al ver cómo el rostro de la chica cambiaba de color y se iba poniendo cada vez más roja. ¡Si solo estaba bromeando para intentar aligerar el ambiente, que la veía tan tensa que parecía que fuera a explotar!

—Será mejor que nos vayamos —comentó.

—Sí, será mejor —corroboró Kayla, entre dientes.

Los siguió hasta la escalera, por si no se iban de verdad. Aunque recordó las palabras de Logan respecto a las ventanas y no estaba nada tranquila al respecto, la verdad.

—¿Qué plan tenéis para arreglar esto? —preguntó Logan, cuando llegaron a la puerta de entrada.

—¿Y a ti qué te importa?

Él cogió aire, armándose de paciencia. No se enfadaba con facilidad, pero aquella bostoniana estaba consiguiendo que su buen humor habitual comenzara a amargarse… Ahora entendía el mote, si es que no solo ella era así: lo contagiaba.

—Lo preguntaba porque necesitaréis gente, diferentes gremios y...

—Gracias —masculló la chica—. Me dedico a esto, no necesito que venga ningún machito con chaqueta de cuero a explicarme cómo tengo que hacer las cosas y me hable como si fuera una rubia tonta.

Travis emitió un silbido de «chica, has metido la pata hasta el fondo» y abrió la puerta, aunque no llegó a salir para no perderse nada. Logan se había estirado y su gesto permanecía serio, clara señal de que se había mosqueado. Normal, con aquello se había pasado tres pueblos.

—Pues nada —replicó Logan, mirándola de arriba abajo—, suerte entonces. La vais a necesitar.

Pasó junto a Travis para salir, que se despidió con la mano antes de cerrar la puerta.

—¡Desfilando! —ordenó Logan al resto del grupo, que todavía aguardaban fuera—. Aquí no hay nada que ver.

—Joder, para una vez que pasa algo, ha sido rápido —murmuró Reece.

—¿Volvemos al bar? —preguntó Ezequiel—. Hemos dejado la partida de dardos a medias.

—Claro, como ibas ganando…

—Yo me voy a casa —respondió Logan, dirigiéndose hacia su moto—. Ya he tenido suficientes emociones por un día.

—Yo haré lo mismo —contestó Travis.

Entre murmullos, protestas y discusiones sobre si volver o no a la partida, se fueron subiendo en sus motos y alejándose de la casa. Logan y Travis subieron a las suyas, y al segundo no le pasó desapercibido cómo su amigo miraba hacia los establos.

—¿Quieres acercarte? —le preguntó.

—Seguro que la loca esa nos está mirando por la ventana a ver si nos vamos.

—¿Y eso te importa?

—No. —Sonrió a medias—. Se quedará horas pensando qué demonios hacemos, vamos a asomarnos.

Arrancaron y se acercaron con las motos hasta allí, parando y enfocando hacia el establo para poder ver. Logan se bajó y se acercó a la puerta para asomarse, aunque apenas se veía nada. Después, se acercó a la valla del cercado donde debería haber caballos y se apoyó para mirar el interior. Se escuchaban animales correteando, el relinchar de un caballo a lo lejos, el mugido de una vaca…

—Parece que lo que peor está es la casa —comentó Travis, apoyado a su lado.

—Normal, esto es más resistente y duró un año más desde que se marcharan.

La familia que habitaba en la casa se había mudado en cuanto el negocio de caballos comenzó a ir mal. Habían mantenido los animales y los trabajadores casi un año más, mientras rehacían su vida en otro lado y esperaban aún recibir algún beneficio, sin éxito.

La época había sido dura en lo que a trabajo se refería; sin embargo, fue una de las más felices para Logan. Al terminar el instituto, en Flagstaff, lo único que quería hacer con su vida era dedicarse a los caballos. Su familia había vivido en Arizona desde la época de los colonos y aprendió a montar a caballo incluso antes que a andar. Así que había hecho una formación de auxiliar veterinario durante el último curso para poder ponerse a trabajar en cuanto acabara. Le costó hacer ambas cosas a la vez, aunque no se arrepentía. Le hubiera gustado ir a la universidad y hacer la carrera, solo que aquello escapaba a sus posibilidades económicas y no había podido acceder a ninguna beca.

Por la zona había decenas de ranchos en los que podía haber trabajado de haber querido, pero Travis, su mejor amigo desde el primer día de colegio, había heredado un taller de motos de un tío lejano en Dolan Springs y, tras mirar las posibilidades de trabajo allí, se marchó también.

El rancho en Santa Claus tenía entonces caballos, vacas, animales de granja… Funcionaba bien y necesitaba varios trabajadores para mantenerse a flote. Al principio Travis y él habían compartido un apartamento para ahorrar, aunque hacía años que cada uno vivía en el suyo, eso sí, en el mismo edificio.

A pesar de su juventud y poca experiencia, pronto se quedó al cargo de los caballos: tenía un sexto sentido para ellos que los animales parecían percibir, puesto que con él se comportaban de una manera diferente que con el resto de vaqueros. Se acercaban con más confianza, no le daban coces cuando les ponía una inyección o se dejaban montar sin problema. Le encantaba cepillarlos, cuidar sus cascos y reparar sus herraduras, enseñarles a llevar una silla primero y un jinete después... Sí, era duro, las jornadas a veces se volvían interminables y los días libres eran pocos, pero, como solía decirse: «si te gusta tu trabajo, nunca tendrás que trabajar». La vocación era clara y no había disminuido un ápice en aquellos años. Por el contrario, en cuanto pudo, comenzó a ahorrar con la idea de, en un futuro, aunque lejano, tener su propio establo o rancho, por pequeño que fuera.

Sin embargo, todos aquellos sueños se frustraron cuando Santa Claus se convirtió en un pueblo fantasma y los dueños del rancho empezaron a perder dinero. Tampoco querían invertir en un sitio tan alejado de todo y pronto decidieron vender, por eso dejaron todo en marcha mientras emprendían una nueva vida lejos de allí.

Los meses pasaron sin que nadie hiciera ninguna oferta, así que fueron vendiendo los animales y despidiendo empleados, poco a poco, hasta que llegó su turno. Era una mala época para toda aquella parte de Arizona y no había puestos disponibles en otros ranchos cercanos, lo cual lo dejó en el paro y sin saber qué hacer con su vida. Volver a Flagstaff era lo último que quería, y ahí entró Travis, ofreciéndole un puesto en su taller. Logan no tenía ni idea de mecánica en aquel momento aparte de lo básico para mantener su moto, pero su amigo le había ido enseñando poco a poco y, después de tantos años, conocía las motos igual de bien que a los caballos. Seguía echando de menos aquello, sabía que era una espina que seguiría clavada durante toda su vida, solo que no veía forma de cambiar el rumbo de las cosas.

—Por mucho que lo arreglen, no sé si a alguien le interesará —comentó Logan, moviendo la cabeza—. No vale con poner cuatro maderas y pintarlo, nadie compra un rancho vacío y sin un negocio en perspectiva. Tendrían que comprar también animales.

—¿Se lo vas a sugerir?

—¿Estás de broma? —Lo miró, y vio la burla en sus ojos, por lo que le dio un empujón—. Si quieres se lo dices tú, aunque recuerda, «machito»: no necesita que nadie le dé consejos.

—La hermana parecía maja.

—Estaba de alcohol hasta las cejas, ¿cómo lo sabes?

Travis se encogió de hombros.

—Instinto.

Se dio la vuelta y miró hacia la casa. La luz de la habitación de las hermanas estaba encendida y le pareció ver una sombra en un lado.

—Creo que nos está vigilando.

—Seguro. —Miró hacia allí—. Menos mal que no tiene una recortada, o volveríamos a casa con algún agujero en nuestras chaquetas de cuero, símbolo de motoristas machitos peligrosos donde las haya.

Travis le dio una palmada en la espalda reprimiendo una sonrisa. Estaba seguro de que volverían a ver a las dos hermanas, aquello era muy pequeño y no podrían evitar encontrarse.

¿Se acordaría Winter de él, o de algo de lo que había pasado? No estaba seguro, pero sí de que Logan no perdería la oportunidad de devolverle a Kayla todas las pullas de aquella noche.

Y estaba deseando verlo.

Capítulo seis

El lunes a primera hora, Kayla salió del saco de dormir con sorprendente agilidad. La necesidad obligaba, después de unas cuantas prácticas le había pillado el truco para no acabar engullida por la cama.

Echó un vistazo por el suelo antes de apoyar los pies, ya que no era la primera vez que veía cierta fauna corriendo, y se apresuró a levantarse.

Winter se revolvió, otra vez con la cegadora luz del amanecer en el rostro, y la miró con los ojos entrecerrados.

—¿Te levantas?

—Sí. Y tú también —comentó Kayla, empujándola—. Es lunes, día laborable. Tenemos muchísimo que hacer en este lugar.

—Lo he notado, sí. —La joven se frotó la frente con una mueca—. Joder, aún me duele la cabeza.

—Sí, cuantos más años cumples, más tardas en pasar la resaca. —Le dedicó una sonrisa tan sarcástica como su tono de voz—. Recuérdalo la próxima vez que decidas beber de manera irresponsable.

Winter miró al techo, decidida a no empezar la semana con una discusión. Salió del saco y siguió a su hermana hasta el lavabo.

—Creo que ya dije ayer mil veces que lo sentía —refunfuñó—. ¿Me lo vas a echar en cara eternamente?

—No, solo hasta que hagas otra tontería. Entonces usaré la nueva metida de pata.

Kayla empezó a lavarse los dientes irritada. Claro, Winter se había dedicado a dormir la mayor parte del domingo y ella no había tenido con quién pagar su mal humor. Después, cuando al fin su hermana se había dignado a levantarse a media tarde, había caído sobre ella con toda su rabia, relatándole lo sucedido. Para su sorpresa, Winter no pareció alarmada ni preocupada por la irrupción de un grupo de desconocidos en su propiedad, sino que se limitó a sonreír.

¡Su hermana era boba, nada menos! Pudo confirmarlo al escuchar que había bebido demasiado hasta casi quedarse frita en el banco exterior de un restaurante, ¡no se podía ser más confiada y atolondrada!

—Venga, mujer, si no pasó nada grave. No te preocupes tanto —comentó Winter, apoyándose en la puerta del baño.

Kayla escupió la pasta de dientes cual dragón echando fuego.

—¿Cómo puedes ser tan irresponsable? ¡Esa gente podía haber sido peligrosa!

—Mira, aquí la única peligrosa eres tú, con ese bate. Ellos fueron muy majos.

Vio a su hermana mayor resoplar mientras meneaba la cabeza de un lado a otro, moviendo los labios. Seguro que la estaba insultando en voz baja, no le cabía duda.

Que vale, su actitud del sábado no era un ejemplo de inteligencia, pero tampoco se podía ir por el mundo como Kayla. Una vez comprobado que el grupo de moteros no eran peligrosos, ¿qué necesidad había de tratarlos como lo había hecho? Sí, imaginaba el susto, era lógico. Aun así, la reacción resultaba exagerada, ¡si hasta habían conectado la luz!

No era muy inteligente por parte de Kayla pelearse con la mitad de la población de Dolan Springs; si necesitaban cualquier ayuda, con esa actitud la habría dinamitado.

—Tienes el cerebro de un mosquito.

—Y el tuyo está frito con tanta mala leche.

—¡Estás en un sitio desconocido! No puedes ponerte a charlar con gente que no sabes cómo es, podía haberte pasado cualquier cosa. Imagina lo preocupada que estaba, ¡casi me da un infarto cuando aparecieron de madrugada!

—Lo sé, pero solo me traían a casa. O sea, nos hacían un favor a las dos —comentó Winter—. Y no se propasaron en absoluto.

—Tampoco te acordarías si eso hubiera ocurrido. ¡Y no olvidemos que encima rajaste todo sobre nosotras de cabo a rabo! Ahora tienen toda la información.

—Perdona, no sabía que el proyecto era secreto.

—No, y precisamente a eso me refiero cuando digo que eres muy confiada, no se le puede contar todo a gente que no conoces. ¿Y si eran ladrones?

Winter meneó la cabeza.

—Hermanita, te aseguro que sus motos cuestan más que tu coche. Dudo mucho que roben nada a nadie. Lo del susto lo comprendo, aunque en el resto creo que exageras. Además, encendieron la luz y seguro que no diste ni las gracias.

Kayla la fulminó desde el espejo. ¿En serio, dar las gracias?

Se giró, cogiendo aire para no lanzarle el cepillo de dientes a su tonta cabeza.

—Winter —gruñó—, entiendo que son moteros y por eso tienes simpatía por ellos, pero no voy a cambiar de opinión. Y desde luego, no voy a dar las gracias a nadie.

—A lo mejor los necesitamos, sería bueno tener algún aliado aquí.

—Pues no van a ser esos.

—No, desde luego, si les hablas a tu manera está claro.

La joven se dio la vuelta para regresar a su cuarto. Kayla terminó de enjuagarse la boca y salió detrás, con una mezcla de confusión y cabreo.

—¿A mi manera?

Winter estaba revolviendo su maleta en busca de ropa que ponerse.

—Sí, borde —la joven lo dijo con total naturalidad, no como si pretendiera ofenderla—. Por cierto, el tío que me trajo…

—Yo no soy borde.

—¿Era un «Al Pacino»?

—¡No cambies de tema cuando acabas de llamarme borde!

Kayla se cruzó de brazos, observando con atención cómo Winter iba depositando las prendas con cuidado sobre la cama. Pues ya podía tratarse ella con el mismo mimo con que trataba su ropa, ¿no?

—¿Era un «Al Pacino» o no?

—¡No entiendo de qué me hablas! ¿Qué es un «alpa chino»? ¿Una marca de algo, una moto?

—No, ya sabes, cuando vas medio borracha y crees estar hablando con un tío guapo, te lo llevas contigo y por la mañana resulta que se parece a Al Pacino —resumió Winter.

Observó la cara estupefacta de Kayla con una sonrisa divertida.

—Lo primero, tú no ibas medio borracha, ibas borracha completa.

—Oh, ¿entonces eso significa que era un «Al Pacino»? Qué pena, porque me pareció un tío muy mono. Olía muy bien.

—Sí, ya sé, el ángel motero.

—¿Qué?

—No sé, es lo que dijiste cuando fui a arroparte.

Winter alzó una ceja. No sabía qué comentario le sorprendía más, si lo de llamar a alguien «ángel motero» o el hecho de que su hermana la hubiera arropado.

—¿Me arropaste?

—Bueno, solo cerré tu saco. —Kayla le quitó importancia con un gesto—. No le des vueltas, no quería que te resfriaras. Enferma no hay quien te aguante.

—Vaya, gracias —dijo Winter, frunciendo el ceño—. ¿Y cuál es tu excusa para ser inaguantable?

—Mira, dejemos esta discusión, que no nos lleva a ninguna parte. Vamos a vestirnos, desayunar algo y nos marchamos a Dolan Springs —suspiró Kayla—. Necesitamos gremios si queremos empezar con esto.

—Está bien —aceptó Winter.

Kayla fue hasta el cuarto contiguo, en cuya puerta había colgado una percha con dos de sus trajes para que no se arrugaran. Pasaría calor con esa ropa, pero cuando iba a trabajar no le gustaba ir informal, ni enseñar demasiado. Estaba acostumbrada a proyectar una imagen de seriedad y así quería seguir, aunque brillara un sol de justicia desde primera hora.

Un problema que no tenía Winter, ya que al volver al cuarto se la encontró vestida con los pantalones vaqueros más cortos que había visto jamás y una camiseta por encima del ombligo. Se frotó la frente con un suspiro, molesta, ¿cómo iban a tomarlas en serio si su hermana salía vestida así? Bastante le iba a costar después del número del sábado, porque sabía cómo eran los pueblos pequeños, y el que no lo hubiera presenciado estaría informado de igual modo.

—¿Vas a ir vestida así?

Winter se echó un vistazo, sin ver nada raro. Se encontraban en Arizona, hacía calor y no estaba dispuesta a morir asfixiada como su hermana. Además, a ella no le quedaban tan bien los trajes, la hacían parecer un bicho palo.

—Sí, ¿qué pasa?

Kayla casi preferiría ir sola, porque imaginaba lo que iba a pasar. Todo el mundo miraría a su hermana de arriba abajo como si fuera una pieza de carne en un mostrador, ¡no era la primera vez que sucedía. Las mujeres, con mala cara; los hombres, todo lo contrario. Siempre igual, Winter no sabía ser seria ni cuando tocaba trabajar.

—¿No quieres ponerte otra cosa?

—¿Qué? —preguntó la joven, señalando su maleta con un gesto—. ¡Si voy normal! Estamos en el desierto, una camiseta de manga corta y unos vaqueros, ¿qué es tan raro?

¿Para que perder tiempo en explicárselo? Kayla se encogió de hombros y no añadió más. Si después se quejaba de que no la tomaban en serio, no sería culpa suya. Se vistió con su ropa mientras Winter iba al lavabo a terminar de arreglarse y después bajaron a la cocina para tomarse un café. No se entretuvieron de más, porque Kayla quería visitar todos los sitios posibles durante la mañana, algo que parecía factible en vista del tamaño de Dolan Springs.

De modo que cogieron el coche y, en veinte minutos, Kayla aparcaba en la calle principal del pueblo. Que no parecía tener demasiados establecimientos, algo que se apresuró a comentar Winter.

—Tiene que haber negocios —dijo Kayla con decisión, quitando la llave de contacto—. Seguro que están entre calles, es lo habitual. Habrá que buscar.

—Muy bien. —Winter la miró de reojo, no muy convencida.

No quería discutir otra vez, así que se limitó a seguirla.

Dolan Springs era un pueblo típico de la zona: poco concurrido, con locales contados, polvoriento y silencioso, todo lo contrario a lo que ambas estaban acostumbradas. Costaba hacerse a la idea de no tener cualquier servicio a mano, sobre todo a Winter, que echaba de menos poder pedir cosas a domicilio, desde ropa hasta comida japonesa. No lo dijo en voz alta por si Kayla le dedicaba alguna lindeza de las suyas, pero el panorama le parecía desolador: tierra, arbustos resecos, cactus, una gasolinera desvencijada a lo lejos, y una calle principal a la que parecía costarle despertar. Había locales, sí, aunque no demasiados.

—Hay un taller de motos —comentó.

Las motos la perseguían, hiciera lo que hiciera.

—Deberías comprarte una.

—¿Una qué? —Winter se giró hacia su hermana.

—Una moto, qué va a ser. —Al ver su cara, pareció exasperada—. No haces otra cosa que mirarlas, para ti es como el escaparate de una pastelería, ¿por qué no te compras otra?

La chica apartó la mirada y permaneció callada, sin dar una respuesta. Se cruzó de brazos con el ceño fruncido, ¿a esas alturas le venía con el tema de la moto y el motivo por el que nunca hubiera vuelto a comprarse otra? Le entraron ganas de recordarle que no había estado a su lado cuando tuvo el accidente, pero no quería sacar ese tema, así que decidió obviarlo.

—Da igual, ¿empezamos? Seguro que hay un montón de negocios ocultos por aquí.

Kayla la siguió, sin comprender por qué su inocente sugerencia había hecho que la expresión de su hermana se volviera tan sombría. ¡Con lo feliz que era con las motos! Solo pretendía que recuperara esa parte de su vida que, a esas alturas, desconocía por qué había dejado atrás.

Echó una mirada al taller de motos, donde había un hombre con un vaso entre las manos. Forzó la vista, dado que su cara le resultaba familiar… y desistió, llevaba desde niña con una miopía leve que no le permitía enfocar a largas distancias.

Logan dio un trago al café que sujetaba entre las manos, con la vista fija en las dos chicas tan dispares que caminaban por la calle central. ¿Cómo podían ser hermanas siendo tan diferentes?

—Lunes a primera hora y ya están aquí —comentó, acercándose hasta la entrada del taller, donde los demás estaban sentados tomando café.

Harrison y Reece, también miembros del club Rattlesnakes, junto con él mismo, formaban la plantilla del taller de Travis. Ninguno sabía demasiado de motos al comenzar, aunque ahora eran capaces de arreglarlas con los ojos cerrados. Travis incluso restauraba alguna si el encargo le interesaba; no era muy común porque como dueño tenía que lidiar con el papeleo y la contabilidad de su negocio, pero si sacaba tiempo a veces aceptaba. Entonces todos disfrutaban, era mucho más gratificante que solo reparar.

Para los pocos habitantes de Dolan Springs, era increíble el trabajo que tenían siempre. Acudían de los pueblos cercanos, incluido Kingman, para dejar allí las motos. A Logan le encantaba saber que su fama los precedía: ya que no podía dedicarse a lo que de verdad le apasionaba, al menos que el trabajo actual fuera reconocido.

Harrison dio un sorbo a su café con una sonrisa.

—Dudo mucho que tengan suerte —comentó.

—No seas negativo, lo mismo las ponen en lista de espera.

La puerta de la oficina interna se abrió, dando paso a Travis, que los observó con la ceja arqueada.

—¿Qué pasa, aquí nadie trabaja?

—Venga, que estamos en la pausa del café —comentó Reece.

—¡Si acabamos de abrir! Venga, que no tenéis el menor respeto por vuestro jefe y hay mucho que hacer, ¡moved el culo!

Reece se incorporó con un gruñido y puso los brazos en jarras.

—¿Y a él, por qué no le obligas? —Señaló a Logan con un mohín.

—No seas crío. —Travis lo empujó hacia la zona del taller y después se aproximó hasta Logan, que aún continuaba en la entrada, mirando hacia la calle—. ¿Qué, hay algo interesante?

—Nuestras nuevas vecinas. —Logan sonrió de manera malvada—. Imagino que en busca de ayuda para el lío que tienen allí.

—Sabía que las volveríamos ver. Y tú estás disfrutando —comentó Travis, divertido.

—Por supuesto.

—Venga, haz algo útil que si no luego dicen que eres un enchufado y no puede ser.

—Vale, señor jefe.

Dio un sorbo al café y se apartó de la puerta para ir a su puesto, aunque desde allí tenía una buena visión de la calle y no tardó en verlas salir de la tienda de Morris con expresión decepcionada, lo cual no le extrañó. Si habían entrado haciendo caso del cartel de «Reparaciones a domicilio», iban listas. Morris hacía apaños, y era bueno, solo que no se metía en casas de desconocidos y mucho menos si tenían acento extranjero, como decía él. Boston no era otro país, desde luego, pero para la gente de Dolan y de la Arizona profunda en general, como si fuera Rusia.

Se estiró para ver a dónde iban, adivinando que girarían al ver en la siguiente calle a Bower... y efectivamente, allí se fueron. Reprimió una sonrisa, puesto que el fontanero no se metía en ninguna casa que no conociera y de la que no tuviera planos, algo que dudaba que ellas tuvieran del rancho, y además solo hacía pequeños trabajos, nada de esa envergadura.

Supuso que habrían seguido por la calle lateral porque tardó un rato en volver a verlas aparecer, Kayla con el rostro ruborizado por el calor, que ya se notaba con fuerza. Otro dato para cualquiera que las viera, por si tenían dudas de que no eran de allí: desde las once y poco hasta las cuatro y media, pocos salían a la calle con aquel sol. Del coche a la tienda o al trabajo y vuelta. Que las insolaciones no eran para tomarse a broma, y aquella chica encima iba forrada con ese traje oscuro.

Terminó de cambiar la pieza de la moto que estaba reparando y fue a lavarse las manos. Junto a la oficina de Travis tenían una pequeña cocina para calentar comida si se quedaban allí durante esa hora, prepararse el café o guardar una cantidad indeterminada de patatas fritas, frutos secos y similares para matar el gusanillo en las horas de trabajo, así que, ya que pasaba al lado, se metió y buscó en los armarios hasta encontrar un paquete de palomitas de microondas, que no tardó en meter dentro del aparato con expresión satisfecha.

«Plop».

«Plop, plop»

«Plop, plop, plop…»

Travis abrió la puerta de su despacho y se asomó, mosqueado por el ruido. Aquello no sonaba como un tubo de escape en mal estado ni nada que hubiera escuchado antes, ¿estaría fallando algo en alguna de las máquinas? Sin embargo, todos parecían trabajar con normalidad en sus puestos.

—¿Qué es eso? —preguntó.

—¿El qué? —Harrison se asomó desde debajo de una moto—. ¿Esto? Una Ducati que…

«Plop, plop»

—No, joder, ¡eso!

Reece se acercó a él, mirando a todas partes.

—No veo nada.

—¿Pero estáis sordos o qué os pasa?

«Ploplopplopplop»

Entonces localizó el sonido, justo detrás de la puerta de la cocina. La abrió frunciendo el ceño y encontró a Logan sacando un paquete blanco del microondas. Al abrirlo, desprendió aire caliente y vio cómo se acercaba con una sonrisa de oreja a oreja para mostrarle el interior.

—¿Palomitas? —preguntó.

Travis sonrió y cogió un puñado moviendo la cabeza.

—De verdad, no tienes remedio.

—¿Un descanso? —Señaló con la cabeza hacia la calle—. Están cruzando.

Con la boca llena de palomitas, Travis afirmó y ambos se dirigieron a la entrada. Logan se apoyó en la pared, con las piernas cruzadas, y se metió un puñado de ellas observando a las hermanas pasar la calle. Las siguieron con la mirada por la acera hasta que pasaron por delante del taller.

—Buenos días —saludó Travis.

—Anda, si… —empezó Winter, pero Kayla tiró de su brazo—. ¡Adiós!

Su hermana la estaba arrastrando para alejarla de allí y ella les hizo un gesto de despedida apresurada.

Por su parte, Kayla había lanzado una mirada rápida a los dos hombres antes de bajar la cabeza y pasar todo lo rápido que pudo por delante de ellos. ¿Es que no tenían trabajo? ¿Quién comía palomitas en medio de un turno? Estaban chiflados, por Dios.

—Vaya, pues de Al Pacino nada —dijo Winter, con una sonrisa.

No le preocupaba que Kayla la hubiera alejado, ahora sabía dónde estaban y le sería fácil pasarse a saludar sin su hermana incordiando.

—No, no son «alpas chinos».

—Mmm.

—¿Qué? —La miró, mosqueada por el sonido—. ¿Mmm, qué?

—Nada, es curioso que hables en plural, yo solo miraba al del pelo algo largo. Ya veo que tú sí has mirado al otro.

—No digas tonterías.

Se detuvo, ofuscada, porque no quería ni oír hablar de aquel tema. Que el tipo fuera más o menos atractivo —vale, tirando a más, visto a la luz del día—, no quitaba la forma en que habían ido al rancho ni el susto de propina, mucho menos su mala educación.

—¿El bate te impedía la visión o qué? —siguió Winter—. Que yo no lo tenga claro con la que llevaba encima lo entiendo, pero tú…

—Tengo hambre —interrumpió ella, cruzándose de brazos—. ¿Es que no hay ni un sitio donde comer aquí?

—Podemos ir al Grand Canyon, donde fui el sábado.

—No me da mucha seguridad eso, precisamente.

—¿Ves algún otro sitio? —Kayla negó—. Pues hala, que está solo a un par de calles.

—Tampoco es que haya muchas más… —refunfuñó Kayla

Sin embargo, no protestó más y la siguió: tenía hambre, sed y necesitaba meterse en algún sitio con aire acondicionado, sentía que en cualquier momento acabaría derretida sobre el asfalto. Aquello no era normal, seguro que era debido al cambio climático o algo así. Sus trajes no daban tanto calor nunca.

Llegaron al restaurante y Winter señaló el banco que había junto a la entrada con una sonrisa.

—Mira, ese es el banco. Es más cómodo de lo que parece.

—En serio, no sé cómo puedes seguir bromeando con eso.

Abrió la puerta y, en cuanto entraron, no le pasó desapercibido el hecho de que todos los que estaban allí giraron la cabeza para mirarlas. Cabezas, muchas de ellas, cubiertas de sombreros vaqueros, por cierto.

—¡Has vuelto!

Miró a la chica que se acercaba a ellas con una sonrisa de oreja a oreja, y se quedó pasmada al ver cómo su hermana le sonreía de igual manera.

—¡Hola, Regina!

—¿Sabes su nombre? —susurró Kayla.

—Es de las pocas cosas que recuerdo —le contestó ella, en tono bajo.

—¿Vienes a pagar?

Al momento, Winter enrojeció, avergonzada al darse cuenta de que no recordaba el momento del pago de los cócteles... simplemente porque no había sucedido. Kayla apretó los labios, sin poder creer que no solo se hubiera bebido hasta el agua de los maceteros para después marcharse con unos desconocidos, ¡encima dejaba una deuda! Con lo que costaba que en aquel pueblo les hicieran caso por ser desconocidas, si encima se corría la voz de que dejaban deudas, conseguir mano de obra sería algo imposible.

Winter abrió el bolso para sacar la cartera, pero Regina negó con la cabeza.

—No, tranquila —sonrió—. Travis se encargó, no te preocupes.

—Anda, pues tendré que ir a darle las gracias.

—Tú no vas a ninguna parte. —Kayla la miró, mosqueada—. Queremos comer.

—Claro, por aquí.

Regina cogió un par de cartas y las guio hasta una mesa junto a la ventana. Tomó nota de las bebidas y las dejó solas.

—No entiendo por qué te cabreas —dijo Winter—. Bueno, aparte del hecho de que parece ser tu estado habitual desde que llegamos.

—A saber por qué pagó —espetó ella—. Algo querrá a cambio, seguro.

Winter puso los ojos en blanco, aunque no contestó. Pasaba de discutir, estaba claro que Kayla solo veía el lado malo de todo y no que podían haberse encontrado con unos buenos samaritanos. A la porra, ya se le había ocurrido la forma de darle las gracias sin ella refunfuñando alrededor.

—Voy al baño —comentó, dejando la carta—. Pídeme una ensalada césar y un sándwich, por favor.

—Vale.

Sabía que su hermana tardaría en decidirse, lo que le daba algo de tiempo. Se levantó y, tras asegurarse de que Kayla estaba concentrada en la carta, se escabulló con rapidez hasta la puerta y salió sin que la viera. El calor exterior le hizo plantearse si aquello era buena idea, con lo bien que se estaba dentro del restaurante, pero ya que había salido, siguió caminando a paso rápido buscando cualquier sombra hasta llegar a la calle del taller.

Travis había vuelto a su despacho, aunque sin cerrar la puerta, y Logan a la cocina, por lo que se sorprendieron al escuchar la voz femenina en la entrada al taller.

—¡Hola! —saludó Winter.

Se sintió como una de esas princesas Disney que aparecían en el bosque y al instante salían animalitos aquí y allá: una cabeza masculina apareció de debajo de una moto, otra se asomó desde detrás de un armario, escuchó una silla deslizarse y unos pasos a su derecha... Miró hacia allí para encontrarse a Travis, sentado en su despacho con la cabeza inclinada, y a Logan, que al verla se giró y recuperó el paquete de palomitas casi vacío.

—Hola —repitió ella, con una sonrisa.

—¿Qué tal? —preguntó Logan—. ¿Y tu gemela malvada?

—Esperando en el Grand Canyon.

Travis salió del despacho, hizo un gesto a Harrison y Reece para que siguieran trabajando y se acercó a ella, aunque dudó en si alargar la mano para estrechársela. Sí, la había llevado en brazos y habían tenido mucho más contacto físico del habitual, pero ella estaba inconsciente así que no contaba.

—Travis, ¿verdad? —preguntó Winter.

—Sí.

Para su sorpresa, ella no le dio la mano, sino que directamente se acercó, le dio un abrazo y se separó sin dejar de sonreír.

—Muchísimas gracias por todo —le dijo.

—Ah... sí, bien, claro, de nada.

Aquello sí que no se lo había esperado y, para más inri, podía ver que Logan se lo estaba pasando de maravilla con el dichoso paquete de palomitas. ¿No se le iban a acabar nunca? Resultaba divertido un rato atrás, no en ese momento que él era el centro de su atención.

—Logan, ¿no tienes nada que hacer?

—Estoy en mi pausa —contestó él, sin inmutarse lo más mínimo.

—Regina me ha dicho que pagaste mi cuenta —siguió Winter—. ¿Cuánto te debo?

—Ah, por eso no te preocupes.

—Nada, tranquila —intervino Logan, mirando el fondo de la bolsa como si el tema no fuera con él—. Otro día le invitas tú y listo.

Travis lo fulminó con la mirada, pero al momento la suavizó para volver a sonreír a la chica, que no tenía la culpa de que su mejor amigo olvidara que también era su empleado y estuviera de cachondeo.

—No hace falta —dijo—. ¿Qué tal en el rancho? —cambió de tema con rapidez—. ¿Mejor con la luz?

—Claro. Ahora hemos visto bien lo mal que está todo. —Emitió una risita—. Supongo que nos habréis visto por el pueblo.

—Nah, un poco —volvió a meterse Logan.

Travis volvió a mirarlo y él se encogió de hombros.

—¿Buscáis algo en particular? —preguntó.

—De todo. Fontaneros, carpinteros, electricistas... —enumeró ella—. Hemos visto en internet lo que había por aquí y hemos visitado a algunos, aunque no nos han hecho mucho caso. Kayla está que trina.

—Anda, qué pena —comentó Logan, cogiendo el último puñado de palomitas, por lo que puso cara triste—. Vaya, se han acabado.

—Pues hazte más.

—No, tranquilo, aquí estoy bien. —Hizo una bola con la bolsa vacía y la encestó en una papelera—. ¿Y qué plan tiene tu hermana?

—Visitar a todos los gremios que hay aquí y si no conseguimos nada, ir a Kingman. —Él ahogó una risita—. ¿Qué?

—No, nada. Buena suerte.

—¿Te quieres ir a trabajar de una vez? —insistió Travis.

—Sí, jefe, ya me voy.

Se llevó la mano a la frente como gesto de despedida y fue hasta una de las motos, aunque sin quitar ojo a ambos, al igual que Harrison y Reece, que no se habían movido de sus sitios.

—¿Qué ha querido decir? —preguntó Winter a Travis.

—Nada, sin más, lo tenéis complicado porque no os conocen. Pero oye, por intentarlo...

—No nos queda otra. En fin, será mejor que vuelva o se dará cuenta de que no estoy.

—¿No le has dicho que venías?

—No, me mataría. Cree que estoy en el baño. —Se rio—. En fin, que quería venir a darte las gracias por todo. Bueno, a todos, aunque creo que fuiste tú quien me llevó en su moto, ¿no?

—Sí. Cualquiera lo habría hecho.

—Mmm, no creas. En fin, me voy ya. —Se giró, pero cuando estaba en la esquina, se detuvo y lo miró—. Y me alegro mucho de que no seas un Al Pacino.

Le guiñó un ojo y se marchó, dejándole todavía más estupefacto. Logan no tardó en acercarse a él y le palmeó un hombro.

—¿Qué coño es un «alpa chino»? —murmuró Travis, confundido.

—Ni idea. Será algo de Boston. Oye, esta vez no se ha desmayado a tus pies —le dijo, sonriendo—, pero te las ha tirado buenas.

—¿Qué? —Se alejó, como si quemara—. ¿Qué dices? No te imagines tonterías, solo ha venido a dar las gracias. Seguro que su hermana la amargada no pensaba hacerlo, ya has visto cómo han pasado de largo antes. Es pura y simple amabilidad.

—Seguro que es solo eso, sí.

Se volvió a la moto silbando y Travis regresó a su despacho, murmurando para sí. Ya se estaba imaginando que el cachondeo le iba a durar unos días, así que lo único que tenía que hacer era pensar en cómo devolverle los golpes. Ya habría oportunidad, seguro, pensó con una sonrisa maliciosa.

Winter se apresuró a regresar al restaurante, aunque se había entretenido más de lo que había pensado ya que cuando llegó a la mesa, la comida la aguardaba, al igual que su hermana.

—¿Estás bien? —preguntó Kayla, al verla.

—Sí, ¿por?

—Has tardado como media hora y estás colorada, como si hubieras estado corriendo o al sol.

«O ambas cosas», pensó Winter.

—Ah, pues no sé, será el calor, que me ataca con efecto retardado. Qué buena pinta tiene esto, ¿no?

Kayla parpadeó, porque ni había oído jamás aquello del calor ni la ensalada tenía tan buena pinta, aunque llevaban tantos días comiendo mal que seguro que a su hermana se lo parecía.

—Creo que entre esta tarde y mañana acabaremos con todo lo que hay en Dolan —comentó.

—Puf, dicho así… cualquiera diría que vamos a venir a lo *Terminator*.

—Ya me entiendes. ¿Quieres ponerte seria?

—Que sí, que te escucho.

—Tendremos que ir a Kingman. Preferiría contratar gente de aquí porque está más cerca y seguro que les hace más falta, pero si no queda otra… Habrá que buscar allí, seguro que son más serios.

—Bueno, si tú lo dices…

Kayla entrecerró los ojos, observándola. Ahí pasaba algo… sentía que se le escapaba alguna cosa, solo que no se le ocurría el qué.

—¿Sabes algo que yo no? —preguntó.

—¿Yo? —La miró con inocencia—. No, ¿por qué? Tú eres la experta, yo solo me preocupo de conjuntar ropa, ¿recuerdas?

Kayla frunció el ceño y pinchó su lechuga, molesta. Vale, se había pasado al decir aquello, y seguro que su hermana se lo echaba en cara durante un tiempo, pero si tan solo le diera una muestra de interés…

Cosa que no le pareció ver aquella tarde, cuando fueron a consultar a un carpintero. Ni al día siguiente, a la tienda de telas de Dolan y alguna otra más.

Y los viajes a Kingman que hicieron el resto de la semana no fueron mejores: los pocos que les hacían caso, estaban ocupados por los siguientes seis meses. Eso, después de pedir avales, certificados de pago y ya puestos, una muestra de sangre y su primogénito, porque al ser de tan lejos y después de exponerles el proyecto, muchos debían pensar que era algún tipo de estafa, porque…

«Si en Santa Claus no hay nada».

«¿Santa Claus? ¿Sois de alguna comuna o secta o qué?»

«¿Qué se os ha perdido ahí? ¡Si no hay nada!»

Y así hasta el infinito. Para el viernes, Kayla solo pudo enviar un correo a su madre sin decir nada más que estaban trabajando en ello y pronto tendría un informe de la inversión a realizar.

Francine contestó con un escueto: «especifica pronto», al que Kayla replicó que ya hablarían a la semana siguiente, mientras pensaba qué demonios iba a hacer si no conseguía trabajadores pronto.

Capítulo siete

Kayla no se podía creer que estuvieran otra vez a sábado. Eso significaba que llevaban allí una semana, siete largos días en los cuales no habían avanzado nada.

Tras su poco fructífera visita en Dolan Springs, habían dedicado dos días a recorrer Kingman y Hackberry, que estaba incluso un poco más lejos, ambas sin éxito. En ninguna tenían disponibilidad inmediata, y tampoco eran capaces de dar una aproximación del tiempo que tendrían que esperar. Coordinar gremios era complicado y las dos los sabían: si fallaba una ficha se desmoronaba el resto, de modo que el tema no se presentaba muy esperanzador.

Así que, tan deprisa como un chasquido de dedos, se encontraron con que la primera semana terminaba sin resultados. Continuaban viviendo en un rancho en ruinas y el resto de Santa Claus seguía tan desolador como la primera vez que lo habían visto.

La joven encendió el camping gas, lo único que había podido llevarse de un comercio en Kingman sin necesidad de esperas. No le serviría para hacer cocina *gourmet* —que, por otro lado, no tenía ni idea de preparar—, aunque al menos podían apañarse con comida instantánea y cosas así. Nunca lo hubiera confesado, pero aplaudía la idea de Winter de comer en el Grand Canyon, era el único modo de continuar en pie.

Buscó por encima de la desvencijada encimera de la cocina: sopa de sobre, fideos de sobre y... oh, más sopa de sobre. La forma perfecta de pasar un sábado noche, sí. Hasta echaba de menos a Andy y los planes que hacían, por sosos que fueran.

Sus ojos se posaron en el móvil, pensando a quién podría llamar para charlar un rato, y entonces el ruido de unos tacones en el piso superior la sacó de su ensimismamiento.

Tacones, Winter. Winter llevaba tacones. No era tan extraño, de no ser porque estaban en un lugar perdido en medio del desierto donde no había discotecas a las que salir, a menos que…

Se incorporó, rauda y veloz, y subió a toda prisa las escaleras. Demasiado tarde se dio cuenta de que no estaba tan en forma como pensaba, tuvo que detenerse en el marco de la puerta a recuperar el aire mientras su hermana la observaba estupefacta.

—¿Se quema el *camping* gas? —le preguntó ella en tono burlón.

Kayla se había quedado con la misma cara con que la miraba, puesto que Winter no estaba vestida: solo llevaba la ropa interior y unas botas vaqueras, cuyos tacones eran los que habían producido el sonido.

—¿Qué haces medio desnuda?

—Preparándome.

—¿Cómo? ¿A dónde crees que vas?

—Es sábado.

—¿Y qué? No estamos en Boston haciendo vida normal.

—Mira, Kayla, es sábado. Yo no me quedo un sábado metida en casa ni aunque un meteorito choque contra la tierra. —Le sonrió—. Los sábados son para divertirse y dejar atrás la semana, sobre todo cuando esta es una mierda.

—No es que pretenda que te quedes por fastidiar, es solo que aquí no hay ningún sitio chulo donde ir, ¿no?

—Está el Grand Canyon.

—Eso es el restaurante.

—El sábado a partir de las ocho cambia el ambiente. Si hubieras venido la semana pasada lo sabrías. —Winter se encogió de hombros—. ¿Te apuntas?

Kayla se sentó sobre la cama y negó con la cabeza.

—No, estoy bien aquí.

—¿Cómo eres tan antisocial? Te vas a volver loca si no sales —objetó la chica, sin dejar de rebuscar en su maleta—. Regina prepara unos Gimlet estupendos, doy fe.

—Sí, ya lo vi, te dejaron en coma. —De repente, se le encendió la bombilla—. ¡Espera! ¿No será que quieres volver a ver a esos tipos, los de las motos?

Winter se hizo la despistada y continuó revolviendo en su maleta hasta encontrar el vestido que quería y que pegaba con las botas que había escogido, porque no pensaba ponerse el mismo del sábado anterior, por descontado.

Kayla la contempló con desconfianza. Ella no tenía ninguna gana de coincidir con los moteros de marras, había tenido más que suficiente con sus dos encuentros y no necesitaba otro, como tampoco las gracietas que intercambiaban entre ellos.

—¿Siempre te preparas así? —le preguntó.

—¿A qué te refieres?

—A que la gente normal se pone el calzado lo último.

—Depende de lo que se considere normal. Quería ponerme estas botas y así veo mejor qué vestido le pega, quizá eres tú la que piensa al revés.

Kayla se cruzó de brazos, pensando en que aquello no tenía ningún sentido, por mucho que su hermana intentara darle la vuelta con un argumento extraño. ¿Qué pasaba si escogías pantalones, por ejemplo? Tendrías que quitarte los zapatos para meterlos, así que era una tontería hacerlo al principio.

—Anímate —continuó Winter—. Nos tomamos unas copas y charlamos un rato. Nos viene bien salir de este sitio deprimente, ¿no?

La idea de tomar copas y hablar con su hermana era tan surrealista que Kayla no consiguió dominar su expresión de sorpresa. Además, ¿de qué iban a hablar? No tenían nada en común, a ella no le interesaban las cosas de Winter, y estaba segura de que, al contrario, igual.

Sin embargo, a pesar de todas las pegas que se le ocurrían, sentía un hormigueo al pensar en abandonar el racho durante un rato. Escuchar música, tomarse algo, ver gente…

—No, prefiero quedarme.

—Bueno, tienes a esa araña del techo para hacerte compañía —respondió Winter con una sonrisita burlona.

Kayla miró al techo y se apresuró a desplazarse por la cama hasta quedar a una distancia prudencial. Aunque daba igual, si no era esa, aparecería otra. No hacían más que salir bichos por cualquier sitio y a la menor ocasión, la mitad del día se lo pasaba dando saltos.

Aquello terminó de convencerla, y salió de la cama a toda prisa.

—Vale, voy —gruñó—. Pero no beberás mucho, no pienso llevarte en brazos cual princesita como hizo aquel tipo.

—No creo que pudieras —se burló la chica—. ¡Me pido el espejo del baño!

Salió antes de que Kayla pudiera reaccionar, así que esta fue directa a por la percha, con la intención de ponerse un traje… y desechó la idea. Durante la semana, los dichosos trajes le habían dado un calor terrible, insoportable. No estaban hechos para el desierto de Arizona, estaba claro y, además, no iba a trabajar, así que no necesitaba dar la imagen de seriedad que tanto le gustaba.

Mejor se ponía algo más desenfadado, si es que tenía, claro. Descartaba robarle ropa a su hermana, así que fue a rebuscar en su maleta hasta que encontró unos vaqueros. Lo sacudió, sin recordar siquiera haberlos metido ahí… rara vez usaba prendas de ese tipo, desconocía en qué pensaba al escogerlo. Hacía siglos que no se ponía ropa informal, de modo que se deshizo de lo que llevaba y se los puso, rezando porque subieran hasta donde debían y no se quedaran atascados por el camino.

—¡Oye, qué ven mis ojos!

Kayla se giró a toda prisa, con aspecto de haber sido pillada in fraganti, y escucho a Winter reírse de ella.

—¿Te ayudo?

—Puedo sola.

—Chica, para una vez que te vas a quitar el uniforme, deja que te eche una mano…

Kayla sintió cómo su hermana agarraba los bordes del pantalón y tiraba hacia arriba sin el menor problema. Bueno, parecía que le servían. Tenía que comprobarlo personalmente en el espejo hecho añicos del baño, pero al menos no se habían quedado pequeños. O no demasiado, porque la sensación no era la misma que la de un pantalón traje.

—Están arrugados —comentó Winter, y al ver su cara se apresuró a añadir—. Te quedan bien, tranquila, que apenas se nota.

Kayla refunfuñó, encaminándose al baño. Con lo que era Winter, capaz de dejarla salir hecha unos zorros… se miró desde todos los ángulos, que eran muchos, y al final se dio por satisfecha. Vaya, hacía tiempo que no marcaba el culo, no estaba nada mal.

Decidió soltar su eterna coleta, se aplicó un poco de rímel y brillo en los labios, y regresó en busca de algo para completar el atuendo.

—Toma. —Winter le lanzó una camisa de cuadros de manga corta—. Eso te pega. Es más, pareces una auténtica chica del oeste. Lástima no tener un sombrero de *cowboy*, con lo que me gustan.

Kayla no parecía muy convencida. Se puso la camisa, pese a que aquel estilo no iba para nada con ella, y disfrutó de la ligereza de la tela, convencida de que con eso no pasaría calor. Corrió de nuevo al baño para ver si le estaba bien, porque esa prenda no era suya, estaba claro. Demasiado informal y cara, ahora se daba cuenta, ella no gastaba tanto en ropa.

Si le hubieran dicho que en algún momento de su vida iba a intercambiar prendas con su hermana pequeña… increíble.

—No seas pesada, vuelve aquí —oyó protestar a Winter desde la habitación.

La chica obedeció, estirando la blusa. Tenía un poco de escote de más y no le estaba floja, como era de esperar, pero tampoco se había visto mal.

Winter asintió con la cabeza en señal de aprobación y señaló su maleta con la cabeza.

—Zapatos no, botas.

—¿Qué? —preguntó Kayla, mirando en su dirección sin saber a qué se refería.

—Más cómodas. Estás en el oeste, Kayla, aquí se llevan las botas. Has traído alguna, ¿no?

—¿Qué pasa, te has vuelto experta en una semana?

—Chica, por todo tienes que protestar. Pues nada, ponte zapatos y luego no me vengas con quejas. —Winter agarró su bolso—. Vámonos.

Kayla se apresuró a ponerse sus zapatos de tacón y, al igual que su hermana, llevarse el bolso. La siguió hasta el primer piso, donde cogieron el coche para encaminarse al Grand Canyon. Seguía sin sentirse muy segura con su nuevo y atípico atuendo, aunque estaba decidida a no preocuparse de ello. Total, allí nadie la conocía, daba igual cómo fuera vestida.

Tuvo que dar la razón a Winter en cuanto entraron: el Grand Canyon cambiaba considerablemente de ambiente los sábados.

—¡Vaya! —exclamó la chica, al asomarse—. ¿Qué pasa aquí?

Las mesas que ocupaban la mitad del local habían sido apartadas, dejando libre un buen tramo a modo de escenario. Sí que se mantenían los taburetes de la barra y las mesas más alejadas, las próximas al juego de dardos.

Regina alzó la mano y la saludó con una enorme sonrisa, de modo que las dos se apresuraron a acercarse.

—¡Winter, qué alegría! —exclamó—. Estaba esperando a ver si venías otra vez.

—Hemos venido a comer toda la semana —comentó Kayla, resoplando en parte por el calor, en parte por el comentario en exceso entusiasta de la camarera.

—Sí, me refería al sábado por la noche. ¿Te pongo lo de siempre?

¿Lo de siempre?

Kayla les dio la espalda, enfurruñada. ¡Lo de siempre! Como si la conociera hacía años y fuera su mejor amiga, ¡si solo hacía ocho días!

No escuchó lo que pedía su hermana, esperaba que una buena jarra de agua con limón y hielo como las que servía en las comidas, porque estaba muerta de sed y calor.

Winter la cogió del brazo y la encaminó hacia una de las mesas libres.

—Dice que han movido las mesas porque la gente baila, o algo así.

—¿Que la gente baila? ¿En plan discoteca?

—Eso parece, no sé. Dice que nos traerá aquí las bebidas.

—¿Y tenemos que sentarnos tan cerca de esa gente que va a bailar? Porque...

Dejó de hablar al ver que la puerta se abría para dar paso a un par de moteros del grupito que tan mal le caía. Genial, detrás de uno iría otro, y tampoco había dónde huir, porque aquel era el único local decente en todo Dolan Springs.

No se equivocó: tras esos apareció el resto, entre ellos el impertinente que la llamaba monada, aunque le llamó la atención el atuendo: llevaba vaqueros, camiseta blanca de manga corta y un sombrero muy bonito.

Kayla se mordió el labio; debía admitir que era tan atractivo como insolente.

Winter siguió la dirección de su mirada y sonrió sin hacer ningún comentario. Observó cómo el recién llegado pasaba junto a ellas y se tocaba el sombrero a modo de saludo con una sonrisa socarrona en el rostro. Después se acomodó con los otros miembros que ya estaban en su mesa preparando los dardos.

—Siempre con esa sonrisita —murmuró Kayla.

Su hermana estaba a punto de responder algo cuando vio entrar a Travis. Al momento se le olvidó Kayla y su animadversión hacia el mundo en general, resultaba mucho más interesante mirar a aquel espécimen... ella no era el tipo de chica que se quedaba sentada esperando a que otros tomaran la iniciativa, así que cuando vio que él se detenía para dedicarles un saludo, decidió que era una buena oportunidad.

—Vaya, os habéis animado a socializar —comentó Travis, con una sonrisa.

—Claro, es sábado.

—Y no hay mucho más que hacer —añadió Kayla, con un gruñido.

Winter le lanzó una mirada de reojo, decidiendo ignorar su comentario.

—¿Quieres sentarte? —preguntó, a bocajarro.

No era amiga de dar vueltas innecesarias, y según su experiencia, una entrada directa era lo mejor para conocer las probabilidades. Si quería tener la opción de coquetear, debía conseguir que al menos charlara un rato con ella, ¿no?

Kayla alzó una ceja, sorprendida. Ya se percataba de que a Winter le gustaba el dichoso ángel motero, pero ¿hacía falta ser tan obvia? Le daban ganas de darle un manotazo y decirle «No se lo pongas tan fácil, tontaina», aunque seguro que no serviría para nada. Nunca le había hecho caso, no iba a empezar esa noche.

—Bueno, pues… —empezó él, echando un ojo a la mesa donde estaban sus amigos, que no perdían detalle—. Sí, vale.

—Claro —resopló Kayla.

Esa caída de ojos de su dichosa hermanita nunca fallaba, desde luego.

En ese instante apareció Regina, que depositó una jarra llena de hielo y limón en el centro de la mesa, además del Gimlet de Winter. Sonrió al ver a Travis.

—Hola, Travis. ¿Lo de siempre?

—Sí, gracias, Regina.

Kayla aguardó a que la chica se alejara para coger la jarra.

—Por fin, me muero de sed.

Y ante la mirada atónita de Winter y Travis, empezó a beber directamente a morro, al parecer ajena a la presencia de vasos.

—Se parece a ti más de lo que crees —observó él.

—Un momento. —Kayla dejó la jarra, sorprendida—. ¡Esto no es agua con limón!

—No —respondió Winter—. Margaritas…

Su hermana miró cómo había descendido el nivel de la jarra, pensando que ya se había bebido al menos una o dos de un trago como si nada. La verdad era que el cóctel estaba muy fresco y rico y de buena gana se bebería unos cuantos tragos más, no parecía que estuvieran muy cargados siquiera.

Estaba dudando si hacerlo cuando Regina regresó con un par de copas vacías para ellas y una cerveza para Travis. Miró la jarra y frunció el ceño.

—¿Os la he traído así? —preguntó—. Pensaba que había echado más, ahora la lleno.

Alargó la mano, aunque Kayla fue más rápida y cogió el asa antes que ella.

—No, tranquila —le dijo—. Déjala, está bien.

—Vale… ¿Algo de picar?

—¿Tú quieres algo? —le preguntó Winter a Travis.

—Estoy bien, gracias.

—Quizá más tarde. Gracias, Regina.

La chica les sonrió y regresó a su puesto tras la barra. Mientras Kayla rellenaba las copas, un grupo de música se colocó en un extremo de la zona despejada, que tenía una tarima, y empezó a afinar los instrumentos.

—Anda, qué bien —comentó Winter—. Música en vivo.

—Sí, para la noche de baile viene siempre un grupo local —explicó Travis.

—Para ser un pueblo tan pequeño tenéis de todo.

—Menos gente con ganas de trabajar —refunfuñó Kayla, dando un trago a su copa.

Él la miró, aunque no dijo nada porque justo el grupo encendió el micrófono y el cantante saludó a los presentes. Unos segundos después, la pista estaba llena de gente y ellos empezaron a tocar una canción de ritmo *country*.

—¿Todo el mundo baila? —preguntó Kayla, observando que casi todas las mesas estaban vacías.

—Sí, es algo típico.

—Tú estás aquí sentado. Y ahora que me fijo, no vas de vaquero como el resto. ¿Es que no sabes seguir el baile en línea?

Ahogó una exclamación al notar una patada por debajo de la mesa. Fulminó a Winter con la mirada, quien no se inmutó lo más mínimo.

—Lo mío es un caso especial —contestó él—. Tengo un problema de cadera.

—¿Cuál?

—Está fija— bromeó Travis.

—Espero que no para todo —replicó Winter, con un guiño.

Su hermana resopló y él carraspeó, cogiendo el botellín.

—No me gustan los bailes coreografiados —añadió, esquivando la indirecta-directa—. Gente dando saltitos a la vez… no es lo mío.

—Lugareños bailando en orden… ¡es de locos! —sonrió Winter.

Kayla puso los ojos en blanco. ¡Si es que su hermana no tenía remedio! ¿No podía parar de ligar? Que ella estaba allí, viendo cómo se quedaba fuera de la conversación, y no le quedaba otro remedio que mirar al grupo de gente de un lado a otro. ¿Era cosa suya o no hacía más que cruzarse Logan por delante de ellos, moviendo el cuerpo de forma fluida? Ese sí que no tenía la cadera fija, no.

Travis sonrió, aunque pensó que debía dejar de seguirle el juego o se pensaría que estaba respondiendo a su coqueteo, cosa que no pensaba hacer, no señor, por muy mona que fuera la chica, algo innegable. Tenía que pensar en otra cosa, así que... Observó pensativo a la hermana «amargada» mientras daba un largo trago a su cerveza. La gente ya estaba bailando al ritmo, girando a la vez por la pista, y justo entonces pasó Logan por su lado. Les dedicó una de sus sonrisas y toque al sombrero; Winter levantó la copa como saludo, pero Kayla no. Ella estaba bebiendo, intentando ocultar la cara tras la copa.

—¿Sabes una cosa? —comentó Travis, con tono distraído—. Logan estuvo trabajando en el rancho.

—Sí, lo sabemos —afirmó Winter—. Por eso sabía cómo dar la luz, ¿no?

—También sabe cómo va todo el sistema de tuberías, estaba cuando se montó.

Kayla, que hasta entonces había intentado ignorarlo, lo miró atenta. ¿Cómo? ¿Ese tipo conocía el rancho hasta ese punto?

—¿Tiene planos? —preguntó.

—Solo aquí. —Se tocó la sien—. Supongo que podrías preguntarle. Claro que...

—¿Qué?

—Bueno, está un poco mosqueado, ya sabes. Porque le amenazaste con un bate y tal.

Ella se cruzó de brazos, molesta.

—Da igual, seguro que encontraremos un fontanero —dijo.

—¿Cómo va eso, por cierto? No es por nada, pero Logan conoce a todos los gremios de Dolan. No solo por vivir aquí, como yo, o por el taller, sino también por el rancho y por otros en los que trabajó. Todos necesitan mantenimiento, así que... —Se encogió de hombros y recuperó el botellín de cerveza—. Seguro que podría ayudaros.

Kayla lo estudió, por si estaba de broma, pero el chico permanecía serio. Miró hacia la pista, donde su posible tabla de salvación se movía de un lado a otro con destreza. ¿Cómo era posible que bailara tan bien? Ella siempre había pensado que aquello del baile en línea dejaba un poco en ridículo a la gente y, sin embargo, ahí estaba aquel tipo: enfundado en unos vaqueros que no le podían quedar mejor, con una camisa que marcaba sus bíceps y esa maldita sonrisa socarrona que...

No, no, no, ¿qué le pasaba? Porras, de pronto le había entrado sed otra vez, así que se llenó la copa y se tomó un margarita casi de un trago. Suponiendo que lamentaría sus palabras, miró a Travis.

—¿Qué sugieres? —preguntó.

—¿Sobre qué?

—Sobre tu amigo. ¿Cómo consigo que nos ayude?

—Bueno, Logan es muy particular —siguió él, reprimiendo una sonrisa—. Si eres su amigo, contigo al fin del mundo. Pero si le caes mal…

—¿Yo le caigo mal?

—¿Qué quieres, un mapa? —dijo Winter—. Ya te lo ha dicho, ¡le amenazaste con un bate y está mosqueado!

—No creo que fuera para tanto. —Suspiró, fastidiada—. Vale, supongamos que sí. ¿Qué hago? Porque no me has contestado.

—Tendrías que intentar caerle bien.

—Apañadas vamos —se rio Winter.

—Yo puedo caer bien a la gente —replicó Kayla, cada vez más mosqueada—. ¿Qué hago, le sonrío, le invito a una cerveza? ¿Qué?

—Podrías empezar por salir ahí a bailar.

Señaló la pista con el botellín. Winter se echó a reír, al contrario que Kayla, que lo miraba sin poder creer lo que acababa de escuchar.

—Estás de broma —replicó.

—No, es totalmente en serio. Mira, Logan es muy «lugareño», digamos. Así que tiene que ver que no sois unas, y perdón por lo que voy a decir, estiradas extranjeras.

—Somos de Boston, ¡es el mismo país!

—Ni siquiera nuestros acentos se parecen. —Travis se encogió de hombros—. ¿Qué te cuesta salir ahí y mostrar algo de interés por la cultura local?

Se recostó satisfecho en la silla y bebió un poco de cerveza. Dios, la cara de la chica era para enmarcarla, pero las risas de su hermana… si seguía así acabaría por ahogarse, a él ya le estaba costando horrores mantener el rostro serio mientras Kayla pasaba sus ojos de la pista a su persona unas cuantas veces.

La chica buscaba excusas en su cabeza para no salir a bailar, sin éxito, puesto que todas las que se le ocurrían ya las había puesto Travis. Tenía que haber otra forma de que aquel graciosillo «enciendeluces» las ayudara, solo que no se le ocurría ninguna puesto que ni siquiera tenían dinero con el que poder intentar un posible soborno.

Porras. El ángel motero parecía su mejor amigo, tendría que confiar en él y hacerle caso. Cogió aire, se tomó lo que le quedaba en la copa y se puso de pie. Su gesto de determinación se vio un poco estropeado al tambalearse un poco debido a tanto margarita. Hizo ademán de abrocharse la chaqueta del traje, y se miró extrañada. Ah, que no llevaba, ¡cierto!

—¿Estás bien? —preguntó Winter, entre risa y risa.

—Perfectamente.

Si lo que tenía que hacer era bailar, eso haría. Ya los había mirado un buen rato, seguro que su cerebro había asimilado los paso y solo debía dejarse llevar.

Claro que no había contado con que, primero, tenía que conseguir ponerse en algún lugar entre todas aquellas personas. Buscó a Logan con la mirada y lo localizó justo al otro lado de la pista. Genial, no había hecho más que verle pasar cerca desde que se habían sentado y ahora estaba en la otra punta, con cuarenta personas por el medio.

Se metió como pudo entre la gente bailando y, en lugar de avanzar hacia su destino, se vio empujada a un lado y otro hasta acabar entre una chica y un chico, que le habían hecho un hueco —o se había hecho de forma natural, a saber—. Los miró y puso las manos en la cintura, moviendo los pies como hacían ellos… o algo parecido, puesto que cuando giraron, ella estaba mirando a otro lado. Dio la vuelta al revés, se encontró de frente a otra chica y de pronto ya no estaba con los mismos del principio.

La gente empezó a engancharse los brazos girando y botando, lo cual le pareció complicado, aunque también una oportunidad de acercarse a su objetivo. Estiró el brazo para engancharse a un tipo, esperando ir hacia Logan, que estaba a solo un par de filas de ella, pero en cuanto avanzó un par de cambios más, de pronto se vio alejada al otro extremo.

Las filas se rehicieron y vio que estaba en la última y Logan en la primera. Bueno, no pasaba nada, en los siguientes cruces estaría más atenta y se acercaría.

Solo que los cruces iban con palmas, patada, salto y a saber qué más, porque cinco minutos después no sabía si giraba, saltaba o tenía que agarrar a alguien. Empezaba a tener calor, los tacones la estaban matando y ya ni veía dónde estaba su objetivo: todos los sombreros le parecían iguales, ¡era una pesadilla! ¿Había más gente o eran cosas suyas? Necesitaba agua, o margaritas, o algo, ¿es que la canción no acababa nunca? ¿O era otra? ¡Todas sonaban igual!

En la mesa, Winter estaba a punto de sufrir un colapso de la risa. Había sacado el móvil para grabarla, pero no había conseguido hacerlo más que unos segundos seguidos porque no conseguía sostenerlo quieto con las carcajadas.

—Mañana va a tener agujetas —dijo Travis.

—Eso fijo.

Logan se separó de su fila, cogió una cerveza de su mesa y se acercó a la de Winter y Travis.

—¿Tú no bailas? —le preguntó a la chica.

—Estoy bien aquí.

—Sí, ya veo. Aunque lo digo porque tu hermana está dándolo todo, no pensaba que era de las que bailaban.

—Yo tampoco. Travis le ha dicho que…

—¿No es esta una de tus canciones favoritas? —interrumpió él.

—Sí, voy antes de que me quiten el hueco.

Dejó su cerveza vacía y volvió a la pista, entrando por el lado contrario al que estaba Kayla y perdiéndose su gesto de frustración.

—Ahora sí picaría algo —comentó Travis, con una sonrisa.

—¿Pido nachos?

—A falta de palomitas… —murmuró.

—¿Qué?

—Sí, sí, nachos.

Aquello era divertidísimo, no solo por la torpeza de la hermana amargada, sino porque Logan no tenía ni idea de nada y estaba tan feliz a lo suyo. Seguro que la chica hasta pensaba que la estaba esquivando, porque no coincidían ni de casualidad.

Un rato más tarde, la pobre Kayla regresó a la mesa y se dejó caer en la silla, agotada.

—Es imposible —consiguió decir, sin aliento.

—Tranquila —contestó él—. Hay más cosas…

—¿Como qué?

Se frotó las piernas, deseando llegar al rancho para quitarse los zapatos y liberar sus sufridos pies.

—Ya te contaré el lunes, pásate por el taller.

Así le daba tiempo a pensarlo, que se lo estaba pasando genial y necesitaba pensar qué más podía hacer para alargar la situación.

Kayla estaba saciando su sed con otra copa y negó con la cabeza, nada dispuesta a presentarse en el taller como si estuviera mendigando. Una cosa era intentar entablar una conversación como estaban haciendo con él, y otra diferente estar detrás en plan acosador.

—No creo que… —empezó.

—Oye, ¿sales?

Los tres miraron al chico que se había acercado y hablado a Kayla, cada uno con diferentes grados de asombro. Ella estaba segura de no conocerlo de nada, ¿por qué le hablaba un desconocido?

—Estabas en la pista hace un rato —continuó él, sin dejar de sonreír—. Hemos hecho tres cruces.

¿Y? ¿Qué pasaba allí? A ver si había alguna norma en aquel baile infernal que decía que, si se enganchaba el brazo más de tres veces, ya daba lugar a una conversación. Cosa que no lograría con Logan, con quien ni se había rozado.

—Estoy cansada —contestó.

Además, le parecía que le sacaba unos diez años, aunque eso prefirió obviarlo, tampoco era cuestión de sonar cual una vieja amargada.

—Luego, entonces.

Se tocó el sombrero y regresó a bailar, mientras Winter le daba una palmadita.

—Muy bien, hermanita, ¡has ligado!

—¿Qué? No, no, ¡qué dices! ¡Si es muy joven!

—No creo que a él le importe —comentó Travis, a lo que ella lo fulminó con la mirada—. No quiero decir… bueno, seguro que no os lleváis tanto. —Carraspeó, aunque justo llegó Regina con una bandeja de nachos—. Anda, qué bien, comida.

—¿Cuántas raciones habéis pedido? —preguntó ella, sorprendida al ver el tamaño de aquello.

—Una normal.

¿Normal? Pues no quería saber cómo sería la extra… Cogió un nacho y lo mordisqueó, notando que su cabeza comenzaba a dar vueltas. Claro, tanto bailar y tanto calor tenían que afectarle, y temía el dolor de piernas del día siguiente. Se sirvió otro margarita para refrescarse y siguió comiendo nachos, lanzando alguna mirada que otra a la pista, donde Logan bailaba sin mostrar la más mínima muestra de cansancio. ¿Cómo era posible que no se tropezara, ni chocara, ni perdiera el sombrero? Tenía que ser algo genético, por eso a ella se le daba tan mal.

Sí, eso era, pensó mientras se le cerraban los ojos poco a poco y acababa durmiéndose sobre un montón de nachos con queso.

Capítulo ocho

Cuando Kayla despertó, con una sensación poco familiar de embotamiento en la cabeza, lo primero que hizo fue mirar el reloj. Había demasiado sol en el cuarto, y con tanta luz solo quedaba en evidencia lo deteriorado que estaba.

Dios, ¡si es que estaban viviendo en unos niveles de miseria a los que jamás se habían enfrentado!

Tenía calor, sed y malestar general. Se percató de que había una botella de agua junto a su lado de la cama, por lo que dedujo que se la habría dejado Winter. Obvio, estaba acostumbrada a los rituales de resaca mucho más que ella, de ahí el detalle.

Kayla la agarró sin miramientos y se bebió la mitad. Y claro, por beber de esa manera había terminado la cosa de aquel modo tan poco elegante. Su memoria solo alcanzaba hasta rechazar una invitación de un chaval de veinte años para bailar, y más allá de eso se veía incapaz de recordar el resto. Casi mejor, porque esas noches no solían terminar con dignidad, para muestra el sábado anterior con Winter.

Se levantó tras examinar el suelo con cuidado en busca de posibles bichos y tuvo que quedarse quieta unos segundos. Parpadeó un par de veces y cogió aire. Escuchaba música lejana por algún lado, ¿formaría parte eso de la resaca?

Era la última vez que bebía margaritas con sed, lo tenía clarísimo.

Al salir del saco, se dio cuenta de que solo llevaba puesta una camiseta y la ropa interior. Menos mal, porque con los vaqueros se hubiera cocinado cual pollo asado… o sea, que Winter también se había ocupado de eso. No, si todavía iba a tener que darle las gracias, y malditas las ganas.

Se puso un pantalón corto y una camiseta que utilizaba para estar por el rancho y fue al baño. Tras comprobar las evidencias de la noche anterior en su cara, se lavó varias veces con agua fría y después bajó las escaleras. La música sonaba un poco más cercana, sin embargo, no lograba descifrar de dónde podía venir.

En la mesa del comedor encontró un plato lleno de comida que, dedujo, era para ella. No estaba segura de si su estómago lo aceptaría, aunque al mirar el contenido sintió hambre en lugar de náuseas, lo que era una buena señal. Además, no era la comida de categoría B que tenían por casa, sino que era del Grand Canyon. El primer día no le había impresionado su menú, ahora ya no podía vivir sin él: así eran las cosas.

Con el plato en la mano y siguiendo el sonido de la música, sus piernas la llevaron hasta el porche y, de ahí, a la zona derecha del jardín. Las puertas del coche estaban abiertas, con la radio sintonizada en un hilo *country* que tronaba a pleno pulmón.

Entre arbustos y maleza, vislumbró a Winter en una estampa de lo más extraña, incluso para ser ella: vestida solo con un bikini, gafas de sol, unas botas camperas, unos guantes y unas enormes tijeras de podar entre las manos. Había un montón de maleza apilada según se iba deshaciendo de las malas hierbas.

Pues menos mal que no tenían vecinos, si la veían de aquella guisa...

—¿Qué haces? —preguntó, acercándose.

—¡Ah, por fin te has despertado! —exclamó la joven, dejando la tarea para aproximarse hasta ella—. Casi ha pasado la hora de comer.

—Exacto, y te va a dar una insolación, Winter. —Kayla meneó la cabeza.

—He usado protección solar, no te preocupes.

—¿Qué se supone que estás haciendo?

—Bueno, es que aquí podríamos tener una zona increíble, ¿sabes? Hasta una piscina de las grandes entraría. Pero lo primero es quitar todos los arbustos secos, maleza y malas hierbas, y como tenía tiempo...

Kayla recorrió la zona con la mirada y admitió que, en efecto, la zona era espectacular. No le costaba nada imaginarla con un bonito suelo de baldosa, quizá un cenador o, como sugería Winter, una piscina gigante. Incluso un *jacuzzi*. Desde luego, si ella fuera a vivir allí, optaría por uno, con esos calores le parecía de lo más atractivo.

—Vale, aunque no tienes que hacerlo tú, Winter. Se supone que hay personal para esto.

—Sí, seguro. En alguna parte de Arizona. —Se encogió de hombros—. Hasta que lleguen, pues... además me viene bien entretenerme.

—¿Y tienes que hacerlo tan desnuda? Si viene alguien y te ve así…
—protestó Kayla—. ¿De dónde has sacado esas tijeras? ¿Y la comida?
Anda, vamos dentro que nos vamos a achicharrar, y me lo cuentas.

Winter la siguió con una sonrisa en el rostro. Era extraño, porque
echaba de menos Boston, cierto, y siempre había pensado que el calor
y ella no se llevaban bien. Sin embargo, había descubierto que era
todo lo contrario. El sol le sentaba bien y no pensaba demasiado en
los cielos nublados que había dejado atrás, le gustaba el tono dorado
que estaba cogiendo su piel y, desde luego, ir ligera de ropa. Aunque
tampoco se le escapaba que con Kayla era justo al revés: estaba
gruñona, corría a ocultarse del sol a la menor oportunidad, se quejaba
continuamente del calor y se resistía a cambiar de vestuario.

Kayla entró al comedor y se sentó encima de la mesa, como hacían
siempre. El día que tuvieran sofá cambiarían de sitio, mientras
tanto…

—¿Te acuerdas de anoche? —preguntó Winter, apoyándose en
una esquina con una botella de agua entre las manos.

—Vagamente. Sé que había margaritas.

—Una jarra que te ventilaste casi entera, sí. Creo que nunca te
había visto beber de esa manera.

—Sí, bueno, la experta eres tú. Tampoco es que salgamos de fiesta
juntas muy a menudo como para conocer las costumbres alcohólicas
de cada una.

Kayla hizo una mueca y cogió el tenedor, examinando la comida.
El silencio hizo que alzara la mirada, para comprobar que Winter ya
no sonreía debido a su comentario. Se sintió culpable porque, en
fin… el cambio de ropa, la botella de agua, la comida y su intento de
trabajar eran detalles por su parte. Y ella se dedicaba a refunfuñar
como si la borrachera fuera culpa de su hermana, cuando lo cierto era
que nadie la había obligado a beber de esa manera.

—Perdona —murmuró—. Es la resaca, no me hagas mucho caso.
¿Qué es esto?

Señaló el plato y Winter frunció los labios.

—Comida de resaca, según Regina. Y dado que ahí se bebe
mucho, supongo que sabe de lo que habla.

—¿Has ido al Canyon? —preguntó Kayla, cruzando las piernas
sobre la mesa para acomodar el plato encima.

Ahí tenía un festín compuesto de huevos revueltos, lonchas de
beicon, un par de rebanadas de pan, una mazorca de maíz y un trocito
de tarta de arándanos. En circunstancias normales no comería esa

cantidad de grasa ni en una semana, pero Regina tenía razón: era una magnífica manera de pasar la resaca.

—¿Hasta dónde te acuerdas?

—Pues… —Kayla hizo memoria mientras empezaba a comer—. Me acuerdo de la jarra de margarita, que estaba de muerte, y… oh, Dios mío, ¿estuve bailando *country* en línea?

Winter agarró su móvil con una sonrisa canalla en la cara y se acercó. A Kayla por poco se le atragantó la comida al ver con todo lujo de detalles lo que en su cabeza solo eran imágenes vagas: ahí estaba, tratando de bailar acompasada con el resto de los participantes, y con un nivel muy, muy inferior. Agudizó el oído al escuchar risas de fondo y alzó la cabeza, indignada.

—¿Esas carcajadas son tuyas?

—Eh, no solo mías, Travis también se reía.

—¡Ah, muy bonito, reírte de tu hermana!

—Ay, lo siento. —Winter se sujetó el estómago con las manos—. Por favor, ya he recibido mi castigo en forma de agujetas, me duele todo.

Kayla repasó las imágenes, aún enfadada porque su hermana lo encontrara tan gracioso. Lo que pasaba era que… sí, vale, era gracioso. Parecía un pato mareado, saltaba cuando nadie lo hacía, giraba de manera descompensada y ni una sola vez coincidía con la pareja con la que en teoría debía continuar. Mientras bailaba no creía estar haciéndolo del todo mal, ahora comprobaba con sus propios ojos que era un desastre.

—Normal que Logan me esquivara, está claro que bailar no es lo mío.

—Era la primera vez, mujer, y estabas fuera de tu zona de confort. La próxima vez lo harás mejor.

—¿Y por qué crees que va a haber una próxima vez?

—No sé, si pretendes caerle bien a Logan puede que la haya, ¿no?

—Se pasó todo el dichoso baile ignorándome a propósito, así que dudo mucho que vaya a caerle bien haga lo que haga.

Winter se encogió de hombros.

—No es para tanto, cuando te quedaste dormida sobre los nachos fue él quien te llevó hasta el coche.

El tenedor que iba camino hacia la boca de Kayla se detuvo en el acto. La joven ladeó la cabeza, como si no comprendiera sus palabras.

—¿Qué acabas de decir?

—Estábamos hablando y, de pronto, vemos que te recuestas. Yo pensaba que ibas a apoyar un poco la cabeza sobre tus brazos, pero lo hiciste en el plato de nachos.

—Madre mía. —Kayla se frotó la cara—. No podré volver por el Canyon, ¡está claro!

—Tranquila, Travis dice que pasa más a menudo de lo que parece. Si lo piensas, es cuestión de estadística: el aperitivo más consumido son los nachos, la cerveza también está en el *top* de bebidas estrella, así que si juntas una cosa y otra...

Kayla entrecerró los ojos, intentando comprender el extraño razonamiento de su hermana sin mucho éxito.

—Bien, me quedé frita encima de los nachos. Eso ya era suficiente humillación, no entiendo por qué tuvo que llevarme ese tipo insolente hasta el coche.

—Para acortar, hubo una especie de organización entre los chicos. Por lo visto sí que es verdad que estas cosas ocurren a menudo. —Sonrió al ver la cara confusa de Kayla—. Travis fue a buscar algo para limpiarte la cara porque no sabíamos si estabas descansando o de verdad frita, con todo el queso no se veía nada.

—Dios mío. Dios mío.

—Harrison y Reece vinieron para ver si podían ayudar en algo.

—¿Quiénes son esos?

—Ah, son los dos que trabajan en el taller —explicó Winter—. Uno te puso derecha, el otro te quitó el pelo de la cara, Travis volvió con un montón de toallitas húmedas que le había prestado Regina...

—¿Qué va a pensar esa pobre chica de nosotras? —Kayla sacudió la cabeza, negando—. Al menos tú te dormiste en un banco, lejos de la vista de todos, ¡yo sobre unos nachos!

—Mientras te limpiábamos la cara apareció Logan, y después Jaden, que se ofreció a llevarte.

—¿Quién es Jaden?

—Pues uno de los chicos del grupo.

—¿Es que te sabes los nombres de todos?

—Más o menos. Jaden es el más joven, es una monada... vende seguros o algo parecido a domicilio. La verdad es que habla mucho del tema, es el típico que no sabe dejar el trabajo en sus horas libres, un poco como tú.

Kayla frunció el ceño.

—Está Ezequiel, que juega muy bien a los dardos. Siempre gana, así que nadie quiere apostar con él, claro... no trabaja, pero su mujer sí. Dice que no le molesta ser un mantenido.

—¿Todo eso lo hablasteis mientras mi cara estaba llena de queso y pico de gallo?

—No, eso ha sido esta mañana.

—¿Has vuelto esta mañana?

—¿Quieres que te lo cuente o no? —protestó Winter, y Kayla resopló—. En fin, que a Jaden le dijeron que no te llevara, por lo visto tiene las manos muy largas, y antes de que nadie dijera nada, Logan te levantó y te cargó al hombro.

—¡¿Qué?! —exclamó Kayla, ofendida—. ¿Me llevó como un saco?

Winter intentaba disimular las risas, tarea imposible. Recordaba de forma nítida lo ocurrido la noche anterior, desde la cara burlona de Logan hasta cómo había cogido a su hermana, sin la menor delicadeza. Muy acorde a su estilo, la verdad.

—Te llevó al coche, y a medio camino murmuraste algo que nadie entendió. Así que tuve que conducir de vuelta, suerte que esta vez apenas había bebido.

—Por Dios. —Kayla dejó el plato sobre la mesa y se cubrió la cara con las manos—. ¿Cómo he podido hacer el ridículo así? ¡Ahora tendrá aún más material para burlarse de mí!

—La verdad es que con el baile tenía de sobra, así que el resto es un extra, sí. —Winter siguió riendo sin poder evitarlo, el rostro enfurruñado de Kayla no ayudaba.

Finalmente, se acercó para darle unas palmaditas de ánimo.

—Tranquila, esas cosas pasan cuando se bebe, recuerda que la semana pasada fui yo.

—Por lo menos a ti te traían en condiciones, no como a un saco.

—Es un poco bruto, sí… pero oye, también me preguntó si necesitaba custodia hasta aquí, por si nos pasaba algo por el camino. Otros no preguntarían eso, ¿no crees?

Poco a poco, Kayla recuperó el plato con su desayuno de resaca y decidió que mantendría la cabeza bien alta. Como bien decía Winter, todo el mundo hacía tonterías cuando bebía en exceso, ella no acostumbraba a descontrolarse a menudo y por eso le costaba hacerse a la idea, nada más. Cuanto antes lo olvidara, mejor.

—¿Y vinieron?

—Les dije que no era necesario, conozco el camino. Te quité la ropa, te puse la camiseta para que no murieras de calor y listo… y esta mañana, como no te levantabas, pues me he ido a desayunar al Canyon. Me apetecía charlar con Regina y los domingos suelen ser tranquilos, según ella.

—¿Y has vuelto a verlos?

—Es que al final me he liado y a la una todavía estaba allí, así que le he pedido que te preparara algo para comer. Cuando estaba esperando han aparecido. Las cervezas del domingo, han dicho.

—Claro, entre las cervezas de después del trabajo, las del sábado noche, las del domingo por la mañana… —dijo Kayla, moviendo la cabeza con desaprobación.

—No seas así, que no hay mucho que hacer en Dolan Springs.

—Y claro, os habréis cachondeado de mí.

—¡Que no! Solo un poco, al principio, y ni siquiera ha sido Logan, sino Morty. Decía que a él le ha pasado mucho, aunque ahora sus padres no le dejan ni beber ni coger el coche.

Kayla terminó la comida del plato y lo dejó sobre la mesa.

—No sé quién es Morty ni me importa, y no puedes hacerte amiga suya, Winter.

—¿Por qué no?

—A ver, ¡porque son el enemigo!

—No entiendo que digas eso, si son muy amables. Simon es quien me ha prestado las tijeras de podar y los guantes.

—Ya, seguro que pretenden montar una orgía en grupo o algo así, ¡esta gente no se anda con tonterías! ¿No has leído el nombre de su club?

—Serpiente de cascabel, sí. Es porque hay muchas por aquí.

—Sí, y una metáfora perfecta de ellos, ¡seguro! Es ese tipo de gente que fascina, pero de la que no te puedes fiar —comentó Kayla, antes de bajarse de la mesa de un salto para limpiarse las manos con un par de servilletas.

Su hermana la observó, con los labios apretados. Definitivamente, había perdido su buen humor, y aunque Kayla lo lamentaba, pensaba todas y cada una de las palabras pronunciadas. Por amor de Dios, ¡eran unos desconocidos! Solo los conocían de un par de semanas.

—Si fueras capaz de dejar tus prejuicios de lado…

—¿Es que no ves que me preocupo por ti? ¡Eres demasiado confiada!

—O tú demasiado desconfiada —replicó Winter, con una mueca—. Pregúntate por qué no te queda un solo amigo, Kayla. A veces hay que confiar en tu intuición.

Kayla se quedó sin saber qué replicar, algo sorprendente.

—Voy a seguir quitando malas hierbas. En el primer cajón hay un par de pastillas para el dolor de cabeza —indicó Winter, volviendo a ponerse las gafas de sol—. Me las dio Logan, por cierto, debe ser parte de sus malvados planes.

Regresó al exterior y Kayla, tras dudar unos segundos, se acercó al cajón y lo abrió. Tal y como Winter había indicado, dentro encontró un par de pastillas blancas de aspecto inofensivo. Pensándolo objetivamente, no tendría sentido que no fueran nada más que lo que él había dicho: si quisiera drogarlas, podría haberlo hecho el día anterior. Él o su amiguito, porque con la que llevaba encima ni se habría enterado.

Se las tomó con un vaso de agua y se sentó de nuevo en la mesa, mirando a su hermana trabajar a través de la ventana. Odiaba darle la razón… aunque fuera por inercia, le llevaba la contraria y después, cuando se detenía a pensar como en aquel momento, se daba cuenta de que Winter no estaba tan equivocaba como se empeñaba en decir.

Los hechos estaban ahí: ambas habían llegado sanas y salvas al rancho gracias a ellos, sin incidentes, y encima hasta se habían ocupado de su cuenta el primer día. Travis le parecía un graciosillo y Logan más todavía, aparte de que aquella sonrisita sardónica la sacaba de quicio… Podía intentar ir a alguna otra ciudad a ver qué conseguía, pero estaba segura de que sería perder el tiempo y su mejor opción seguía siendo él. El baile no había salido para nada bien y seguro que pensaría que eran las dos unas borrachuzas, por lo que la idea de «caerle bien» así no había resultado, ¿qué podía hacer?

Pues obvio, lo que le decía Winter: ser más amable y volver a hablar con Travis, que recordaba que le había dicho que se pasara el lunes por el taller y le daría más pistas de cómo caer bien a Logan. Ella no era de las que se rendía y, aunque aquella situación era de todo menos normal, no le quedaba otra que amoldarse.

Llenó un vaso de agua y salió para llevárselo a Winter, que lo aceptó mirándola con extrañeza.

—Gracias —le dijo—. ¿Te has tomado las pastillas?

—Sí, ¿por?

—No, por nada, como este gesto es extraño en ti, tendré que achacarlo a un elemento químico externo…

—Oye, si encima te vas a poner así cojo el agua y me voy.

Se cruzó de brazos y Winter le sonrió, dejando el vaso vacío en la barandilla del porche.

—Era broma, relájate.

Kayla recordó que había decidido hacer eso precisamente, relajarse y ser más amable, así que cogió aire e hizo un gesto hacia el jardín… o más bien, «futuro» jardín.

—Arreglarlo es buena idea —comentó—. Aunque no he visto ningún diseñador de exteriores en Dolan.

—Bueno, eso puedes hacerlo tú y seguro que los jardineros que hay pueden seguir tus instrucciones —le contestó despacio, esperando una réplica o algo, porque no estaba acostumbrada a que le dijera que había tenido una buena idea.

—Supongo que sí. Esperemos que Logan conozca también.

—¿Vas a volver a intentarlo?

—No pierdo nada por ir mañana a hablar con Travis a ver... el baile no resultó, espero que tenga alguna idea más fácil de ejecutar.

—Ah, seguro que sí. Qué bien, pues ya tenemos plan para mañana.

—No hace falta que vengas, puedes quedarte aquí y seguir con esto.

—No, no, así no vas sola.

Le sonrió con inocencia, aunque no colaba. Una cosa era ir medio borracha —o entera— y otra no enterarse de cómo Winter le metía fichas al ángel motero. No podía atarla a la cama, tampoco, así que se encogió de hombros. Ella misma, mientras no lo espantara y retirara su oferta de ayuda.

Y así, al día siguiente, se subieron ambas al coche para dirigirse a Dolan. Por una vez, Kayla decidió quitarse el traje y volver a ponerse los vaqueros y una camisa. Esperaba parecer también menos estirada así, ya que el acento de Boston no se lo podía cambiar... y aparte, había perdido demasiados electrolitos la semana anterior sudando como un pollo.

Aparcaron cerca del taller y se bajaron del coche, momento en el que Kayla dudó de aquel plan. ¿Cómo iban a explicar su presencia allí, si no tenían moto? ¿Cómo no se había dado cuenta de algo tan obvio?

Cogió a Winter del brazo antes de que avanzara hacia allí.

—Espera, necesitamos un plan.

—¿Un plan?

—¿Qué hacemos aquí?

—Ir a hablar con Travis, ¿ahora sufres amnesia o qué?

Kayla resopló.

—No, me refiero a con qué excusa.

—¿Pedirle ayuda con Logan? En serio, Kayla, ¿estás bien?

—Joder, Winter, ¡que no me escuchas!

—¡Ya me estás chillando! ¿Tan difícil es no ser una borde? ¡Que no has durado ni veinticuatro horas!

—¡Eres tú la que está chillando! Solo digo que…

—Buenos días.

Las dos se callaron al instante mientras Logan pasaba por su lado y les sonreía, inclinando la cabeza a modo de saludo, aunque su mirada dejaba claro que pensaba que estaban chifladas, ahí gritándose en medio de la calle.

—Ah… sí, hola —respondió Winter.

—Eso, hola —murmuró Kayla.

Esperó a que se alejara calle abajo y volvió a coger a Winter del brazo.

—Venga, vamos, ahora que se ha ido ya no hacen falta excusas.

Su hermana se dejó llevar, comprendiendo al fin a qué se refería. Claro, presentarse allí a hablar de él con el tipo delante, no era lo más disimulado del mundo. De verdad, qué complicada era Kayla, ¿por qué no hablaba claro?

En fin, lo importante era que ya estaban en el taller. Reece y Harrison andaban por allí, y ambos dejaron al momento lo que estaban haciendo para acercarse.

—Vaya, ¡qué sorpresa! —dijo el primero—. ¿Qué tal, chicas?

—¿Qué tal el domingo? —Harrison miraba a Kayla—. ¿Mucha resaca?

—No, todo genial —masculló ella—. Perfecto.

—¿Sí? Pues parecías bastante perjudicada cuando te cogió Logan y…

—¿No está vuestro jefe? —interrumpió ella, sin querer que le recordaran nada de aquella noche.

—En su oficina —señaló Reece.

Winter ya estaba llamando a la puerta, así que Kayla se apresuró a alcanzarla.

—¡Está abierto! —lo oyeron decir.

Winter abrió y asomó la cabeza, sonriendo. El chico estaba sentado ordenando unas facturas y la miró con sorpresa.

—Vaya, hola —saludó.

—Hola. He venido con Kayla, por lo que le dijiste el sábado de ayudarla con Logan y tal.

Él sonrió. Después de la borrachera de la chica, había esperado que se le olvidara o lo dejara pasar, pero no, ahí estaba. Genial, hasta le daban ganas de frotarse las manos y prepararse unas palomitas.

—Mejor momento imposible —dijo, levantándose—. Acaba de salir a un recado.

—Sí, nos lo hemos cruzado.

Travis llegó a la puerta y tuvo que hacer una maniobra para poder pasar sin tocar a la chica, que se había quedado en el medio sin dejar de mirarlo, con aquella sonrisa tan bonita…

«No, no, quieto, Travis, concéntrate», pensó.

—¿Qué tal la resaca? — le preguntó a Kayla.

«Pues nada, va a ser la pregunta del día», pensó ella. Se recordó lo de no ser borde y forzó una sonrisa.

—Todo bien —contestó—. Venía por lo que me dijiste el sábado. No sé si el baile funcionó, la verdad.

—Más bien no —contestó él—. Aunque oye, te llevó al coche, eso no es mala señal. También podría haberlo hecho con más delicadeza, pero algo es algo.

Kayla se visualizó de nuevo a sí misma a modo saco de patatas y parpadeó para quitar esa imagen.

—Seguro que si hablo con él y le explico… —empezó.

—Claro, aunque antes tendrás que saludarle bien.

—¿Cómo, bien?

—Como aquí.

—¿Con acento vaquero?

A ese paso tendría que comprarse un sombrero y agitarlo en el aire, lo veía venir.

—No, no, eso sería algo forzado, me refiero a un saludo con la mano. Mira. Tienes que hacer así… —Levantó la mano como dando una palmada, luego la bajó—. Y giras el brazo, aprietas el puño, das así, así y al revés, con el hombro y luego otra vez palmada.

Kayla y Winter lo miraban sin dar crédito, sobre todo la primera, que se había perdido a la primera palmada.

—¿En serio tengo que hacer eso?

—Claro, si es fácil.

Volvió a hacerlo, acercándose a ella para que lo viera bien. Le cogió una mano para elevársela y hacerlo con ella, aunque tras tres intentos, la pobre se seguía perdiendo a mitad del saludo.

—Tú hazlo lo mejor que puedas, seguro que con intentarlo ya vale —la animó Winter.

Era la primera vez que veía eso, le extrañaba porque entre ellos no se saludaban así, pero quizá era algo de Logan en particular.

El susodicho apareció en aquel momento con un paquete en las manos, que había ido a recoger a la oficina de correos. Los miró a los tres extrañado y se acercó para dárselo a Travis.

—Genial —dijo él—. Voy a dárselo a Reece. —Miró a Winter—. Es una pieza que estábamos esperando para una Ducati Scrambler Desert Sled, ¿quieres verla?

—Claro.

Winter se entusiasmó tanto por la moto como por el hecho de que recordara que le gustaban y se ofreciera a enseñársela, aunque enseguida se dio cuenta de que lo hacía para que se alejaran y Kayla pudiera poner en práctica el saludo de marras. Le dio igual, al fin y al cabo, la excusa era lo de menos.

Logan hizo ademán de volver a su puesto, pero Kayla estaba justo en su camino, mirándolo de una forma rara.

—¿Querías algo? —preguntó, aunque no se le ocurría ni a qué podían haber ido por allí.

—Sí. No, bueno, mira.

Levantó la mano y él se movió para esquivarla, pensando que le iba a dar una bofetada.

—¿Qué haces?

—Ay, espera que empiezo otra vez.

Y de nuevo levantó la mano, él se movió a un lado, ella la bajó… A Logan le dio la sensación de estar en medio de un cuadrilátero en una pelea en la que no se sabía las normas. Mano arriba, abajo, puño, gesto raro hacia su hombro… ¿Qué le pasaba a aquella chica?

—No sé qué hacéis en Boston, pero a mí no me muevas la mano así que me vas a sacar un ojo —le dijo, aunque no estaba muy seguro de que llegara tan alto.

Kayla resopló, fastidiada. ¿Tan mal lo estaba haciendo? Nada, lo intentaría de nuevo. Volvió a empezar, y Logan siguió esquivándola, sin entender nada. La verdad era que alucinaba con esa chica. La hermana parecía normal, ¿por qué ella era tan rara? La palabra «amargada» no le valía, puesto que no solo era una desagradecida, sino que hacía cosas sin sentido. Lo de la borrachera del sábado… en fin, no había visto bailar a nadie tan mal en toda su vida. ¡Si solo había unos pocos pasos básicos y luego era cuestión de combinarlos! Estaba seguro de que más de alguno se había llevado un pisotón.

Y ahora la tenía allí, en el taller, agitando la mano como si quisiera matar moscas o ejecutar algún baile indio para la lluvia, cualquiera de las dos opciones le valía ya que empezaba a pensar que le faltaba un tornillo. Lo cual era una pena, porque a pesar de ser bajita, la verdad era que lo tenía todo muy bien puesto y en su sitio. Debajo de esos trajes que había llevado durante la semana no imaginaba que tuviera aquellas curvas. No era que se hubiera fijado expresamente, claro que no, pero con aquellos movimientos por la pista del Grand Canyon no había podido evitar fijarse en lo bien que le quedaban los vaqueros, por no hablar de cuando la cargó al hombro y tuvo que vigilar dónde ponía las manos, no fuera a despertarse y pensar que la estaba acosando, secuestrando o cualquiera de las cosas de las que los había acusado con su hermana.

—¿Piensas seguir con esto mucho rato? —preguntó, tras esquivar su mano de nuevo.

Ella suspiró, fastidiada.

—Nada, que no me sale —murmuró—. ¿Te importa si te saludo normal?

—¿Que si me...? —¿De qué demonios hablaba? Retrocedió un paso, temiendo el significado de aquel «normal»—. Supongo...

Antes de que pudiera reaccionar, Kayla había extendido la mano y se la estaba estrechando. Bien, sí, eso era lo normal, ¡menos mal! Ya podía dejar de temer por la integridad de sus ojos, aunque seguía sin entender nada.

—¿Qué está pasando ahí? —preguntó Reece a Travis, desde el otro extremo del taller.

Todos estaban, en teoría, mirando la moto que Travis le había indicado a Winter, solo que, realidad, miraban a la hermana y a su amigo.

—Kayla quiere que Logan la ayude —resumió.

—¿Y por qué no se lo pide?

—¿Qué quiere, darle una bofetada? —inquirió Harrison.

—No, le he dicho que le haga un saludo especial. —Hizo un gesto con la mano al ver sus caras.—. No se os ocurra reíros, que nos pueden oír.

—Entonces, ¿no iba en serio? —preguntó Winter.

—Claro que no, ni lo del baile.

Winter pensó que debería enfadarse porque estuviera tomando el pelo así a su hermana; sin embargo, tuvo que reprimir una carcajada porque la verdad era que todo aquello era muy gracioso.

—Y Logan no sabe nada —dedujo.

—Nada.

—¿Qué tiene que hacer, entonces?

—Solo darle las gracias.

Ella abrió mucho los ojos.

—¿En serio?

—Sí. Por llevarte a casa, pagar la cuenta, dar la luz... ya sabes. Lo que es demostrar amabilidad.

Winter se llevó la mano a la boca para no reírse. Madre mía, ¡tan fácil! Y Kayla volviéndose loca…

—Veinte a que la ayuda en una semana —dijo Harrison.

—Treinta, cinco días —intervino Reece—. ¿Abro grupo?

—Claro.

Ambos sacaron sus móviles y Travis los imitó. Winter miró por encima de su hombro, curiosa, y vio que Reece había creado un grupo en WhatsApp llamada «apuesta: tiempo que tardará Logan en ayudar a la amargada». En la descripción, un resumen de lo que pasaba. En un minuto, el resto del grupo estaba dentro y aportando diferentes apuestas.

—Méteme dentro —pidió Winter.

—Claro. Dime tu móvil.

Winter se lo dictó y lo sacó, para poner su propia apuesta. Todos la saludaron con entusiasmo y ella sonrió a Travis.

—Esto va a ser más divertido de lo que pensaba. Me gusta cómo piensas.

—Eh… gracias. —Carraspeó—. Será mejor que vuelva al trabajo. —Señaló a sus chicos—. Y vosotros también.

—Voy a rescatar a Logan. ¿Le vas a decir algo de todo esto?

—No, no, cuando las apuestas son de alguno de nosotros, queda excluido del grupo y del tema, no lo sabe hasta que se termina.

—Lo dicho: me encanta cómo piensas.

Le sonrió y él se alejó con rapidez, ¿cuándo se había empezado a cargar el ambiente? Tendría que abrir la puerta del taller… ah, no, si ya estaba hasta arriba. Bueno, subiría el aire acondicionado y punto.

Al verlo llegar, Logan lo miró como si fuera su tabla de salvación y le costó un triunfo no partirse de risa ahí mismo.

—Ah, jefe, menos mal… digo, me voy a mi puesto, seguro que me estabas buscando.

—No, tranquilo, termina lo que estés hablando con Kayla.

¿Hablar? A ver si la chica se estaba expresando en lengua de signos, aunque sorda no era, eso fijo.

—No importa, ve a trabajar —concedió ella, con un suspiro.

—Ah, bien, no sabía que necesitaba tu permiso hasta ahora.

Se despidió llevándose la mano a la sien, gesto que aprovechó al alejarse para mover el dedo en círculos sin que ella lo viera y vocalizar «chiflada, cuidado».

—Vamos a comprar provisiones, Winter —ordenó Kayla—. Esto tampoco ha funcionado.

—Ya pensaré algo más, no te preocupes —le dijo Travis, con cara de inocente total.

—Gracias —contestó Winter, emitiendo una risita que acalló con rapidez.

Mientras salían a la calle, su móvil vibraba en su bolsillo sin cesar, y Kayla la miró fastidiada.

—¿Es que tus amigos no pueden dejar de chatear? —protestó.

—Ya lo silencio. Están muy habladores hoy, sí, ejem.

Sacó el móvil y quitó los avisos del grupo de apuestas, que estaba a tope de mensajes y comentarios. Luego se pondría al día, a ver si tenía que modificar la suya o hacer alguna múltiple.

La semana ya no se antojaba tan aburrida como la anterior, no, señor.

Capítulo Nueve

Winter se encontraba inmersa en un sueño realmente raro en el cual recorría un pueblo abandonado una y otra vez sin hallar la salida cuando escuchó el ruido. Se despertó de golpe, tan solo unos segundos antes de darse cuenta de que la cama se hundía por momentos.

Kayla dio un grito que terminó de espabilarla.

—¡Nos atacan! ¡Winter!

—¡Cálmate! —exclamó—. No es eso, se ha roto algo.

—¿La cama? ¡Dios, la cama se hunde!

«Ya lo noto, joder», se dijo esta, aún desubicada mientras trataba de recordar dónde se encontraba la luz. Alargó la mano, y, de pronto, ya no podía acceder a ella desde su nueva situación. Un terrible ruido terminó de confirmar lo que ya sospechaba: no sabía cómo, ni por qué, habían descendido hasta el suelo.

—¿Qué pasa? —preguntaba Kayla, alterada—. ¡No veo nada!

—Espera, que cojo el móvil.

A ciegas, Winter estiró la parte superior del cuerpo y tanteó de manera torpe hasta localizar la maleta que hacía las veces de mesita de noche. Estiró del cable, atrapó su móvil y entonces encendió la linterna para iluminar la estancia.

—Mierda… —murmuró.

Al ver la posición de la cama, comprendió lo sucedido. El somier de madera, que a ambas les había parecido una carraca del siglo XV, acababa de romperse justo por la mitad, de ahí el ruido que había despertado a las chicas. Y no solo eso, sino que se había doblado hacia el interior… En una situación de lo más absurda, ambas se encontraban en el suelo, atrapadas en aquel artilugio del infierno y, de propina, en sus sacos de dormir, donde su movilidad era reducida de por sí.

—¡Odio este lugar! —exclamó Kayla, rabiosa y aún asustada—. ¡Joder, casi me da un infarto, pensé que nos disparaban o algo!

—¿Que nos disparaban? ¿Una banda de moteros, tal vez?

—¡Ja, ja, ja, muy graciosa! ¿Te resulta divertido?

—No, claro que no. —Winter enfocó alrededor para ver mejor la situación—. Dios, qué desastre.

—¿Cómo vamos a salir de aquí?

—¿Quieres no ponerte tan chillona y dejarme pensar?

—Winter, estamos en el suelo. Repito, en el suelo, donde no sé si lo sabes, pero hay una cantidad respetable de arañas. Solo de pensar que se pueda meter una en el saco… —Kayla se estremeció según lo decía.

Winter se movió hacia la derecha, intentando subir hacia la madera que rodeaba la cama. Era complicado con un somier partido por la mitad en forma de V que trataba de succionarla continuamente hacia el fondo. Se sentía como aquel chico de *Pesadilla en Elm Street* que era engullido por su propio colchón, y escuchar a Kayla patalear no ayudaba.

—Esto va a ser complicado —murmuró.

La luz de su móvil se apagó, y entonces recordó el grupo de WhatsApp donde los moteros hacían apuestas sobre ellos. Quizá había alguno despierto que pudiera ayudarlas, o que al menos tuviera alguna idea, así que pulsó sobre el icono.

—¿Qué haces?

—Ver si hay alguien despierto que pueda echarnos una mano.

—¿En tu grupo de WhatsApp? ¿Crees que van a venir tus colegas de Boston a sacarte de esta trampa mortal?

—No es ese grupo, es otro.

—¿Qué otro grupo? ¿Uno con gente de aquí?

—De aquí no, que no hay nadie, de Dolan Springs. Ya sabes, tus enemigos mortales.

Kayla se quedó en blanco unos segundos hasta que hizo la conexión.

—¿De verdad los tienes en tus contactos? ¿Tienes un grupo de WhatsApp con ellos?

Su tono sonaba realmente enfadado y Winter trató de alejarse de ella, algo complicado ya que, al escurrirse las dos hacia el centro, estaban más cerca de lo que cualquier ligue de los últimos meses hubiera podido estar.

—¿Y por qué te molesta? También tengo el teléfono de Regina.

Kayla se dijo que era una buena pregunta, ¿por qué le molestaba? Suponía que en mayor parte era el hecho de que Winter siguiera sin hacerle caso y confiara en esa gente... y luego estaba otra parte pequeña, diminuta, en la que detestaba su facilidad para interactuar con los demás. Esa facilidad que ella no poseía, la responsable de que fuera por ahí haciendo el ridículo entre bailes y saludos mientras que su hermana no tenía que hacer nada para caer bien a los demás.

¡Por Dios, que ya estaba en un grupo de WhatsApp! Ella no conseguía que Logan le devolviera un simple «hola» y Winter se dedicaba a charlar con un montón de tíos y con la camarera del Canyon. ¡No era justo!

—¡No se te ocurra pedir ayuda en ese grupo!

—¿Por qué?

—¡Porque va a parecer que somos un par de idiotas que necesitan que las rescaten continuamente, por eso!

—Kayla, mira a tu alrededor... esto es una emergencia de verdad.

De repente, Kayla le arrebató el móvil de las manos. Su intención era que no pidiera ayuda, solo de imaginar la cara burlona de Logan otra vez hacía que le hirviera la sangre... y entonces sus ojos encontraron el nombre del grupo.

—¿«Tiempo que tardará Logan en ayudar a la amargada»? ¿Qué clase de grupo es este? ¿Quién es «la amargada»? ¡Un momento! ¿Soy yo?

—¿Te quieres calmar y devolverme el móvil?

—¡No hasta que me expliques que es esto!

—Justo lo que parece: un grupo para apostar cuánto tiempo tarda Logan en ayudarte.

—¿Has apostado? —La oyó refunfuñar—. ¿Has apostado o no?

—A ver, tenía que hacerlo para estar dentro —se excusó Winter—. ¡Aunque en mi defensa diré que he apostado que solo un día! Jaden ha dicho una semana, y Morty...

—¡Me importa un rábano lo que digan Jaden y Morty! ¡No vas a pedir ayuda ahí y punto!

Acto seguido, Kayla lanzó el teléfono de su hermana por el aire sin el menor cuidado. Las dos lo oyeron aterrizar en algún lugar indeterminado de la habitación.

—¡Kayla! —exclamó Winter—. ¿Te has vuelto loca? ¡Seguro que lo has roto!

—Mejor, así no lo usas tanto.

—Eres... eres...

Winter no encontraba las palabras adecuadas para expresar lo terrible que era. Entendía que lo del grupo no le hiciera gracia, dado que tenía el sentido del humor en el culo, pero de ahí a estampar su móvil…

—Ahora verás —gruñó.

Se revolvió, haciendo fuerza contra ella para escurrirse del saco mientras Kayla trataba de frenar sus codazos.

—¡Para, que me das!

Winter no le hizo el menor caso, apañándose para quedar libre. Kayla intentó imitarla, pero no llevaba ventaja, y al ser tan bajita se veía más atrapada. Escuchó cómo su hermana utilizaba sus kilométricas piernas para encaramarse a la madera de la cama, y de pronto, notó que el somier se liberaba de su peso para hundirla a ella aún más.

—¡Winter! —gritó, presa del pánico, sin dejar de mover los brazos en un intento de asirse a algo—. ¡Da la luz y ayúdame!

—Ni hablar —oyó decir a la chica, desde algún punto del cuarto.

—¡No puedes dejarme aquí!

—Me has tirado el móvil, Kayla, y seguro que lo has roto. Si crees que voy a ayudarte a salir, lo llevas claro.

Kayla notó un tirón junto a ella, descubriendo que Winter recuperaba su saco de dormir. Dónde iba a ir con él, ni idea… aunque lo peor era que pensaba dejarla allí sola, sin duda, y Kayla no veía cómo salir de aquella trampa mortal.

—Oye, en serio, siento lo del móvil… Vamos, échame una mano.

—Que te diviertas con las arañas del suelo, yo me voy al porche a dormir.

—¡Winter!

La llamó un par de veces hasta que escuchó sus pasos en el piso inferior y, segundos después, la puerta de la entrada cerrarse. Pues no, no pensaba ayudarla, ¡la muy…!

Kayla se quedó un momento sin saber qué hacer y presa del pánico, ¿cómo iba a salir? Suponía que en algún momento Winter se ablandaría, pero mientras tanto solo podía pensar en un montón de arañas arrastrándose a su lado o metiéndose dentro del saco.

Casi le parecía notar algo corriendo por su pelo, así que cogió aire.

«Cálmate, es tu imaginación. Piensa en cómo salir.»

Bien, Winter era muy alta y por eso había trepado para escapar: ella no tenía esa ventaja. Sin embargo, ¿y si intentaba salir por debajo?

No estaba segura de si el espacio era suficiente para que pasara, quizá su maldito culo le diera problemas… ¡de cualquier modo lo intentaría! No iba a quedarse allí ni loca, no si existía una mínima posibilidad de huir.

Aún embutida en el saco, se movió como una oruga hasta el lado izquierdo de la cama. El somier había caído hasta abajo y podía vislumbrar en la oscuridad más o menos el hueco que quedaba libre. Tendría que arrastrarse por el suelo… se mordió el labio, maldiciendo a su hermana una vez más, e impulsó su cuerpo hacia delante.

Imaginó que iba recogiendo todo el polvo de debajo de la cama, y se le enganchó el pelo en la parte superior de la madera, pero poco a poco logró introducir el tronco y asomar al otro lado de la cama. Cogió aire, rezando para no quedarse atascada. Si Winter aparecía por la mañana y la encontraba de aquella guisa… ¡no se lo quería ni imaginar!

No, iba a pasar, aunque se dejara la piel en el intento, ¡ella nunca se rendía! Cogió impulso de nuevo, empujó hacia delante con cuidado, y entonces sus peores temores se hicieron realidad: su culo no pasaba por allí.

¡Joder! Desde luego, si aquello fuera una película de terror, el asesino ya la habría despachado.

Empujó hacia delante con más fuerza, una y otra vez, hasta que algo cedió y se vio liberada al fin. Permaneció unos segundos tendida en el suelo, jadeando y con el pelo lleno de polvo, pero triunfante, ¡sí! ¡Y lo había hecho solita, sin ayuda de nadie! Si la caprichosa de su hermanita menor pensaba reírse a su costa, lo tenía claro.

Kayla salió del saco a toda prisa y se puso en pie. Lo primero era lo primero: correr al lavabo para cerciorarse de que estaba libre de bichos.

Una vez allí, sacudió su camiseta por si acaso y quitó pelusillas de su rostro y cabello. Empezaba a respirar aliviada cuando notó un cosquilleo, y al echar la vista hacia arriba, descubrió a una araña paseando por su frente con total impunidad.

Kayla soltó un grito, aterrada y al mismo tiempo, sin atreverse a quitarla. Empezó a dar saltitos como si fuera a echar a correr, sin dejar de sacudir la cabeza para que la inquilina cayera al suelo, cosa que no ocurría.

—¿Quieres dejar de chillar? ¡Intento dormir!

Kayla se dio la vuelta a toda prisa al escuchar la voz de su hermana tras ella.

—¡Tengo una araña y no se va! —exclamó, en tono de súplica—. ¡Quítala de ahí!

—Por favor.

—¡Por favor!

—Y dime que lamentas haber tirado mi móvil al suelo y que no volverás a tocarlo bajo ninguna circunstancia, ni aunque tu vida dependa de ello.

—¡Sí, vale!

—No seas histérica. —Winter agarró un pañuelo de papel de su neceser y se acercó para coger a la araña del pelo—. ¡No te va a comer!

—Qué asco, por Dios. —Kayla se estremeció varias veces seguidas, frotándose los brazos—. ¿Ya está? ¿La tienes? ¿La tienes?

—Que sí, la tengo, ¡tranquila!

—Gracias —murmuró Kayla, tragando saliva.

—De nada. Pero más vale que no olvides lo del móvil. —Winter la miró de reojo—. O llamaré a mi amiga la araña.

Kayla la fulminó con la mirada, cosa que no pareció afectar a su hermana. Esta salió del baño con el pañuelo de papel en la mano, por lo que Kayla dedujo que encima no tenía intención de matar a aquel bicho horrible, ¡sería posible!

Su corazón empezaba a calmarse, de modo que regresó a la habitación para recoger su saco, que sacudió cerca de mil veces antes de usarlo como manta dentro del coche. Era el único lugar seguro en todo Santa Claus, estaba convencida.

Por la mañana, ambas parecían reacias a intercambiar conversación después de lo sucedido la noche anterior. A la luz del día, Kayla comprobó que los daños eran catastróficos y que esa cama no la podrían utilizar de ninguna manera. Tampoco tenían sofá porque en Dolan Springs no había tiendas de muebles, aunque, de haberlas, dudaba que hubieran podido servirle un sofá para ese mismo día.

La chica se frotó la frente, sin saber qué hacer. Así no podían vivir, eso estaba claro. Winter no podía dormir en el suelo, ni ella en el coche. Necesitaban ayuda, y la necesitaban ya.

Sabía lo que tenía que hacer, o más bien, a quién se la tenía que pedir: Logan. Así que decidió que no iba a dar más vueltas e iría directamente a hablar con él.

Al entrar en la cocina y ver a Winter sentada en la mesa del comedor con una taza de café frío entre las manos, sintió un ramalazo de culpabilidad. Se había portado como una cabrona al dejarla atrapada en la cama, pero la culpa era suya por tirarle el móvil. Podía habérselo roto, aunque al parecer no era así, dado que lo tenía entre las manos.

—¿Tiene daños? —preguntó, por precaución.

—No —contestó Winter.

—Perdona que lo tirara. Estaba…

—Tú no vuelvas a tocar mis cosas y ya está —la interrumpió Winter, sin andarse por las ramas.

—Está bien. —Kayla frunció los labios y se acercó, en un intento de conseguir paz—. Oye, voy a ir al taller para pedir ayuda a Logan, así no podemos seguir. ¿Quieres acompañarme?

Winter se encogió de hombros, sin dejar de mirar su café.

—¿Eso es que sí o que no? —insistió Kayla, confusa.

La rubia la miró de reojo. Poco podía hacer allí: aquel era un tema que debía arreglar Kayla con Logan, ya que era ella quien lo había ofendido. Aunque, ahora que lo pensaba, algo sí podía hacer.

—Vale —respondió, saltando de la mesa.

Tras aquella semi vuelta a la normalidad, Kayla respiró aliviada y fue a servirse un café. Un rato después, ambas se cambiaron de ropa y cogieron el coche para hacer el trayecto a Dolan Springs, algo que empezaba a volverse habitual.

Una vez aparcadas cerca del taller, Kayla paró el motor.

—Esperaré aquí —comentó Winter.

—¿Qué? —Kayla la miró, extrañada—. ¿Es que no quieres ver a tu ángel motero?

—Prefiero quedarme.

—Vale, como quieras. Trataré de tardar lo menos posible, dependerá de Logan y sus cosas.

Winter la vio salir, meneando la cabeza. Si iba con esa actitud y la expresión de cabreo, ya veía que no iba a conseguir demasiado de Logan… aunque no pensaba decirle nada, que al final el mensajero siempre pagaba los platos rotos.

No le hubiera importado charlar un rato con Travis, pero ya había pasado demasiado tiempo con Kayla cerca y necesitaba poner distancia entre ambas, aunque fuera por un rato. Por otro lado, su estrategia tan directa con Travis no sabía si estaba surtiendo demasiado efecto, le daba la sensación de que el chico pillaba todas las indirectas, por descontado, aunque luego las ignorara. Quizá era un tema cultural y necesitaba una nueva estrategia, así que le iba a dar una vuelta al tema mientras se le pasaba el cabreo con su hermana.

Kayla había dejado la llave puesta, así que Winter se pasó al asiento del conductor de un salto y arrancó en dirección al Grand Canyon.

Dejó el coche en la entrada y se sentó en la barra hasta que Regina salió de la cocina.

—¡Hola! —se acercó, sonriendo como siempre—. ¡Qué madrugadora! ¿Un café?

—Sí, por favor, y una indicación.

—Claro, tú dirás. —Regina le sirvió una taza.

—Tienda de muebles. ¿Hay alguna por aquí, quizá escondida y llena de tesoros ocultos? Una que no hemos sabido encontrar.

—No, aquí no, lo siento. Hay que ir a Kingman, me parece… es que tampoco voy mucho por allí, si he de ser sincera.

Winter resopló, fastidiada. Prefería ir a tiro hecho y no pasarsc media mañana dando vueltas por un pueblo, la verdad, y ya veía que de ese modo iba a estrenar la tercera semana allí.

—Vale, a ver qué se me ocurre… —Su móvil vibró y vio que era un mensaje en el grupo de WhatsApp de los chicos—. Anda, creo que ya sé.

«¿Alguien me puede ayudar con un tema de camas?», escribió.

—¿Algún amigo? —preguntó Regina.

—Del taller, estoy en un grupo de apuestas con ellos. Quizá alguno sepa de camas, ¿no crees?

Regina dejó de secar el vaso que tenía entre las manos y la miró.

—¿Cómo has dicho?

—Necesito la tienda de muebles para comprar una cama. No, mira, ahora que lo pienso, mejor dos, así no tengo que dormir con Kayla. Se nos ha jodido la que teníamos, se ha hundido. Literalmente.

—¿Y has puesto eso en el grupo?

—Sí, que si alguien me puede ayudar con… —Se quedó callada al escucharse en voz alta—. Oh.

Su móvil ya vibraba con varias respuestas, una detrás de otra, y tragó saliva.

—Seré muy joven, pero hasta yo pillo el doble sentido en eso, aunque no lo hayas querido insinuar.

—Ay, madre.

Miró la pantalla y empezó a leer los mensajes:

Reece: «¡Voy corriendo!»

Morty: «¿Necesitas ayuda para hacerla o deshacerla?»

Ezequiel: «Yo no, ¡que mi mujer me mata!»

Harrison: «¿Es una pregunta en serio o tiene trampa?»

Simon: «Soy experto en camas»

—Tengo que aclararlo… —musitó.

«Se nos ha roto la cama, necesitamos una nueva», escribió.

Reece: «¿Qué estabais haciendo para romperla?»

«DORMIR».

Travis: «Chicos, dejad de hacer el tonto. Winter: te escribo fuera de este nido de serpientes».

Harrison: «Sí, de cascabel, jajaja».

Siguieron risas y emoticonos antes de recibir otro mensaje de Travis, ese directo:

«No hay tiendas en Dolan, conozco una en Kingman. ¿Paso a buscarte?»

Winter sonrió de oreja a oreja. Bueno, ir a comprar muebles no era lo más sexy del mundo ni el ambiente idóneo para ligar, claro que… con el tema «cama» la cosa cambiaba.

«Estoy con Regina, tengo el coche de Kayla».

«Voy para allá».

Travis salió de su despacho y gritó hacia el taller:

—¡Ahora vuelvo!

—Sí, sí, ya sabemos —replicó Harrison.

—¿Me he perdido algo? —preguntó Logan, mirando a ambos y a Reece, que tenía una sonrisita en la cara.

—Nada. No tardo.

Salió del taller y, al girar la esquina, casi se dio de bruces con Kayla, que daba vueltas sobre sí misma murmurando.

—¿Qué haces? —le preguntó.

—Ah, hola. —Paró y cogió aire—. He venido a hablar con Logan.

—La entrada del taller está por ahí. —Señaló con su dedo—. Por si se te ha olvidado.

—Sí, no, ya lo sé. Solo estaba ensayando.

—Vale… suerte, entonces.

Pero qué chica tan rara, madre de Dios. Sacó su móvil mientras caminaba hacia el Grand Canyon y escribió:

«Doblo la apuesta, Logan la ayudará en menos de una hora».

¿Qué culpa tenía él si sabía que ella ya estaba allí? Ignoró los emoticonos de risas y siguió caminando, seguro de ganar.

Tras un par de paseos más en círculos, Kayla decidió que ya había pasado bastante calor a pesar de la ropa ligera que llevaba y avanzó hasta llegar a la esquina para girar hacia el taller. En cuanto entró, los tres trabajadores levantaron la cabeza a la vez y ella miró al suelo, preguntándose si habría algún resorte oculto que avisara de la llegada de visitas. O eso, o tenían un oído muy fino.

Por suerte, Logan era el que más cerca estaba y lo miró, forzando una sonrisa.

—¿Podemos hablar un segundo? —preguntó.

Al momento, él se puso a la defensiva, porque aquella sonrisa no le daba ninguna confianza. Al menos, tenía las manos quietas, por lo que no temía por la integridad de su cara.

—Vamos a la cocina —le dijo.

Vio que Reece y Harrison se apresuraban a sacar sus móviles y que, al darse cuenta de que los miraba, ponían cara de inocentes. Allí pasaba algo… en fin, ya lo descubriría más tarde, primero a ver qué quería Kayla.

La guio hasta la cocina y, una vez allí, abrió un armario para sacar un paquete de patatas fritas y sentarse.

—¿Quieres? —le ofreció.

—No, no, ya he tenido bastante de comida basura, gracias.

Él abrió el paquete y cogió una.

—¿No te sientas? —le preguntó.

—No, no, pienso mejor de pie.

Él levantó una ceja. Bueno, pues a su gusto. Se metió la patata en la boca, esperando. Por lo menos había dejado los trajes a un lado y llevaba ropa más normal, solo le faltaba el sombrero vaquero y parecería una chica de por allí… Aunque mejor no se la imaginaba así, porque de pronto su cabeza seguía a lo suyo y no, mejor se concentraba en otras cosas y no en cómo le quedaban los pantalones o si la camisa estaría mejor algo más desabrochada. Masticó con parsimonia, aunque tuvo que hacer un esfuerzo para mantenerse impasible al escuchar su primera frase:

—No pienso volver a bailar en línea —espetó Kayla.

Él tragó y cogió otra patata.

—Ajá —murmuró, sin entender a qué venía eso.

—Bueno, a no ser que alguien me enseñe.

—¿Me estás pidiendo clases?

—No, no, ¡qué va! Tú escúchame.

Logan siguió con sus patatas fritas, reprimiendo el impulso de hacer el saludo militar.

—No pienso volver a saludarte de forma especial —siguió ella.

Él se acomodó aún más en la silla; a ese paso, iba a atragantarse para no decir nada y mejor estaba cómodo.

—Vale… —contestó.

—Déjame terminar.

Logan se metió un puñado de patatas e hizo el gesto de cerrarse la boca con cremallera.

—Que sepas —continuó Kayla— que me parece increíble que os dediquéis a apostar por cualquier cosa, es una mala costumbre y acaba en vicio. Seguro que, como tenéis Las Vegas a tiro de piedra, os pasáis ahí los fines de semana. —Frunció el ceño—. No, tampoco, que no salís del Grand Canyon ni a tiros. —Abrió mucho los ojos—. ¿Tenéis armas? Seguro que sí, no se me había ocurrido, pero debéis tener, sería lo normal. Me da igual siempre y cuando no la saques en mi presencia, ¿de acuerdo?

Él afirmó con la cabeza y levantó la mano.

—¿Qué?

—¿Permiso para hablar?

Kayla resopló. ¡Ni que estuvieran en clase!

—¿Qué pasa?

—¿A qué apuestas te refieres, exactamente?

—Ah, claro, ¡que no lo sabrás! Tus queridos amigos están apostando a tus espaldas. Me he enterado de casualidad, cuando se nos ha roto la cama esta mañana y Winter quería pedir ayuda en el grupo que tiene con ellos. Le he quitado el teléfono y lo he visto. Están apostando a ver cuánto tardas en ayudarme, ¿a ti te parece normal?

Él se encogió de hombros.

—Sí, apostamos por todo, en eso tienes razón. Hasta a ver cuándo va a llover, y no llueve nunca. Ese grupo está bastante muerto, la verdad.

—¿No te molesta?

—No, ¿por qué?

—¡Porque son tus amigos y no te han incluido!

—Normal, si la apuesta va sobre mí.

Ella no daba crédito. ¡Estaba tan tranquilo, ahí sentado comiendo patatas fritas! ¿Qué amistades eran esas?

—Entonces, ¿se os ha roto la cama? —preguntó Logan.

—Sí. —Kayla suspiró y empezó a pasearse—. Es todo un desastre. Se ha roto el somier y casi morimos atrapadas por nuestros sacos. Winter consiguió salir por arriba y yo por abajo, porque como le tiré el móvil, no quiso ayudarme. Eso, y que me odia, claro, aunque no viene al caso. No sé ni dónde podemos comprar una cama nueva… o dos, porque lo mejor sería dormir separadas o acabaremos pegándonos. Claro que tampoco hay muchas opciones, ¡una de las habitaciones tiene el techo caído! Todo el rancho es un desastre, y el pueblo, si es que se puede llamar así, más todavía. ¡No sé ni en qué podemos convertirlo para hacerlo viable!

—Por lo menos tenéis luz —aportó, a ver si así llegaba a donde quería.

—Sí, pero no hay agua caliente. Y ningún fontanero se atreve a meter mano a las tuberías sin tener los planos, por si se rompe alguna y no saben por dónde mirar. Normal, ni quiero, porque ya solo de imaginarme todos los suelos y tabiques abiertos me da taquicardia. Tampoco me fío mucho del sistema eléctrico, he visto un montón de enchufes quemados y eso no me da mucha confianza. Y luego están los bichos.

—Los bichos.

—Sí, arañas, sobre todo. Aunque hay más grandes, tipo vacas y caballos y yo que sé qué más. Habría que arreglar las vallas para que no entren porque cualquier día, nos atacan. Mi madre está esperando que le enviemos un plan de trabajo, pero no puedo hacer un presupuesto si no tengo gremios a los que contratar y aquí los que hay no se fían de mí, ¡me dicen que tengo que llevar a alguien de la zona que dé la cara por mí!

Se cruzó de brazos y lo miró. Logan, que la escuchaba divertido, esperó unos segundos, pero parecía que la chica no tenía nada más que añadir. Miró el fondo de la bolsa de patatas, terminó las que quedaban y se levantó para tirarla. Se lavó las manos y la miró, disfrutando de ver que estaba moviendo el pie contra el suelo de forma impaciente.

—Está bien —le dijo—. Te ayudaré con una condición.

—No te lo he pedido —refunfuñó ella.

Logan se apoyó en el mueble, inclinando la cabeza con curiosidad.

—Ajá. Entonces, ¿a qué has venido?

—Vale, sí, era a eso… pero no quiero deberte ningún favor.

—Ya veremos cómo me lo pagas, aunque podrías empezar por algo fácil.

Kayla retrocedió un paso.

—¿Como qué?

Él puso los ojos en blanco.

—Desconfiada.

—No, ¿por qué lo dices?

—Mira, mi condición es que solo tienes que decir tres palabras. «Por favor», para pedirme que te ayude. Y «gracias», por llevar a tu hermana sana y salva aquel sábado. Y a ti al coche, por cierto.

—Sí, como un saco de patatas, ya me han contado.

—¿Recuerdas lo que acabo de decir sobre mi condición para ayudarte, hace cinco segundos?

Ella le miró con desconfianza. ¿En serio solo era eso? ¿Y todo lo que le había contado Travis?

—¿No hace falta caerte bien? —replicó.

Y cuando él ya pensaba que no podía sorprenderle más, le soltaba eso.

—¿Por qué lo preguntas?

—Es lo que me dijo Travis. Por eso el baile y el saludo…

Entonces Logan entendió todo: que saliera a la pista, los gestos raros hacia su cara… Vaya, vaya, ¡Travis se lo había estado pasando en grande! Sin poder evitarlo, se echó a reír.

—Travis te ha tomado el pelo —consiguió decir.

Ella, que se había quedado deslumbrada por aquella sonrisa, tuvo que parpadear para darse cuenta de lo que había dicho. Estaba tan aturullada que no sabía si enfadarse con él, con Travis o con el mundo en general.

—¿Qué? —dijo.

—¿Qué te dijo Travis, exactamente?

—Que tenía que caerte bien aprendiendo cosas de aquí, como bailar en línea o un saludo especial.

Logan se acercó y le dio una palmadita en el hombro.

—Para ser de ciudad, eres un poco ilusa, mon… Kayla. Ahora, ¿qué tienes que decirme?

—Gracias por llevarnos a casa —murmuró, aturullada por su cercanía—. Y por favor, ¿puedes ayudarme?

—Miraré qué trabajos tengo en el taller para organizarme y te aviso para quedar. —Extendió la mano—. Dame tu móvil.

Ella lo sacó, sin poder creer que de verdad fuera a ayudarla. Logan apuntó su teléfono y se hizo una llamada para tener el de ella.

—Te llamaré.

Salió de la cocina y vio que Reece y Harrison se apresuraban a alejarse, como si hubieran estado cerca para escuchar lo que pasaba. Lo cual tampoco le extrañaba.

—Podéis poner que ya he dicho que sí —dijo.

—Mierda —gruñeron los dos.

Kayla salió y se despidió con la mano para ir al coche, pero cuando llegó al sitio, allí no había nadie.

¿Dónde demonios se había metido su hermana? ¿Tanto había tardado que se había aburrido? Le envió un mensaje y ella contestó:

«Comprando camas. Espérame en el Grand Canyon».

Eso le pasaba por alejarse una calle y dejarla sola, que la dejaba plantada. Gruñendo para sí, se dirigió al restaurante decidida a tomar solo un refresco, no fuera a liarse con los margaritas y acabar teniendo que necesitar ayuda.

En la tienda, Winter dejó el móvil y sonrió.

—Uno, mi hermana ya ha visto que la he abandonado, estará mosqueada —dijo—. Y dos, has ganado: Reece acaba de poner que Logan ha anunciado que va a ayudarla.

Travis sonrió, encogiéndose de hombros.

—Estaba seguro —dijo—. Bien, ¿qué te parecen esas dos? Pone que como son de exposición, las pueden llevar hoy mismo.

—Tampoco estamos para ponernos exquisitas. —Se sentó en una y saltó un poco—. No está mal.

—No se romperán.

—¿Quieres probarla? —Dio unas palmadas en el colchón, justo a su lado—. Tiene pinta de cómoda.

Travis se sentó, no tan cerca como ella había indicado, aunque enseguida Winter se estiró eliminando la distancia entre ellos.

—Me gusta —comentó la chica, mirándole.

Él carraspeó y se levantó. Estupendo, qué idea tan genial había tenido acompañándola. Casi le daban ganas de buscar la salida de emergencia… aparte, como había ido con ella en su coche —otra idea estupenda—, no le quedaba más remedio que quedarse y aguantar el tipo.

—Pues vamos a ver si os la pueden llevar hoy.

Y raudo y veloz se dirigió a la caja. No era una huida, se dijo, no. Solo poner distancia porque no quería pensar en lo cómodo que era aquel colchón, además de estrecho, que si se tumbaba quedarían bien juntitos.

Una dependienta le sonrió con amabilidad y Winter no tardó en ir a su lado para hacer el pedido.

—¿Las podéis enviar hoy? —preguntó él.

—Claro. ¿Dirección?

—Oh, es fácil —contestó Winter—. El rancho de Santa Claus.

—Si ahí no hay nada.

—Por eso lo encontraréis fácil.

Le guiñó un ojo y sacó la tarjeta, mientras la chica los miraba sin terminar de creer que hubiera alguien viviendo allí. Mientras pagaran, le daba igual, así que una vez pasada la tarjeta, le dio el recibo y llamó al almacén.

Winter salió con el recibo en la mano como si llevara un tesoro.

—Seguro que Kayla piensa que son pequeñas, incómodas o las dos cosas, pero me da igual —dijo.

—¿Siempre os habéis llevado mal o es cosa del calor?

—Otro día lo hablamos, que es una historia de esas para contar durante una cena o una copa.

Le sonrió y él no puedo evitar devolverle el gesto antes de subirse al coche y, mientras regresaban a Dolan, no estaba seguro de si con eso se había comprometido a algo.

Capítulo Diez

—Logan está de camino —informó Kayla a Winter.

—Ah, genial.

Winter estaba cortando hierbajos alrededor del porche y dejó las enormes tijeras a un lado para sacar su móvil y enviar un wasap con una sonrisa.

—¿Apuestas? —aventuró Kayla, con un mohín.

—Ya que estaba el grupo abierto… ¿Cuál es el plan?

—Darle una vuelta por el pueblo y el rancho para que vea cómo está todo y me diga a quiénes tengo que llamar.

—Entonces no me necesitas.

—No, puedes quedarte con los matorrales si prefieres.

—Recuerda: no le gruñas, sé amable y cuando vengáis a ver el rancho, invítale a un café.

—Si es el peor café del mundo…

—Eso da igual. Lo que importa es el gesto.

Pues el gesto lo mismo le envenenaba, que el café instantáneo con agua hervida era de lo más asqueroso que había probado en su vida. Tenían que comprar una cafetera decente, aunque solo fuera por su propia supervivencia.

Entró en la casa y comprobó que había al menos un par de tazas limpias por si acaso y llenó el hervidor de agua. A través de la ventana abierta le llegó un sonido extraño, así que salió al porche mirando alrededor.

—¿Qué es ese ruido? —preguntó.

—Algún animal corriendo —contestó Winter, despreocupada.

El sonido estaba cada vez más cerca y, al mirar hacia la entrada del rancho, Kayla vio que, efectivamente provenía de un animal. Un caballo, para ser exactos, con su jinete encima.

—Pero, ¿qué…?

Kayla se quedó con la boca abierta mirando a Logan cabalgar hacia ellas: parecía que acabara de salir de una película de vaqueros. Cierto era que ya le había visto en el bar con el sombrero, pero encima del caballo destacaba aún más y, en fin, no era una entendida en hípica ni en ningún deporte, ya puestos, pero no recordaba haber visto a nadie montar como si fuera lo más fácil del mundo y estuviera tan atractivo que...

—Cierra la boca —susurró Winter.

—¿Eh?

Notó que su hermana le tocaba la barbilla y se apartó, no sin antes darse cuenta de su mirada burlona y de que, efectivamente, se había quedado pasmada mirándole. Lo que le faltaba ya, ponerse a babear.

Se dio una colleja mental, aunque era complicado mantenerse impasible mientras Logan llegaba a su altura, dándole una buena vista de la forma en que se tensaban los músculos de sus piernas contra el caballo al pararle a su lado, o de sus bíceps al tirar de las riendas y llevar la camisa remangada.

—¿Qué tal? —saludó él, tocándose el sombrero.

—Hola, Logan —respondió Winter.

—¿Y tu moto? —preguntó Kayla.

—En el garaje. Tenía que sacar a mi caballo, así que he pensado en aprovechar. —Palmeó el cuello del animal con una sonrisa—. ¿Por dónde quieres empezar?

—Huy, cuántas interpretaciones hay a esa pregunta —bromeó Winter—. Yo me vuelvo a lo mío, que estoy ocupada quitando malas hierbas. Que os divirtáis.

Kayla se cruzó de brazos, aunque intentó no fruncir el ceño como solía hacer. Si es que la culpa era de él, ¿por qué tenía que estar tan... tan...? Joder, ahora que su hermana había dicho aquello, se le ocurrían mil sitios por dónde empezar y ninguno tenía nada que ver con el trabajo.

—¿Kayla?

—Sí, estoy aquí. —Como si no fuera obvio. Carraspeó—. El pueblo.

—Vale. ¿Subes?

—¿Dónde?

—Aquí detrás, dónde va a ser.

Ella se inclinó, miró la grupa del caballo y después a él.

—Ni loca.

—Tú te lo pierdes. Te espero allí, junto al Santa Claus descabezado.

Tiró de las riendas y dio la vuelta al caballo para ponerlo primero al trote y después al galope. Detrás de ella, Winter chasqueó la lengua y movió la cabeza.

—¿Tienes algo que decir? —replicó Kayla.

—Nada, nada. Debe ser super incómodo subirse a un caballo con un tío así y agarrarlo bien.

Kayla decidió no contestar a eso y fue a coger la carpeta con los datos del pueblo, una libreta y un bolígrafo para apuntar y las llaves del coche.

—No creo que tarde mucho —dijo, al despedirse de Winter.

—No, con lo grande que es…

Kayla se subió al vehículo y en poco tiempo llegó hasta el pueblo, donde ya estaba Logan esperándola apoyado en un poste, al cual había atado al caballo. Aparcó a su lado y se bajó con toda la documentación.

—Aquí tengo todos los datos —le dijo, extendiendo los brazos cargados hacia él.

Logan cogió la carpeta y la abrió, aunque no tardó mucho en revisar las hojas y devolvérsela, quedándose solo con un plano general.

—No hay mucho de utilidad —dijo.

—Vaya, gracias, eso ya lo sabía.

—Ven por aquí.

Kayla le siguió hasta lo que había sido la gasolinera y se detuvieron al pasar unos metros. Al detenerse y mirar al frente, ella se dio cuenta de que desde allí se podía ver todo el pueblo en conjunto.

—Detrás de la oficina de correos está el cuadro de luz principal del pueblo, disimulado con la pintura, aunque no quedará mucha… Igual que en el rancho, debería mirarse toda la instalación, hay zonas empalmadas que no tienen los mismos voltios. Había transformadores, pero a saber si estarán.

—Por eso en el rancho hay enchufes quemados.

—Eso es. —Señaló el pozo—. Antes funcionaba, aunque el agua no es potable y se utilizaba solo para regar. Habría que limpiarlo y utilizarlo de igual forma. —Movió el dedo hasta el antiguo hotel—. De aquí sale la red de agua.

—¿Hablarás con el fontanero y el electricista de Dolan?

—Sin problema, mañana te los mando. El mayor problema son las casas en sí. ¿Qué vas a hacer? ¿Reconstruirlo como estaba?

—No le veo sentido. ¿Un pueblo navideño aquí? Es normal que no prosperara. —Negó con la cabeza—. No, tengo que pensar otra cosa.

—Pues lo que puedes hacer mientras tanto es reparar los tejados y los interiores en plan neutro, sin colores ni pintar ni nada, y así tienes margen para idear algo.

—Supongo que eso haré. ¿Quieres verlos por dentro?

—No, ya me hago una idea. Volvamos al rancho.

Le entregó el plano y ella lo guardó en la carpeta, pensando que aquello había sido como la visita del médico. No había esperado una visión ni un gran discurso que salvara la situación, pero bueno. Regresaron a donde habían dejado sus respectivos medios de transporte y, de nuevo, se quedó boquiabierta al verle subir al caballo casi de un salto. Menuda agilidad, solo de pensar en cómo lo haría ella… ya se imaginaba cayendo por el otro lado, como mínimo.

—Nos vemos ahora.

Y otra vez al galope. Al menos se había ido tan rápido que estaba segura de no había visto cómo le miraba. Iba a tener que acordarse de sujetarse la mandíbula, algo que no le había ocurrido jamás. Subió al coche dándole vueltas a aquello, recordando citas, exnovios y demás, y nada, lo que le estaba pasando con Logan no le había pasado nunca.

Tenía que ser cosa del calor de Arizona, no le encontraba otra explicación. Tan acostumbrada al frío de Boston, seguro que su metabolismo estaba reaccionando de forma extraña. Por no hablar del exceso de vitamina D, tendría que mirar en internet si había algún estudio al respecto.

Más tranquilizada por aquella explicación, arrancó el coche y condujo hasta el rancho. Al aparcarlo cerca de la casa vio que Winter seguía a lo suyo y que la saludaba alzando las tijeras, y se acercó para dejar la carpeta.

—Qué rápido —comentó su hermana.

—Ya ves.

—Ha ido con el caballo al establo.

Kayla se dirigió hacia allí. Logan estaba en la entrada del edificio, sujetando el caballo por las riendas y mirando hacia el recinto vallado exterior.

—Lo primero que tienes que hacer es arreglar las vallas —dijo—. Iba a meterle dentro, pero las del fondo están rotas.

—Sí, por ahí se meten bichos.

—¿Arañas?

—Ja, ja, qué gracioso. No, las vacas esas que te dije y alguna vez algún caballo. Y esas ratas que no son ratas.

—Si tienes ratas, hay que llamar a un exterminador. Si son otra cosa, pues no. Decídete.

—No soy zoóloga. Bichos de esos de las praderas.

—Ah, vale, perros de las praderas. No hacen nada, siempre y cuando no haya muchos, porque hacen madrigueras en el suelo y eso sí puede ser un problema. Con vigilar un poco ya es suficiente. ¿Vais a contratar vaqueros?

Ella le miró, sorprendida por aquella pregunta. ¿Acaso los necesitaban? ¿Qué hacía un vaquero, ahora que lo pensaba?

—¿Para qué? —preguntó.

—Para cuidar de los animales.

—¿Qué animales?

—¿No vais a arreglar el rancho?

—Sí, pero para venderlo y ya. Tal cual esté.

Él no había esperado eso. Pensaba que querrían devolverlo a su estado original con caballos incluidos, o vacas, o algún otro animal que pudiera dar beneficios. No dejarlo vacío, como si fuera un rancho fantasma. Llevaba demasiado tiempo así. Bueno, ya habría tiempo de convencerla de devolverlo a la vida. De todas formas, mientras no estuviera arreglado no podían hacer nada. Se metió en el establo y ella le siguió, y allí sí, empezó a enumerar todas las cosas que había que hacer. Como Kayla había dejado la libreta, sacó el móvil para grabarle. Vaya por Dios, con lo callado que había estado en el pueblo, y ahí tenía que soltar un maldito discurso.

Le siguió por el establo, el granero y el recinto exterior, donde de pronto le vio alargar la mano y cogerla del brazo. Se apartó al momento, molesta.

—¿Qué haces?

—Mira por dónde andas, acuérdate de lo que te acabo de decir de las madrigueras.

—Veo perfectamente, gracias.

Y eso fue lo último que dijo antes caer de espaldas cuan larga era —que no era mucho— en una zanja o agujero o a saber qué. Solo supo que toda su espalda, piernas, brazos y culo fueron atravesados por miles de diminutos pinchos y gritó.

—¡Sácame de aquí!

—Tranquila, no te muevas que será peor.

—¿Dónde he caído? ¿Qué ha pasado?

—Calma, has tropezado por alejarte de mí y has caído en una de las zanjas de regadío, solo que está cubierta de cactus y zarzas.

—Ay, Dios. —Cerró los ojos con fuerza, notando dolor hasta en el nacimiento del pelo—. Voy a morir desangrada.

—Que no, mujer, no te ha atravesado ninguna estaca. —Dio un par de vueltas al agujero, buscando la forma de sacarla sin dañarla más—. Tú sigue sin moverte.

—Claro, qué fácil decirlo.

Solo se atrevía a mover los ojos a uno y otro lado, y tampoco demasiado porque el sol le daba de pleno y la deslumbraba. Aquello era estupendo. Saldría de allí desfigurada, seguro.

—Esto te va a doler —dijo él.

Y sin avisar, se inclinó para empujarla de forma que rodó hacia un lado, clavándose más cactus o lo que fuera aquello, para así llevarla hasta un extremo y poder sacarla. Se la echó al hombro y ella no pudo ni protestar, concentrada en no llorar ni gritar ni moverse, no fuera a clavarse algún pincho de aquellos más aún. No quería ni pensar en qué habría pasado de llevar pantalones cortos, como Winter.

Logan la llevó hasta su caballo y la dejó sobre la grupa, cara al suelo, y ella gruñó.

—Me mareo —gimió.

—Si todavía no lo he movido.

—Voy a vomitar.

Él se apresuró a girarla con cuidado y cogerla en brazos. Podía notar los pinchos de los cactus por todo su cuerpo arañando sus propios brazos, así que no quería ni pensar en lo que debía estar sufriendo la pobre. También era muy gracioso, para qué negarlo, pero por una vez decidió ser sensato y no reírse.

Despacio y con cuidado, avanzó hacia la casa. Al verlos llegar, Winter dejó la tijera y frunció el ceño.

—¿Qué ha pasado? —preguntó.

—Se ha caído.

Entonces Kayla gimió y su hermana se fijó en su ropa, brazos… todo lleno de lo que parecían miles de agujas.

—¿En un cactus? —preguntó.

—En realidad había varios.

Ella se empezó a reír sin poder evitarlo.

—Gracias por preguntar, estoy bien —replicó Kayla, molesta.

—Súbela a su habitación, a ver qué podemos hacer —dijo Winter, sin dejar de reír.

Su móvil vibró entonces y lo sacó, encontrándose con que Travis la estaba llamando, y se aclaró la garganta antes de contestar para intentar no seguir riéndose.

—Hola, Travis.

—Hola, ¿estás ocupada?

Winter miró hacia el interior de la casa, por cuyas escaleras estaba Logan subiendo a su hermana.

—No, estoy libre. Dime.

—Me han traído una moto que seguro te gustaría ver. ¿Te apetece?

—¡Claro! Voy ahora mismo.

Colgó y, sin ningún remordimiento, cogió las llaves del coche y salió corriendo sin esperar a ver si Kayla la necesitaba o no.

Esta se encontraba tan dolorida que ni replicó al verla salir corriendo; le molestaba que la dejara allí abandonada, aunque tampoco había esperado su ayuda.

—Tú vete —le espetó a Logan—. Bueno, no todavía. Dime el número del médico y le llamo.

Él elevó una ceja.

—¿Quieres que te deje sola?

—Para eso están los médicos, ¿no?

—Yo puedo ayudarte, sé hacer curas y he quitado más de un pincho de cactus en mi vida. —Sonrió—. Bueno, quizá no tantos a la vez...

—¿Quieres darme el número?

Con esfuerzo por estar bocabajo, sacó su móvil del bolsillo. Logan se lo dictó y se fue a la puerta.

—Voy a coger algo para picar y espero contigo hasta que venga. Si es que viene, lo cual dudo.

De buena gana Kayla le hubiera tirado algo, pero prefería restringir sus movimientos a la mínima expresión. Llamó al número que Logan le había dado y le cogió una voz femenina.

—Consulta del doctor Webber. ¿En qué puedo ayudarle?

—Hola. Me he caído en unos cactus y necesito que venga a atenderme.

—Eso no es una emergencia.

—Depende de para quién, para mí lo es.

—¿Dónde es?

—En Santa Claus.

—Si ahí no hay nada. ¿Qué es esto, una broma? Mira, si eres la sobrina de la señora Meyers, te recuerdo que ya tuviste que tragarte una botella de aceite de ricino por hacer tonterías y...

—¿Qué? No, no. —¿Aceite de ricino? Pero, ¿eso existía todavía? —. Soy Kayla Green, estoy en el rancho de Santa Claus.

—Ah, sí, una de las extranjeras. Vale, pues le paso nota al médico.

—¿Cuánto tardará?

—Huy, eso ni idea. Si no puede hoy, se pasará mañana. ¡Gracias por llamar!

Y le colgó. Kayla se quedó mirando el móvil, atónita. No, seguro que lo de pasarse al día siguiente era una broma.

Logan regresó con un paquete de patatas fritas y señaló con él una silla que había en un lado de la habitación.

—Esperaré ahí.

—¿A qué?

—A que entres en razón. El médico no va a venir, así que… mira, yo me siento aquí tranquilito y ya me dirás.

Se sentó y ella resopló, fastidiada.

—¿Solo comes eso?

—No teníais mucho donde elegir.

Bueno, eso era verdad. De buena gana se hubiera cruzado de brazos, pero no podía moverse sin notar algún pinchazo la postura lo hacía imposible. Se quedó mirando una pared. Mala idea: pronto apareció una de aquellas asquerosas arañas a pasearse por allí. Cerró los ojos, pensando en rezar, aunque no era creyente; sin embargo, el teléfono no sonaba ni nadie llamaba al timbre.

—Ha pasado media hora —comentó Logan, arrugando el paquete de patatas vacío—. ¿Te ayudo yo?

Ella suspiró. Iría a poner una queja al médico, eso fijo.

—Vale —susurró.

Él se acercó con media sonrisa y se inclinó hacia ella.

—¿Decías?

—Sí, por favor —replicó entre dientes.

Logan fue a la cocina a tirar la bolsa y lavarse las manos. Revisó los armarios y el del baño hasta hacerse con agua oxigenada, algodón y unas pinzas y regresó a la habitación. Ahora venía lo más difícil…

—Vas a tener que quitarte la ropa.

—¡Pues ya me dirás cómo!

Su primera reacción había sido contestar que ni loca, solo que sabía que sí que tenía que quitársela. Por Dios, aquello era una tortura en toda regla. ¿Qué había hecho en otra vida para merecer eso?

—Tranquila, voy a intentar no hacerte daño. Te prometería no mirar, pero eso lo veo complicado para quitarte los pinchos.

—¿Siempre tienes que estar de cachondeo?

Él se encogió de hombros como respuesta y se acercó, sopesando por dónde empezar. Lo más fácil e indoloro eran las botas, así que empezó por ahí y continuó con los calcetines. La chica se había quedado sorprendentemente quieta.

—Voy a hacer como con las tiritas —dijo—. Rápido y de un tirón.

Kayla afirmó con la cabeza. Al menos no tenía que mirarlo directamente. Con esfuerzo, se desabrochó el vaquero y esperó. Demasiado despacio para su gusto, notó cómo se lo bajaba evitando en lo posible tocar la ropa interior. Y entonces sí, tiró hacia abajo y se lo quitó con rapidez. Buf, aquello había dolido, aunque seguro que muchos pinchos se habían quedado en el pantalón.

Le costó un gran esfuerzo desabotonarse la camisa y él la ayudó a quitársela. De nuevo se alegró de estar bocabajo, porque estaba segura de que se estaba poniendo roja como un tomate. Vale, la situación no era ni mucho menos para ponerse así, solo la estaba ayudando y no había nada sexual en eso.

Solo que la forma en que empezó a pasar los dedos por su piel, suave y lentamente para examinar cada centímetro en busca de pinchos no ayudaba. Ni que se los quitara con sorprendente delicadeza, para después pasar el algodón empapado en agua oxigenada. Por Dios, debería dolerle y era todo lo contrario. ¿Estaban sus dedos calientes o era ella? Entendía que tenía que acercarse para ver bien, pero por Dios… ¿por qué esas agujas cerca del hombro, para que pudiera notar su respiración en el cuello y la nuca? Notaba que se le había puesto la piel de gallina, aunque se consoló pensando que, si él se fijaba, lo achacaría al procedimiento que estaba siguiendo, no a otra cosa.

Logan, por su parte, estaba más concentrado que nunca en su vida. Buscar, extirpar, desinfectar, no mirar su trasero respingón. Buscar, extirpar, desinfectar, ¿por qué tenía unas piernas tan bonitas? Buscar… joder, cuanto más la miraba, más ganas le daban de curarle las heridas, sí, pero a besos.

No, no, no, era una chica indefensa a la que estaba curando, no tenía que pensar que estaba medio desnuda ni que tenía la piel suave y unas curvas… se mordió un labio, cogiendo aire para seguir con aquel trabajo o más bien, tortura china. Eso le pasaba por amable, con lo bien que habría estado ignorando a la hermana amargada y a su aire en el taller. Se acabó: la curaría, le mandaría a todos los gremios y adiós muy buenas.

—Gracias —murmuró ella.

Logan detuvo el algodón, suspiró y continuó.

—De nada.

Aunque por pasarse a ver las obras tampoco pasaba nada; además, tenía que estar *in situ* con el electricista y el fontanero para indicarles por dónde iban todas las instalaciones, así que... Nada, mente fría. Además, seguro que Winter estaba a punto de volver.

La susodicha tenía una buena sensación con el hecho de que Travis la hubiera llamado, aunque solo fuera para ver una moto única. Por lo menos, en esa ocasión no era una maniobra para dejar a su hermana haciendo el ridículo con Logan, algo a tener en cuenta.

Por otro lado, prefería no inflar demasiado sus expectativas... dado que se suponía que debía reorganizar su estrategia y aún no se le había ocurrido nada nuevo, mejor no hacerse ilusiones. A lo mejor el chico solo se interesaba por ella como amiga, o como «colega motera», que Winter entendía que era una especie de pacto no verbalizado: cuando te encontrabas con otro amante de las motos, te sentías unida a él en cierto modo.

Aparcó el coche delante del taller y se miró en el espejo retrovisor. Qué lío. No había tenido problemas para ligar en su vida, estaba más despistada que un pulpo en un garaje, nunca mejor dicho. En fin, de cualquier modo, no tenía ganas de quedarse en casa, y menos con Kayla en la situación en la que estaba, ¡cómo se ponía por arañarse un poco con unos matorrales!

No, ni loca iba a quedarse allí para que descargara su furia sobre ella, que la aguantara Logan.

No logró acallar las risitas al recordar cómo el pobre la transportaba en brazos cuando se habían cruzado en la entrada; después de tanto meterse con ella era un bálsamo comprobar que a su hermana la perfecta también podían pasarle cosas por el estilo. Y con lo entretenida que iba a estar, a lo mejor ni se había dado cuenta de que había cogido el coche.

Seguía con la sonrisa en la boca cuando se metió en el taller y dio un par de golpecitos en la puerta para avisar a Travis de que andaba por allí. Él no estaba dentro de la oficina, sino metido entre las motos, y alzó la mirada al verla.

—Hola —se apresuró a saludar Winter, después de recorrer el taller con la mirada—. ¿Y los demás?

—Se han ido hace un rato. Ven, a ver qué te parece esto.

«Directo y al grano», se dijo ella, acercándose. Para qué perder tiempo con formalidades de ascensor.

—Estoy bien, ¿y tú? —preguntó, sin poder contenerse.

Travis se detuvo un segundo, confundido. Entonces se dio cuenta de que, en efecto, quizá su frase no había sido demasiado amable… joder, estar todo el día rodeado de tíos tenía sus pegas, al final uno se olvidaba de las normas básicas de cortesía.

—Tienes razón, lo siento. Vaya educación la mía.

—No importa.

Winter mantenía intacta su sonrisa, lo que aún lo confundía más. Primero, alguien que sonreía siempre de esa manera era difícil de ignorar, y segundo, porque no le hacía sentir mal por haber sido tan brusco, solo como si le hubiera dado un toque.

En ese momento se dio cuenta de que estaba muy desentrenado. Con lo bien que se le habían dado las chicas en el pasado, ahora se sentía como cuando un adulto de más de cuarenta decidía regresar a la universidad: fuera de juego.

—¿Qué tal estáis tu hermana y tú?

—Cuando me he ido, Logan la llevaba en brazos dentro de la casa. —Travis la miró sin entender y ella volvió a las risitas—. Se ha caído encima de algo. Unos matorrales o un cactus, no lo tengo muy claro.

—Ay, madre…

—Decía que iba a llamar al médico.

—Hum. —Travis se frotó la frente—. Espero que tenga paciencia, entonces. ¿Acabamos ya las formalidades para que pueda enseñarte la moto más rara que he visto nunca?

Winter asintió y lo siguió por entre las motos, sin perder oportunidad de escudriñar el sitio. Hasta ese momento lo que más había visto era la oficina, básicamente porque no tenía el morro de meterse hasta dentro para cotillear. Una pena, porque le encantaban los talleres, el olor a gasolina, ver las piezas desperdigadas y, por supuesto, las motos. Era una sensación extraña, casi como si estuviera en casa.

Travis se acercó hasta un rincón, donde se encontraba la motocicleta eléctrica más curiosa que Winter había visto jamás.

—¡Por Dios! ¿Es una Harley eléctrica customizada?

—Un fan de Spiderman, sí.

La moto era una belleza y poseía detalles en rojo aquí y allá, además de llantas que simulaban la tela de araña. Una pieza que sin duda había costado mucho dinero a su dueño, seguro, y una auténtica monería de coleccionista.

—Me encanta, ¿se la has hecho tú?

—No, qué va, tengo que arreglarla. Es de un tipo de Kingman, me la ha traído esta mañana, ¿no es la cosa más friki que has visto en tu vida?

—Vivo en Boston, allí hay un nivel de frikismo bastante alto. —Winter miró hacia otra zona distinta del taller—. ¡Anda! ¿Y esa monada?

Travis siguió la dirección de su mirada, confuso ya que la palabra «monada» no se escuchaba a menudo en su taller para hablar de motos. Winter se había acercado hasta una Scooter clásica que, recluida en un rincón especial con iluminación blanca, se encontraba preparada para ser pintada.

—Ah, sí, esa.

—¡Una Scooter clásica! ¿Se puede ser más guay? ¿De quién es?

Travis se acercó hasta quedar a su lado y observó la moto de forma crítica. Lo que había llegado a discutir con el señor Harris respecto al color, por Dios.

—Es un regalo de los padres de Regina —explicó—. Quieren que la pinte de rosa.

—¡Es genial!

—En eso estoy de acuerdo, pero no comprendo por qué tiene que ser rosa. No es que sea su color favorito ni nada por el estilo, es que su padre es un antiguo y lo ha pedido porque es una chica.

Winter se aproximó hasta la moto, observándola con expresión de cariño.

—¿Sabes que mi primera moto fue una como estas? No rosa, claro, era roja —comentó—. Tenía dieciséis años. Me costó un montón que mi padre pasara por el aro, él siempre me decía: «Winter, con una moto tu cuerpo es el chasis.»

—Y tiene razón, ¿no? —preguntó él.

Travis se arrodilló junto a la Scooter, haciéndose hueco entre cosas como lijas, compresores de aire, espráis de pintura y demás. Winter lo observaba sin perder detalle. Lo bien que podría estar allí todo el día viéndole trabajar, lo encontraba sexy de arriba abajo.

—Me empezaron a gustar las motos en el instituto, ¿sabes por qué? Cole Hansen. Estaba en mi clase y tenía una, y todas las chicas estábamos absolutamente coladas por él. Imagina: era guapo, llevaba cazadora de cuero, gafas de sol… las típicas pintas que tu padre no aprueba y que resultan irresistibles para nosotras.

Travis afirmó de manera distraída, con una sonrisa leve. No la escuchaba sino a medias, aunque le resultaba agradable que su voz llenara el silencio que solía reinar allí a cierta hora.

—Bueno, pues todas soñábamos con que nos llevara a dar una vuelta, y un día yo tuve suerte. Me preguntó si quería subir y por supuesto le dije que sí… nunca había subido en una moto, pero creo que no se me olvidará jamás. Sentí dos cosas: excitación y peligro, ¿entiendes a qué me refiero?

Él afirmó con la cabeza, sin dejar de lijar la superficie de la moto. Por supuesto que la comprendía, eran las sensaciones habituales.

—La vuelta fue tan alucinante que esa misma noche empecé a darle la lata a mis padres con que quería una moto. Tardaron un año en comprármela y vamos… no te puedes imaginar, cuando la tuve fue orgásmico.

Travis alzó una ceja, aunque siguió sin apartar la mirada de su trabajo. Winter había empezado a pasearse entre las motos, aunque con el buen tino de no tocar nada.

—Esa la tuve tres años, creo. —Se quedó pensativa—. La siguiente fue una Yamaha Midnight Star.

—¿Mil novecientos o mil trescientos?

—¿Me tomas por tonta? La primera.

Travis sonrió al escucharla.

—Es una moto cara —comentó.

—La pagaron mis padres. —Winter se sintió un poco culpable al admitirlo—. Aunque en mi defensa diré que no era una caprichosa que pedía ropa y maquillaje a todas horas, así que estuvo compensado.

—Es bueno saberlo —se burló él.

—Mira, iba a la universidad y vivía en la residencia, ¡necesitaba un método de transporte! Y nunca me han gustado demasiado los coches, así que…

—¿Qué estudiaste?

La chica hizo una mueca, como cada vez que recordaba los años dedicados a sacarse un título que ahora no le servía de nada.

—Gestión de empresas.

—Qué bien. Suena a rollo —replicó Travis, sin dejar de lijar.

—No, lo que es un rollo es estudiar algo porque tu madre te ha prometido que podrás ponerlo en práctica en su empresa y que luego sea una mentira. Por Dios, me dedico a restaurar y decorar, y soy un desastre en ello —resopló.

—¿Las dos os dedicáis a lo mismo?

—A Kayla se le da mejor que a mí. Se le da muy bien, la verdad, se nota que le gusta. Lo mío son los números.

—Nunca he conocido a nadie que le gusten los números. —Travis la miró con curiosidad.

Winter no quería seguir hablando de su frustración laboral. Ese tema no la llevaría a ningún punto interesante con aquel tío, estaba segura. Cuando hablaba de motos no iba por mal camino, al menos tenían eso en común, y tampoco le pasaba desapercibida la expresión de su cara cuando pronunciaba palabras como «orgásmico».

—Bueno, como ya tenía veintidós no me iban tanto los colorines, así que esta era negra y plateada.

—¿Y cuántos años tienes ahora? —preguntó Travis, pensando que no parecía mucho mayor.

—Veintiocho.

«Muy joven, Travis. Es muy joven para ti.»

Mejor seguía lijando, y así evitaba que sus ojos se pasearan detrás de sus piernas. Se suponía que era el más adulto de los dos, debía comportarse como tal.

—¿Y tú? —le preguntó ella.

—¿Yo? Treinta y cuatro.

—Oh, es una edad perfecta.

Él se quedó en blanco. ¡Es que así no se podía! No estaba acostumbrado a la gente tan directa.

—No sé —carraspeó—. ¿No era una moto muy pesada para ti?

—Sí, un poco, pero me encantaba. Llamaba mucho la atención, a veces en el mal sentido.

—¿Qué quieres decir?

—Me la rayaron un par de veces, y eso que siempre la guardaba en el garaje. Aunque los peores eran los conductores. —Winter sacudió la cabeza—. Esos que van en coche y se pegan tanto a ti que parece que formen parte de tu vestuario.

Travis afirmó. No era algo que le pasara a menudo; sin embargo, sabía que con las chicas era diferente, como en todo. Cuando iban protegidas en el interior de un coche no tenía la misma repercusión, sin embargo en una moto… dependiendo el tipo, era abrir la veda para cometer estupideces, a veces peligrosas.

—Ya —comentó, dejando la lija—. Es que los tíos somos un poco gilipollas, ya sabes.

—Una vez me paré en un semáforo, y el coche que llevaba al lado se detuvo muy cerca. ¡Pues el conductor va, abre la ventanilla, estira el brazo y trata de tocarme el culo! —Winter se echó a reír al recordarlo—. No tuvo suerte.

Travis cogió el bote de espray, agitándolo. Desde luego, menos mal que ella se lo tomaba a risa, porque le parecía de imbéciles hacer eso.

—En otra ocasión, era viernes y yo volvía a casa. —La chica se acercó hasta ponerse a su lado—. Y un camionero iba a mi derecha. Además, era uno de la vieja escuela, ya sabes… no hacía más que hacerme gestos guarros desde la cabina de su camión.

Su voz seguía sonando divertida, como si recordara una simple anécdota.

—Bueno, pues yo estoy a lo mío y de pronto, por el retrovisor, veo que el tipo acelera en mi dirección. Claro, yo me acojono, ¡era un camión! Así que acelero, él acelera… de repente veo que me adelanta por la izquierda para seguido girar a la derecha, y entonces, ¡bum!

Travis, que había ido asintiendo con lentitud según Winter avanzaba en su relato, alzó la mirada dejando las gafas de protección que estaba a punto de ponerse.

—¿Bum? —preguntó.

No entendía que significaba ese «bum», dado que ella no había moderado su tono en ningún momento, el tema lo había pillado por sorpresa. Creía que seguía escuchando una historia que terminaría con algo divertido y no con un «bum».

—Bum —repitió Winter—. Solo me dio tiempo a taparme la cabeza antes de estamparme contra el camión.

—¿Qué?

—Pues eso, que me estampé contra el camión. Estuve consciente todo el tiempo, yo misma salí de debajo. El coche que venía detrás paró y llamó a la policía, y a una ambulancia —respondió ella, y en ese momento su tono ya había cambiado—. Estaba bien, con una brecha en la cabeza y otra en el brazo, pero bien.

—¿Saliste de debajo de un camión con un par de heridas?

—No exactamente, no. Me llevaron a urgencias y me dejaron en una camilla hasta que vinieron mis padres —explicó la chica—. Había pasado un par de horas en observación cuando empecé a marearme. No veía nada.

Travis soltó definitivamente las gafas y el espray de pintura. Aún no se podía creer que una chica de su constitución hubiera sobrevivido a un accidente de esa naturaleza.

—Me metieron otra vez en urgencias y resulta que me había roto el bazo. Perdí casi un litro de sangre esa noche. —Winter se encogió de hombros—. Directa al quirófano, y gracias a que no la palmé. Estuve en cuidados intensivos tres días.

—¿Y el conductor del camión?

—Positivo en alcohol. Además de pervertido, un irresponsable.

—Joder.

—Me dieron una buena indemnización… y mi moto quedó destrozada. —Winter pareció triste al pronunciar la última frase.

A Travis le vino a la mente la noche en que se habían conocido, la manera en que acariciaba su moto. No era un comportamiento habitual, la gente no solían tocar las motos de otro de esa manera… así que ya se imaginaba lo que sucedía.

—Y no volviste a comprarte otra.

—Antes te he dicho que siempre sentía dos cosas: excitación y peligro. Después del accidente, solo siento peligro.

—¿Y no has pensado ir poco a poco? Quizá no estés lista para manejar una, pero a lo mejor para montarte sí.

Winter sabía por dónde iba Travis, y no deseaba ni oír hablar del tema. Si solo la simple mención la ponía nerviosa, no quería imaginar el carrusel de sensaciones que podía traerle subirse a una moto, aunque la manejara él. Y la otra vez no contaba, que iba inconsciente y, por extensión, no se había enterado de nada.

Lo último que quería, además, era ponerse nerviosa delante suyo. Era muy pronto para que ese tío tuviera que lidiar con sus problemas psicológicos, no pensaba considerar siquiera el tema… al menos hasta que lograra robarle un par de besos.

—Debería irme —comentó.

Él pareció sorprendido por el cambio, tanto de tono como de actitud.

—¿Seguro? Porque no pretendía…

—Sí, será mejor que vuelva antes de que Kayla y Logan se maten. Nos vemos por ahí, ¿vale?

Winter dio un par de pasos antes de detenerse y lanzarle una mirada de reojo.

—Avísame cuando termines eso, anda —murmuró—. No puedo dejar pasar la oportunidad de ver una Scooter rosa.

Y lanzándole una sonrisa de aquellas que le dejaban descolocado, salió del taller para volver al rancho.

Capítulo once

Winter se bajó del coche justo para cruzarse en la entrada con Logan, que caminaba sujetando a su caballo. Se acercó a él con una sonrisa.

—¿Cómo está? ¿Os habéis matado?

—No ha habido daños mayores, solo está bastante dolorida —explicó Logan, divertido—. Intenta no burlarte mucho de ella y arreglado.

—Traigo helado para que se le pase el disgusto. —Winter alzó la bolsa que llevaba entre las manos y miró alrededor—. El médico no ha venido, ¿no?

—Dolan Springs es un sitio pequeño, todos nos conocemos. Ya sabía yo que el doctor Webber no se movería por unos pinchos de cactus. —Él se encogió de hombros—. ¿Qué tal Travis? ¿Te ha enseñado algo interesante?

Ella arqueó una ceja al percibir su tono burlón.

—¿Y tú cómo sabes que estaba con él?

—Nada, yo no sé nada. —Logan puso cara inocente—. Solo paseo mi caballo.

—Hum.

—Nos vemos mañana a primera hora, vendré con el fontanero y el electricista. Y dile a tu hermana que voy a empezar a mover un grupo de trabajo para las obras de albañilería.

—Muy bien, se lo diré.

Logan se tocó el sombrero con una sonrisita antes de proseguir su camino y ella frunció el ceño, ¡menudo listillo!

Al llegar al porche, guardó las tijeras de podar y los guantes que había dejado tirados antes de marcharse, y después entró en el rancho llamando a Kayla.

—Estoy arriba, en mi cuarto —la oyó contestar.

La buena noticia era que ya tenían cuartos independientes. Winter había conseguido las camas, lo que era un punto a su favor, y ninguna quería seguir compartiendo espacio, de modo que se repartieron las habitaciones: Kayla se quedaba en la que ya habían ocupado, y Winter podía ver el cielo estrellado a través del techo semi roto de la suya. Como allí no llovía ni hacía frío no le parecía un problema demasiado grave; de hecho, hasta le gustaba contemplar el paisaje.

Se apoyó en el dintel de la puerta para observar a su hermana: Kayla permanecía tendida boca abajo, vestida tan solo con una camiseta de tirantes y un pantalón corto.

—¿Qué tal estás? —preguntó, acercándose.

—Llena de heridas minúsculas. Duelen bastante para ser tan pequeñas, Logan dice que es porque son profundas —se quejó ella.

—Toma, esto te animará un poco.

Winter le tendió el bote de helado y una cuchara de plástico que le habían metido en la bolsa del supermercado, y Kayla alzó la ceja.

—¿Me has comprado helado?

—Sí. Los malos ratos se pasan mejor así, ¿no?

—Pues no parecías muy preocupada antes, cuando me he caído. Te ha faltado tiempo para largarte.

La joven se sentó en una esquina de la cama, con un breve gesto de culpabilidad.

—Es que me ha llamado Travis.

—Que es más importante que yo.

—No, pero… a ver, ¡era Travis! Tú estabas bien, tenías a Logan ocupándose de ti. Y no sé si yo hubiera sabido quitarte todos esos pinchos con tanta destreza, piensa que él es de aquí y debe estar acostumbrado.

Aquello no colaba y ambas lo sabían; sin embargo, Kayla decidió dejarlo correr. Las tonterías que se hacían por los hombres a veces, nunca lo entendería… una debía pensar con la cabeza y no dejar que sus impulsos la dominaran. Y punto.

Se apoyó en un codo para coger el bote de helado, que bajo su punto de vista no tenía sentido desperdiciar, por muy ofendida que estuviera ante el abandono de Winter. Entonces vio que su hermana la observaba con sus enormes ojos azules abiertos de par en par.

—¿Qué pasa? —preguntó.

—¿Y el pelo?

—¿A qué te refieres?

—Pues… tu pelo, Kayla.

Su expresión horrorizada hizo que esta se llevase la mano inmediatamente a la cabeza, para recibir un picotazo inesperado. Soltó una exclamación de dolor y dejó de tocarse, otra vez alborotada.

—¡Mierda! —protestó—. Como lo llevaba en una coleta no me he dado cuenta…

—Espera, espera, quieta. Déjame ver, ¿puedes sentarte?

—Vale. —Kayla se movió—. Ay. Ay. Ay. Ay.

Winter resopló mientras la veía moverse a cámara lenta, como si fuera un perezoso. Por fin, Kayla consiguió quedar sentada y más o menos erguida, así que Winter se acercó hasta quedar a su lado para poder examinar su cabello.

Tragó saliva al ver que toda la coleta estaba llena de zarzas, pinchos, ramas y nudos.

—¿Está muy mal?

—Ehhhh…

—¿Podrás quitármelo?

—Pues… —Winter no lo veía viable—. Deja que lo intente.

Fue al baño a buscar las pinzas y una bolsa de papel donde echar lo que fuera sacando de aquella melena, aunque sabía que lo que de verdad necesitaba era unas tijeras. No lo sabría con seguridad hasta meter las manos en el pelo, pero parecía bastante enredado.

Regresó junto a Kayla mordiéndose el labio y se sentó a su espalda. Quitó la goma con cuidado y entonces sus peores temores se hicieron realidad: el pelo no cayó a la espalda como era lo habitual, sino que se mantuvo fijo en una especie de nube, a excepción de algunos mechones rebeldes.

—¿Qué? —preguntó Kayla con aprensión.

—Espera. —Winter trataba de ganar tiempo para suavizar el golpe—. A ver…

Agarró la esquina de una rama y tiró con cuidado, sobresaltando a Kayla.

—¡Hey, que eso duele!

—¿En serio? Porque tienes la cabeza llena, y si esto te duele… aquí hay de todo, Kayla. Parece un nido de pájaros, literalmente.

—¿Y si usamos acondicionador?

—No creo que pueda meter el peine ahí, hermana.

—Joder. ¡Joder! —Kayla golpeó la cama con los puños—. ¿Y qué hago? ¡No puedo ir por ahí con el pelo así! Ni dormir.

Se giró para mirar a su hermana a la cara y, al ver la expresión de esta, comprendió.

—¿Cortar? ¿No hay otra solución? —Vio que Winter se encogía de hombros—. ¡Pero no puedo hacer eso, mi pelo es…! Bueno, es una de mis señas de identidad, ¡no me gusta el pelo corto!

—No pasa nada, te volverá a crecer rápido.

—¿De verdad?

Winter no tenía ni idea, no era experta capilar y, además, comprendía el disgusto porque a ella le sucedería exactamente lo mismo.

—¡Odio este lugar! —pataleó Kayla, rabiosa y con lágrimas en los ojos.

—Mira, cálmate. Me suena haber visto una peluquería en Dolan Springs. Si quieres nos acercamos mañana y vemos qué te pueden hacer.

—Sí, claro, y cuando apoye la cabeza en la almohada lo mismo me trepano el cerebro —se quejó ella, abatida—. ¿No me lo puedes cortar tú?

—¿Yo?

—Hazme un apaño y mañana voy a la peluquería esa que dices, ya que lo doy por perdido al menos podré dormir.

—Vale, voy a buscar las tijeras.

Winter se dijo que intentaría cortar lo menos posible para que el peinado tuviera arreglo. Regresó con las tijeras y una toalla mientras Kayla se sentaba cruzando las piernas y alternaba lágrimas con cucharadas de helado. Winter estaba sorprendida, no recordaba haberla visto llorar en su vida, pero al menos aquello demostraba que era humana.

Cogió un mechón y, con gran dolor, lo cortó. Kayla dio un respingo al sentir el ruido del tijeretazo y apretó el helado contra su pecho.

—Esto es horrible —siguió, con un mohín en los labios—. Me he caído encima de unos cactus, ¡me he clavado pinchos hasta en el culo!

Winter detuvo las tijeras cuando estaba a punto de seccionar otro mechón.

—¿Ahí?

—Ahí.

—¿Y te las ha quitado Logan también? —Winter vio cómo su cabeza se agitaba arriba y abajo, afirmando—. Joder, que incómodo, ¿no?

—Un poco, sí.

—Vamos, que ya no tienes secretos para él. —Winter no logró ocultar una carcajada—. ¿Te ha hecho daño?

—No demasiado. Con lo bruto que es para algunas cosas…

Se estremeció al recordar la manera en que sus manos la habían recorrido con suavidad y el calor que desprendían sus manos al contacto con su piel. Vale que le tomaba el pelo continuamente, pero al final había decidido ayudarla con el tema del rancho, además de desnudarla para sacarle un pincho tras otro. Y empezaba a pensar en su sonrisa canalla más de la cuenta…

No se enteró del siguiente tijeretazo, ocupada como estaba en rememorar lo sucedido en su cuarto esa tarde. Muy raro: jamás hubiera podido pensar que dolor y placer pudieran ir de la mano y, sin embargo, le daba la sensación de que, de haber intentado algo Logan, no lo habría detenido a pesar de las heridas.

—¿Encontraste el beso perfecto? —escuchó preguntar a Winter.

Kayla salió de su ensoñación, sorprendida por la pregunta. No podía creer que su hermana aún recordara ese tema… del que habían hablado mucho durante su adolescencia, incluso más adultas. Porque antes del accidente y de que Winter se distanciara sin motivo, compartían confidencias de todo tipo, entre ellas la frustración de Kayla por no encontrar un hombre que cumpliera sus expectativas.

Había salido con algunos chicos, claro. No tantos como Winter, que era bastante caprichosa y a la que su físico le permitía cambiar de novio cada vez que le apetecía. Sin embargo, ella no encontraba los labios perfectos que le dieran el beso perfecto.

Su primer novio no contaba, no tenía la menor idea de besar: su idea de romanticismo era ponerle una mano en el pecho y lamerle la cara tal y como lo haría un perro. El segundo no mejoró mucho la situación, ya que tenía otra cosa en común con algunos animales: no controlaba la cantidad de saliva.

¿Tan difícil era encontrar a un tío que besara bien? Al parecer, sí.

—¿Qué? —preguntó, confusa por lo personal del comentario.

—Ya sabes, tu búsqueda del beso perfecto. ¿Lo encontraste? ¿Andy, tal vez? Yo diría que no, no tiene cara de saber besar, pero a veces la gente te sorprende.

—No, Andy es… un follamigo, nada más.

—Un mal follamigo —corrigió Winter, con tono de obviedad.

Vaya, ¿también le había contado eso? Kayla estaba sorprendida de la cantidad de temas personales que en algún momento de sus vidas habían compartido. Y se preguntó por qué se había estropeado todo, ¿en qué momento empezaron a llevarse tan mal?

Porque Kayla le había perdonado el hecho de que la vetara en su casa; es más, era algo que le resultaba comprensible. Su madre se lo explicó de forma razonable y le vio el sentido: ella era una hija de un matrimonio fallido, e irse a vivir a casa de la nueva familia de su madre podía trastocar la convivencia. Así que, pese a que le hubiera gustado, aceptó vivir sola a los dieciocho años mientras Francine corría con todos sus gastos.

No se lo tuvo en cuenta a ninguno, ni siquiera a Winter, pese a que lo más probable era que fuera ella la que no la quería en su casa haciéndole sombra. ¿Y para qué? ¿Para que después se distanciara de ella a saber por qué?

—¿Qué sentido tiene mantener a un mal follamigo?

—Mira, Winter, no todas tenemos tiempo para las relaciones sociales. Somos diferentes, tú eres muy extrovertida y no te cuesta hacer amigos. Yo no soy así.

—Podrías serlo. Cuando te diviertes te cambia la cara.

—Será que apenas tengo tiempo de divertirme, me tiro todo el día trabajando.

—Pues el trabajo no lo es todo en la vida —replicó Winter.

—Esa es tu opinión, yo tengo mis propios planes.

—Ah, ¿sí? ¿Por ejemplo?

Kayla se dio cuenta de que había hablado demasiado y decidió cerrar el pico. Su hermana no sabía nada respecto a su idea de abandonar la empresa familiar, y así pensaba seguir, porque si se lo decía, la siguiente en enterarse sería Francine. No le apetecía batallar con su madre, de modo que tendría que continuar en silencio.

—¿Por qué me has preguntado lo del beso? —inquirió, desviando el tema.

—Porque recuerdo que nunca estabas satisfecha con los besos de tus novios. —Winter frunció los labios, haciendo memoria—. Poca lengua, mucha lengua, lengua muerta, demasiada saliva, lametones de cachorro, dientes…

—Vale, vale. Sí, es verdad, me quejaba de todos. Puede que sea muy exigente.

—¿Puede?

—Un beso lo es todo, Winter. Tiene que ser de esos que te hacen estremecer de la cabeza a los pies, que haga que te tiemblen las piernas.

—Entiendo.

—Que te escupan no entra en la ecuación.

Winter soltó una carcajada al oírla y tuvo que dejar las tijeras sobre el saco de dormir. Kayla se quedó rígida unos segundos, sin saber si se burlaba o no, hasta que comprendió que se reía con ella y no de ella. Controló una sonrisa y recuperó el bote de helado.

—Logan tiene pinta de besar bien —dijo Winter de pronto.

Kayla se giró con rapidez.

—¿Por qué lo dices?

—No sé. Parece que te gusta un poco.

—No, ¡qué va! ¡Si es un arrogante!

—Pues le miras con una cara…

—Es el calor, que me afecta. Me deja como atolondrada, me he dado cuenta. —Kayla hizo un gesto para quitar importancia al tema—. En cuanto mi cuerpo se adapte a la temperatura volveré a la normalidad.

«¿Qué normalidad?», se dijo Winter, con el buen tino de no verbalizarlo.

—En fin, esto ya está —comentó, pasándole una toalla por el cuello para eliminar cualquier pelo molesto—. Aquí tienes el nido de pájaros.

Le acercó la bolsa de papel donde había ido a parar su cabellera. Kayla la examinó con tristeza, aunque al verlo allí se daba cuenta de que aquello no tenía remedio: no veía nudos como esos desde unas rastas hechas hacía montones de años en unas vacaciones locas.

Fue hasta el lavabo para mirarse al espejo, agobiada. Le gustaba su pelo y lo femenina que la hacía parecer, seguro que llevarlo corto no…

Se miró unos segundos, frotándose el cuello para eliminar algún pelo restante, y después se puso de perfil derecho. Vaya, pues no se veía mal. Desde luego, el corte estaba más que decente.

Se giró hacia el perfil izquierdo, estudiando sus facciones con atención. Estaba claro que con ese corte se notaba más su cara redonda, aunque se veía bien.

—Mañana cuando te lo arreglen pide flequillo. —Winter apareció a su lado.

—¿Tú crees?

—Sí. Equilibra las facciones, aunque te queda bien igualmente. —Su hermana le dio unas palmaditas de ánimo en el hombro—. Buenas noches.

Kayla asintió con la cabeza y volvió su mirada al espejo, que le devolvía una imagen suya que nunca había creído posible. Calor no iba a pasar, desde luego, y ese corte le daba un aire moderno, atrevido. Casi… le gustaba.

Se dio la vuelta para darle las gracias a su hermana, pero al asomar la cabeza comprobó que esta había cerrado la puerta de su cuarto.

Al día siguiente, Logan no llegó a caballo, sino en una furgoneta. Al entrar en el rancho, se dio cuenta de que no tenían ni vallas ni nada que delimitara al menos el sitio donde vivían, así que tomó nota mental de incluirlo en los arreglos. Eran tantos que en ese momento su cabeza era un caos, pero ese detalle era importante, ya que cualquiera que pasara por allí podía entrar sin permiso en una propiedad privada. Era importante señalizar las cosas.

La furgoneta se detuvo junto a la casa, y Logan bajó con los dos hombres que lo acompañaban, dos cincuentones que echaron una mirada significativa alrededor antes de intercambiar una mueca entre ellos.

—Ya sé, ya sé —repuso Logan—. Esto es un desastre.

Bastante le había costado convencer a Sam y Jennings, electricista y fontanero: había necesitado una buena parte de sus recursos psicológicos para lograr que lo acompañaran hasta allí. Solo esperaba que Kayla no metiera la pata con cualquiera de sus impertinencias, porque aquellos dos estaban esperando la más mínima oportunidad para darse media vuelta y regresar a la civilización.

Para su sorpresa, no fue Kayla quien abrió la puerta, sino Winter. Logan esperaba ver a la hermana mayor y sintió una breve decepción.

Un momento, ¿qué importaba? ¿Para qué quería verla? Seguro que ya se encontraba mucho mejor y, por extensión, de nuevo malhumorada. Era más sencillo tratar con Winter, aunque la veía demasiado joven para ser tan profesional.

Winter salió al porche, y Logan escuchó un murmullo apenas audible a sus espaldas. Sam y Jennings se recolocaron las camisas de manga corta al mismo tiempo que se arreglaban el pelo a toda velocidad.

La chica llevaba un vestido blanco de tirantes que le daba un aspecto inocente y, a la vez, sexy. El cabello recogido en una coleta, zapatillas blancas y nada de maquillaje, excepto un poco de brillo de labios. Era la viva imagen del tipo de chica que cualquier padre querría como novia de su hijo.

—¡Hola! —saludó—. ¡Qué puntuales!

—Hola —respondió Logan—. Estos son Sam, electricista, y Jennings, fontanero.

—Es un placer. —Ella tendió la mano a los dos—. Soy Winter. ¿Queréis pasar? Tengo té helado, con este calor…

Logan se giró a los dos hombres, que asintieron al mismo tiempo. Los vio entrar tras la chica y entrecerró los ojos, divertido.

—¿Qué tal está tu hermana? —preguntó, mientras los seguía a la cocina.

—Mejor. Ha ido a la farmacia y a la peluquería —explicó Winter.

La chica entró en la cocina y salió segundos después con una jarra de té helado y dos vasos, que tendió a los dos hombres.

—Perdonad que tenga que ser de pie —comentó—. Ya veis que no tenemos ni siquiera un sofá.

Señaló el comedor con el brazo, y tanto Sam como Jennings se apresuraron a mirar en la dirección indicada.

—¿Cómo podéis vivir así? —preguntó Sam.

—Bueno, no es fácil —respondió ella—. ¿Qué tal el té?

—Muy bien —dijeron los dos a la vez.

La chica sonrió con orgullo, como si el té lo hubiera hecho ella en lugar de salir de una botella comprada en el supermercado. Logan le lanzó una mirada burlona a la que Winter no prestó atención, orientada a mostrarle a los recién llegados la situación inhumana en que se encontraban.

Para cuando le devolvieron los vasos vacíos, Logan tenía claro que ambos aceptarían el trabajo, aunque solo fuera por la ilusión de ser los caballeros al rescate de las damas de turno.

—¿Vemos el pueblo? —propuso—. Tenemos la furgoneta de Sam.

—Sí, claro —dijo ella.

—Bien, vamos —intervino Sam—. Vosotros sed caballeros y dejad que la chica se siente delante.

Logan puso los ojos en blanco y los siguió hasta el vehículo. Poco después ya estaban en el pueblo, listos para empezar el mismo recorrido que había hecho el día anterior con Kayla. Sam y Jennings sacaron sus carpetas para ir apuntando según examinaban edificios e instalaciones, y aunque ambos sabían el trabajo al que se enfrentaban, eran incapaces de decirle que no a aquella chica de vestido blanco y sonrisa radiante.

Winter iba tras ellos, haciendo un montón de preguntas que ambos se apresuraban a responder en calidad de expertos. Logan estaba impresionado por la manera en que ella se los había metido en el bolsillo solo con su encanto natural.

¿Qué estaría haciendo Kayla? ¿Por qué no había esperado antes de ir a la farmacia? Sabía que él iba a estar allí, de hecho lo hacía por ella, para echarle una mano, ¿y no se molestaba en esperarlo? Aunque no le había dicho hora, la verdad. Tampoco podía pretender que lo estuviera aguardando todo el día. No, estaba claro que la peluquería era mucho más importante que él y su ayuda en el dichoso Santa Claus.

—Hay que revisar todo el sistema eléctrico —comentaba Sam—. Yo optaría por ponerlo nuevo entero. Con ese tema es mejor no arriesgarse.

—La fontanería está un poco mejor —añadió Jennings, una vez hubo terminado de anotar.

—¿Cuándo tendremos un presupuesto? —quiso saber Winter.

Sam se rascó la barbilla, pensativo.

—De normal tardamos una semana o dos en entregarlos... aunque viendo la situación que tenéis aquí, podría agilizarlo —explicó—. Cuatro o cinco días.

—Yo puedo tenerlo mañana —comentó Jennings, en tono indiferente.

Logan lo miró, asombrado. Jennings era un buenazo, pero la velocidad numérica no era una de sus cualidades.

—¿De verdad? —Winter lo miró con una sonrisa—. Eso sería genial, la idea es empezar lo antes posible.

Sam carraspeó, mirando a Jennings.

—Sí, creo que yo también podría tenerlo para mañana.

Entonces Logan se giró hacia Sam con la boca abierta, porque el electricista no era famoso por apresurarse en su trabajo. La mayor parte de las veces era más fácil hallarlo en el Grand Canyon que en su local.

—¿En serio? ¡Qué bien! Os estaríamos muy, muy agradecidas. —Winter parecía encantada—. No podéis decirme más o menos de cuánto estamos hablando, ¿no?

—Bueno, así por encima es complicado... —Jennings miró sus papeles.

—Yo puedo hacerte un cálculo más o menos —interrumpió Sam—. Claro que puede haber oscilaciones leves, sería algo aproximado.

—Ah, muy bien. —Ella se acercó a mirar por encima de su hombro.

Sam empezó a garabatear, mientras Logan se preguntaba qué demonios estaría calculando, ya que todos en Dolan Springs sabían que las cuentas las hacía su mujer, Elaine.

Sin embargo, Sam siguió pasando hojas y escribiendo de forma apresurada en ellas, como si de verdad tuviera idea de lo que calculaba.

Terminó y le enseñó el documento a Winter, que puso cara de susto.

—Oh, vaya…

—¿Es demasiado?

—Pues… con tantas cosas que arreglar… no sé si podremos pagar tanto.

—Deja que lo vuelva a calcular, a ver si puedo arañar algo —prometió él.

—Muchas gracias. —Winter recuperó la sonrisa—. ¿Puedo quedarme una copia para enseñárselo a Kayla?

—Por supuesto, espera.

Mientras Sam y Jennings garabateaban un presupuesto adulterado por la presencia de Winter que era su sentencia de muerte, Logan observaba la escena cruzado de brazos. Sabía que la chica era simpática con todo el mundo, con lo cual no estaba representando ningún papel, pero le alucinaba lo tontos que podían ser los hombres en general.

Entonces recordó cómo se habían disparado sus pensamientos mientras arrancaba pinchos de cactus del cuerpo de Kayla y se dio cuenta de que aquello era algo parecido. Frunció el ceño y decidió no pensar más en ese tema, que no quería líos con ninguna tía… luego siempre se complicaba y terminaba mal.

Winter cogió sendos papeles con su eterna sonrisa.

—Gracias otra vez a los dos, estoy segura de que vais a hacer un trabajo estupendo. Si conocéis a algún jardinero aún mejor, he estado quitando malas hierbas, pero al final me araño las piernas.

—Deberíamos irnos —interrumpió Logan, antes de que las miradas de los dos hombres se desviaran hacia esa zona—. Es la hora de comer.

—Sí, me gustaría invitaros, pero como solo tenemos un *camping gas*…

—¿Un *camping* gas? —Sam se frotó la frente—. No, así no se puede estar. —Miró a Logan—. ¿Quién les va a hacer los trabajos de albañilería y carpintería?

—Bueno, tengo que hablar con los chicos, pero…

—Estas pobres muchachas no pueden vivir así, así que hazlo lo antes posible. Hoy.

—Vale, vale.

—Hay que coordinarnos bien para que poder montar la cocina, el sistema de electricidad del rancho será lo primero que haga —siguió Sam, envalentonado—. Para que no se eternice, mañana las llevas a que escojan los electrodomésticos. Ya sabes que tardan un poco en llegar, si se hace ahora estarán aquí cuando esté todo revisado y los muebles montados.

Logan lo fulminó con la mirada, ¿quién lo había nombrado capataz?

—A ver, tranquilo. Coordinaré todo como siempre he hecho en el rancho, no te preocupes.

—No tienen agua caliente. No tienen electricidad en condiciones, ni nevera, microondas o una cocina. No tienen ni sofá.

Winter asintió, mirando también a Logan.

—¡Lo sé! —exclamó este, irritado—. Me pondré a ello esta misma tarde, ¿de acuerdo?

—Bien. No te preocupes, Winter, a partir de ahora este trabajo será mi prioridad —prometió Sam, con seriedad.

—Por supuesto —añadió Jennings, para no quedarse atrás—. La mía también.

—Vaya, son muy amables —dijo Winter, mirando a Logan—. No sé por qué decías que no querrían este trabajo y que eran unos cascarrabias.

Sam y Jennings se giraron al mismo tiempo hacia Logan, que se encogió de hombros retrocediendo hacia la furgoneta.

—No dije eso exactamente —explicó—. Solo que estabais muy ocupados y que igual...

—Bueno, pensemos en esto como en una ayuda humanitaria —concedió Jennings—. Dos chicas no pueden vivir en estas condiciones, es nuestro deber ayudarlas.

Logan se pasó la mano por la cabeza, resoplando.

—Bien, hablaré con los demás ahora, si os parece bien.

—Buen chico. —Sam le dio unas palmaditas y se giró hacia la joven—. Mañana vendremos a traerte el presupuesto oficial que, prometo, no oscilará mucho. En cuanto estén todos, ya podréis solicitar el permiso de obra, con suerte no se demorará mucho.

Eso Logan no lo tenía tan claro, los permisos de obra solían ir con calma. Mejor se callaba y no rompía la felicidad que se respiraba en el ambiente, que luego lo acusaban de aguafiestas.

Lo que tenía que hacer era hablar con los chicos cuanto antes, sabía que Travis no podía trabajar en eso al tener que ocuparse del taller, y que Harrison y Reece solo lo harían a ratos si accedían, al igual que él, pero el resto de los miembros del club tenían mucho tiempo libre. Y agradecerían tanto el trabajo como el dinero, fijo, aunque con ellos no sería suficiente. Sería necesario tirar de contactos o de antiguos trabajadores del rancho, a ver qué podía conseguir.

Y ya se estaba implicando más de lo que hubiera querido con aquellas dos hermanas y el Santa Claus de marras. ¡Justo lo que no quería! Se preguntaba cómo había caído de lleno en la trampa sin verlo venir.

Sam lo devolvió a la realidad al arrancar la furgoneta para regresar al rancho, así que subió otra vez en la parte trasera. Dejaron a Winter en la entrada para que no tuviera que ir caminando con el calor del mediodía, y Sam se apoyó en la ventanilla.

—Hablaremos de todo en el viaje de vuelta —comentó—. Ha sido un placer conocerte, Winter.

—Lo mismo digo —contestó ella—. Huy, esperad un segundo.

La chica entró en la casa, para salir un momento después con una botella de agua fría entre las manos. Se la tendió a Jennings, que iba de copiloto.

—Para la vuelta —dijo.

La chica sonrió mientras observaba cómo la furgoneta se alejaba. Una vez se hubieron marchado, regresó al interior de la casa y se sentó en la mesa del salón con los presupuestos entre las manos para estudiarlos. Había robado un buen pellizco a cada uno, ya que necesitaban ajustar el dinero lo máximo posible porque el resto iba a requerir de una inversión muy potente y Francine les pediría que justificaran cada dólar invertido.

Al menos por ahí no habría problema, lo tenía todo controlado. Podía llevar la gestión, quitar aquí y poner allá, rascar si era necesario y ver dónde era más necesario invertir. Todo eso si Kayla se lo permitía, claro, y no hacía como su madre.

De ser así, sería la primera vez que podría utilizar sus conocimientos en algo útil. Esperaba que su hermana volviera de la peluquería de buen humor, así quizá le dejara mano ancha para manejar los números y el dinero. Porque sabía que cuando le presentaran el presupuesto final a Francine, este debía llevar el visto bueno de ambas.

Lo cual veía complicado, no habían estado de acuerdo en nada desde que salieran de viaje.

Capítulo Doce

—¿Qué tal así?

Kayla aceptó el espejo que le ofrecía la peluquera y lo levantó para mirar el corte de pelo por detrás.

—No he tenido que arreglar mucho —continuó la chica—. Estaba bastante bien, teniendo en cuenta las circunstancias.

Kayla le había explicado el accidente en su apreciado pelo, el amasijo en el que se había convertido con los pinchos y la solución de emergencia de su hermana. Al levantarse por la mañana se había visto relativamente bien, solo que lo seguía notando estropajoso y no sabía si era porque estaba así o por el trauma, que seguía imaginando pinchos y hierbas secas por todas partes. Además, Logan le había comunicado que iría con un electricista y un fontanero «en un rato», así que pensó que mejor se ponía presentable para ellos. No para él, no, total… si ya había visto más de ella de lo que había esperado. Pero para hacer negocios, la imagen era importante y por eso la excursión a Dolan, a la única peluquería que tenían. Dentro había solo dos personas más, el mismo número que las que estaban trabajando, y, aunque no tenía cita, le dijeron que la atenderían enseguida.

El tiempo debía correr de otra forma en aquel negocio, puesto que el «enseguida» fueron dos revistas del corazón y una especializada en cortes de pelo mientras esperaba sentada en una silla en una esquina, además de enterarse de la vida de la señora que estaba en el puesto uno y se llevaba mal con su nuera, y la señora del puesto dos, que llevaba el club de colchas americanas y se quejaba de las socias. En cuanto entró por la puerta, se dio cuenta de que la miraban con curiosidad nada disimulada, por lo que soltó un «Sí, soy una de las extranjeras que están restaurando Santa Claus y el rancho» antes de ocultarse tras una de las revistas que, normalmente, no leía ni atada.

No le llevó ni cinco minutos enterarse que las peluqueras eran madre e hija, lo mala pécora que era la nuera de la señora uno y que la única que sabía combinar bien retales en las colchas era la señora dos, el resto del mundo eran inútiles.

Para su sorpresa, cuando la peluquera-hija hubo acabado con la señora uno, esta no se marchó: se sentó en una de las sillas de espera a seguir despotricando contra su nuera. Se lo tomó como si fuera la radio de fondo, aunque no consiguió aislarse del todo ni cuando la joven le aplicó el tratamiento con un suave masaje destinado a relajarla. Acabaría teniendo pesadillas con aquella voz aguda, lo veía venir.

En fin, al menos ya tenía un aspecto decente y decidió ser positiva por una vez: al llevarlo corto, sería más fácil de cuidar y peinar.

Se subió al coche para regresar al rancho y no fue hasta que llegó a la puerta que se dio cuenta de que había estado en tensión durante todo el trayecto, esperando cruzarse o ver allí el caballo de Logan o su moto. Sin embargo, cuando llegó no encontró ningún vehículo ni animal a la vista, así que o no había ido o ya estaba de vuelta.

Aparcó y se bajó con cuidado: aún tenía todo el cuerpo dolorido y suponía que le duraría unos cuantos días. Se acercó al porche, donde su hermana permanecía sentada con unos papeles en la mano y un cuaderno donde tomaba notas.

—Vaya, Kayla, te han dejado muy bien —la saludó Winter, con una sonrisa.

Ella se la devolvió. Desde el día anterior el ambiente entre ambas estaba menos tenso de lo habitual y agradecía el gesto que había tenido con ella. Tanto el pelo como el helado, que eso siempre era bienvenido.

—Parte del mérito es tuyo, la peluquera me ha dicho que no había mucho estropicio. ¿Qué estás haciendo?

Notó que se tensaba un poco mientras recogía los papeles y los ordenaba antes de enseñárselos.

—Tengo aquí los presupuestos del fontanero y el electricista.

—Ah, ¿ya han venido?

Intentó decirlo de forma despreocupada, aunque no estaba segura de que no se hubiera notado un toque de decepción en el tono de voz al no coincidir con ellos. O con Logan, más bien, pero eso no pensaba decirlo.

—Sí, te habrás cruzado con ellos, venían en una furgoneta. Mañana enviarán todo por escrito en plan oficial.

Se lo entregó junto con su cuaderno y esperó mientras Kayla miraba ambas cosas.

—Falta la albañilería y carpintería, que Logan también ha prometido que vendrán mañana, pero así vamos avanzando. Luego lo pasaré todo al portátil y con unas plantillas de fórmulas de cálculo…

—Vale.

Kayla le devolvió todo. Lo que menos le gustaba de los proyectos eran los números, eso por descontado. Nunca había visto a Winter hacer ningún cálculo ni preparar informes, así que tendría que revisar todo lo que hiciera; sin embargo, en aquel momento no quería dedicar sus neuronas a eso: necesitaba pensar en la restauración de Santa Claus y el rancho, en la decoración… Solo esperaba que Winter no le diera más preocupaciones y tuviera que rehacer su trabajo después.

Winter cogió los papeles abriendo los ojos sorprendida. ¿Era eso un sí? ¿Se iba a encargar ella de los presupuestos?

—Entonces… ¿Hago yo esto? —preguntó, por si acaso.

—Sí, ¿no quieres?

—Sí, sí, claro. También falta lo de decoración, aunque como es lo último y es tu parte, pues ya me dirás.

—Sí, todavía tengo que pensar en qué hacer.

Le sorprendía verla tan contenta. Siempre había pensado que la carrera fue por obligación, puesto que nunca la había visto poner en práctica nada de lo aprendido. ¿Estaría equivocada?

En fin, ya lo vería cuando los números estuvieran pasados a limpio.

—¿Vamos a comer? —preguntó.

—Sí, tengo hambre.

Ninguna comentó ni preguntó a dónde: la respuesta estaba clara. Así que subieron al coche y se dirigieron al Grand Canyon. Regina ya les había hasta asignado una mesa, así que fueron a ella directamente.

La camarera estaba en la mesa de al lado, hablando con una chica que no habían visto antes.

—… la jornada continua —decía la desconocida—. Hoy hemos cerrado pronto porque hay reunión de altas esferas a la tarde y por eso he venido.

—Ya decía yo que casi no te veía por aquí —observó Regina—. Si te soy sincera, pensaba que lo hacías para no coincidir con Logan.

Winter alzó la cabeza y Kayla se la imaginó como si fuera un dibujo animado, de esos que se les ponían las orejas grandes cuando querían escuchar lo que se estaba hablando cerca de ellos. Pensó en decirle algo, pero no lo hizo porque ella misma se había quedado quieta para escuchar la conversación contigua. Vaya, ¿se le había pegado el modo cotilleo en la peluquería?

—¿Logan? Es agua pasada, que le den. No voy a modificar mis costumbres por ningún tío, eso tenlo por seguro. No vine el día de baile en línea porque me fui el fin de semana a Las Vegas con mis amigas y últimamente nos movemos más por Kingman… vamos, que Logan y su grupo no tienen nada que ver.

—Deberíamos hablar con ella —susurró Winter a Kayla, ocultándose tras el menú.

—¿Qué dices? ¿Estás loca?

—Seguro que tiene información jugosa.

—Estate callada, que te veo venir.

—Siguen igual que siempre —continuó Regina.

—No me extraña, son animales de costumbres.

—Ahora andan por Santa Claus, sobre todo Logan.

—¿Santa Claus? Si ahí no hay nada.

—Sí, con ellas. —Y señaló directamente a las hermanas, que se quedaron calladas—. Han venido a restaurarlo, y el rancho. Las está ayudando, ¿verdad?

Kayla afirmó, aturdida. ¿En qué momento las metía así en la conversación? ¿Qué confianzas eran esas?

—Anda, Kayla —añadió Regina—. Menudo corte de pelo, ¡me encanta! Te sienta genial.

—Ah, sí, bien, gracias. —Se tocó la nuca, todavía echando de menos la melena.

—Logan y el rancho, qué sorpresa —replicó la otra chica.

—¿Nos presentas? —sugirió Winter, con una amplia sonrisa.

—¡Claro! Ella es Daisy. Daisy, te presento a Winter y Kayla, son hermanas.

—Encantada. —Movió la mano a forma de saludo—. Algo había oído de unas extranjeras, pero creía que era algún rumor de esos que se oyen cuando estamos aburridos. Como no hay mucho que hacer en el pueblo…

—Y que lo digas —contestó Winter, con una risita—. Pero no, somos reales. ¿Quieres sentarte con nosotras? —Ignoró la patada que Kayla le dio por debajo de la mesa—. Veo que tampoco has empezado a comer.

Ella dudó unos segundos, mirándolas mientras sopesaba aquella invitación.

—Tampoco queremos molestarte —dijo Kayla, lanzando una mirada de advertencia a su hermana.

—Vale, así no como sola —respondió la chica.

Cogió su bolso y se cambió de mesa, sentándose junto a Winter.

—Así hasta me hacéis un favor —sonrió Regina—. Una mesa más libre, ¡gracias! ¿Queréis pedir ya?

Daisy y Winter le dijeron lo que querían al segundo; a Kayla le costó un poco más, aturdida por tener delante a una desconocida así de pronto y que encima era la ex de Logan. ¿Qué mundo de locos era aquel?

Regina se alejó con las cartas y ella miró con disimulo a la chica. Era mona, eso era un hecho objetivo. No parecía mucho más joven que ellas, tenía la tez morena por el sol de la zona y, al acercarse, había visto que llevaba botas vaqueras bajo la falda larga, así que era una chica del lugar en toda regla.

—¿Quién de las dos le ha echado el ojo a Logan? —dijo ella, sin andarse por las ramas.

Kayla se tensó al momento, mientras que Winter emitió una risita.

—¿Por qué supones que alguna le hemos echado el ojo? —replicó Kayla.

—Así que tú.

—Sí, ella —corroboró Winter.

Movió la pierna para esquivar una nueva patada de su hermana, que se había puesto roja como un tomate.

—Pues desde ya te digo que no te hagas ilusiones —continuó Daisy—. No se implica emocionalmente ni loco.

—¿Estuviste mucho con él? —dijo Winter—. Si no es indiscreción.

Joder que no lo era…, pensaba Kayla.

—Unos meses. Logan tiene el nivel emocional de un cactus… no, miento. Solo en lo que se refiere a mujeres, porque como sea su caballo, vamos. Por ese, al fin del mundo.

—Bueno… si le gustan los animales, tan malo no será.

—Le gustan demasiado. Ese es el problema. Seguro que por eso os está ayudando, porque estuvo en ese rancho unos años y le tiene cariño. Que yo no digo que no tenga que hacerlo, eh, que es entendible, solo que hasta cierto punto. No es normal que lo único que quiera hacer con su tiempo libre sea estar con los caballos, ir a ver ferias de animales o yo qué sé. ¡Que hay vida fuera de Dolan! Lo más lejos que fuimos fue a Kingman, ni a Las Vegas como hacen todas las parejas normales.

—O sea, un tío arraigado.

—Demasiado. Eso sí, solo a la tierra y los animales, porque lo que es a asentarse y sentar cabeza, nada de nada. Era hablar de ir a pasar la noche a su casa o al revés, y cambiaba de tema como de sombrero. Y ya no os digo de hablar del futuro… Si le decía de ir a algún sitio o concierto o lo que fuera, contestaba «no sé dónde estaremos dentro de tres meses». Como si se fuera a mover de Dolan, ja.

—En resumen, que no quiere nada serio.

—Exacto.

—Anda, qué bien, la comida —dijo Kayla, agradecida por la interrupción.

Regina les dejó los platos en la mesa y volvió para rellenar sus jarras con limonada. Kayla esperaba que así cambiaran de tema, pero no, su hermana no estaba satisfecha porque la miró con una sonrisa.

—Bueno, eso es genial en nuestro caso —contestó.

—¿Qué caso? —replicó—. No hay ningún caso. —Miró a Daisy—. En serio, siento que no saliera bien, pero la verdad es que a mí no me interesa Logan y…

—Huy que no. No pasa nada, Kayla, estamos en confianza —siguió Winter—. Mira, Daisy, es una pena lo vuestro, seguro que encuentras a alguien mejor. Lo que nos interesa aquí es un dato concreto.

—Dispara.

—¿Qué tal besa Logan?

Kayla se atragantó con la ensalada. A ese paso le iba a dar algo, ¿por qué no podían dejar de hablar de él? Aquella iba a ser la comida más larga de su vida.

Daisy se sorprendió por la pregunta, como era lógico, pero se encogió de hombros antes de contestar:

—Estupendamente —dijo—. En ese terreno, ninguna queja.

—¿Ves? —Winter miró triunfante a su hermana—. Pues ya está. Es un buen follamigo.

—Si eso es lo que buscas —Daisy miró a Kayla—, entonces sí, porque no tendrás nada más.

—De verdad, ¿podemos dejar el tema ya? —pidió ella.

—Vale, tenemos los datos importantes. Lo del beso es fundamental, porque si en eso fallara, nos olvidamos.

—¿Algún trauma con los besos? —inquirió Daisy.

—¿No íbamos a hablar de otra cosa? —replicó Kayla.

—Vale, veo que sí. Aunque puede que a mí me pareciera la bomba y luego a ti no… Eso es algo personal.

—No creo que se vaya a decepcionar —dijo Winter.

—Winter...

—Vale, vale, lo dejamos. —Miró a Daisy—. Aunque... ¿qué opinas de sus amigos?

Ya que estaba, quizá pudiera sacar algo de información que le sirviera a ella.

—¿Alguno en especial? —inquirió Daisy.

No, tonta no era.

—Travis —aportó Kayla, solícita.

Bien, fuera el tema de Logan, que se había puesto nerviosa sin querer. No quería imaginarlo como follamigo, ni cómo besaba ni nada, y toda aquella conversación no ayudaba.

—Es buen tío —contestó Daisy—. Conozco a todos de siempre, y no ha salido con muchas... es más serio en ese aspecto que cualquiera de los otros. Hasta más que Ezequiel, y eso que está casado. Son todos de buena pasta, la verdad, pero en general... un poco de los que van a su rollo y lo que he dicho antes, de costumbres, ¿sabéis?

Se rio y Winter se unió a ella. Hasta Kayla esbozó una sonrisa, aunque la conversación seguía pareciéndole incómoda.

—Anda, y hablando del rey de Roma...

Daisy señaló hacia la puerta, donde estaba Ezequiel. Él levantó la mano para saludarla, aunque su expresión cambió por completo al ver con quién estaba sentada. Tuvo que parpadear varias veces para asegurarse y salió disparado sacando su móvil y dejando a Regina plantada con una carta en la mano.

Ya en el exterior, abrió el WhatsApp y envió un mensaje.

«Alerta roja en el Grand Canyon, Logan: ¡no vengas!»

Harrison y Reece estaban aparcando sus motos y se acercaron extrañados al verlo fuera.

—¿Qué pasa? —preguntó Reece.

—¿Y este mensaje? —Harrison había sacado su móvil—. ¿Se ha cabreado Regina con Logan por algo?

—No, mirad.

Señaló a través del cristal y ellos acercaron la cara, como si estuvieran observando un acuario. No tardaron en apartarse con cara de susto.

—¿Cómo es eso posible? —preguntó Reece—. ¿En qué momento se han conocido?

—Ni idea, he entrado y estaban ahí sentadas.

Harrison sacó una foto a través del cristal y la envió al grupo.

«Aquelarre», escribió.

—Qué bruto eres —replicó Ezequiel—. ¿Qué hacemos?

—Entrar a comer, ¿qué vamos a hacer? Seguro que te han visto, sería raro irnos. Y Daisy es la ex de Logan, no la nuestra.

Regina se asomó por la puerta de entrada, con el ceño fruncido.

—¿Vais a ocupar vuestra mesa o no? ¡Que no tengo todo el día!

—Sí, sí, ya vamos —contestó Reece.

Los tres entraron con rapidez. Saludaron al pasar por la mesa de las chicas, sin detenerse hasta llegar a la suya y coger sus menús, evitando en lo posible mirar hacia allí.

En el taller, Logan estaba mirando su móvil intentando distinguir qué demonios había en aquella foto que había enviado Harrison. Era el Grand Canyon, eso lo sabía por las mesas, pese a que las personas estaban demasiado borrosas.

—¿Vas a ir? —preguntó Travis.

—No sé a qué se refieren con este mensaje.

Su amigo tocó la pantalla para ampliar la imagen y señaló a las tres chicas, perfectamente reconocibles pese a la distancia en que había sido tomada la instantánea.

—Kayla, Winter y esa parece Daisy.

Logan entrecerró los ojos, intentando corroborar esa información.

—¿Seguro?

—¿Por qué iban a decir que no fueras, si no?

Por si acaso, Simon acababa de llegar a comer y, al sentarse con el resto, había sacado otra foto mejor que confirmaba lo que Travis decía.

—¿Lo ves? —dijo él.

—¿Esa es Kayla?

—Sí. Sin la mayor parte del pelo, parece.

—Mmm. —Claro, había estado en la peluquería. No se la veía muy bien tampoco en esa foto, pero así de primeras, la encontraba bastante guapa—. Es que no entiendo qué hacen las tres sentadas juntas.

—Se habrán encontrado en el restaurante.

—¿Y se ponen a hablar? Así, ¿sin más?

—Las tías son así. —Se encogió de hombros—. ¿Pedimos algo para comer aquí?

Logan guardó el móvil con un suspiro. No le apetecía comer en la oficina, pero a saber qué estaría contando Daisy de él, mejor no acercarse por si acaso. No habían acabado muy bien, así que…

—De paso me cuentas qué has estado haciendo toda la mañana —añadió Travis—. Que te has ido y no te he visto el pelo.

—Ah, sí, bueno, he llevado a Sam y Jennings al rancho.

—¿Y qué tal?

—No vas a creerlo: le presentaron a Winter sus presupuestos ahí mismo. Y mañana le envían los definitivos.

Travis movió la cabeza mientras cogía su móvil. Tenían comunicación directa con el Grand Canyon, era habitual que les mandaran comida, de modo que buscó a Regina entre los contactos y le escribió un escueto: «Regina, comida».

Después abrió la nevera para coger un par de cervezas y así hacer tiempo hasta que les llegara lo que fuera que Regina decidiera meter en la bolsa.

—Seguro que estarán encantados de ayudar a dos chicas en apuros —comentó, como respuesta al tema de Sam y Jennings.

—Winter se los ganó en dos minutos. En cuanto la vieron empezaron a intentar peinarse. —Logan soltó una carcajada.

—Me lo puedo imaginar.

No era complicado: entre la sonrisa y la voz inocente, habrían caído como tontos. Aunque mejor se callaba, que él fue el primero en caer la noche de borrachera.

—¿No estaba Kayla? —preguntó.

—No, en la peluquería.

Él frunció el ceño.

—O sea, se ha ido a cortar el pelo esta mañana. ¿No sabía que ibais?

—Ah, bueno, es que no te he contado… imagino que tendría que arreglárselo después de lo de ayer.

Pasó a resumir el accidente con la zanja y los cactus, intentando no extenderse demasiado con la parte en la que había desnudado a Kayla. Esperaba que su voz sonara lo suficientemente neutra para evitar más preguntas, aunque su amigo lo conocía demasiado bien y distinguía un montón de matices en sus palabras.

—Supongo que en el pelo le pasaría algo también —terminó—. De eso no entiendo.

—No, pero del resto del cuerpo sí.

—No pienses cosas raras. ¿Qué habrías hecho tú? Sabes de sobra que el doctor Webber no iba a ir ni loco.

—¿Por qué no la ayudó Winter?

—¿Porque tú la llamaste para enseñarle la moto Spiderman y salió corriendo?

Travis tuvo el buen tino de no replicar a eso y dar un sorbo a su cerveza, en cambio.

—Por cierto, ¿qué tal eso? —preguntó Logan.

—Bien, la terminaré esta tarde y le avisaré para que venga mañana a recogerla.

—No, no me refiero a la moto. Me refiero a Winter, ¿cómo va?

—No sé de qué estás hablando…

—Travis, venga, si no hace más que lanzarte el anzuelo. ¡No me digas que no te has dado cuenta! Pensaba que la habías llamado por eso, precisamente.

—No, qué va. Solo sé que le gustan las motos y pensaba que le apetecería pasarse, nada más. Winter es simpática con todos y… —Logan movía la cabeza, como si no creyera ninguna de sus palabras—. No es mi tipo.

—¿Una tía que se vuelve loca por las motos, es guapa, simpática y te pone ojitos?

—Vale, es mi tipo. —Le dio un empujón—. ¿Y qué? Van a estar aquí por poco tiempo.

—Esa obra no se va a hacer en dos días.

—Rectifico: van a estar aquí por un tiempo determinado. No veo el sentido de empezar nada si no va a ir a ninguna parte, mejor ser amigos y ya está.

—Deberías soltarte el pelo de vez en cuando.

—Ya, y tú atártelo, no te digo. Que a ti te vaya lo esporádico no quiere decir que al resto también.

—Con Daisy estuve un montón de meses.

—Seis meses no es «un montón», aunque quizá en tu mundo sí. No habríais acabado tan mal si desde el principio le hubieras dicho que no querías nada más allá de unos cuantos revolcones.

—Ella lo sabía, solo que no quiso entenderlo.

—Si fuera así, no te preocuparía lo que esté hablando con Winter y Kayla.

—Y no me preocupa.

Una voz desde la entrada avisó de que llevaba comida y Travis fue a recogerla. La colocó sobre la mesa de la cocina mientras Logan sacaba unas servilletas y otro par de cervezas. Pensaba que el tema estaba terminado, pero no, porque Travis comentó:

—Entonces, no te preocupa lo que Daisy le diga a Kayla.

—¿A dónde quieres llegar, exactamente?

—A que dirás que Winter me pone ojitos, pero tú a la amargada le pones ojazos.

Logan negó con la cabeza. Como Travis se mantuvo impasible, dejó de hacerlo para destapar su recipiente de aluminio con el ceño fruncido.

—Y si fuera así, ¿qué?

—No, nada. Yo solo comento.

—Pues no hay nada que comentar. Para lo pequeña que es impone, miedo me da hacer algo y que luego sea como una mantis de esas que te arrancan la cabeza.

Travis sonrió, aunque con aquella frase le había dejado claro que no se equivocaba y que estaba interesado en ella. Hasta qué punto… en fin, conociendo a Logan, ya lo suponía: para nada duradero. Claro que, en su caso, no habría problema porque las dos hermanas estaban allí de manera temporal. Para su amigo era perfecto.

—Por cierto, mañana también faltaré por la mañana —comentó Logan.

—Ah, está bien que avises a tu jefe.

—Tengo que ir con un carpintero y un albañil a que miren y así terminarán los presupuestos. Les diré a los chicos que se apunten, así ganan algo.

—Harrison y Reece seguro que querrán las horas extra.

—No recomendaría a Simon, ya sabes que no dura en ninguna parte, pero tampoco me parece bien dejarle fuera…

—Ya se irá él solo si quiere.

Sus móviles vibraron y los sacaron para mirar. El resto del grupo estaba en el restaurante y acababan de mandar una foto más con comentarios sobre las tres chicas, que ya estaban con el postre y seguían sentadas como si fueran amigas de toda la vida.

Aprovechando la coyuntura, Logan envió un mensaje a otro grupo aparte con relación a Travis… mientras su amigo y jefe hacía lo mismo sin que él se diera cuenta.

Aquello empezaba a ser un estrés de grupos, iba a tener que llevar algún control porque no sabía ya qué había apostado dónde.

—Mierda, ¿otra vez ensalada? —protestó, al ver la comida—. ¿Por qué no especificas un poco, para que así no nos mande siempre cosas saludables?

—¿Para qué, si sabes que va a hacer lo que quiera? Cómete eso y deja de gruñir.

CAPÍTULO TRECE

Lemuel, el albañil, y Homer, el carpintero, habían trabajado en el mantenimiento del rancho y del pueblo, por lo que Logan los contactó para llevarlos a ver si querían aceptar el trabajo. Debían haber hablado con Jennings y Sam, puesto que no solo no se mostraron sorprendidos por la llamada, sino que le soltaron varios comentarios sobre «las pobres extranjeras que necesitaban ayuda».

Lemuel pasó a buscarlo con su furgoneta y, cuando llegaron al rancho, se encontraron con que Homer estaba parado con la suya junto a lo que antiguamente había sido la entrada, de la que apenas quedaban maderas.

—¡Esto es un desastre! —dijo el carpintero, cuando pararon a su lado—. Ni siquiera está en pie toda la valla limítrofe.

—Sí, es una de las cosas a tener en cuenta —contestó Logan—. ¿Sigues hasta el rancho?

El hombre afirmó con la cabeza mientras tomaba notas y se subió a su furgoneta. Cuando llegaron a la casa, Winter estaba en el porche apoyada en un poste, con una taza en la mano, y les sonrió alzando la mano para saludarlos. Llevaba un vestido de flores y unas botas vaqueras que le daban un cierto aire campestre.

—Pues no parece extranjera —comentó Lemuel.

Logan puso los ojos en blanco y bajaron de la furgoneta. La chica se acercó con una sonrisa y se presentó a ambos.

—¿Un té helado? —ofreció.

—Muchas gracias —contestó Lemuel. Miró a Logan cuando ella entró en la casa—. Qué hospitalaria.

Conseguido: otro al saco. Homer era más duro de roer, pero Logan ya estaba apostando mentalmente cuánto tardaría en caer también. Por el momento estaba muy ocupado mirando los escalones y negando con la cabeza.

—Esto es un desastre —decía.

—Pues espera a ver el interior.

Kayla salió al porche y los tres la miraron. Ella, aunque encantada con el corte de pelo, todavía se sentía rara, y se lo tocó mientras procuraba sonreír a los dos desconocidos y evitaba mirar a los ojos a Logan. Todavía sentía pinchazos por todo el cuerpo y, al verlo bajar de la furgoneta, alguno de los que había notado no habían sido de dolor precisamente… sino algo más parecido a la anticipación.

—Hola —saludó—. Soy Kayla, hermana de Winter.

Alargó la mano y se la estrechó a ambos. Logan esperó, pero como no le dijo nada, avanzó un paso. Que no era invisible, a ver si iba a ignorarlo después de todo lo que estaba haciendo por ellas.

—¿Qué tal estás? —preguntó.

—Bien —contestó—. Gracias —añadió.

Winter salió con dos vasos de té y se los entregó a Lemuel y Homer. Este estudiaba las vigas, pero al dar un sorbo la miró con agradecimiento. Logan hizo una marca mental del tiempo que había transcurrido y volvió a mirar a Kayla.

—Veo que el pelo también resultó afectado —comentó.

—Sí, bueno, un poco desastre todo. —Ella volvió a tocarse la nuca—. Winter me lo tuvo que cortar y ayer fui a la peluquería.

—No te queda mal.

Y eso era lo más parecido a un cumplido que pensaba decir, no fuera a quedar como idiota delante de aquellos dos que no le quitaban ojo. Serían cotillas, los muy…

—Lemuel y Homer estaban encargados del mantenimiento del rancho y el pueblo, así que lo conocen a la perfección —informó.

—¡Eso es genial! —dijo Winter—. Contar con expertos es lo mejor que nos podía pasar, ¿verdad, Kayla?

—Sí, claro.

Tampoco era para entusiasmarse tanto, al menos hasta ver cuánto pensaban cobrar aquellos «expertos», aunque tuvo el buen tino de no decir nada. Los dos hombres parecían encantados con aquel té y su hermana, así que…

—Lo primero sería la casa, desde luego —explicó Lemuel—. Para que podáis vivir en condiciones, desde la carretera se ve que el tejado no está muy bien.

—Qué va. —Winter sonrió—. Si hasta hay un agujero en mi habitación.

Los dos la miraron y dejaron los vasos, ya vacíos, a la vez.

—Esto hay que mirarlo inmediatamente —dijo Homer.

—¿Cómo no nos has avisado antes, Logan? —Lemuel lo miró con el ceño fruncido—. Tener a estas chicas así… Desde luego, no has dejado en buen lugar la hospitalidad de Dolan.

Bueno, lo que le faltaba ya, quedar como el malo. Sin embargo, no pudo defenderse porque ambos entraron en la casa con las chicas para revisar el interior.

Kayla iba detrás de ellos, preocupada por verlos apuntar cada poco. Era consciente de que había muchas reformas, y empezaba a temer que el tema se inflara tanto que tuviera que acabar recortando en la parte que más le gustaba, que era la decoración.

—¿Qué vais a hacer con los muebles de madera? —preguntó Homer.

—Voy a restaurar los que son buenos —contestó Kayla—. He estado mirando y no hay problemas de termitas ni polillas en ninguno, así que podré salvarlos y devolverlos a su estado original.

La mesa del antiguo comedor, en especial, la había enamorado nada más verla. Estaba cubierta de polvo y telarañas, las patas macizas talladas en forma de hojas tenían algún golpe y la superficie presentaba varios rayones, pero nada que no pudiera arreglar y quedaría preciosa.

—Quizá puedas recomendarnos algún lugar donde comprar el material que Kayla necesita —dijo Winter, con un mohín—. Las tiendas de manualidades son caras, y no hay muchas por aquí.

—Por eso no os preocupéis —dijo Homer—. Me dices lo que necesitáis y os lo conseguiré a precio de coste, lo incluiré en un punto aparte del presupuesto.

—Eso es genial. ¿A que sí, Kayla?

—Sí, sí, muchas gracias.

Estaba alucinada. En Boston, jamás nadie le había ofrecido nada a precio de coste. Siguieron con el recorrido de la casa, con ellos apuntando en sus respectivos cuadernos. El agujero del techo de Winter fue su centro de atención y ambos lo subrayaron, hablando entre ellos para ponerse de acuerdo en cómo arreglarlo para hacerlo lo primero.

Una vez terminaron el recorrido de la casa, salieron para recorrer el establo y el cerco exterior. Era más trabajo de carpintería que otra cosa, así que Homer fue quien más notas tomó en esa ocasión.

Después fueron a las furgonetas y, tras un pequeño baile de quién iba dónde, Logan se encontró con que estaba pegado a Lemuel en la suya para intentar no tocar a Kayla, que iba en el asiento junto a la ventanilla. Muy cómodo todo.

El paseo por el pueblo fue un *déjà vu* del día anterior: muchas reparaciones y mil nuevas notas antes de regresar al rancho para dejar a las chicas y que los dos hombres entregaran unos presupuestos provisionales. Recordaba perfectamente cuando Travis le había encargado a Lemuel hacer los tabiques para su oficina y la cocina y había tardado dos semanas en preparar el presupuesto más un mes en empezar… igual, igual que con ellas.

—Esta tarde te mando lo definitivo —dijo Lemuel—. Así mañana podéis ir al ayuntamiento y presentar todo. Si Homer os da lo suyo, claro.

El hombre se estiró al momento, ofendido.

—Por supuesto que lo tendrán esta tarde, faltaría más. —Miró a Kayla y le entregó una tarjeta—. Envíame un correo con todo lo que necesitas para las restauraciones y lo pido.

—Gracias. —Le sonrió—. Ahora mismo lo preparo.

Logan la miraba sin poder creer que hubiera oído de su boca aquella palabra tantas veces seguidas, y menos que sonriera de verdad. Lemuel le dio un empujón hacia la furgoneta, sin ningún miramiento.

—Venga, que tengo que ir a preparar esto y no quiero tenerlas esperando.

Encima violencia, lo que le faltaba. Si ya desde el principio no había tenido claro qué beneficio sacaría de todo aquello, con aquellos viajecitos empezaba a convencerse de que ninguno. No porque esperara nada en realidad, pero qué menos que lo mínimo, un «gracias» y no que pareciera que era culpa suya que estuvieran con un agujero en el techo.

Se subió a la furgoneta y se despidió por la ventanilla, gesto que Kayla le devolvió. Al menos era algo…

—Bueno, pues ya está —dijo Winter, dando una palmadita—. En cuanto manden termino el informe y le enviamos a mamá, ¿te parece?

—Sí, a ver si no le da un ataque al corazón.

—Ya verás que nos hacen buen precio. Tú envía el correo a Homer, que estará esperándolo, y nos vamos a comer.

Aunque en otras circunstancias hubiera replicado por sonar a orden, esa vez Kayla se lo tomó más como un consejo y se apresuró a buscar todo el material que necesitaba para enviar la lista al susodicho. Después se fueron a comer al Grand Canyon, ese día sin encuentros extraños, y cuando regresaron por la tarde, ya habían recibido los presupuestos. Ambos por correo, aunque también se habían molestado en ir hasta allí y dejárselos en la entrada en papel, sujetos con una piedra.

Winter los cogió y se acomodó en el porche para hacer los números. Por si acaso, revisó todo bien antes de enseñárselo a su hermana, no quería que encontrara ningún error y decidiera quitarle aquella responsabilidad.

Con todos los presupuestos preparados para poder comprobar, Kayla revisó los números y la memoria que había preparado Winter y se sorprendió de nuevo gratamente al ver que estaba todo perfecto, tanto en el cálculo como en la redacción.

—Envíaselo a mamá —pidió.

—Genial. ¿La llamamos?

—No te preocupes, seguro que en cuanto lo vea nos llama.

Efectivamente, no había pasado ni media hora desde que Winter le diera al botón de enviar cuando Francine llamó por teléfono a Kayla. Esta puso el altavoz al contestar.

—¿Qué demonios me ha enviado Winter? —exclamó su madre.

—Mamá, estás en el altavoz —avisó Kayla—. Estamos las dos escuchando.

—Hola, mamá —saludó Winter.

—Ah. Hola. Bien, ¿quién ha hecho esto? ¡Es carísimo!

—Winter se ha encargado de todo. Y te aseguro que es lo más bajo que hemos conseguido —explicó Kayla.

—¿Con cuántos proveedores habéis comparado?

—No hay con quién comparar, mamá —dijo Winter—. Es o ellos, o nadie.

—Eso es imposible.

—No lo sería si esto no estuviera en medio de la nada —replicó Kayla, molesta—. Podemos ir a alguna ciudad, pero nadie empezaría las obras hasta dentro de unos meses y seguro que sería más caro por la distancia.

—No podemos esperar meses —refunfuñó Francine—. Las inversiones se enfrían con el tiempo, esto hay que arreglarlo y venderlo cuanto antes.

—Pues entonces haz la transferencia por el cuarenta por ciento para que podamos darles un anticipo —sugirió Winter—. Mañana iremos a pedir los permisos al ayuntamiento, a ver si no tardan mucho.

—Eso digo yo. Ya habéis perdido bastante tiempo, que lleváis cuatro semanas y no sé qué demonios habéis estado haciendo. Y todavía no me habéis dicho cuál será el resultado final ni cuánto sacaremos de ganancia.

—Se suponía que la que había estudiado el mercado eras tú… —se atrevió a decir Kayla.

—Eso es tu trabajo, así que ya estas tardando. —La escucharon resoplar—. En fin, que me estoy estresando. Le diré a Armando que os haga la transferencia y espero que pronto me digáis que habéis encontrado compradores.

Y colgó. Ellas se miraron, las dos molestas, aunque ambas se habían dado cuenta de cómo había echado balones fuera, culpando además a ambas de todo.

—A ver si cumple —comentó Kayla, dejando el teléfono.

No pensaba estresarse por el tema de la venta: si forzaba, seguro que no se le ocurría nada original o interesante que hacer con el pueblo y el rancho. Y si tenía que buscar inmobiliarias, pues lo haría también. No pensaba perder el tiempo ni energías discutiendo, total, si Francine ya no pensaba hacer eso, no la convencería de lo contrario.

—Le dirá a Armando que se encargue y se irá al *spa*, seguro —comentó Winter, encogiéndose de hombros.

Le había extrañado que se enfadara con Kayla, aunque lo atribuyó al hecho de que su hermana le hubiera dejado hacer el presupuesto, no porque pensara que el error fuera de la mayor. Estaba claro que no se fiaba de ella con los números, a pesar de que Kayla los había revisado para acto seguido dar el visto bueno. Seguro que lo del mercado inmobiliario se lo había sacado de la manga para no quedar mal y parecer solo enfadada con ella; de esa forma, no quedaba tan patente su manía. Era enrevesado, sí, pero era la única excusa que se le ocurría a Winter para que su madre se mostrara así de molesta con la habitualmente perfecta Kayla.

Al día siguiente se levantaron temprano para ir al ayuntamiento. No esperaban encontrarse mucha gente, dado el tamaño del pueblo, pero cuanto antes lo hicieran mejor. Lemuel ya había confirmado que Homer y él se habían coordinado para pedir prioritariamente lo necesario para el agujero del techo y podrían empezar en un par de días, por lo que, si conseguían el permiso para entonces, sería lo ideal.

El ayuntamiento era un edificio bajo, icomo la mayoría del pueblo, situado a un par de calles más allá del taller de motos. Lo habían visto el día que habían hecho el recorrido buscando gremios, así que no les costó localizarlo y aparcar cerca.

Al entrar se encontraron con una recepción, donde había una chica mascando chicle con el móvil en las manos y cara de aburrimiento.

—Hola —saludó Winter—. Queríamos pedir un permiso de obra.

—Al fondo, segunda puerta —contestó, sin desviar la mirada del móvil—. ¿Tenéis cita?

—No.

—Pues no podéis ir.

—¿Y cómo se consigue una cita? —preguntó Kayla.

—¿Queréis cita?

—Obviamente.

La chica resopló, tecleó algo en su móvil y miró su ordenador, con cara de molestia.

—¿Para cuándo?

—Cuanto antes.

—¿Hoy?

—Preferentemente.

Ella volvió a resoplar y tecleó como si estuviera haciendo un gran esfuerzo. Al cabo de un par de minutos, cogió el teléfono y marcó un número.

—Acabo de ponerte una cita —dijo—. ¿Les hago pasar? Ajá. Vale. —Colgó—. Adelante. La próxima vez usad la plataforma *online*, que está para algo.

—Claro. Gracias. No te estreses.

La chica ni la miró, volviendo a coger el móvil, y ellas fueron hacia la puerta temiendo lo que se encontrarían detrás. Si la actitud de la recepcionista era la generalizada en el ayuntamiento... mal iban.

La puerta estaba entornada y, cuando la empujaron tras dar un par que pequeños golpes, se encontraron con un pequeño despacho... y a Daisy sentada al otro lado.

—¡Vaya, qué sorpresa! —exclamó ella, levantándose.

Kayla se quedó quieta, sin saber cómo reaccionar; Winter debía tenerlo claro, puesto que ya estaba avanzando hacia la chica para darle un brazo.

—¡No sabíamos que trabajabas aquí! —exclamó.

—Voy a matar a Fiona, ¡mira que no decirme que erais vosotras mi cita! —dijo ella, con una sonrisa.

—Ni nos ha preguntado los nombres —aclaró Kayla.

—La ley del mínimo esfuerzo. Tampoco es que haya muchas opciones de gente que quiera trabajar aquí, así que... Contadme, ¿qué puedo hacer por vosotras?

—Veníamos a por un permiso de obra. Ya sabes, para lo que vamos a hacer en el rancho y en Santa Claus —explicó Winter, tendiéndole la carpeta que había preparado—. No tenemos impresora, así que te he metido los ficheros con los cálculos y una memoria en un *pendrive*.

—Ah, genial. —Abrió un cajón y rebuscó entre los papeles hasta sacar unos formularios—. Id completando esto mientras echo un vistazo.

Les dio un bolígrafo con el nombre del pueblo a cada una y revisó la carpeta mientras ellas escribían. Al meter el *pendrive*, imprimió lo que faltaba para de ese modo unirlo al resto.

—¿Cuánto suelen tardar los permisos? —preguntó Kayla.

—Tiene que firmarlo el alcalde, revisarlo mi jefe y registrarse, lo normal es una semana o diez días. —Las dos ahogaron una exclamación y ella sonrió—. Tranquilas. Esto lo registro ahora mismo, pillo al alcalde antes de que se vaya para que firme, a mi jefe en cuanto vuelva de su reunión y para lunes se os enviará notificación de que está aceptado.

—¿En serio? ¿No habrá pegas?

—Ninguna.

—Muchas gracias, Daisy, nos has salvado la vida —dijo Winter.

—Bah, tonterías. La burocracia es lo peor, no tiene sentido perder el tiempo si tenéis a los gremios esperando. —Les guiñó un ojo—. Tenéis que contarme cómo habéis convencido a todos para daros estas fechas y precios, que los conozco de sobra y no los he visto tan generosos jamás. Es más, este presupuesto estoy segura de que no lo ha repasado Elaine, la mujer de Sam, que es quien los hace siempre. Ya me enteraré, pero seguro que no ha dado el visto bueno.

—Una, que es buena negociadora —bromeó Winter, devolviéndole el guiño.

—Nada como unas damiselas en apuros, ¿verdad? Como si los viera.

—¡Nunca falla!

—¿Qué pensáis hacer con ello?

—Un pueblo de Navidad no, eso es lo único que tenemos claro —contestó Kayla—. De momento lo repararemos todo para que sea habitable y ya veremos.

—Sea lo que sea, no sé quién querría venir a vivir ahí, aparte de los locales acérrimos.

—Tan malo no es Dolan… —titubeó Kayla, buscando cosas buenas que decir del pueblo—. Es… tranquilo.

—Demasiado. Yo estoy deseando marcharme, la verdad, estoy buscando en otros sitios porque veo que, si no me voy pronto, acabaré en el club de edredones americanos y cotilleando en la peluquería como única distracción.

Kayla esbozó una sonrisa, era fácil imaginarse aquello y también la entendía. La chica se sentía atrapada en el pueblo de igual forma que ella se sentía atrapada a las órdenes de su madre.

—En fin, no te molestamos más —sonrió Winter—. Muchas gracias, la próxima vez que te veamos por el Grand Canyon te invitaremos a algo.

Daisy las acompañó hasta la puerta para despedirlas y, cuando hubo desaparecido, Winter le dio un codazo a su hermana, aunque con una enorme sonrisa.

—Ay, ¿qué haces? —protestó Kayla, frotándose el brazo.

—¿Lo ves? Ser amable consigue cosas, ¡es el karma! Si no la conociéramos o si le hubiéramos puesto morros el otro día, ¡ahora tendríamos que esperar un siglo para empezar! Se cazan más moscas con miel, Kayla.

Ella refunfuñó un poco, aunque no podía más que darle la razón. Daisy apenas las conocía y no tenía por qué hacerles ningún favor y, sin embargo, lo había hecho. En Boston los favores se agradecían con un cesto de frutas o alguna pijada parecida; allí, la copa que Winter había ofrecido sería lo más apropiado, sí. Más sencillo y cercano. Si Daisy pensaba que lo de Dolan era burocracia… mejor no pensar en los procesos que habían tenido que seguir en Boston y en otras ciudades para conseguir permisos o realizar las compraventas, ¡algunos eran laberínticos! Así que todo aquello le parecía una gran ventaja, aunque la presencia de Logan para el primer empujón había sido necesaria para que así los gremios les hicieran caso. Seguro que, una vez empezado y al no ser unas desconocidas, todo sería más fácil.

Eso era impensable en una ciudad grande, así que era una cosa que no echaba de menos.

—Mira, es Sam —indicó Winter, señalando la acera de enfrente—. Nos está haciendo señas. ¿Vamos a saludarlo?

En otro momento, o unos días atrás, Kayla no hubiera pensado que cruzar la calle bajo aquel sol mereciera la pena. Sin embargo, visto que lo del karma funcionaba, se dijo que debía hacer caso y procurar ser más amable, así que afirmó con la cabeza y, tras comprobar que no pasaban coches —algo normal, por otro lado—, cruzaron la carretera para acercarse al hombre.

—¿Qué tal, Sam? —saludó Winter—. Hace un día estupendo, ¿verdad?

—Bueno, que haga sol no es novedad… —comentó Kayla.

—¿Venís del ayuntamiento? —preguntó él.

—Sí, hemos ido a entregar los papeles para los permisos —dijo Winter.

—¿Necesitáis que hable con el alcalde? Jennings y yo tenemos partida de cartas los martes con él, si queréis lo llamo.

—No, no, tranquilo, Daisy nos va a acelerar el proceso.

—Ah, muy bien. Me alegro. Escuchad, os iba a llamar porque la tía de mi mujer tiene un sofá que no utiliza. Es un poco viejo, pero está bien, ¿lo queréis? Podéis apañaros hasta que tengáis uno de los buenos.

—¡Eso sería estupendo! —Winter le dio un abrazo—. Muchas gracias.

—De nada, entre vecinos hay que ayudarse. Pues voy a llamar a Jennings, que su furgoneta es más grande, y os lo llevamos luego.

¿Aquel era el día del karma o qué? Kayla no daba crédito, ¿un sofá? Le daba igual como fuera: pequeño, grande, del año de la polca o incluso de cuero, aunque dudaba que alguien comprara de ese tipo con el calor que hacía. Un sofá… tendría que compartirlo con Winter, pero le daba igual: estaba deseando verlo y sentarse en cualquier cosa que no fuera la mesa del salón o algún escalón del porche.

Sam las despidió con una sonrisa y sacó el teléfono para llamar a Jennings. Para ser extranjeras, la verdad era que aquellas dos chicas eran un encanto, sobre todo la del pelo largo. Winter le recordaba a su hija y desde luego que no le gustaría que nadie la dejara en la estacada. Tenía trabajos pendientes, como Jennings, aunque nada tan urgente como una casa con las tuberías a saber cómo y la electricidad a un paso de ser un peligro inminente.

Mientras esperaba a que su amigo llegara con la furgoneta, se dirigió hacia el taller de motos.

—¡Hola! —saludó en voz alta.

Logan, que estaba tumbado en el suelo bajo una moto, asomó la cabeza con el ceño fruncido. Esa sonrisa que llevaba el hombre no le daba ninguna confianza.

—¿Estás ocupado? —le preguntó Sam.

Logan miró la moto, sus manos manchadas de aceite y luego a él.

—¿Tú qué crees? —preguntó.

—Seguro que eso lo puedes hacer luego.

—¿Ocurre algo? —preguntó Travis, que había salido de su despacho.

—Ah, estupendo, así podéis venir los dos.

—¿A dónde? —Miró a Logan.

—Ni idea, yo estaba aquí tan tranquilo y ha venido él, no tengo nada que ver.

La furgoneta de Jennings aparcó en la entrada y los dos la miraron, extrañados.

—Venga, que nos están esperando —gritó este, desde la ventanilla.

—La tía de mi mujer tiene un sofá —dijo Sam.

—Bien, es un dato que no necesitaba, pero me lo guardaré para futuras referencias —dijo Travis.

—Se lo vamos a llevar a las chicas. Así que venga, subid a la furgoneta y vamos a buscarlo.

Ellos se quedaron pasmados. ¿Mover un sofá? ¡Estaban en el trabajo!

—¿Tiene que ser ahora? —preguntó Travis—. Estamos trabajando y...

—En nada urgente, ya lo ha dicho Logan.

Él se incorporó, negando con la cabeza en dirección a su amigo.

—Que no, que no, que no he dicho eso.

—No podéis no venir —espetó Sam, cruzándose de brazos—. Jennings y yo no estamos para cargar pesos y esas chicas necesitan el sofá, ¿cómo vais a negaros?

—Voy a lavarme las manos —dijo Logan—. Puedo, ¿no?

—No seas graciosillo, que ya estás tardando.

Peor que su padre, era. Hubiera seguido protestando, pero Travis ya salía hacia la furgoneta con cara de resignación, así que no le quedó otra que hacer lo mismo. Se quitó la grasa y el aceite de las manos y, cuando llegó a la furgoneta, se encontró con que encima no tenía sitio en los asientos delanteros y se tuvo que meter en la parte de atrás, como si fuera un preso al que llevaban a la cárcel.

La casa de la señora en cuestión estaba en las afueras, por lo que no tardaron en llegar y Sam los condujo hasta el sótano, donde estaba el sofá. Los dos amigos se miraron al ver el tamaño: no era uno pequeño, no, era de cuatro plazas. Así que primero hicieron unos viajes con los cojines y los respaldos desmontables y después tuvieron que subirlo por las estrechas escaleras que llevaban a la casa. ¿En qué momento alguien había bajado aquello allí? Les costó un buen rato conseguir superar aquel obstáculo, más cuando el fontanero y el electricista estaban cada uno en un extremo de la escalera dando instrucciones contrarias.

Por fin, tras dejarse los riñones y parte de la piel de los nudillos contra las paredes, consiguieron sacar el armatroste y meterlo en la furgoneta. Al menos le sirvió a Logan para ir más cómodo en el trayecto al rancho, puesto que se sentó encima en lugar de en el suelo.

Cuando llegaron, Jennings pitó para avisar y las dos chicas salieron al porche a saludarlos.

—Muchísimas gracias —dijo Winter, con una enorme sonrisa—. ¿Queréis un té?

—Pues… —empezó Logan.

—Claro, mientras estos meten el sofá tomaremos uno encantados —dijo Sam.

—«Estos» empiezan a tener complejo de bestias de carga —murmuró Travis.

Pero ninguno lo oyó: Sam y Jennings ya estaban en el interior de la casa con ellas, supuso que tomando aquel té que, en aquel momento, le sonaba a ambrosía con el calor que hacía, aunque se imaginaba que no les iba a tocar nada, visto el panorama.

Volvieron a cargar el sofá entre los dos y, con mucho esfuerzo, lo llevaron hasta el salón y lo dejaron en el medio. Travis se asomó a la cocina donde, efectivamente, estaban los cuatro tomando té helado como si nada.

—Lo hemos dejado en el salón —informó.

—Voy a ver.

Winter pasó a su lado y le dio una palmadita en el brazo, un contacto innecesario en opinión del chico. Kayla la siguió hasta el salón, donde Logan estaba sentado en un brazo del sofá.

—Mejor más a la izquierda —indicó Jennings, que también había ido con ellas.

—Aquí está perfecto —replicó Logan.

—No, él tiene razón —dijo Sam—. Hay más luz en esa zona. Y dadle la vuelta, si luego ponen televisión los enchufes están allí.

Travis cogió aire para armarse de paciencia, al igual que Logan, y entre ambos volvieron a mover el sofá de sitio.

—Muchas gracias, es genial —sonrió Kayla.

Logan se giró para contestar, pero frunció el ceño al ver que se estaba dirigiendo a los dos hombres mayores y no a ellos.

¡Encima!

—Sí, seguro que además es comodísimo —la apoyó Winter.

—¿Algo más? —replicó él, molesto—. Que tengo una moto a medias.

—Y yo un negocio que llevar, os recuerdo —añadió Travis.

—Vale, ahora mismo os llevamos al taller —dijo Sam—. Qué prisas, por Dios.

—Estos jóvenes, todo el tiempo pensando en trabajar —replicó Jennings—. Gracias por el té, pero no podemos quedarnos más, ya veis que tienen prisa.

—No pasa nada —sonrió Winter.

Los acompañaron a la puerta y de nuevo Travis se vio sentado entre los dos hombres y Logan detrás. Poco después, los dejaron en el taller sin apenas cruzar palabra.

—¿Qué acaba de pasar? —preguntó Travis—. ¿Soy yo o parece que esos dos acaban de hacerles el favor de su vida y no nosotros, que somos los que hemos cargado?

—No, no eres tú, eso pienso yo también. —Se estiró, haciendo un gesto de dolor—. Creo que voy a dejar el trabajo de suelo por hoy, voy a tener agujetas en los brazos una semana.

—Y ni un té nos han dado —siguió Travis—. Es increíble.

Logan fue a la cocina y sacó un par de cervezas para entregarle una, totalmente de acuerdo con él. Dejaban el trabajo, cargaban con el sofá, morían de sed por el camino y no recibían ni un gracias. Pues nada, no lo pillaban en otra, que se apañaran como pudieran.

Aunque una vocecita interna bastante molesta le dijo que no se lo creía ni él…

Capítulo catorce

Esa tarde, días después, fue la propia Kayla quien decidió arrancar a Winter de su nuevo sofá para ir a entretenerse un poco. La semana había sido dura, la parte previa a una obra siempre resultaba intensa y dejaba dolor de cabeza, pero lo importante era que todo estaba encarrilado.

La suerte de haber sintonizado con Daisy y de que esta perteneciera a la administración parecía un milagro caído del cielo, al igual que el hecho de darles prioridad. Eso adelantaba mucho tiempo.

Por otro lado, llevaba varios días seguidos sin discutir con Winter, algo que la ponía de buen humor porque le hacía recordar los tiempos en que se llevaban bien. Su hermana, además, le había presentado unos números impecables… que aún no estaba del todo convencida de que fueran propios.

Al no vivir juntas nunca la había visto estudiando, y por eso la idea de que pudiera ser profesional en algo chocaba ante la idea que tenía de ella: que Winter vivía todo el día tumbada en la piscina de la casa paterna y de fiesta en fiesta con excursiones a la peluquería por el camino.

Le costaba cambiar el chip, mas no podía negar la evidencia: la había visto hacer números con sus propios ojos. Y no solo eso: la gestión propuesta de recursos tenía sentido. ¿Cómo no aprovechaba Francine el hecho de tener alguien con formación y claridad? Porque no podía decirse que la gestión de su madre o Armando fueran ejemplares.

Tendría que preguntárselo, pero sería otro día. Era viernes, no podían continuar hasta el lunes y estaba harta de estar confinada en un rancho en ruinas: quería salir, tomarse algo, meterse en el ambiente y… por qué no, ver a Logan. Fuera del trabajo, a ser posible. La última vez que lo había visto había sido cuando les llevaron el sofá y encima estuvo ocupada agradeciendo a Sam y Jennings el regalo. Sí, Travis y Logan lo habían cargado y colocado, pero mantener contentos a los gremios era lo más importante, así que no había querido quitarles mérito por mucho que el esfuerzo físico lo hubieran realizado otros.

Fue hasta el salón decidida y se cruzó de brazos ante su hermana, que estaba sentada con los papeles entre las manos.

—¿Nos vamos a dar una vuelta?

Winter alzó la mirada, asombrada. ¿Kayla quería salir por voluntad propia? ¡Inaudito!

A menudo la oía refunfuñar sobre el rancho, el aburrimiento, lo soso que era Dolan Springs y la molestia de tener que ir a comer cada día al Gran Canyon, donde siempre veían las mismas caras. Aunque enseguida comprendió lo que sucedía: Kayla quería ver esas caras, o al menos, una de ellas.

—Sabes que este fin de semana vuelve a tocar el mismo grupo que el día que hiciste el intento de bailar en línea, ¿verdad? —comentó—. Lo han puesto en el WhatsApp.

—Oh. —Kayla puso un mohín, fingiendo que el tema le daba lo mismo, aunque la idea de ver a Logan en acción le parecía de lo más interesante—. Bueno, podemos ir pese a eso.

—¿Y vas a volver a bailar?

—Ni loca, después del ridículo que hice la otra vez me niego, y nadie será capaz de convencerme… ni bailes ni margaritas, no puede ser que cada vez que salimos alguna termine borracha y la tengan que llevar a casa como si fuera un saco.

—Habla por ti, mi experiencia no fue tan mala —se burló Winter.

—Estabas medio muerta ahí, no te acuerdas.

—Me acuerdo de que no iba como un saco, más bien muy cómoda.

—¿Quieres ir o no?

—Ya voy, gruñona. Ponte el sentido del humor antes de salir, anda, así nos divertiremos mucho más.

Kayla arqueó la ceja. Consideró responder, pero al ver que Winter se levantaba del sofá decidió olvidarlo, tampoco hacía falta que entrara al trapo con todas y cada una de sus burlas. Además, ya veía que eran sin malicia, desde que compartían techo se daba cuenta de que era algo normal en su hermana. ¿Cuántas cosas se habían perdido la una de la otra? ¿Cómo habían terminado siendo prácticamente unas desconocidas?

Con un suspiro, decidió aparcar esos pensamientos que no la llevaban a ninguna parte y subió a su habitación—¡su habitación!—para cambiarse de ropa.

Las perchas con los dos trajes de trabajo seguían colgadas en el pomo de la puerta, y los observó con cierta culpabilidad. Cuando los miraba, veía un par de viejos amigos a los que hacía mucho que no llamaba, a los que había relegado por otros nuevos y más divertidos.

«Volveré a usaros, lo prometo. Es solo que aquí hace demasiado calor», se dijo, decidida.

—Necesito ropa —murmuró, sin darse cuenta.

—¿Qué? —preguntó Winter, desde la otra habitación.

—Ropa. Necesito ropa. —Vio que la joven se asomaba—. Deberíamos ir a comprar ropa nueva, al menos yo. Casi todo lo que he traído… en fin, no es para esta temperatura.

—¿Y qué pasa con tus trajes?

—No creo que vaya a poder utilizarlos mientras estemos aquí.

—Jamás creí que escucharía estas palabras. ¿Quieres un vestido?

—¿Un vestido, yo?

—Sí, un vestido, tú. He traído uno que me está flojo, creo que te servirá.

Regresó hasta su cuarto y Kayla la siguió, como siempre admirada por su capacidad de ponerse ciertas prendas y que le quedaran bien. Si a ella se le ocurriera intentar ponerse unos pantalones blancos tan cortos… no quería ni pensar en lo que podía parecer. Al igual que lo de enseñar el ombligo, impensable. Su barriga no era plana, sino redonda, y aunque no le sobraban kilos, no se sentía con fuerzas de enseñarla. Y menos aún con su hermana al lado, claro.

¿Cómo hacía para sentirse tan segura de sí misma? No conocía a muchas mujeres que se pasearan en bikini sin estar pendientes de cada parte de su cuerpo.

Winter rebuscó en su maleta hasta encontrar un vestido, que Kayla observó con ojo crítico.

—Es que nunca llevo vestidos —objetó.

—Por eso mismo.

—No creo que me valga tu ropa, Winter.

—Pruébatelo.

Kayla lo cogió con una mueca y sin estar en absoluto convencida. Era azul y muy bonito, pero tan corto… aun así, se deshizo de la camiseta y se lo metió por la cabeza. Cuanto antes se lo probara y ambas vieran que le quedaba mal, mejor.

Winter se acercó para tirar de la falda hacia abajo y después se alejó para mirarla.

—Pues te queda muy bien. No entiendo por qué te empeñas en ponerte tanto traje, tienes cuerpo para lucirte.

—¿Con este culo?

—A tu culo no le pasa nada, es el culo perfecto. Una vez leí una encuesta en el Cosmopolitan que decía que el ideal de culo es el tuyo.

—Oh, bueno, si lo dice el Cosmopolitan…

—No me fiaría de ellos si me hablaran de economía, pero en lo que respecta a culos y mamadas, el Cosmopolitan es Dios.

Kayla soltó una risita sin poder evitarlo.

—¿Estás segura?

—No seas tonta. Además, si vas a bailar, mejor llevar un vestido, ¿no? Por aquello de la comodidad… y es más estético ver una falda girar. Logan no va a poder quitarte los ojos de encima.

—¿Por qué crees que me preocupa eso? Y ya he dicho que no pienso bailar.

—Podrías pedirle que te enseñe, sería una manera de acercarte a él.

—¿Nunca te han dicho que eres demasiado directa? —protestó Kayla—. Quiero decir, no todas somos así.

Winter pareció confusa.

—Cuando quieres algo debes ir a por ello. Lo haces en el trabajo, ¿por qué no en tu vida personal?

Ante aquello, Kayla quedó momentáneamente en *shock*. No se le ocurría ninguna respuesta, y tampoco quería darle la razón a Winter, ¡eso nunca!

—Voy a mirarme en el espejo roto del baño —murmuró, saliendo de la habitación.

Su hermana meneó la cabeza y la dejó marchar, no sin pensar que estaba un poco loca. Con lo decidida que era a la hora de trabajar y dar órdenes, a veces le daba la sensación de que también era un poco insegura respecto a lo personal. Cosa que no entendía, porque ella la veía guapa y triunfadora, ¿por qué no se veía a sí misma de igual modo? ¿Acaso no se daba cuenta de que pertenecía al tres por ciento de la población a la cual el pelo corto le sentaba bien?

Igual que sus relaciones con los hombres. La mayoría eran un desastre, y parte de la culpa la tenía ella, que anteponía el trabajo a todo lo demás. Muchos habían intentado conocerla, ir más allá de la cama sin éxito. No era que a Winter le parecieran mal los ligues en línea, ella también lo hacía, pero qué menos que tener química y que la persona te gustara en más aspectos que el meramente sexual. No, Kayla no acertaba: Andy era la prueba. ¿Quién se buscaba un amigo con derechos que no se lo montaba bien? ¡Para eso mejor utilizaba un vibrador!

En fin, mejor dejaba de preocuparse por la vida sexual de su hermana y lo hacía por la suya, que falta le hacía. Se puso las botas, pensando que la idea de ir de compras no era mala; necesitaba un sombrero para el calor, de modo que la acompañaría. Solo esperaba que no se mataran, llevaban varios días sin discutir y eso era todo un logro.

Fue al lavabo, donde Kayla seguía intentando verse desde todos los ángulos posibles.

—Un espejo de cuerpo entero nos vendría de maravilla —comentó.

—Tienes razón, aunque sea mientras estemos aquí. Luego nos lo podemos llevar si no queremos dejarlo en el rancho. —Kayla dio otro giro—. ¿Me lo pongo?

—Eres una pesada de cojones. —Winter la empujó—. Fuera, tengo que maquillarme.

Y, de pronto, Kayla se encontró en el pasillo y con la puerta cerrada ante su cara. Resopló fastidiada, pero ya estaba decidida: se lo pondría, listo. Eso sí, no pensaba volver a cometer el error de llevar zapatos. Ni loca, estaba claro que allí había que invertir en botas.

El viaje al Grand Canyon fue extraño para las dos. Escuchaban la música e intercambiaban frases sin importancia, relajadas, lo cual era rarísimo, ya que las últimas tres semanas no habían parado de discutir. Hasta podían permitirse canturrear las canciones sin que ninguna pidiera cambiar de dial o se enfurruñara porque la música no le gustaba.

¿Cuándo explotaría esa falsa armonía?, se preguntaba Kayla.

Bueno, por lo visto no sería esa noche. Al aparcar en la entrada del local sintió un fuerte cosquilleo en el estómago, lo que le hizo pensar que quizá la comida le hubiera sentado mal. Debía tener cuidado con la bebida, no le apetecía dar otro espectáculo como el último.

—¿Te duele el estómago? —preguntó a Winter, al quitar la llave de contacto.

—No. —Su hermana la miró como si estuviera chiflada.

—Noto algo raro en el estómago, no sé si será la comida. Aunque no recuerdo haber pedido nada raro. —Kayla hizo memoria.

Winter ocultó una sonrisa, porque estaba claro que lo que sentía en el estómago eran nervios. Aunque no sería ella quien se lo dijera, que aquello era muy divertido… no recordaba haber visto a Kayla interesada en ningún tío desde hacía mucho tiempo. Le alababa el esfuerzo de disimularlo, eso sí.

Se notaba que era viernes porque el Canyon estaba de lo más concurrido. Habían llenado todo de luces de colores, tanto la fachada externa como el interior, seguramente por el fin de semana de baile en línea. Y, al igual que la vez anterior, el escenario estaba preparado con las mesas apartadas, dejando sitio de ese modo para cuando la gente bailara.

Kayla siguió a su hermana hasta la barra para que esta intercambiara una charla intranscendente con Regina, algo que se había vuelto habitual ya que ambas hacían buenas migas. Se apoyó con los codos echando un ojo alrededor y localizó a Logan y el resto, ya sentados en la mesa del fondo, la que custodiaba el juego de dardos.

Verlo allí solo intensificó las molestias de su estómago, e hizo una mueca.

—¿Te duele algo? —preguntó Regina, al ver su expresión. Como Kayla negara con la cabeza, la adolescente se giró hacia Winter—. ¿Qué le pasa?

—Mariposas —murmuró esta en voz baja para que Kayla no la oyera.

—Oh. ¡Oh! —Regina sonrió ampliamente—. ¡No me digas!

Winter le hizo un gesto significativo para que no dijera nada y le dio a Kayla en el brazo.

—¿Por qué no vas a sentarte con ellos, que llevo yo las copas?

—¿Cómo? ¿Sentarme así, sin más? ¿Y si no quieren que estemos allí?

En aquel instante, Jaden salió del servicio y pasó junto a ellas, de modo que Winter lo detuvo agarrándole por el brazo.

—¿Qué tal si nos sentamos con vosotros? —preguntó, ante la cara asombrada de Kayla.

—Claro, si os apetece estaremos encantados —asintió él, con una sonrisa tranquila, y siguió su camino.

Kayla, sin quitar su gesto de estupor, volvió a mirar a Winter.

—Solucionado —dijo esta—. Así vas conociéndolos un poco. Verás que no tienen ningún plan para meternos en una orgía satánica llena de drogas y armas.

Regina las escuchaba con cara de sorpresa, casi tanto como la de Kayla. Esta echó a andar como un autómata, sin saber por qué demonios hacía caso a Winter.

Ella regresó su atención a Regina, quien observaba a una vacilante Kayla que no parecía tenerlas todas consigo.

—Hace buena pareja con Logan —comentó.

—Lo mismo pienso yo.

—Aunque él no es de los que se enamoran. Sé que el otro día Daisy sonaba muy entera, pero todas sufrimos mucho con ella en su momento —explicó Regina—. Y no es que Logan sea malo, que no lo es.

—No te preocupes, mi hermana es por el estilo. Nunca tiene relaciones serias con nadie, no tiene tiempo con el trabajo.

—Es que Logan puede parecer arrogante y despreocupado, y tampoco es así. No se sentía orgulloso de hacerle daño a Daisy, ¿sabes? En su defensa diré que jamás le mintió o le prometió nada. Solo que ella creía que…

—Que sería la buena chica que lograría cambiar al vaquero —terminó Winter.

—Sí, exacto.

—Eso solo funciona en las novelas románticas.

—Estoy de acuerdo, por eso nunca me ha dado por enamorarme de ninguno. Me refiero a en serio, porque un poco sí, de todos —sonrió Regina.

—Tienes diecisiete años y ellos llevan motos, es lo normal. A mí también me pasaba a tu edad.

—Y te sigue pasando, me parece a mí. —Regina sonrió al ver que Winter alzaba la ceja—. En fin, ¿qué te sirvo? ¿Margaritas?

—Mejor vamos suave, que ya hemos cubierto el cupo de que nos lleven a casa. ¿Cerveza?

—Por supuesto.

Winter cogió las cervezas y fue hacia la mesa. Por el lenguaje corporal de Kayla notó que estaba incómoda y seguramente deseando que se reuniera con ella de una vez, pero de ninguna manera pensaba hacer eso. Si se acoplaban estarían toda la noche juntas y allí había mucho trabajo por delante, que ya se había dado cuenta de que ligar con Travis le iba a costar. Joder, no lo entendía, por norma general los tíos no se lo ponían tan difícil, ¿a lo mejor debía dejarlo correr? Tampoco le apetecía acosar a nadie, se preguntaba si quizá veía señales donde no las había.

Llevarla a casa, la ayuda al comprar la cama, la llamada para enseñarle la Spiderman, ofrecerse a darle una vuelta en moto… claro, todo eso podían ser señales de que era un buen tío, sin más. No necesariamente quería decir que quisiera enrollarse con ella, y menos después de escuchar a Daisy decir que no saltaba de cama en cama.

Su intención era sentarse a su lado para ver si hacía algún avance, pero nada más acercarse, Jaden movió la silla que estaba junto a él.

—Anda, siéntate —pidió.

Winter permaneció indecisa un segundo. No era lo que quería, ¿se lo tomarían a mal si decía que no? Porque era un grupo tan unido que seguro que lo que ofendía a uno ofendía a todos.

—Vale —dijo, dejando las cervezas sobre la mesa.

Kayla ocultó una sonrisa. Vaya, era divertido que por una vez a Winter no le salieran las cosas a la primera. Le sorprendía que aún tratara de ligar con el ángel motero, al no recibir respuesta inmediata daba por hecho que lo dejaría correr. Con el físico que tenía y lo consentida que estaba no se la imaginaba picando piedra en ningún ámbito de su vida… al momento se sintió mezquina por pensarlo. La idea que tenía de su hermana se había resquebrajado un poco, debía admitirlo.

Miró a Logan, que le sonrió, y eso intensificó el malestar que sentía. Vaya, así que no era nada ingerido, sino simple y llanamente… mariposas.

—Bichos —murmuró.

—¿Qué? —preguntó Logan.

—Tengo bichos.

Se dio cuenta de que todos se habían callado y la observaban, estupefactos.

—Nada, cosas mías, hay demasiados bichos en el rancho.

—¿Ya habéis presentado los permisos? —preguntó Jaden, dando un trago a su cerveza—. Imagino que en dos o tres semanas podréis empezar.

Las miradas se dirigieron hacia él entonces, sorprendidos porque Jaden estuviera hablando de algún tema que no tuviera que ver con su trabajo. La mayor parte habían comprendido sus intenciones de inmediato, obvio, lo cual no quitaba la diversión de observarlo… excepto a Travis, que de pronto fue consciente de que no le hacía ninguna gracia.

—Nada de eso, se empieza el lunes —explicó Winter.

—Imposible —intervino Logan.

—Daisy nos ha colado. —Winter sonrió—. Lo que siempre le digo a Kayla, hay que tener amigos hasta en el infierno.

Logan se quedó anonadado. Pues sí que eran eficaces las dos hermanas, menudo equipo hacían… ya si remaran en la misma dirección sería el no va más.

—Vaya, genial —siguió Jaden, sin dar opción a que nadie interviniera—. Logan nos ha dicho que necesitáis mano de obra y aquí casi todos hemos trabajado de eso antes, así que a partir de ahora nos veremos más. Menos tú, Travis, ¿no? —Miró a su amigo.

—No —contestó este, con un tono poco amable.

Ezequiel parpadeó y se giró hacia Reece, que se encogió de hombros. Jaden no le dio mucha importancia y siguió a lo suyo.

—¿Qué planes tenéis para la restauración?

—Ah, eso es cosa de Kayla…

—Pero seguro que lo vais a decidir entre las dos, ¿habéis pensado algo?

—No, porque creo que esa idea no va a salir hasta que estemos borrachas como cubas y hagamos una tormenta de ideas disparatadas.

Todos sonrieron al oírla. Jaden abrió la boca para añadir algo, aunque su voz quedó ahogada al dar comienzo la música en directo.

—Gracias a Dios —murmuró Travis—. No sé qué es peor, si escucharle hablar de su trabajo o del de los demás.

Jaden le lanzó una almendra del cuenco que tenían en la mesa.

—¡No seas borde!

Logan agachó la cabeza y bajó el tono para hablarle a Kayla al oído.

—¿Y si bailamos un poco y dejamos este ambiente ligeramente tóxico que se ha creado?

No había pensado preguntárselo, sobre todo porque era consciente de que Kayla bailaba fatal. Pero la veía demasiado atractiva con ese vestido, tanto como para que no fuera su cerebro el que estuviera hablando en ese momento.

Kayla se frotó el cuello, allí donde él se había acercado. Trató de ignorar el hecho evidente de que se le había erizado hasta el último poro de piel solo con eso, ¿cuánto hacía que no le sucedía algo así con un hombre? ¿Quizá desde los dieciséis, cuando era una hormona con patas?

—Vale —aceptó—. Aunque no me disculparé si te piso.

—A lo mejor hasta te enseño.

Aquello era una provocación innecesaria a la que hubiera querido responder, pero Logan se levantó sin esperar, de modo que lo siguió al mismo tiempo que intercambiaba una mirada con su hermana. Winter le dedicó una sonrisa de ánimo, aunque fue corta porque enseguida tuvo que dedicar su atención a Jaden, empeñado en monopolizarla. ¿Qué demonios pasaba allí? ¿Por qué tenía que perder el tiempo con un chico que no le interesaba cuando su objetivo estaba sentado a medio metro de ella?

¿Habría sido idea suya, para quitársela de encima? No era la primera vez que veía ese tipo de comportamientos, en su grupo de amigos a veces recurrían a tretas por el estilo.

«Dale conversación y así me deja tranquilo.»

Lo veía plausible. Solo que tampoco le cuadraba mucho con la cara que tenía Travis, lo único positivo que encontraba en el intento de ligue de Jaden. ¿A lo mejor estaba un poco celoso?

—Yo tengo buenas ideas cuando bebo —comentó Jaden.

O, a lo mejor, simplemente a Travis le irritaba aquella cháchara sin sentido. No lo encontraba en absoluto extraño, a ella también le pasaba. Jaden era un chico guapo, de eso no cabía duda… pero por Dios, ¿es que no tenía nada interesante que contar?

—¿En serio? —preguntó, escéptica.

—Puedes creerme, como vendo seguros de puerta en puerta, pues…

—¿Eso todavía se hace?

—¡Pues claro, nena, aquí somos de la vieja escuela! —sonrió el chico—. Sé que suena a locura, pero mi trabajo exige una gran creatividad.

En la mesa se hizo el silencio unos segundos.

—Sí, cierto —comentó Travis—. Lo típico en un vendedor de seguros.

Se calló al notar un codazo en el costado izquierdo que provenía de Reece. Simon apretaba los labios para no soltar una carcajada, aunque Jaden no parecía darse cuenta.

—Uno tiene que innovar —siguió—. ¡No es tan sencillo que te abran la puerta hoy en día!

—¿Y cómo te apañas? —preguntó Winter, con curiosidad.

Los chicos empezaron a mirarse entre ellos, sacudiendo la cabeza.

—Ya estamos —comentó Ezequiel, dando un trago a su cerveza antes de ponerse en pie—. Ha llegado el momento de ir a buscar los dardos, antes de que Jaden comience con su disertación habitual sobre la creatividad en el mundo de los seguros.

Confundida, Winter lo vio alejarse, sin terminar de entender a qué se refería.

—Yo voy a buscar cerveza, que falta me va a hacer para soportar esa charla —comento Travis, levantándose también.

Controló las ganas de pegarle un manotazo en la cabeza a Jaden al pasar junto a él y fue hasta la barra, en ese instante prefería escuchar a Regina antes que su patético intento de ligue.

Logan se detuvo justo antes de llegar a la pista, haciendo que Kayla casi chocara contra él.

—Perdón —murmuró ella.

—Tranquila. Voy a darte unas lecciones básicas para bailar *country* —indicó—. Tú mira mis pies, ¿vale? Ahí está la clave.

Ella afirmó, bajando la mirada. Bonitos vaqueros, y aún más bonitas botas. Definitivamente, necesitaba ir de compras para conseguir unas como esas.

—Se empieza con cuatro pasos a la derecha. El primero es a mi derecha, cruzamos la izquierda por detrás, abrimos la derecha otra vez y hacemos un *stomp* con la izquierda.

—¿Un qué?

—Un golpe en el suelo con todo el pie. —Hizo una demostración—. Repite.

Kayla imitó sus movimientos con lentitud.

—Bien, aunque hay que hacerlo con más energía. Si no, te quedarás descoordinada del resto. Luego repetimos lo mismo, esta vez hacia la izquierda. —Logan repitió los pasos en dirección contraria mientras ella lo observaba—. Abrimos, cruzamos, abrimos y *stomp*.

—Captado.

—Seguimos hacia atrás: tres pasos, derecha, izquierda y derecha. Ya ves que no hay ninguna complicación hasta aquí.

Kayla no estaba muy convencida al respecto, aunque no se atrevió a decirlo.

—Talón izquierdo delante, todo el peso a la izquierda. —Logan alzó la punta de la bota—. Punta derecha detrás, todo el peso a la derecha. Tacón izquierdo y hacemos un *scrap* con un cuarto de vuelta a la izquierda.

¿Qué? ¿En qué idioma le hablaba? Por Dios, ¡si para bailar aquello había que estudiar!

—Por si lo preguntas, un *scrap* es como un *stomp* pero con una fase aérea final. —Le hizo una demostración.

—Ah.

—Giramos y *scrap*, y entonces volveríamos a empezar con la derecha al suelo. *Stomp*, izquierda, dos. Atrás, *stomp*, dos. Tres, talón, y punta, gira, derecha, dos, tres, *stomp*, izquierda, dos, tres, *stomp*. Detrás, talón, punta, talón, giramos. ¿Lo pillas?

Ella alzó la vista, con los ojos como platos. ¿Iba en serio? ¿Se creía que podía captar esa metralleta de pasos en diez segundos y memorizarlos a la primera?

—Claro, claro. Dos, tres, talón y *stomp* —bromeó.

—Estupendo, vamos allá.

Se encaminó hacia la pista y Kayla lo miró, irritada, ¿acaso no pillaba la ironía o qué?

Logan se colocó en uno de los extremos, de forma que la chica corrió a ponerse frente a él, no quería que le sucediera como la última vez. No estaba metida en ese lío para terminar bailando con cualquier tío, de eso nada.

—Tú sígueme —sonrió él.

Sí, eso lo tenía claro: todas sus hormonas le gritaban que lo siguiera.

—Verás que es fácil.

Ah, se refería al baile. Pues qué bien.

La música empezó, y Kayla rogó tener un don oculto que le hiciera repetir los pasos sin esfuerzo. Cuando era niña y en las clases de educación física las obligaban a hacer determinados ejercicios, siempre recordaba aquella compañera que jamás había saltado el potro y en el examen lo hizo a la primera. ¿No podía ser ella igual y demostrar de pronto un extraordinario talento para el baile?

No daba esa impresión, pues nada más empezar, se hizo un lío con los cuatro pasos a la derecha y se chocó con la chica que bailaba a su lado, que lanzó un gruñido. Intentó volver a acompasarse, algo inútil ya que no recordaba en absoluto los pasos que acababa de ver hacer a Logan. Este soltaba carcajada tras carcajada sin poder contenerse, ¿cómo se podía ser tan torpe? ¡Si eran dos pasos de nada!

Cuando la música paró, se fijó en que un hombre que bailaba a dos personas de él se acercaba a Kayla.

—Pareces un poco perdida, ¿te enseño?

—Ya me ocupo yo. —Logan se acercó para darle una palmadita—. Gracias por tu amabilidad, Tom.

—Anda, Logan. —Le chocó la mano—. Nada, tranquilo, era por si quería aprender.

—Sí, en eso estamos. —Lo empujó ligeramente sin perder la sonrisa—. ¿Y Sarah, en casa?

El hombre captó al momento la sutileza con la que lo estaban echando y se retiró con discreción.

Kayla resopló al ver llegar a Logan a su altura.

—Lo he hecho fatal, ¡soy incapaz de recordar los pasos!

—Bueno, como todas las cosas divertidas de esta vida, es cuestión de práctica. —Le guiñó un ojo.

Ella parpadeó, sin tener claro si esa frase era una especie de indirecta. No tuvo ocasión de responder, porque la música comenzó a sonar otra vez y Logan se acercó para rodearla por la cintura. Kayla dio un respingo al notar cómo la estrechaba: eso sí que no lo esperaba.

—Muévete conmigo —le dijo.

Kayla ya no sabía si era su mente o qué, ¡todo le sonaba provocador! Trató de concentrarse en seguir los pasos, pero era difícil porque el menor roce de Logan la distraía del baile. Con qué fuerza la agarraba, madre mía...

Y qué feliz parecía. Le brillaban los ojos, sonreía todo el tiempo y hasta aquel breve sudor en la cara debido al esfuerzo le sentaba bien. Era como ver a un millón de endorfinas viajar alegremente por su rostro, tan natural que lo único que podías hacer era sonreír a su lado y disfrutar del momento tal y como hacía él.

Por no hablar de la forma en que se sentía cada vez que sus cuerpos se rozaban, apenas podía sostenerle la mirada. ¿Se trataba de la famosa química de la que hablaba Winter?

Lo desconocía, solo sabía que apenas podía hablar. Se le ocurría una forma de terminar esa noche y era que ambos hicieran...

—Me muero de sed —dijo él, deteniéndose a la vez que la canción—. Dame un minuto y voy a buscar cerveza, ¿quieres?

Kayla asintió sin pensar y se sopló el flequillo mientras veía cómo se alejaba. Daba gracias por la interrupción, con la línea de pensamientos que tenía a saber qué podía haber salido de su boca. Iba a tener que darse una ducha de agua fría, aunque no debido al baile. La distancia le daría tiempo a calmar sus hormonas locas y centrarse en un pasar un buen rato, que era a lo que había ido. Al menos no había tanto alcohol en su sangre como para echarse a su cuello...

Logan localizó a Travis en la barra y se acercó, sentándose en el taburete que había a su lado ante la expresión burlona de su amigo.

—Baila fatal —comentó este.

—Sí, la pobre es muy torpe —admitió Logan, con una carcajada—. Me quedo con que al menos lo intenta, tenías que haber visto su cara cuando le he dado las nociones básicas.

—Derecha, un, dos, tres, *stomp* —repitió Travis, divertido—. ¿Cómo pretendes que lo memorice a la primera? Mejor dale unas clases.

Logan se dio la vuelta, apoyando los codos en la barra, y miró en dirección a la pista.

—Esa es mi intención —dijo, recorriéndola sin perder detalle.

Travis siguió su mirada y sacudió la cabeza.

—Ha sonado sucio hasta para ser tú —comentó.

—Lo sé. Pero estate tranquilo, que no voy a sacarla a rastras de aquí para darme el lote detrás del bar como si fuera un quinceañero.

—Gracias por esa imagen tan descriptiva. ¿Ya no crees que te vaya a arrancar la cabeza cual mantis?

—No… —Frunció el ceño y sacudió la cabeza—. No creo, parece que la amargura va desapareciendo, ¿no? —Travis se encogió de hombros—. ¡Eh, Regina, un par de cervezas! —exclamó, girándose de nuevo—. ¿Y tú que haces aquí, por cierto? ¿Jaden sigue dándole la paliza a la pobre Winter?

—Son las mismas tonterías que dice siempre. Míralo, la va a matar del aburrimiento.

—Le has metido un par de cortes, y sabes que Jaden es así. El pobre no tiene mucha conversación, tenemos que quererlo con sus limitaciones. —Miró a su amigo y entonces alzó la ceja—. ¿O te molesta que intente ligar con Winter? Tienes que entenderlo, la chica es una monería y tampoco hay tantas oportunidades de echarse novia aquí.

—A ver, no me molesta.

—Bien.

—Pero si me molestara… —empezó Travis.

Logan aguardó sin interrumpir. Conocía de sobra al chico y sabía que a veces necesitaba tiempo para aclarar sus ideas, porque Travis era experto en lanzar mensajes confusos. Lo hacía sin ser consciente, claro, no sería la primera vez.

—Da igual, no me molesta —lo escuchó decir.

—¿Es que quieres quedarte soltero para siempre? Si no espabilas, Jaden te va a comer la tostada.

Regina apareció como por arte de magia y depositó dos cervezas heladas sobre el mostrador.

—¿Quién quiere una tostada? —preguntó.

—No es esa clase de tostada.

—¿Pues de qué tostada habláis? —Miró a ambos, confusa—. Es igual, no quiero saberlo. Tengo mucho trabajo que hacer.

La joven se marchó a toda prisa, dejándolos solos. Logan volvió a quedarse callado, en espera de que su última frase hiciera efecto en Travis.

—Jaden no es rival para mí —dijo este.

Logan soltó una carcajada sin poder evitarlo. Por norma habitual, Travis se comportaba como una persona normal… y, de cuando en cuando, soltaba frases como aquellas y se quedaba tan tranquilo, como si decir eso fuera lógico. Que lo era, ya puestos.

—Entonces, ¿por qué te mosqueas?

—Que no me mosqueo. —Travis se quedó pensativo—. Pero si me mosqueara… da igual, no me mosqueo.

Le hizo un gesto a Regina para que le trajera otra cerveza mientras Logan lo contemplaba con una mueca divertida en los labios. Si su amigo no se entendía ni a sí mismo, ¿cómo iba a tener nada con nadie? Hasta él podía ver que los coqueteos de Winter funcionaban, ¿acaso Travis era el único que no se daba cuenta?

—¿Y qué piensas de ella? —preguntó.

—¿De quién?

—De Winter, de quién va a ser.

—Pues que quiere romperme las pelotas, eso pienso.

A Logan le faltó poco para escupir el trago de cerveza del ataque de risa que le entró, porque escuchar a su amigo decir esas cosas tan serio… le dio una palmadita y Travis le sonrió como respuesta.

Los ojos de Logan viajaron en dirección a la pista, donde Kayla alzó la mano a modo de saludo. La había dejado sola, pero en cierto momento había visto necesario alejarse unos minutos, con tanto roce saltaban chispas. Mejores que las que habían saltado en la mesa con su amigo por culpa de Jaden, eso sí.

—Vuelve a la mesa —le sugirió a Travis, cogiendo las cervezas.

—Mañana tengo mucho trabajo —repuso este, justo en el momento en que Regina llegaba con la cerveza en la mano—. No, déjalo, tráeme la cuenta.

—No me marees, Travis, por favor —se quejó ella, volviendo a marcharse.

—¿Tanto curro hay pendiente? Es sábado —se quejó Logan, pensando en que era posible que también le tocara ir a él.

—Tú tranquilo, yo me ocupo. Tengo unas seis motos, pero para algo es mi negocio. —Le guiñó un ojo mientras dejaba unos billetes sobre el mostrador—. Sigue bailando con ella, anda.

Travis vio cómo su amigo regresaba a la pista. Le daba una semana como mucho, no era la primera vez que lo veía caer tan pronto en los brazos de una chica. Lo que durara después ya suponía que no sería demasiado… aunque eso no afectaba a la apuesta que tenían abierta en el grupo de WhatsApp, desde luego.

Se dio la vuelta para observar a Jaden, que continuaba el acoso y derribo a Winter. La chica era demasiado simpática como para frenarlo en seco.

Podía intervenir. No sería la primera vez, de hecho, que le levantaba un ligue a alguno, aunque estaba un poco oxidado en ese tema. Se había preocupado tanto de no liarse con nadie de forma innecesaria que se encontraba perdido. Tampoco era plan de portarse como un neandertal y decirle a Jaden que se largara, sobre todo porque hasta ese momento no había hecho el menor movimiento respecto a Winter. Si le ponía nervioso, le despistaba con esa sonrisa, sus ojos o cualquier otra parte de su físico o personalidad, era algo que se guardaba para sí mismo… ni loco iba a comentarlo con los demás.

Regina se acercó con la cuenta entre las manos y Travis la miró unos segundos. Vale, estaba desentrenado, sin embargo, su instinto se encontraba ahí, asomando la patita.

—He cambiado de opinión —dijo—. Vuelvo a querer la cerveza.

—Mira, Travis —empezó ella, perpleja, para acto seguido alzar las manos al cielo—: ¡Hombres! ¡Os pensáis que tengo todo el tiempo del mundo para vuestras tonterías!

Él alzó la ceja al ver cómo arrugaba la nota y se marchaba airada a buscar su cerveza. No le diría nada porque la chica tenía razón. Eran tonterías, sí, pero de todos modos iba a volver a la mesa.

Capítulo quince

Stomp, giro, *scrap*… choque con una chica, rebote y pisotón a un hombre.

—¡Mantén la línea! —le gritó este.

«Qué más quisiera», pensó Kayla. ¡Ni que estuviera haciéndolo a propósito y chocar con la gente fuera su pasatiempo favorito!

Logan acudió a su rescate y tiró de ella para colocarla en posición.

—¿Estás bien? —le preguntó, sonriendo.

—Empiezo a marearme con tanta vuelta, la verdad.

—¿Otro descanso?

Ella afirmó y, cogiéndola de la mano, Logan la sacó del grupo de gente que bailaba sin colisionar con otros para llevarla a la mesa donde estaban los demás. La dejó allí para ir a la barra a buscar unas cervezas por segunda vez durante la noche.

Kayla se dejó caer en el hueco libre junto a Travis, resoplando. Tenía las mejillas enrojecidas por el esfuerzo y suponía que al día siguiente moriría de agujetas, pero sonreía y se estaba divirtiendo, algo que no recordaba haber hecho en mucho tiempo.

—Al final le vas a coger el gusto —comentó Travis.

Ella miró por inercia a Logan, o más bien, a su espalda y a cómo le quedaban aquellos vaqueros, ¿acaso se los hacían a medida o qué?

—Al baile, digo —aclaró el chico, con una sonrisa.

—Sí, claro, al baile. —Kayla se aclaró la garganta—. Es complicado, aunque creo que le voy pillando el tranquillo.

Visto desde fuera no lo parecía, pero no sería Travis quien le quitara la ilusión.

Logan regresó con dos cervezas y dejó una frente a Kayla, aunque tuvo que conformarse con apoyarse en el brazo de su asiento por falta de sitio. Las dificultades de ser un grupo numeroso.

—¿Cómo va la cosa? —preguntó, señalando con el botellín a Winter y Jaden.

—Creo que está a punto de comprarle un seguro con tal de librarse de él —resopló Travis.

Al momento, Kayla sintió una punzada de culpabilidad en el pecho, sobre todo por haberse alegrado de forma mezquina de que a su hermana no le hubiera salido el plan como quería. Se lo había estado pasando tan bien que ni había vuelto a pensar en ella, y ahora que veía que la había dejado en la estacada… En fin, no le parecía justo.

—Winter, ¿una partida de dardos?

Por la mirada que esta le dedicó, como si acabara de salvarla de un naufragio, dedujo que no se había equivocado y que Winter agradecería cualquier excusa para librarse de Jaden sin quedar mal.

—¿No quieres bailar un poco más? —inquirió ella.

Agradecía el rescate, desde luego, pero era la primera vez que veía a su hermana pasárselo tan bien en mucho tiempo y le daba reparo que dejara de hacerlo por su causa.

—No, estoy cansada —aseguró Kayla.

—Vale, entonces sí.

—Me apunto —dijo Jaden, al momento.

—Mejor no —intervino Travis, incorporándose—. Con tu puntería puedes sacar un ojo a alguien y, además, Logan y yo estábamos esperando para jugar también.

Con un dardo en la mano, Ezequiel se giró para mirarlos, sorprendido. Allí nadie había dicho nada de hacer turnos, ¡si estaba a medias de su partida con Simon! Sin embargo, las chicas ya estaban levantándose y no se opuso, por no parecer descortés. Quitó los dardos y reiniciaron la cuenta en una partida a seis que acabó alargándose y resultando más entretenida de lo que Kayla había esperado al proponerlo. Teniendo en cuenta que no acertaba ni una y que Logan la ayudó varias veces a coger correctamente el dardo, la experiencia fue positiva. Entre partida y partida pidieron varias raciones de comida para compartir y, cuando quisieron darse cuenta, la madrugada los sorprendió. También ayudó el grito que pegó Regina en un intento de que la gente se marchara a sus casas.

—Dentro de poco quitará la música y encenderá las luces —avisó Travis—. Así que mejor nos vamos antes de que saque también la escoba y nos eche con ella.

—¿De verdad hace eso? —sonrió Winter.

—Sí, ya lo hemos visto unas cuantas veces y mejor no sufrirlo, que también pone castigos y deja sin entrar a los pesados un mes —añadió Logan, señalando con la cabeza a Jaden, que iba camino a la puerta de forma apresurada.

Recogieron las cazadoras y salieron a la noche para dirigirse al aparcamiento. Las motos estaban aparcadas al lado del coche de Kayla, así que los chicos se despidieron allí.

Jaden, que aguardaba fuera, hizo ademán de acercarse a Winter, aunque al final desistió al ver la mirada que le lanzó Travis y se limitó a levantar la mano para despedirse. Algo parecido le ocurrió a Logan, que acompañó a Kayla hasta la puerta del coche... y ahí se quedó, a un paso de distancia, al notar todas las miradas de los Rattlesnakes sobre ellos.

—Ha sido divertido —le dijo—. Seguro que en la próxima ya no pisarás a nadie.

—Eso espero. Gracias por enseñarme.

—De nada. Ha sido un placer.

A ninguno le pasó desapercibido un ligero murmullo desde las motos, así que Logan retrocedió otro paso con un resoplido ignorando las risitas de fondo.

—Nos vemos —se despidió.

Kayla sonrió y se subió al coche, donde Winter aguardaba con el cinturón puesto. Arrancó y esperó a que las motos se alejaran para salir del aparcamiento.

—Es una pena que no haya otra forma de venir aquí que en coche —comentó Winter.

—¿Por?

—Habrías tenido excusa para que Logan te llevara a casa en moto. O a la suya, ya puestos.

—No, ¿qué dices? Ejem, ¿a su casa? No, no. ¿No será que es la excusa para ti y tu ángel motero?

—*Touché* —sonrió Winter.

Kayla condujo en silencio unos minutos, dándole vueltas al tema sin querer, porque la imagen de ir subida en la moto agarrada a él y acabar en su casa...

—Bueno, admito que tampoco habría sido un mal final —murmuró.

Winter, que se había comenzado a adormilarse en el coche, se incorporó al instante.

—¡Lo sabía! Si es que en la pista saltaban las chispas.

—Sí, de mis pisotones.

—Que no, que la tensión sexual la tenéis al límite.

—¿Seguro? Porque la mitad del tiempo no estoy segura de si se ríe de mí, conmigo o qué.

—Un poco de todo, probablemente.

—Eso no me ayuda.

—Bueno, yo solo digo que hubo un par de momentos en los que pensé que acabaríais desapareciendo en alguna esquina.

Kayla enrojeció, aunque no lo negó. Giró el volante para tomar la bifurcación hacia el rancho, mordiéndose el labio.

—Siento que acabaras teniendo que aguantar a Jaden.

—No pasa nada. He aprendido un montón sobre seguros y, además, viniste a rescatarme. La partida de dardos estuvo genial y la noche ha acabado bien, así que no me quejo.

Kayla aparcó y se bajaron del coche para entrar en la casa y subir a sus habitaciones. Winter se puso una camiseta para dormir y se acostó mirando al agujero del techo, pensando con cierta nostalgia que el lunes comenzarían las obras y se quedaría sin él. Quizá podía comentarlo con Kayla y que pusieran un tragaluz... se había acostumbrado a mirar las estrellas antes de dormir.

Bueno, ¿qué más le daba? Tampoco es que fuera a quedarse a vivir allí. Esa no iba a ser su habitación más que un par de meses.

—Winter —escuchó que la llamaba Kayla, aunque no muy alto, por lo que dedujo que no la estaba atacando ninguna araña.

—¿Qué? —contestó.

—¿Estás despierta?

—¿Tú qué crees?

—Vale... reformulo la pregunta. ¿Puedes dormir?

—Eso pensaba hacer, ¿tú no?

—No. O sea, eso quería y resulta que estoy desvelada. ¿No tienes calor?

—Por el agujero del tejado entra bastante aire, no creas.

Esperó, pero Kayla no contestaba. En cambio, oyó cómo se levantaba y avanzaba por el pasillo. Supuso que intentaba hacerlo de forma sigilosa, solo que todas las tablas del suelo crujían y era algo imposible. Poco después, Kayla se asomaba a su puerta.

—Siento que tengas un agujero en el techo —comentó.

—Ah, por eso no te preocupes, no lo decía a malas. En realidad, me gusta. —Kayla frunció el ceño—. Que sí, mira, se ven las estrellas.

Su hermana se acercó para colocarse a su lado y mirar hacia arriba.

—Vaya... —murmuró.

—Sí. Oye, ¿y si salimos al jardín y nos tumbamos a mirarlas? Seguro que nos relajamos y antes de darte cuenta estamos dormidas.

Obviando el hecho de que Winter acababa de describir como «jardín» al secarral del exterior junto al porche, a Kayla le pareció buena idea, así que afirmó con la cabeza. Cogieron un par de mantas, unas cuantas almohadas, pasaron por la cocina para sacar una de las botellas de té y unos vasos y salieron al jardín.

Estaba oscuro. Aunque había una lámpara en aquel lado del porche, no le habían cambiado la bombilla fundida. Sin embargo, el cielo estaba despejado por completo y la luna casi llena brillaba entre las estrellas, proporcionando iluminación suficiente para que no se cayeran ni tropezaran con nada.

Extendieron las mantas junto al porche, colocaron las almohadas para acomodarse y se quedaron en silencio, mirando al cielo. Winter disfrutaba de su pedacito cada noche, pero allí era como si no hubiera nada más alrededor. Estrellas y más estrellas, incluso podían ver una franja blanca atravesando el cielo que ella recordaba haber visto solo en los libros.

—Vaya... —musitó Kayla—. Esto es... alucinante. ¿Es la Vía Láctea?

—Creo que sí.

—Nunca había visto un cielo así.

Por un lado, la contaminación lumínica en Boston no lo hacía posible. Por el otro, nunca había ido de acampada ni había estado en ningún lugar tan apartado de cualquier civilización como aquel.

—Tampoco yo, hasta que hemos venido aquí.

—Es como si estuviéramos en otro mundo, ¿no te parece?

—Sí, uno que lleva abandonado veinte años.

Kayla sonrió, recordando el primer día que llegaron.

—Si alguien me llega a decir que me iba a cruzar una planta rodadora algún día... —bromeó—. O que un tipo se presentaría en la puerta de mi casa a caballo como si fuera lo más normal del mundo.

—Y no «un tipo» cualquiera, que en los clubs de hípica de Boston no van vestidos así —dijo Winter—. Le falta un revólver y ya sería como estar en una película del Oeste.

Kayla se sentó de pronto y Winter la imitó, mirando a su alrededor.

—¿Qué? ¿Una araña? ¿Un bicho?

—No. —Kayla la miró—. Eso que has dicho...

—¿Revólver?

—No, lo del Oeste.

—¿No te da esa sensación cuando entramos al Grand Canyon y están todos con sus sombreros?

—Sí, por eso mismo estoy pensando… ¿Y si hacemos eso?

—¿Hacer qué?

—Reformar el pueblo a lo antiguo, como si fuera el viejo Oeste. Hay sitios que viven de eso ahora, si no hay ninguno cerca, podría funcionar.

Winter ladeó la cabeza, pensativa. Así en frío y sin hacer números, no podía estar segura, pero la idea en sí no le parecía mala. Desde luego, era mejor que un poblado de Navidad.

—¿Y el rancho? —preguntó.

—No iría en el paquete, está demasiado lejos de todas formas como para ser parte del conjunto.

—Vale… bueno, la oficina de correos podría ser eso mismo.

—Y la estación de tren igual, cambiando la temática.

—Se puede poner un tren nuevo, de los de imitación a vapor.

—Uno en la estación con la locomotora y el vagón recreados como en esa época para visitar.

—Y otro pequeño en un circuito cerrado para niños.

—¡Espera! —Se levantó—. Voy a por una libreta y apunto, no vayamos a quedarnos dormidas y olvidarnos de la mitad de las cosas.

Corrió hacia la casa mientras Winter miraba a las estrellas de nuevo, con una sonrisa. Si un par de meses atrás le hubieran dicho que estaría tirada en el suelo con su hermana, hablando de forma distendida y compartiendo ideas… vamos, le habría mandado a la porra. En fin, tampoco había esperado ver a Kayla divirtiéndose mientras bailaba *country*, así que cualquier cosa era posible. El tema de los presupuestos no había vuelto a salir, aunque esperaba seguir ocupándose, Kayla no le había dicho lo contrario y todavía le parecía increíble poder estar haciendo lo que le gustaba. Solo esperaba que no ocurriera nada para estropear aquel extraño equilibrio entre ellas, casi como cuando eran adolescentes y compartían confidencias.

—Ya estoy aquí. —Kayla regresó a su lugar en la manta y se iluminó con el móvil para escribir—. Ya he anotado todo, tendrás que hablar con los gremios para añadir lo necesario.

La sonrisa de Winter se amplió, ya que aquello confirmaba que Kayla seguía confiando en ella para la parte económica.

—Puedo pedir a Homer que busque madera de aspecto antiguo para los exteriores —propuso—. Seguro que hay algún almacén donde recogen lo que tiran de casas antiguas

—Genial. Hay que buscar fotos de pueblos y ver cómo adaptar el resto de los edificios… la gasolinera hay que dejarla, puesto que eso dará dinero cuando funcione.

—Se puede camuflar. Como si fuera una parada de diligencias, ¿sabes? Poner postes para atar los caballos y esas cosas.

Kayla apuntó con rapidez.

—El hotel es fácil también, seguirá siendo hotel y solo hay que cambiar la fachada.

—Una tienda de recuerdos, en la casita esa enana.

—Perfecto.

—¿En el pueblo no hay ningún mueble que quieras restaurar, como aquí?

—Tengo que revisar de nuevo cuando desescombren, no había mucho salvable porque la mayoría era bastante moderno… —Se dio golpecitos con el bolígrafo en la frente—. Aunque los que estén bien se pueden envejecer y eso nos ahorraría dinero. Podríamos pedir la colaboración de tu ángel motero.

—No es «mi» ángel motero y no lo veo haciendo manualidades, por cierto.

—No, me refiero a que nos done aceite usado. Es estupendo para untar en los muebles y darles aspecto antiguo.

Winter hizo una mueca de asco.

—¿En serio?

—Sí, ya te enseñaré.

—No, no, te creo. No perdemos nada por preguntar.

—Apuntado también. —Kayla pasó la luz por las hojas y releyó lo que había escrito—. Me encanta, ya lo estoy visualizando.

Winter no quería bajarla de su nube hasta que recordó las palabras de Francine.

—Bueno, primero habría que mirar el mercado, ¿no?

Su hermana hizo una mueca, fastidiada. Lo último que le apetecía a Kayla era ponerse a mirar inmobiliarias o estudiar el mercado, y le fastidiaba que Winter sacara el tema.

—No lo digo por molestar —siguió esta—. Con comprobar que no hay nada parecido cerca valdrá, seguro que después no será tan difícil venderlo como parque temático del Oeste.

—Voy a ver si veo algo en internet. Mira a ver si está todo.

Le pasó el cuaderno mientras hacía una búsqueda *online*. No encontró nada parecido cerca, aunque sí varios lugares míticos como Tombstone que se visitaban y que, según lo que encontraba, eran muy populares.

—Puede funcionar —dijo, cada vez más convencida—. No había visto esto hasta ahora, pero Dolan está en el camino a la pasarela de cristal que hay sobre el Gran Cañón. Eso puede ayudar a publicitarlo.

—¿Esa pasarela que da vértigo solo de verla? —Winter se inclinó para mirar su móvil—. Está a una hora, sí, no pilla lejos.

—Podemos ir un día, si quieres.

Winter iba a recordarle el comentario que acababa de hacer sobre el vértigo, pero cambió de idea para no estropear el momento. ¿Su hermana y ella haciendo una excursión? Aquello sí que era inaudito.

—Sería genial.

Kayla le sonrió y recuperó el cuaderno para seguir apuntando cosas, de forma que al final, entre hablar y mirar las estrellas, se quedaron dormidas allí lo que quedaba de noche.

El *relax* del fin de semana se vino abajo el mismo lunes, cuando se desencadenó el apocalipsis. Kayla sabía por propia experiencia lo laboriosas que eran las obras, pero nunca había tenido ante sí una de tal magnitud. Era la primera vez que manejaba un proyecto grande sin la supervisión de su madre y con la única ayuda de su hermana; de hecho, en Boston jamás trabajaban juntas porque Francine solía asignarles distintos proyectos para que no se distrajeran.

A las ocho estaba en pie, lista para comenzar. Sin embargo, media hora después nadie había hecho acto de presencia, excepto una adormilada Winter que la encontró en la cocina con cara de mal humor.

—¿Y esa cara? —murmuró, abriendo el armario para coger un café ya preparado.

—Se supone que empezamos a las ocho y aquí no viene nadie.

Winter entrecerró los ojos.

—Los albañiles nunca llegan a la hora. Tranquila, seguro que están de camino, ¿quieres un café?

—Ya me he tomado uno —refunfuñó Kayla—. ¡Es poco profesional! Cuando yo tengo una reunión soy puntual, ¿es mucho pedir que la gente respete su horario de trabajo?

Winter fue hasta ella y la sujetó por los hombros con firmeza, ignorando su expresión sorprendida.

—Quita esa cara ahora mismo —ordenó.

—¿Qué?

—No puedes estar enfadada cuando vengan.

—¿Por qué no?

—Porque ellos tienen todo el poder, Kayla.

—¿Cómo? No, tú y yo somos las jefas aquí, hermanita.

—No, eso es una estúpida falacia —Winter insistió—. Son ellos los que de verdad mandan, solo tienes que pensarlo. Pueden alargar esto durante meses, dejar de venir, perder materiales, ¡cualquier cosa que les apetezca! Créeme, hay que cuidar a esta gente.

La soltó y Kayla recuperó el equilibrio, sin poder creerse que Winter la hubiera meneado de aquellas maneras, ¿es que nadie la respetaba? Seguro que era por deshacerse de sus trajes, ¡no se infundía el mismo temor en vaqueros, obvio!

—Cuando contrato a alguien espero puntualidad, y...

—¡Que no! —repitió Winter—. Hazme caso y no te pongas desagradable. Venga, ayúdame a preparar las limonadas.

—¡Lo que faltaba!

Winter había insistido en tener bebidas para todo el personal, de modo que habían comprado un montón de limones y botellas de té helado. Kayla no terminaba de comprender por qué había que mimar tanto a los trabajadores, en Boston nunca se había preocupado de darles siquiera una botella de agua.

Sin embargo, no le apetecía discutir con su hermana, sería como regresar al punto de partida. Si Winter quería seguir con su rollo de amable anfitriona, trataría de morderse la lengua. Hasta ahora había dado buen resultado.

—Además, ya sabes que en el equipo hay parte del grupo de moteros. No querrás que luego le vayan con cuentos a Logan sobre lo hitleriana que te pones en ocasiones.

Aquello terminó de decidir a Kayla. Inspiró profundamente para no lanzar los limones por el aire, ¡que encima no podían comprarla preparada, no, tenía que ser casera! Según Winter, la gente apreciaba más las cosas si una las hacía con cariño.

¡Qué de chorradas, por Dios! ¿Quién iba a querer limonada caliente?

Depositó la bolsa de limones sobre la encimera, agarró la tabla de cortar y empezó a partir limones por la mitad como si le fuera la vida en ello mientras su hermana la miraba de reojo. A ver si se iba a llevar una mano por delante y acababan en urgencias...

Cuando tenían listas varias jarras de limonada, el ruido de un motor las avisó de la llegada de alguien, así que Kayla consultó el reloj.

—Una hora tarde —gruñó—. ¡Pues les pagaré a partir de las nueve, que lo sepas!

Dejó los limones para limpiarse las manos con un trapo, aunque antes de que pudiera salir a recibirlos, Winter se aproximó a ella.

—Sonríe —pidió.

—¡No pienso sonreír, llegan una hora tarde!

—Saldré yo.

—¿Qué? ¡No, ni de broma!

—Quédate aquí y termina de preparar la limonada. No vas a salir a hablar con ellos así de furiosa, lo arruinarás todo. —La miró con determinación—. Hazme caso.

—Pero…

—Cuando estés más tranquila podrás salir a inspeccionar que todo se haga como tú quieres; mientras tanto, espera.

Kayla se cruzó de brazos. Observó cómo Winter abandonaba la cocina y fue hasta la ventana para observar desde donde estaba, preparada para salir cual huracán si la situación lo requería.

Casi se desmayó al ver que una furgoneta tras otra aparcaba en la entrada, todas cargadas de arriba abajo con personal y materiales.

Se mordió una uña, nerviosa, sin dejar de observar a Winter intercambiando los saludos de rigor con los responsables de cada gremio. Nadie parecía enfadado excepto ella, así que decidió poner en práctica el método de respiración aprendido en sus clases de yoga.

Cuando se notó un poco más tranquila, abandonó la cocina para reunirse con el pequeño grupo que se había formado en el porche.

—¡Hola! —saludó, obligándose a sonreír—. Ya estáis aquí, ¡bien!

Allí se encontraban Sam, Jennings, Lemuel y Homer, todos hablando para lograr coordinarse. Kayla debía admitir que no era normal que tantos gremios se pusieran de acuerdo para trabajar a la vez: podía ser un milagro… o un desastre.

—Buenos días —saludó Lemuel, tocándose el sombrero—. Lamentamos el retraso, la carga de material nos ha llevado más tiempo del que pensábamos.

—No importa. —Kayla carraspeó.

—Estamos organizando el trabajo —continuó él—. Mi equipo y yo empezaremos con los escombros y a limpiar zonas del pueblo, así Sam puede ponerse con la instalación eléctrica y Jennings ir revisando la fontanería para hacer los arreglos que considere necesarios en el rancho.

—Sí, es lo más urgente para que vosotras estéis bien —dijo Sam, asintiendo con solemnidad.

—Perfecto —sonrió Winter—. Pues adelante, chicos. ¿Os apetece un café? —Miró a su hermana—. Kayla, ¿quieres ocuparte de acompañar a albañilería y carpintería al pueblo?

Esta le lanzó una mirada intencionada y después se encogió de hombros.

—De acuerdo. ¿Voy en alguna de las furgonetas o llevo el coche?

—Tranquila —comentó Homer—. Eres pequeña, te haremos hueco en cualquier sitio.

Se giró de regreso a las furgonetas y Kayla miró a su hermana, ofuscada. ¿Acababa de llamarla enana o algo así? Vio que Winter apretaba los labios para no soltar una carcajada y decidió salir cuanto antes, no quería ponerse a pegar gritos. ¡Muy bonito todo! A Winter le tocaban los señores amables y se pasarían media mañana bebiendo café y protegiéndola como si fuera su hija, mientras que a ella le tocaba ir al dichoso y polvoriento pueblo. Donde suponía que tendría que batallar con Lemuel y Homer, más difíciles de roer, y el resto de sus equipos.

Al meterse en la primera furgoneta que vio, reconoció al instante a Ezequiel, Morty y Simon, todos vestidos con vaqueros y camisetas blancas de tirantes.

—Anda, Kayla —saludó Simon.

—Chist, que ahora es la jefa. No la trates con tanta familiaridad —advirtió Ezequiel.

Simon bajó la cabeza y se dedicó a estudiarse las manos mientras ella fruncía el ceño. Decidió que mejor se quedaba callada, ya que allí había muchísimos más hombres a los que no conocía, y por lo que sabía, en las otras furgonetas también.

—Qué cantidad de personal, ¿no? —preguntó a Morty, bajando la voz.

—En efecto —asintió este—. Si sabes cómo ganarte a los carcamales, van al doscientos por cien.

Y todo gracias a una sonrisa y un té helado. Increíble.

Kayla negó con la cabeza y se apretujó entre aquella cantidad indecente de hombres, una situación en la que nunca imaginó encontrarse. Algunos parecían carecer de educación, ya que la observaban sin el menor disimulo, y, para empeorar las cosas, los que la conocían no le daban conversación para paliar la incomodidad.

El trayecto de cinco minutos se le hizo eterno y saltó de la furgoneta como si una avispa la hubiera picado en el cuello. Una vez fuera, comenzó la pesadilla.

Tenía claro que hasta que la instalación eléctrica y la fontanería no estuvieran listas no se podría empezar con el resto. Sin embargo, Lemuel y Homer tenían mucho que decir, ambos a la vez.

—Necesito empezar a desescombrar —comentó el primero.

—Y yo tengo que medir todo.

—¿Dónde puedo colocar la escombrera?

—Hace falta la idea general para…

Una hora después, a Kayla le dolía la cabeza de escucharlos, además de por el sol. El pueblo desierto y silencioso se había convertido en un hervidero de camiones y hombres que iban y venían, desplegando material por todas partes, incluida una escombrera enorme que Kayla no sabía de dónde había salido. De vez en cuando, la chica veía pasar a Homer con su grupo de carpinteros, todos armados con sus metros, cuadernos y bolígrafos.

No sabía bien qué hacía nadie. Por primera vez, aquello escapaba por completo a su control y se veía incapaz de dominarlo, de modo que abandonó el pueblo para regresar al rancho caminando.

Quince largos y calurosos minutos después, Kayla entraba en el rancho con un suspiro. Fue a la cocina a beber un vaso de agua y después se dejó conducir por el ruido de voces y risas hasta el salón, donde Sam y dos hombres estaban con el cableado y los enchufes mientras charlaban con su hermana.

—¿Todo bien por aquí? —preguntó, haciendo un esfuerzo por no gritar.

—Kayla, Sam dice que seguramente hoy puedan terminar el trabajo —sonrió Winter.

—Ah, estupendo.

—¿Qué tal en el pueblo?

—Un caos. —Kayla se cruzó de brazos—. Ahora mismo no tengo la menor idea de lo que están haciendo, así que…

—No te preocupes, son profesionales —dijo Winter, dándole una palmadita—. Por cierto, hay que ir a comprar hielo, ¿vas tú o me ocupo yo?

—¿Hielo? ¿Para qué?

—Kayla, no vamos a servirles limonada caliente.

Kayla la miró, tan sorprendida que fue incapaz de reaccionar. ¿De verdad, ir a por hielo? ¿No eran esas demasiadas consideraciones con los trabajadores?

—¿De verdad? —bajó la voz.

—Mira, esta semana tendremos una nevera, estoy segura. Hasta entonces, habrá que hacer el esfuerzo de ir a por hielo… ellos se traen su comida, lo menos que podemos ofrecerles es algo frío para beber, ¿no?

—Quiero matarte en este momento.

—Trabajan a pleno sol, pobrecillos. Recuerda lo bien que funcionó el té.

—De acuerdo, ya me ocupo yo.

Casi mejor, porque su cabreo se reactivaba cada poco tiempo y de ese modo se airearía un poco, aunque solo fuera conducir hasta el supermercado de Dolan Springs.

Una hora antes de la pausa para comer, Kayla cogió el coche para ir a por el dichoso hielo. Cuando regresó, tuvo que dedicarse a añadir cubitos en todas las jarras de limonada. Unas jarras que duraron una milésima de segundo cuando estuvieron en manos del personal a la hora de comer. Cuando trabajaba, Kayla solo paraba veinte minutos para eso, de modo que no comprendía por qué parecía costarles tanto volver a las tareas. No obstante, se cuidó mucho de no abrir la boca, tal y como Winter le había pedido por la mañana.

A primera hora de la tarde y con la lección aprendida, Kayla volvió al pueblo con su propio coche para ver cómo transcurría la jornada y pudo comprobar que el caos de la mañana persistía.

A lo mejor aquella era la manera de trabajar en el Oeste… entonces no había mucho que pudiera hacer, excepto subirse por las paredes.

Le molestaba todo: los grupos de obreros paseando sin organización alguna, que dejaran las herramientas tiradas en cualquier sitio, que empezaran por una zona y la abandonaran sin más para ir a otra… en fin, todas las cosas que volvían loca a la gente cuando de obras se trataba.

Solo que allí sentía que no tenía el control de nada, una sensación que no le gustaba. Lo mismo que le sucedía con Logan: el asunto se le escapaba de las manos.

Hasta ese momento, Kayla siempre había sabido las cartas con las que jugaba, controlando en todo momento cuándo y cómo actuar. Y, sin más, se veía sumergida en un juego nuevo del que no sabía las reglas, donde no servía nada de lo aprendido en el pasado. Un juego en el que podía perder si no andaba con cuidado.

Se apartó para dejar paso a una furgoneta que iba marcha atrás y sus pensamientos quedaron relegados al ver que los obreros recogían sus cosas. ¿Acaso ya se marchaban? ¡Si aún eran las cinco, qué vergüenza! Después de llegar a las nueve, dar tumbos hasta las diez, parar a las once para beber agua, a las doce para comer, a las dos para tomarse un café, ¿ahora se largaban a las cinco? ¿Qué cachondeo era aquel?

Cogió el coche para regresar, enfadada. Tenía que hablar seriamente con Winter, ¡aquello no podía ser así! Tardarían siglos con un personal tan poco comprometido y no estaban para permanecer allí meses y meses, ¡debían encontrar la manera de agilizar el asunto!

Sin embargo, cuando aparcó junto al jardín, su humor empeoró al ver a su hermana de nuevo arreglando el mismo vestida solo con un bañador mientras Morty, Ezequiel y Simon charlaban con ella sin la menor preocupación. Y ellos, ¿en qué momento habían abandonado la obra del pueblo?

Dio un portazo al salir y se aproximó al grupo con un resoplido.

—Ah, hola, Kayla. —Winter dejó las tijeras y le sonrió—. La instalación eléctrica está lista, no han parado hasta terminarlo. Los fontaneros creen que acabarán mañana, ¿qué tal tu grupo?

—Menos eficaz que el tuyo —refunfuñó ella, y miró a los tres chicos—. ¿Qué hacéis?

—Charlando con tu hermana —Ezequiel respondió lo obvio.

—Estabais en la obra, ¿en qué momento…?

—Simon entiende de jardinería y se ha ofrecido a echar una mano —interrumpió Winter.

Kayla lo imaginaba. No se podía creer la poca seriedad del personal en general, ¡pero ellos! ¡Que se conocían! Razón de más para tomárselo en serio y no salir corriendo a las primeras de cambio al ver a una chica con poca ropa paseando por allí.

—Me parece bien. Pero si estáis con albañilería, deberíais centraros en esa zona y no en esta.

—A las cinco se recoge, solo nos hemos adelantado un poco para saludar a Winter —comentó Morty, sin girarse hacia ella.

—Bien, de todas formas, me gustaría que…

—Trátanos bien, no funcionamos bajo presión —comentó Ezequiel, con tono relajado.

Kayla le lanzó una mirada avinagrada que no hizo el menor efecto en el chico. Captaba el mensaje a la perfección: no pensaban recibir órdenes suyas. Tampoco esforzarse al máximo para terminar la obra lo antes posible. Ellos no tenían prisa alguna por salir de aquel maldito agujero en medio del desierto, les daba lo mismo las prisas que pudiera tener Kayla.

Con un suspiro, negó con la cabeza.

—Voy dentro —comentó a Winter—. ¿Queda gente?

—Están recogiendo —contestó esta—. No tardarán.

Perfecto, lo único en lo que podía pensar después de todo el día dando vueltas para nada era en darse una ducha y sentarse en el sofá a comer algo.

Si toda la semana iba a ser así, más le valía controlar sus nervios. O eso, o mandar a Winter a vigilar la obra y ella quedarse con la parte del gremio que sí cumplía con su trabajo.

Por eso odiaba la parte de las obras, porque eran insufribles y el personal la sacaba de quicio con su incompetencia y su poca seriedad. Y lo peor, no podía ponerse a gritar porque no tenían más donde elegir. Si la gente de Dolan Springs que se había volcado en ayudarlas desaparecía, estarían en un lío.

No, iba a tener que callarse, aunque le produjera una úlcera. Dulcificarse, como le decía Winter.

Mierda.

CAPÍTULO DIECISÉIS

—Logan viene para acá —dijo Kayla.

Winter, que estaba tumbada en una toalla al sol en el jardín, se levantó las gafas de sol y la miró.

—¿Ahora? —preguntó.

—Sí, a ver qué tal van las cosas y… —Winter se levantó con rapidez—. ¿Qué haces?

—Recoger y dejar el campo libre.

—No creo que te atropelle con el caballo.

—Ay, hermanita. —Se acercó a ella y le dio una palmadita en el brazo—. Os voy a dejar solos.

—¿Por qué?

—Pues por si acaso.

—Viene a ver cómo van las obras, no te hagas ideas raras.

—Ya. Las obras. ¿No será que como anoche no hubo baile, tiene ganas de mambo?

Le guiñó un ojo. La noche anterior había sido el primer sábado metidas en casa sin salir y no por voluntad propia: cada seis u ocho semanas, el Grand Canyon cerraba un sábado para descanso del personal, así que nada de clases de baile, partidas de dardos o diversiones por el estilo.

Kayla negó con la cabeza, aunque no muy convencida. ¿Le habría enviado algún mensaje Logan entre líneas que le había pasado desapercibido?

—Me iré al Grand Canyon a tomar algo un rato, ¿vale? Piensa en lo que hablamos.

—¿En qué?

—Lo de mal follamigo y buen follamigo.

Cogió la toalla y se metió en la casa. Kayla se quedó en el porche, releyendo el mensaje de Logan sin ver nada raro. No quería pensar en las palabras de Winter, pero se sorprendió a sí misma mirándose la ropa que llevaba y tocándose el pelo. Cuando se dio cuenta, dejó de hacerlo.

Quizá debería ir a ponerse otra cosa… aunque ya era demasiado tarde, porque escuchó el sonido de unos cascos.

Intentó ponerse seria y aparentar tranquilidad, cosa complicada puesto que Winter salió en aquel momento y le dio un codazo.

—Tía, en serio, porque me van más las motos que los caballos —le dijo—. Pero si ahora mismo no se te han caído las bragas, no tienes sangre.

Kayla abrió la boca para hablar, pero se le había secado la garganta y no pudo emitir sonido alguno. La primera vez que lo había visto llegar a caballo había sido un *shock* y pensaba que no le volvería a ocurrir. Claro que tampoco había contado con que apareciera al galope y fuera disminuyendo la velocidad hasta ponerse al trote, de forma que su cuerpo se movía arriba y abajo sobre el caballo de una forma que no le parecía ni medio normal. Como tampoco se lo parecía que llevara el sombrero calado sobre la frente, la camisa medio desabrochada, que al detenerse a su lado cogiera las riendas con una sola mano para acariciar el cuello del caballo con la otra de forma suave y que sonriera de esa forma que la sacaba de quicio… solo que, en ese momento, no le mosqueaba, sino que le causaba un sentimiento bastante opuesto.

—Hola, chicas —saludó.

—Pues nada, buena suerte con… las obras —dijo Winter a Kayla, con una sonrisa inocente.

Le hizo un gesto de despedida con la mano a Logan y se marchó silbando. Él se tocó el sombrero y miró a Kayla.

—¿Todo bien? —preguntó.

—Sí, genial.

—¿Subes y vamos al pueblo?

—No, voy en… —Su hermana ya se alejaba con el coche y solo de pensar en ir andando le entraban sudores—. Es que no he montado nunca a caballo.

Él palmeó la grupa del animal como indicación, a lo que la chica negó. Entonces Logan señaló la parte de delante, y Kayla suspiró. Quizá ahí iría mejor, por lo menos estaría agarrada.

—¿Y cómo subo? —preguntó.

—Acércate.

Ella obedeció, no muy convencida. Todo lo que tuvo que hacer Logan fue alargar el brazo y, antes de que se diera cuenta, la había alzado con facilidad para colocarla delante de él.

—Abre las piernas —le dijo.

Kayla agradeció estar mirando al frente, porque al escuchar aquello se había sofocado tanto que pensó que se iba a ahogar. Claro que eso no era nada comparado a cuando, tras hacerle caso, notó que la cogía por la cintura y pegaba la espalda a su estómago. Estiró la columna para intentar poner distancia, algo imposible en aquel espacio tan pequeño sobre la silla de montar.

—Relájate —le indicó Logan—. Calcetines puede notar si te pones nerviosa.

—¿Quién?

—El caballo, ¿quién va a ser?

—Claro, claro.

—Lo llamé así porque tiene las patas blancas.

—Ya, sí, sí. Ejem, vale, ¿vamos?

Notó que Logan ejercía presión con sus muslos sobre el lomo del caballo y, a la vez, sobre ella, mientras la sujetaba con más fuerza por la cintura. Aquello la puso tensa, por lo que el rebote contra la silla cuando el animal comenzó a moverse no fue nada agradable.

—Tienes que dejarte llevar —le dijo Logan.

¿Es que no pensaba callarse? ¡Que ya era bastante difícil intentar tranquilizarse sin que le hablara al oído!

Relajó la espalda… y notó que esta se acoplaba a su pecho. Vaya por Dios, ¿tanto se tardaba hasta Santa Claus? ¡Se le estaba haciendo eterno!

—Mucho mejor así —comentó él.

Y dale. Kayla miró hacia delante, buscando entretenerse con el paisaje, el cielo o lo que fuera, con tal de no pensar en esa mano sobre su estómago, que lo rodeaba por completo al haber abierto los dedos para sujetarla mejor.

Bien, vale, se estaban acercando; aunque iban campo a través, reconocía la zona y al no coger la carretera, el trayecto era más corto. De buena gana se hubiera tirado en cuanto llegaron al pueblo, pero pensó que era demasiado baja para un caballo de esa altura y lo más probable fuera que se partiera una pierna. Así que se quedó esperando mientras Logan bajaba y después extendía los brazos para ayudarla.

Una vez sus pies tocaron suelo firme, se apresuró a soltarse.

—Han avanzado bastante —observó Logan.

Aquello la devolvió a la realidad de la obra de golpe. ¿Con qué ojos estaba mirando los edificios?

—Será sarcasmo, ¿no? —replicó ella.

—No, iba en serio.

—Pues no sé qué ves tú, porque yo solo veo sacos de cemento y arena sin ningún orden ni concierto, paredes a medio pintar, tejados igual que al principio, cables sueltos por todas partes, tuberías sin enterrar...

—Ah... bueno, a ver, eso es que han empezado y...

—Por no hablar de que no han llegado a las ocho ni un día, ¡ni uno! Luego tienen pausa a media mañana para refrescarse, comen pronto, y por la tarde entre el café y volver a coger ritmo, ¡ya se marchan! Bueno, eso si vienen, que Jaden estuvo un día y se dedicó a vender seguros a diestro y siniestro sin dar un palo al agua. ¡No pienso pagarle!

—Suele hacer eso.

—Y Simon vino una mañana, luego una tarde, una hora el viernes... ¿sabe lo que es un horario?

—No del todo.

—No veo que esto vaya a acabar bien, Logan, así te lo digo.

—Bueno, mira, la semana que viene vendré algunas horas, esta ha sido imposible con el curro del taller. Seguro que hablando con los gremios no habrá problema para que se coordinen mejor.

—Eso dice Winter: hablar, poner buena cara y darles limonada. —Él sonrió—. ¡No te rías!

—No me río, es que creo que tiene razón. La gente trabaja mejor de buena gana.

—Mejor no sé, ¡porque no tengo con qué compararlo si no hacen nada!

—Dales tiempo, esta semana era para arrancar. ¿Han hecho algo en el rancho?

—Sí, ahí sí hay alguna cosa más avanzada.

—¿Volvemos?

Kayla miró al caballo y luego a él.

—Ahora voy detrás.

—Como quieras.

De nuevo, Logan subió el primero y con un solo brazo la alzó para colocarla detrás. Ella se las prometía muy felices al ver que no la tocaba y que así estaba más separada, hasta que el caballo se movió y tuvo que sujetarse a su cuerpo.

Genial. En lugar de ser Logan quien la tocaba, era ella la que agarraba su pecho como si la vida le fuera en ello. Porras, aquello no era buena idea, no. Debía sujetarse para no caer, con lo que prácticamente tenía la cara apoyada en su espalda. Sus manos palpaban sin querer músculos por todas partes, primero en el pecho y después, buscando dónde agarrarse mejor, los abdominales.

Así era imposible estar tranquila, por Dios bendito.

Cuando llegaron al rancho, de nuevo tuvo que esperar a que Logan la ayudara a bajar, y señaló el establo para distraerse cuanto antes.

—Han arreglado la valla y eso donde beben los bichos —indicó.

—¿El abrevadero?

—Eso.

—Ah, pues perfecto. Vamos a dejarlo ahí y luego me enseñas la casa.

Cogió a Calcetines por las riendas para llevarlo al abrevadero, que contenía agua cristalina. Manipuló el grifo, manual y antiguo, pero funcional, hasta sacar más agua y, sin decir nada, se sacó la camiseta por la cabeza.

Kayla retrocedió al momento, abriendo la boca al ver que metía la cabeza directamente en el agua y se echaba para atrás con una sonrisa de oreja a oreja.

—¿No quieres probarla? ¡Está buenísima! —exclamó.

Kayla pensó que debía parecer un pez fuera del agua, boqueando en busca de aire. ¿En qué momento se le ocurría hacer eso? El agua le goteaba por el pelo, el pecho y bajaba por los surcos de sus abdominales hasta desaparecer por la cintura del pantalón.

Aquello no podía ser normal. Desvió la mirada al agua, porque tenía la garganta tan seca que pensó que un trago no le vendría mal… y entonces vio algo trepar por un lado, algo con ocho patas negras y cuerpo rechoncho que le hizo pegar un grito digno de romper los tímpanos a cualquiera. Calcetines se echó hacia atrás, ella lo esquivó, al mismo tiempo que intentaba alejarse de aquel monstruo del averno y no chocarse con el pecho desnudo y mojado de Logan, que no sabía ni hacia dónde moverse porque no veía claro qué le ocurría a Kayla ni por qué gritaba. ¿Le habría picado algo?

Entre girar, esquivar, gritar y retroceder, Kayla de pronto perdió el equilibrio y cayó cuan larga era —no mucho, cierto— dentro del abrevadero, cubriéndose de agua de la cabeza a los pies.

—¿Estás bien? —preguntó Logan, procurando no reírse.

—¡Ayúdame a salir!

Logan la cogió por la cintura, y al momento se le cortó la risa: la ropa mojada se había adherido a cada curva de su cuerpo, la camiseta blanca transparentaba totalmente el sujetador… y el frescor que había sentido al echarse el agua desapareció de golpe. Incluso parecía notar cómo las gotas se iban evaporando según su cuerpo entraba en calor.

Kayla se había sujetado a sus hombros, y al apartar las manos perdió de nuevo el equilibro, de modo que tuvo que cogerle los brazos. Se sopló el flequillo mojado y entonces él le pasó los dedos por sus mejillas, eliminado el líquido.

—Menudo chapuzón —murmuró.

—Sí, es que había… —¿Qué había? ¿Dónde?—. Algo. Un bicho.

—Ajá.

—Debería… quitarme esto.

—Sí, deberías.

Sin embargo, ninguno se movió. Logan inclinó la cabeza, moviendo las manos por su cintura para coger el borde de la camiseta y levantársela poco a poco. Sus labios se rozaron y Kayla se olvidó de la araña, el agua y todo lo demás. A la porra. Se puso de puntillas, le cogió del cuello y le besó. Casi esperaba que tanta expectación llevara a nada, pero… no, todo lo contrario: Logan tenía las manos a la altura de sus costillas, donde sus pulgares se movían despacio acariciándola a la vez que los labios, casi al compás. Los recorrió despacio, como si quisiera comprobar su textura; después, empezó a saborearla con la punta de la lengua, tentándola hasta que la chica se movió contra él para que profundizara el beso de una buena vez.

Sí, aquello era besar como se debía; sus terminaciones nerviosas se pusieron en alerta, sus manos cobraron vida propia para recorrer aquella espalda mojada de arriba abajo, hasta llegar al pantalón y después encontrar el botón para desabrocharlo. Sintió que él la apartaba un segundo y emitió un gemido de protesta, aunque dejó de hacerlo al darse cuenta de que era para quitarle la camiseta mojada.

Mientras volvían a besarse, profunda y apasionadamente, Logan la alzó para rodearse con sus piernas y ella se vio transportada hacia alguna parte, aunque le daba igual a dónde. Entonces notó que la apoyaba sobre una de las vigas de madera recién puestas en el establo, y le pareció perfecto: allí estaba a su altura, lo tenía bien cerca y entre sus piernas. Los pantalones eran una molestia que, entre tirones, acabó sacando por sus piernas y colocando sobre la madera, gesto que en la neblina que era su mente en aquel momento agradeció: una cosa era un arranque de pasión, y otra acabar con rozaduras en las partes íntimas.

Y hablando de partes íntimas, ahí estaba su mano: entre los muslos, acariciándola a la vez que la besaba y haciendo que volviera a olvidar dónde se encontraban. Aquellos besos pasaron al cuello, al lóbulo de la oreja… Kayla volvió a echar mano de su vaquero para terminar de desabrochárselo y lo acarició por dentro, rodeándole con una pierna para acercarlo hacia sí.

Logan no se hizo de rogar, aunque se entretuvo un poco más torturándola con unos cuantos besos en cada uno de sus senos, desnudos sin que Kayla se hubiera dado cuenta de cómo había pasado.

Por fin Logan se colocó entre sus piernas, la cogió por las caderas y ella lo sujetó a su vez de las nalgas, mordiéndole en el cuello al notar cómo la penetraba, despacio. Se movió contra él, y pronto todo se volvió mucho más rápido, los besos más profundos, las respiraciones más aceleradas… Kayla ni siquiera recordaba haber llegado a morder a alguien, mucho menos arañarle la espalda como esa vez, pero no le importó lo más mínimo. Se había dejado llevar totalmente, tenía la piel de gallina en todos y cada uno de los poros de su piel y aquellos labios seguían besándola, atrapando sus gemidos y enloqueciéndola con sus caricias.

Notaba sus manos sujetándola con fuerza para que no cayera de la viga, los dedos clavándose en la piel, y sintió que la poca realidad que todavía percibía a su alrededor desaparecía del todo mientras su cuerpo se sacudía de pronto, estremeciéndose. Lo abrazó con más fuerza, si eso era posible, y notó que a él le ocurría lo mismo.

Sus labios siguieron unidos. Logan no se apartó al momento, sino que siguió besándola de forma perezosa y, cuando al fin se separó un poco, fue para depositar otro beso en su nariz y sonreírle de una forma que la hizo estremecerse de arriba abajo.

—Fuera el bicho que fuera —comentó—, creo que lo hemos asustado.

Kayla se sujetó a su cuello, mirando alrededor por si acaso, y corroboró que no había nada, o eso le pareció.

—¿Qué tal una ducha? —sugirió Logan.

Ella miró hacia el abrevadero, lo cual le arrancó una carcajada al vaquero.

—Me refería en el rancho. ¿O no tenéis agua caliente todavía?

—Ah, sí, sí, tenemos.

¿Una ducha, juntos? Iba a protestar, pero en fin, teniendo en cuenta que ya estaban desnudos y que aún lo tenía en su interior, le pareció absurdo.

—Quieta.

Logan se apartó un poco para colocarse bien los pantalones y las botas y la cogió en brazos.

—Una ducha me parece perfecto —sonrió ella.

Le pareció que él la miraba de una forma extraña, aunque no dijo nada y siguió su camino hacia el rancho.

Logan se había quedado un poco descolocado por la forma en que Kayla había sonreído, natural, real, sin forzar, relajada… y estaba preciosa. Debería sonreír más a menudo, quizá tenía que ocuparse de eso, y si debía que ser a base de encuentros como el que acababan de tener… No sería ningún sacrificio, desde luego.

Winter dejó el coche en el prácticamente vacío aparcamiento del Grand Canyon y entró. No había nadie conocido así que se acercó a la barra y ocupó uno de los taburetes vacíos.

—Winter, ¿cómo por aquí un domingo a estas horas? —Regina se acercó a su altura—. ¿O ya es lunes y toca servir comidas?

La joven soltó una risita, negando con la cabeza.

—No, es domingo —corroboró, acomodándose tras echar un vistazo a su alrededor—. Está tranquilo, eso sí que es una novedad.

—En nada vendrán los habituales, ya sabes que los domingos son más de quedarse en casa… ¿estabas muy aburrida o es que has discutido con Kayla?

Winter no se había planteado qué responder si le preguntaban lo qué hacía allí, pero Regina acababa de sacarla de la duda: la excusa era creíble. Quizá excesiva para dormir en el coche, aunque esperaba no tener que llegar hasta ese detalle.

—¡Exacto! —contestó con un resoplido.

—Tu hermana vive enfadada con el mundo. Aunque la última semana parece que se ha relajado un poco, ¿será que le gusta Arizona? Al final vivir en un sitio con tanta lluvia tiene que amargar.

A Winter nunca se le había ocurrido esa observación y tampoco era algo a descartar. Su caso, por ejemplo: vivía en Boston sin pensar en ello; sin embargo, allí se encontraba muy cómoda, el calor no le molestaba en absoluto. Si tuviera que vivir en esa zona…

—Anda, Travis —comentó Regina, y le guiñó un ojo—. Voy a por tu bebida.

La chica la siguió con la mirada, confusa, ya que no recordaba haber pedido nada. Aunque en ese momento la consumición era lo que menos le importaba: no se podía creer que Travis estuviera allí sin el resto de moteros. Lo mismo era una tontería, pero lo de poder hablar con él sin sus amigos delante resultaba de lo más complicado.

Le dedicó una sonrisa para ver si de ese modo se acercaba y casi se derritió cuando él se la devolvió. Necesitaba que pasara algo entre ellos ya, que sus hormonas viajaban arriba y abajo sin control alguno y después tenía que consolarlas cuando regresaba al rancho con las manos vacías… aun así, las hormonas no querían ser consoladas, no señor.

«No creas que vas a engañarnos con helado, ni con futuras promesas», casi podía escuchar en su cabeza.

Así que eran las hormonas las que la animaban a coquetear, estaba claro.

—Hey, ¿qué haces aquí sola? —le preguntó él, ajeno al alboroto hormonal que se producía dentro de Winter—. ¿Y tu hermana?

—Estaba muy antipática, así que he cogido el coche y he venido a despejarme. ¿Qué quieres tomar? Recuerda que tenemos una copa pendiente. ¿O eran siete?

—El número es lo de menos en las noches de borrachera. —Travis se acomodó a su lado.

Regina reapareció para depositar una cerveza ante el chico y un cóctel misterioso que, al parecer, iba destinado a Winter.

—¿Qué es esto? ¿Pretendes emborracharme?

—Es una creación mía. No está muy cargado, tranquila —sonrió Regina, dándole unas palmaditas en el hombro—. No quiero que me digas nada hoy, he ideado unos cuantos y te los iré dando a probar. Al final me cuentas cuáles te han gustado más y por qué, ¿vale?

Dicho esto, se marchó sin esperar respuesta o confirmación.

—Vaya, así que me lo tengo que beber sí o sí —murmuró Winter.

—No te preocupes, Regina no suele cargar mucho las copas. Algo que es poco popular por aquí, la verdad. —Travis le dio un trago a la cerveza—. Puedes sentirte afortunada, no confía en cualquiera para probar sus mezclas.

—Qué bien, se fía de mi criterio de alcohólica —dijo ella, con una sonrisa.

—Así que te has peleado con Kayla y has decidido escaparte de casa.

Winter tuvo que recordarse a sí misma la mentira planeada. Como solía ser de lo más transparente, si alguna vez tenía que engañar a alguien… se le daba fatal. Estaba segura de que durante el rato que estuviera allí metería la pata o se le escaparía algo. Y por mucha cazadora de cuero que llevaran o mucha moto que manejaran, el grupo tenía una vena cotilla bastante importante. Más le valía pensarlo dos veces antes de hablar.

—Eso es —confirmó, con cierta culpabilidad por mentir.

—No tiene muy buen carácter, ¿verdad? No os parecéis en nada.

Huy. Winter lo miró de reojo, porque lo había dicho de pasada, un comentario casual… y sonaba a cumplido encubierto. Enseguida el revoltoso grupo de hormonas comenzó a saltar arriba y abajo como si aquello fuera una reunión de *gremlins*: una le instaba a coquetear con más descaro del habitual, otra le sugería soltarse un botón de la blusa, una despistada se empeñaba en recordar el momento en que estuvieron tan cerca su barba le había hecho cosquillas en la mejilla, y un grupo de cuatro habían subido la calefacción.

—Ya está bien —murmuró en voz baja, intentando calmar la revolución.

—¿Qué?

—Nada, el cóctel, que está bien. ¿Nos sentamos?

Si tenía que forzar una cita por coacción, pues lo haría. Sentados podrían hablar con relativa tranquilidad, si la cosa fluía podía derivar en una cena y al final convertirse en una cita sin planear. No era lo ideal, aunque sí mejor que nada.

Travis asintió y cogió la botella para seguirla hasta la mesa. No podía negar que la chica era un bombón, además de tener un trato agradable. Y le daba pena lo suyo con las motos. Ojalá lograra hacerle cambiar de opinión para que volviera a subirse a una; seguro que, si lo hacía, olvidaría el accidente. Quizá podría tantear el tema, pese a que recordaba que la última vez no había salido demasiado bien.

Sin embargo, no habían terminado de acomodarse cuando la puerta se abrió, dando paso al resto del grupo. Winter miró al techo, lamentando su mala suerte, y Travis no fue tan obvio, aunque tampoco le hizo ilusión precisamente. Quería a sus amigos, claro, y a veces de lejos.

—Hombre, estáis aquí —saludó Reece, sentándose junto a Winter después de darle en el brazo a Travis—. No interrumpimos nada, ¿no?

—No sé yo… —Ezequiel se frotó la barbilla, pensativo.

—¿Queréis sentaros de una vez?

—¿Habíais quedado o algo? —preguntó Jaden, mirando a ambos.

Se hizo el silencio mientras todos aguardaban la respuesta. Travis se preguntaba por qué a su edad tenía que dar unas explicaciones que no había dado jamás, ni siquiera a sus padres. No, si cuando decían que los amigos eran la familia que escogías no andaban desencaminados.

—No —contestó.

—¡Qué va! —se apresuró a aclarar ella—. Es que he discutido con Kayla y no me apetecía aguantarla en casa.

—Ah. —Jaden pareció aliviado.

El resto intercambiaron unas cuantas miradas suspicaces, mas no osaron decir nada al respecto. Se limitaron a ocupar sus sillas y hacer gestos diversos a Regina para pedir las consumiciones.

—¿Y vas a quedarte hasta que se vaya a la cama? —preguntó Harrison, cogiendo un puñado de cacahuetes del cesto.

—Sí, sí —afirmó la chica—. Puede que incluso más.

—¿Más? —Travis alzó la ceja—. ¿A qué te refieres?

—Igual ni vuelvo. —Todos la miraron—. A ver, es que me he ido muy digna. Imaginad la escena, las dos discutiendo, la cosa ha ido subiendo de tono y al final casi acabamos a tortas. Así que le he dicho que me daba pena porque era una amargada, ella me ha dicho que podía irme a vivir a otro sitio…

—¡No! —exclamó Morty—. ¿Y dónde vas a ir? Si por aquí no hay nada.

—Lo sé. —Winter puso cara de pena—. Eso se me ha ocurrido después. En fin, le he dicho que muy bien, que me iba, así que después de dar un portazo he cogido el coche y el saco de dormir.

De nuevo el silencio invadió la mesa. Todos los presentes trataban de imaginar la discusión, no terminaban de entender cómo había terminado tan mal, pero las chicas eran expertas en discutir, así que no lo dudaban.

—¿Cómo que vas a dormir en el coche? —volvió a preguntar Travis.

—No pienso volver a ese rancho y por aquí no hay hoteles, así que sí, tendré que dormir en el coche.

Madre mía, la que estaba liando. Las caras de los chicos se veían preocupadas, era evidente que todos pensaban en alguna solución y eso la hacía sentir culpable por mentir así. Si supieran que solo quería dejar que Logan y su hermana se desfogaran sin preocuparse de que los oyera…

—Vas a dormir en el coche —repitió Travis, y ella afirmó—. En el aparcamiento, dentro del coche.

—¿Se te ocurre una idea mejor?

—Tengo una habitación de invitados… —empezó él, y entonces se dio cuenta de que no estaban solos.

Al momento se arrepintió de no haberse mordido la lengua. Lo había ofrecido sin pensar, no porque fuera ella, no porque le atrajera, sino por pura amabilidad, como hubiera hecho por cualquier otra persona. Solo que sabía que sus amigos no lo verían así, de hecho, ya se estaban mirando entre ellos con caras de complicidad.

—Cuidado, Winter —comentó Ezequiel—. Cuando este tío enciende el interruptor de seducción puedes darte por perdida.

Travis le lanzó una mirada capaz de incendiar el Amazonas. Ezequiel desvió la mirada sin quitar la sonrisa de su rostro; no quería provocarlo más, pero era demasiado divertido para dejarlo.

—Sí, recuerdo una época en que las chicas se desmayaban a sus pies —bromeó Harrison.

—Hace tiempo que no le escuchaba invitar a ninguna a su casa… —siguió Morty.

Winter los observaba, tratando de controlar una sonrisa. Se daba cuenta de que le tomaban el pelo… y de que a Travis no le hacía la menor gracia. Estaba claro que no le gustaba que dudaran de sus intenciones o tal vez ese día no estaba de humor para aguantar tonterías.

—Dejadlo ya —refunfuñó.

—No te cabrees —intervino Simon, y miró al resto—. Sois unos tocapelotas, ¿no veis que Travis necesita ir a su ritmo y no que lo pongáis en ridículo?

Hubo risitas, y Simon se encogió de hombros, con cara de no sentirlo en absoluto.

—Y además añado… —empezó Harrison.

—Recuerdas que soy tu jefe, ¿verdad? ¿Ya habéis acabado? —Travis se incorporó—. Sois inmaduros. Muy inmaduros.

—¿En serio te vas a marchar? —preguntó Ezequiel—. Que estamos de broma, hombre. Solo queríamos entretener a la pobre chica un rato.

—Pues mejor vas y entretienes a tu mujer, que falta le hace.

Ezequiel se tocó el pecho como si hubiera recibido un golpe, aunque siguió sonriendo.

—Eso es verdad —admitió.

—Va, va, no te vayas —intervino Reece.

—Paso de vosotros. Que mucha risita, pero excepto Ezequiel estáis todos solteros, así que no sé a qué viene tanto cachondeo… preocupaos mejor de vuestra vida sentimental, que tampoco es para tirar cohetes.

Le hizo un gesto a Winter a modo de despedida y se marchó sin el menor remordimiento. A veces, sus amigos se ponían insoportables y él no era el tipo de tío que aireaba sus cosas, así que menos aún bromear sobre ellas. Joder, ni siquiera veía claro que fuera a pasar nada porque seguía pensando que tener algo con esa chica era una idea pésima. De modo que su tolerancia a las gracietas estaba a mínimos.

Toda esa línea de pensamiento le duró hasta que aparcó la moto en el taller y la imagen de Winter durmiendo en el coche en el aparcamiento apareció en su mente. Sabía que la imaginación le estaba jugando una mala pasada, puesto que lo que veía no se correspondía con la realidad: el aparcamiento no tenía luces, se escuchaban coyotes por los alrededores —jamás habían visto ninguno cerca del Grand Canyon—, el coche era más viejo de lo que recordaba, no cerraban los seguros y Winter temblaba en su interior por el frío, sin una manta con la que taparse. Algo ridículo en donde vivían.

Pues nada, de ahí ya podía ponerse a escribir alguna novela dramática, vista la capacidad de sus neuronas para inventarse cosas. Las muy sinvergüenzas iban añadiendo detalles cada vez peores, hasta viento que se colaba por las rendijas de las ventanas del coche, que tampoco cerraban bien.

—¡Vale, ya le escribo! —exclamó, a ver si así se quedaban quietecitas.

Cogió el móvil y le envió un mensaje con su dirección, ofreciéndole de nuevo la habitación si no había encontrado nada mejor. Quizá se iría a Kingman, alguno le ofrecía su sofá, o Kayla la llamaba y se reconciliaban. Había mil posibilidades, así al menos su conciencia le dejaría tranquilo.

Iba a guardarlo en el bolsillo cuando le llegó la contestación:

«Genial, gracias. Voy para allá.»

Ah, pues de las mil posibilidades, seguía en pie la primera… Cerró el taller y se fue rápidamente a su casa, pensando que al menos el piso estaba decente. No era de los de tirar las cosas por ahí, así que cuando llegó, solo tuvo que quitar un par de camisetas desperdigadas por el sofá.

No tardó en sonar el timbre del portal y fue a abrir, pasándose las manos por el pelo de forma inconsciente. Esperó a Winter sujetando el pomo de la puerta de entrada, apoyándose en el marco. Ella apareció enseguida por las escaleras, con una bolsa de papel en las manos y sonriendo. ¿Por qué tenía esa sonrisa tan bonita?

—Hola —saludó la chica, cuando llegó a su altura—. He traído algo de cena, es lo menos que podía hacer.

Él se quedó en blanco unos segundos, dándose cuenta de que no había caído en eso. Menos mal, porque si no sus neuronas habrían añadido la desesperación del hambre y la sed a su imagen mental.

—Perfecto, no creo que tenga nada comestible en casa.

Se apartó para que pasara y le señaló la puerta de la cocina. El piso era pequeño y no tenía comedor, solo una mesa en la misma que rara vez utilizaba: o comía fuera, o directamente en el sofá. Buscó un par de platos, cubiertos y vasos para poner la mesa, lo de comer en el salón no estaba seguro si era la opción correcta cuando una chica iba a dormir en su casa, hacía tanto que ya ni se acordaba. Al final iba a estar más oxidado incluso que lo que los lerdos de sus amigos decían, aunque mejor ni los escuchaba, porque vaya grupo de expertos en el amor estaban hechos…

—He traído cervezas —dijo Winter, colocando las latas—. Aún están frías.

Terminó de sacar la comida, que eran un par de hamburguesas y una ensalada, y se sentaron.

—Le he preguntado a Regina cuál era tu favorita. —Winter le guiñó un ojo—. Pero tranquilo, no me han oído tus colegas.

—¿Qué les has dicho?

—Que llevaba las hamburguesas como ofrenda de paz a Kayla, a ver si colaba.

—¿Y no colaría? Llevarle comida a tu hermana, digo.

Winter tardó en contestar, con la excusa de masticar mientras pensaba que, obviamente, era una pregunta lógica y que la hamburguesa podría haber servido como reconciliación.

—No, es que… paso de ofrendas, ya se le pasará —improvisó.

A ese paso, tendría que ir apuntando qué había dicho a quién o se perdería entre tanta mentira y excusa inventada.

—¿Has dejado la mochila en el coche? —preguntó Travis.

—¿Mochila?

—O bolsa, maleta…

—Oh. Ah, claro. —Vaya, en eso no había pensado—. Salí tan rápido que solo cogí el saco. Tendrás que dejarme algo para dormir.

Travis bebió un trago de cerveza para poder pasar la hamburguesa, que se le había quedado atascada en la garganta. Así iba a acabar mal, seguro, lo veía venir. Decidió cambiar a un tema más neutral y preguntó por las obras, a ver si pensando en cemento y enchufes se le pasaban las tonterías. Funcionó durante un rato, hasta que terminaron de cenar y fue a buscar algo que le sirviera para dormir. No era muy de pantalones cortos y le costó encontrar unos, aunque estaba seguro de que le irían grandes. Cogió una camiseta, un cepillo de dientes sin usar y se lo entregó todo.

—Muchas gracias —dijo ella, metiéndose en el baño.

Por supuesto, le dedicó una sonrisa antes de cerrar y Travis sacudió la cabeza.

«Céntrate», se dijo.

Más fácil decir que hacer, cuando la siguiente tarea fue buscar sábanas limpias para la cama de invitados, que la tenía con una colcha para tapar el colchón y ya. Primero las dejó encima sin más, pero como la chica seguía en la ducha, al final se entretuvo haciendo la cama y, cuando dejó de oír el agua correr, había terminado.

—Esto se me cae —comentó Winter.

Travis alzó la mirada... y así se quedó, como si le hubiera atravesado un rayo. Winter estaba apoyada en la puerta, con la camiseta que le había dado y nada más, puesto que los pantalones cortos los tenía en la mano. Ay, Dios, por favor, que la camiseta no se moviera ni un milímetro, porque le daba un algo allí mismo y no tenía escapatoria: la chica seguía apoyada en el marco como si tal cosa.

Entonces ella levantó el brazo para arrojarle los pantalones, ofreciendo una visión fugaz de su ropa interior; saber que llevaba no lo tranquilizaba del todo, al contrario de lo esperado. El trocito de algodón blanco lo despistó de tal forma que los pantalones se estamparon contra su pecho y acabaron en el suelo, haciendo que la chica soltara una risita.

—Vaya reflejos —bromeó Winter.

Travis refunfuñó para sí, se agachó para coger la maldita prenda y, con ella estrujada contra su pecho como si fuera un escudo, atravesó la habitación hasta llegar a la puerta.

—En fin, esto... Pues ya tienes la cama hecha, así que... te veo por la mañana.

Pasó como pudo sin tocarla y Winter se asomó al pasillo para sonreírle con inocencia.

—Buenas noches, te veo en el desayuno.

Él se encerró en su habitación y suspiró contra la puerta, maldiciéndose por ser tan tonto. No iba a pegar ojo en toda la noche, ya lo veía venir.

Winter se metió entre las sábanas con una sonrisa satisfecha. Bueno, sus queridas hormonas estaban al borde del colapso, y aunque las señales confusas seguían ahí, el nerviosismo de Travis resultaba muy evidente, así que estaba segura de que no le era indiferente.

«Tranquilas, chicas, que es cuestión de tiempo», se dijo.

Capítulo diecisiete

Tal y como había prometido, Logan se presentó en Santa Claus al día siguiente. Apareció en su moto poco después que las furgonetas de los gremios, a pesar de que se había ido del rancho bien entrada la noche.

Kayla ya estaba allí también, aunque no llevaba mucho tiempo esperando: visto lo visto, como ninguno aparecía a las ocho como estaba establecido, no iba hasta las nueve. Al verlo llegar, notó las mariposas en el estómago y se sorprendió: pensaba que después de la tarde (y parte de la noche), se le habría pasado aquella extraña sensación, pero no, ahí seguía. Incluso notó que las comisuras de sus labios comenzaban a curvarse esbozando una sonrisa y tuvo que concentrarse en ponerse seria o, al menos, no sonreír de oreja a oreja, ¿qué pensarían los trabajadores? No, no, ¡seriedad! Lo último que necesitaba era que se creyeran que estaba contenta con sus casi nulos avances.

Él le guiñó un ojo antes de acercarse a las furgonetas y echar un vistazo.

—¿Y Simon y Morty? —preguntó.

—Morty suele venir más tarde —contestó Homer—. Y Simon todavía no ha confirmado si venía hoy.

Logan sacó el móvil y marcó el número de teléfono de la casa de Morty. Su madre no tardó en contestar.

—¿Qué tal, Alana? Soy Logan. ¿Morty está dormido? Ajá. ¿Sabes que hoy tenía que trabajar? Vaya, no te lo ha dicho… Pues ya le puedes ir despertando y que venga cagando leches, o no le volverán a contratar en lo que le queda de vida, ¿vale? Sí, se lo puedes decir así exactamente. Gracias.

Colgó y marcó el de Simon, que tardó bastante en contestar.

—Escucha, vago de los cojones, si no quieres que hable con Regina y te vete la entrada al Grand Canyon, ya puedes vestirte y venir a Santa Claus en menos de media hora. Que no, que no me cuentes milongas. Ya has perdido un minuto.

Colgó y se acercó a Lemuel, que estaba repartiendo el trabajo con los planos de las edificaciones en las manos.

—¿Cuál va con más retraso? —preguntó.

El albañil lo miró, sorprendido, y señaló el hotel.

—Esto —contestó.

—Bien, voy para allá.

Nada más acercarse, ya comprobó el ritmo que llevaban los trabajadores. Allí nadie tenía prisa y sabía que discutir y ponerse a gritar no iba a servir para nada. En cambio, los saludó con calma y empezó a trabajar. Primero a su velocidad, para poco a poco ir más rápido y, así, el resto lo fueron imitando sin darse cuenta. Cuando estuvo satisfecho, cambió de edificio.

A media mañana Kayla se paseó entre las obras, con unas jarras de té helado que iba repartiendo y que, cuando se acercó al equipo con el que se encontraba él trabajando en ese momento, sirvió con una sonrisa bastante amplia, lo que le hizo a Logan decidir que no se iría directamente a casa al terminar como había pensado en un principio... Qué menos que hacerle una visita e intercambiar impresiones, ¿no?

Y otras cosas, aunque aquella línea de pensamiento le hizo beberse el té de un trago para no distraerse de la tarea que aún le quedaba por delante.

—Está rara —comentó uno de los chicos, cuando ella se hubo alejado.

Logan lo miró.

—¿A qué te refieres?

—¿No te has dado cuenta?

—Sonreía —añadió otro.

—¿Estará tramando algo? —preguntó un tercero, mirando su vaso con desconfianza.

—¿Qué va a estar tramando? —replicó Logan—. ¿Es que la chica no puede sonreír?

—No pensábamos que supiera.

—Es muy raro —repitió el primero.

—Bueno, pues tendrá un buen día —dijo Logan—. No os distraigáis y vamos a seguir, que si no, no acabamos nunca.

Bastante le costaba que aumentaran el ritmo como para que se distrajeran con la sonrisa de Kayla. Para eso ya estaba él.

El que aún tenía el té lo terminó de beber, aún con cara de no estar muy convencido, y continuaron con el trabajo.

Para cuando acabó el día, Logan había pasado por todos los grupos y conseguido que avanzaran más que la media de la semana anterior, pese a que aún no era suficiente. Tendría que volver al día siguiente y de vez en cuando para asegurarse de que se mantenían, pero estaba bastante contento.

Kayla llegó de nuevo cuando los trabajadores estaban repartiéndose en las furgonetas y, tras acercarse a despedirlos, fue a revisar las obras.

—¿Vienes a tomar algo? —le preguntó Sam a Logan, al terminar de recoger los bártulos.

—No, voy a… —miró de reojo a la chica, que salía del futuro hotel—, pasarme por el taller, a ver si Travis necesita algo. Nos vemos mañana.

El electricista se despidió y pronto todos los trabajadores se habían marchado del pueblo.

Logan esperó a que las furgonetas estuvieran fuera de la vista y se acercó a Kayla. La chica seguía sonriendo y, antes de que él pudiera reaccionar, había dado un salto para abrazarle. Por inercia, la cogió para elevarla y ella enredó las piernas en su cintura.

—¡Gracias! —le dijo Kayla—. No sé cómo lo has hecho, es increíble.

—Encanto natural.

Kayla puso los ojos en blanco, pero ya que lo tenía tan a mano, inclinó la cabeza y le besó. Cuando Logan se había marchado la noche anterior no pensó en lo ocurrido, ni si se repetiría o se trataba de una cosa puntual. En aquel momento estaba tan contenta que solo quería besarle, y por cómo le correspondía no tenía ninguna intención de apartarla, así que…

—¿Vamos al rancho? —preguntó él, separando sus labios unos milímetros.

—Está Winter. —Hizo un mohín, pensando en las posibilidades—. Aquí está todo patas arriba, no quiero acabar con un martillo en la espalda.

Él miró a su alrededor también y señaló el coche con la cabeza. ¡Ni que tuvieran quince años! Aunque parecía la opción más plausible en aquel momento, a ver qué pensaba la chica.

—Perfecto —dijo ella, antes de darle otro beso.

Sin soltar su cuello, liberó una mano para sacar las llaves del bolsillo y abrirlo mientras Logan la llevaba hasta allí. Después del «momento establo», el coche hasta le parecía una comodidad. Su cama de noventa tampoco había sido la octava maravilla en cuanto a lugar para sexo desenfrenado, que apenas cabían.

Mientras caía en el asiento trasero y le quitaba la camiseta, pensó en que quizá aquello no se lo contaría a Winter cuando la pusiera al día de lo suyo con Logan, no fuera a no coger el coche nunca más.

Apenas la había visto aquella mañana antes de marcharse y durante el día, con los obreros por allí y cada una trabajando en lo suyo: Winter con los presupuestos y ella en su restauración de muebles, por lo que tampoco sabía dónde había pasado la noche su hermana. Hacía años que no tenían confidencias de ese tipo, y últimamente sentía como si hubieran vuelto a la etapa de adolescencia, cuando se llevaban bien y hacían cosas juntas.

Luego le dedicaría tiempo, que en aquel momento tenía a Logan besándola y sus neuronas solo podían concentrarse en una cosa.

Quizá lo de encontrar el beso perfecto no había sido tan buena idea, que no le dejaba pensar en mucho más. Logan le sonrió mientras le quitaba la camiseta, bajó la cabeza para besarle en el estómago y ella se rio al notar las cosquillas que su lengua le hacía en el ombligo. De ahí Logan aprovechó para desabrocharle el pantalón y tirar para quitárselo, llevándose también la ropa interior y así continuar con sus besos por toda aquella zona. Kayla se retorció, entre el placer y la risa, porque no recordaba haber tenido nunca cosquillas allí, pero claro, el tema de los besos debía funcionar para todo el cuerpo y no solo los labios.

Lo empujó con las manos hasta conseguir que se sentara, para así colocarse ella encima rodeándole son sus piernas. Lo besó pasando los dedos por cada una de las marcas que formaban sus abdominales y delineó sus oblicuos hasta llegar al botón del pantalón y desabrochárselo. Ahora que lo pensaba, no recordaba que hubiera comentado ir al gimnasio y dudaba que en el taller estuvieran todos igual que él. Bueno, ya le preguntaría a ver qué hacía para mantenerse en forma.

Se sujetó a sus hombros y él la cogió por las caderas, aunque dejó que fuera ella quien llevara el control y bajara poco a poco hasta tenerle dentro. Aquello le estaba volviendo loco, tenía que contenerse para no cogerla y cambiar de nuevo la postura para tumbarla en el asiento. Y a la vez, estaba disfrutando tanto que no quería ni moverse.

La miró a los ojos justo antes de besarse de nuevo y solo pudo pensar en lo preciosa que estaba, sonrojada y despeinada. No había esperado que fuera así con ella; cierto que la atracción sexual había estado presente, pero no sería la primera vez que las expectativas quedaban en nada y lo que le había dicho a Travis sobre la mantis aún lo pensaba, con lo seria que era ...

Solo que ya no lo era tanto. Y menos ahí, encima de él, moviéndose mientras le clavaba las uñas en los hombros y le hacía enloquecer.

La abrazó con fuerza, como si temiera que fuera a escaparse en cualquier momento, y la besó en el cuello, rozando la zona hasta detrás del lóbulo de su oreja con los dientes, casi mordiendo cuando ella aceleró el ritmo. Notó cómo se iba tensando, igual que él, y abandonó la marca que le había hecho para volver a besarla y gemir en su boca, dejándose llevar, aunque no la soltó después.

Kayla apoyó la cabeza en su hombro, respirando aún con rapidez, y solo se movió cuando notó que se le estaban durmiendo las piernas. Se limitó a pasar una por encima y quedarse sobre él, que se reclinó un poco para que estuvieran más cómodos.

Ella no era de lo más cariñosa ni «pegajosa» con sus ligues, pero estaba tan a gusto que no le apetecía mover ni un músculo. ¿Le estaría pasando como con Winter, que no se reconocía cuando estaban juntas? Nunca hubiera pensado que ella y su hermana pudieran volver a llevarse bien, y sin embargo...

—Te has quedado muy pensativa —escuchó que le decía Logan, mientras le acariciaba la frente.

El calor comenzaba a notarse en el coche, a pesar de tener las ventanillas abiertas; aun así, Kayla no tenía ninguna gana de moverse de allí.

—Nada, estaba pensando en Winter —contestó.

Él paró su caricia, sonriendo a medias.

—¿No te he distraído lo suficiente? —bromeó.

Volvió a tocarle la frente, justo donde estaba comenzando a fruncir el ceño.

—Haces mucho esto, ¿sabes?

—¿El qué?

—Ponerte gruñona. Aunque menos que antes, diría yo. Cuando llegasteis parecía que estabas enfadada con el mundo y con tu hermana.

—Algo así. —Relajó un poco la expresión, porque la forma en que la estaba tocando le hacía imposible estar enfadada—. Es que antes era diferente, ¿sabes?

—¿Antes? ¿En Boston?

—Sí. Allí no nos llevábamos muy bien. Llevamos años trabajando juntas y poco más, solo hablamos de trabajo y muchas veces ni siquiera en términos agradables. Pero aquí... bueno, es diferente. Pasamos tiempo juntas, comemos, salimos...

—Bebéis juntas... sí, las borracheras unen.

—Qué gracioso. —Le dio un pequeño empujón—. Es más que eso. De pequeñas y adolescentes nos llevábamos bien, luego murió mi padre...

—¿Tu padre? —Hizo memoria—. Ah, sí, algo comentó la primera noche Winter, sobre si erais hermanas o hermanastras, pero como iba tan borracha no nos quedó claro.

—Ah, sí, eso, es que nuestra historia familiar es... diferente a lo habitual. Cuando yo tenía dos años, mis padres se divorciaron. Mi madre se había enamorado de otro y bueno, pensó que lo mejor era iniciar una nueva vida desde cero y me dejó con mi padre.

—Vaya.

—Ya, no es lo habitual, aunque era tan pequeña que ni me acuerdo y no tengo trauma sobre ello. Mi padre era estupendo y nos llevábamos muy bien.

—Entonces Winter es de su segundo marido.

—Eso es, segundo y actual, para ser exactos, aún siguen juntos. Antes de un año de casados, ya había tenido a Winter. Recuerdo quedar en el parque para jugar juntas, o pasar la tarde en su casa o ella en la mía, cuando éramos pequeñas. Al crecer íbamos a colegios diferentes, pero nos veíamos los fines de semana y hacíamos hasta fiestas de pijamas. Nos llevábamos muy bien. O bueno, eso pensaba yo.

—¿Qué pasó?

—Mi padre murió cuando yo acababa de cumplir los dieciocho. Un ataque al corazón fulminante, una cosa de esas que no te esperas y vuelve tu mundo del revés.

—Lo siento.

Le dio un beso en la mejilla y ella se acurrucó más contra su pecho.

—No pasa nada, no lo conocías y... ya hace tiempo. Todavía duele, aunque menos. Creo. —Movió la cabeza—. En fin, que cuando pasó, obviamente yo no tenía trabajo aún y no podía pagar el alquiler, así que hablé con mi madre para irme a vivir a su casa.

—¿Tú hablaste con ella? ¿No se ofreció?

—No me dijo nada, así que le pregunté directamente, y resultó que Winter no quería que fuera a vivir con ellos.

—¿En serio?

—Y claro, mi madre temía que fuera a romperse su estructura familiar, porque Winter no quería compartir habitación… no sé, supongo que, aunque nos llevábamos pocos años, estaba en plena adolescencia y yo molestaba en su vida.

Aquello no le pegaba a Logan con la Winter que había conocido, la amabilidad personificada y que caía bien a todos. Como decía Kayla, quizá había sido solo una fase… aunque tampoco comprendía que la madre no se hubiera puesto firme para llevarla a vivir con ellos a pesar de todo.

—¿Qué hiciste?

—Como estaba a punto de comenzar la universidad, mi madre me dijo que me pagaba la residencia y el dinero que necesitara para las tasas y así no haría falta que fuera a su casa.

—Vaya —repitió Logan, sin saber muy bien qué decir.

—Al principio iba a comer algún fin de semana —continuó Kayla—, aunque cada vez hacía más vida en la universidad, y al acabar la carrera me alquilé un piso, de nuevo ayudada por mi madre. Me planteé un acercamiento, pero entonces Winter tuvo el accidente de moto y las cosas fueron a peor.

—¿Un accidente de moto?

—Sí, nada grave, me avisó mi madre cuando estaba a punto de subir a un avión de camino a un trabajo en otra ciudad. La verdad, mi primer impulso fue ir a toda prisa al hospital… pero mamá me convenció de que ellos la cuidarían, que un brazo roto no era nada por lo que preocuparse. Le escribí de todas maneras, y no contestó a mis mensajes hasta días después. —Se encogió de hombros—. Ahí ya me quedó claro que todo estaba roto entre nosotras y seguí con mi vida.

—Pero trabajáis juntas.

—Es que cuando acabé la universidad, hice prácticas en una empresa de restauración y después, mi madre me preguntó si quería unirme al negocio familiar, por eso cuando Winter tuvo el accidente estaba en la empresa. Pensaba que la oferta de mi madre era como socia o algo así y, de nuevo, error, solo soy su empleada.

—¿Winter es socia?

—No estoy segura, mi madre es bastante opaca para ciertas cosas y… bueno, pensaba que Winter era una inútil y que por eso, aunque estudió empresariales, no la tenía en contabilidad.

—Sin embargo, aquí ha hecho ella los presupuestos y la memoria, ¿no? Muy a vuestro favor, he de decir, que se ganó a los veteranos en un segundo.

—Ya, por eso no lo entiendo.

—¿Nunca has hablado con ella sobre este tema?

—No, ya te lo he dicho: solo hablamos de trabajo. Ella se pasa el día con mi madre, haciéndose manicuras y yendo al *spa*, así que cuando coincidimos, lo que menos me apetece es sacar algún tema personal. Está claro que es su favorita y tiene más privilegios que yo, ¿para qué hurgar en la herida?

Logan se quedó pensativo unos segundos, intentando encajar aquella imagen con la de Winter que conocía. La que describía Kayla no se habría arriesgado a estropearse las manos cortando los hierbajos del rancho, por ejemplo. Allí había cosas que no le cuadraban, aunque claro, solo tenía la versión de Kayla y, por lo poco que había escuchado de la madre hasta entonces, tampoco parecía que fuera una gran maravilla.

—A lo mejor ahora podrías hacerlo —comentó—. Dices que os lleváis mejor, quizá sea el momento de volver a abrir la comunicación también a nivel personal.

Kayla no contestó, aunque ya lo había pensado y esperaba que aquella llegaría a producirse también. Después de todo, no estaría ahí con él después de una buena ración de sexo y unos besos con los que siempre había soñado si Winter no le hubiera dado un empujón. Ni habría bailado, ni reído como hacía tiempo… se mordió el labio, recordando entonces las advertencias de Daisy. En realidad, tampoco le había parecido del todo mal si de verdad Logan no había prometido nada. En su caso, ni siquiera habían hablado del tema, simplemente sucedió. Después, él se fue a dormir a su casa y era normal, ella no se quedaba nunca en casa de Andy, ni al contrario.

Sin embargo, aquel aleteo mariposil cambiaba las cosas, porque temía que quizá había algo más, al menos por su parte, el comienzo de… en fin, no sabía qué, puesto que todo era temporal ya que iban a marcharse.

El problema era que se estaba acostumbrando a Arizona, a su clima y también a Logan. Esos besos del demonio tenían algo de adictivo.

Bueno, debía tener claro lo que eran: follamigos y punto, y no pensar más allá.

Y con relación a Winter… probablemente las cosas seguirían hacia delante y tendrían esa charla, algo que también temía, por si acababan sacando trapos sucios y discutiendo.

En el rancho, Winter estaba revisando papeles cuando sonó su móvil. Miró la pantalla y lo cogió.

—Hola, mamá —saludó, acomodándose en la cama—. ¿Qué tal estás? ¿Y papá?

—Tu padre bien, como siempre. Ocupado con sus negocios, te manda saludos —contestó Francine—. Llamo para que me cuentes qué tal van las obras, ¿crees que estará listo pronto?

Winter fijó su mirada en el techo, donde ya no existía el agujero que le había permitido contemplar las estrellas durante tantos días. La voz de su madre, al igual que su conversación, se le hacía muy lejana en esos momentos.

Pese a que hacían algunas actividades triviales juntas, Winter nunca la había sentido muy cercana. Quizá por el sentimiento de culpa, el caso era que Francine pasaba mucho más tiempo con Kayla que con ella. Siempre había sido de esa manera, así que el hecho de que la telefoneara para mantener una charla que debería tener con su hermana le extrañaba.

—¿No preferirías hablar con Kayla? Es su proyecto.

—No, el proyecto es de las dos.

—Bueno, ella está al mando desde el principio.

—Ya sabes que le gusta mandar, eso no significa que tú no tengas capacidad para hacerlo también —replicó Francine—. Venga, habla. Y con cifras.

La chica suspiró, recostándose contra la pared.

—Tiene buena pinta, pero la obra va muy lenta. Esto funciona así, lo has visto miles de veces, ahora mismo estamos en la fase caótica… hay muchas cosas empezadas y ninguna lista.

Hubo una breve pausa al otro lado de la línea.

—No es lo que quería escuchar.

—Vale, mamá, lo entiendo. Pero es que la magnitud de esto… creo que no te haces a la idea de lo grande que es y lo deteriorado que está. No se puede arreglar en dos días.

—Lleváis más de un mes, deberíamos tener progresos.

—Los tenemos —se apresuró a contestar Winter—. Solo que estamos lejos del fin de obra, nada más, y no tiene sentido que camufle la situación.

Francine resopló al otro lado del teléfono. Winter incluso pudo escuchar cómo tamborileaba con los dedos, impaciente, y casi podía imaginarla: sentada en su aséptico despacho blanco, con el cabello y la manicura perfecta y el habitual rictus serio en los labios.

Siempre inquieta, nunca satisfecha.

—¿Las cifras son tuyas? —preguntó.

—He tenido que amoldarme a…

—Es un buen trabajo. Ya sé que hasta ahora no te he dejado mucho margen al respecto, pero te aseguro que eso va a cambiar cuando vuelvas —comentó Francine.

«Mucho» era una falacia, ya que la palabra correcta era «nada». Sin embargo, Winter agradecía el breve y extraño cumplido de su madre. Aprovechando aquel momento, decidió hacer la pregunta que llevaba tiempo guardando:

—¿Me vas a dejar llevar la contabilidad?

—Con supervisión.

Teniendo en cuenta que había oído eso antes, Winter decidió no alegrarse por adelantado.

—¿Habéis pensado en la restauración? —siguió Francine.

—Kayla podría explicarte esa parte a la perfección.

—Estoy hablando contigo, no con tu hermana, así que deja de intentar librarte de mí.

—No es eso, es que me parece un poco raro cuando ella es quien lleva el proyecto y se podría hacer una llamada cuando estemos juntas. No me gusta hablar de esto a escondidas, menos cuando empezamos a llevarnos mejor.

Francine parecía cada vez más impaciente.

—No digas bobadas, Winter. Tampoco Kayla nos cuenta todas sus cosas, créeme. No la defiendas tanto, que al final te llevarás un chasco.

La joven miró su móvil, intrigada, ¿eso era lo que pasaba? ¿Su madre estaba enfadada con Kayla por algún misterioso motivo que ella desconocía?

Vaya, esa fisura sí que no la esperaba. Tras pasar media vida a su sombra, le costaba creer que Kayla no fuera tan perfecta a ojos de Francine.

—¿Qué quieres decir?

—Pues que conoces a tu hermana perfectamente y sabes que no da puntada sin hilo. Si es amable contigo es porque le beneficia de alguna manera, eso es todo.

—No lo entiendo…

—¡Despierta, hija! Kayla solo quiere librarse de nosotras. ¿Te ha contado que sus planes incluyen dejar la empresa y desaparecer del mapa?

Winter se quedó atónita al escuchar aquello. Kayla no había sacado el tema en ningún momento, por descontado, y le costaba creerlo. ¿Iba a largarse así, sin más? Después de escucharla hablar con tanto entusiasmo de Santa Claus y cómo iba a quedar, había tenido la sensación de que aquello no era solo un proyecto cualquiera. También de que trabajaban bien juntas y, tonta de ella, creyó que eso las acercaría en futuros trabajos.

—¿Cómo lo sabes?

—Winter, yo me entero de todo. Conozco muy bien al director de nuestro banco, y justo antes del viaje, Kayla estuvo hablando con un directivo para cerrar su cuenta.

El primer impulso de Winter fue replicar que podía ser para cualquier cosa, aunque no llegó a verbalizarlo porque se dio cuenta de que la conclusión de su madre era la más lógica. Cuando uno liquidaba su cuenta del banco, era porque tenía planes en otro lugar.

Y no se había dignado a comentarle ni una palabra al respecto, después de vivir juntas todo ese tiempo. A lo mejor hasta lo de llevarse bien era una parte más del teatro, para que estuviera contenta y no diera guerra, como las palmaditas de consolación que recibía un perro.

—¿Sabes algo de eso? —insistió Francine.

—No… de hecho iba a decirte que está contenta, hacía tiempo que no la veía así. Estamos pasando tiempo juntas y bueno…

—Claro que está contenta, tiene planes más interesantes que no nos incluyen. Es lo mismo que cuando le di la opción de venir a vivir con nosotros y prefirió ser independiente, no tiene apego por la familia.

—Ya veo —murmuró Winter, con un leve tono de decepción en la voz.

Estaba claro que era idiota por pensar que igual podían volver a ser las hermanas de antaño mientras Kayla hacía planes a gran escala lejos. Tampoco se lo había contado, de hacerlo podía haberlo comprendido, ¿quién no soñaba con un cambio de vez en cuando?

—Tenemos que estar unidas, Winter —prosiguió Francine, con tono decidido—. Cuando vuelvas, nos sentaremos para hablar sobre las nuevas responsabilidades que quiero que lleves a cabo.

Y, a pesar de llevar años deseando escuchar algo parecido, a Winter no le alegró tanto como había imaginado. La agria información recibida pesaba más que la buena noticia de que su madre al fin reconociera su valía porque, de nuevo, Kayla la decepcionaba.

Dejó el móvil a un lado y miró de nuevo a su techo arreglado. Le había comentado a Kayla a ver si era posible colocar un tragaluz, pero según ella, tras consultarlo con Homer y Lemuel no era posible porque la estructura no lo aguantaría. Ahora se preguntaba si aquello sería cierto o solo lo había dicho para que se contentara.

Escuchó que llegaba el coche y salió de la habitación para bajar las escaleras. No le comentaría nada de la llamada de su madre, a ver si en algún momento sacaba el tema del cierre de la cuenta sin que tuviera que preguntar.

—¿Qué tal todo? —preguntó, al verla entrar con una sonrisa.

—Genial, ha venido Logan y les ha metido caña. ¡Han avanzado un montón!

A su pesar, Winter no pudo menos que alegrarse y deducir también que sus mejillas encendidas se debían a algo más que a la emoción de las obras.

—¿Qué tal ayer? —preguntó.

Su hermana solo había enviado un mensaje con un pulgar hacia arriba que le hizo deducir que había acertado al dejarlos solos.

—Estupendo. —Se acercó a ella y, para su sorpresa, le dio un abrazo—. Lo de los besos… en fin, se queda corto. Y no sé si quieres detalles del resto —rio.

—No, no, te creo, ya se te ve.

Le señaló el cuello y se separó un poco, molesta por el abrazo después de la conversación con su madre. En aquel momento, tenía una lucha interna entre lo que había escuchado y lo que sentía hacia Kayla. Quería seguir teniendo confidencias con ella, salir juntas a divertirse, planificar la obra… solo que la sombra de su abandono formaba una nube negra que no le dejaba disfrutar de aquel momento como hubiera querido.

Joder, ¿todo era fachada? No lo parecía, Kayla no era de ir mintiendo ni engañando, no podía fingir sonreír como lo estaba haciendo o el mismo hecho de que le hubiera pasado las cuentas y confiara en ella. Era todo tan extraño y complicado…

Kayla se tocó el cuello sin dejar de sonreír, suponiendo que tendría alguna marca, pero le dio igual, aunque no podía tapársela con el pelo. Ya se la maquillaría.

Entonces se dio cuenta de que Winter estaba taciturna y que no había correspondido a su abrazo con mucho entusiasmo, lo que la extrañó y le hizo sentirse culpable al pensar que quizá su noche fuera no había sido agradable para nada. Y ella ahí tan feliz...

—¿Qué tal tú? —le preguntó.

—¿Yo? Bien, ¿por qué? Estaba... descansando arriba.

—No, me refiero a anoche. ¿Dónde dormiste? Pensaba que vendrías después de tomar unas copas, no que no aparecerías en toda la noche.

—Ah, hablas de eso. —Se encogió de hombros—. Bueno, me encontré con Travis en el Grand Canyon...

—Qué bien, ¿no?

—Sí, hasta que aparecieron los demás y se complicó un poco la cosa, porque me había ofrecido pasar la noche en su casa. Total, que se pusieron tontos y se marchó.

—Vaya, lo siento.

—No, no, si al final acabé allí. Me mandó un mensaje y yo me presenté con la cena.

Y por su cara, Kayla dedujo que aquello había sido todo, o se lo estaría contando con más entusiasmo. Winter tenía una forma de contar las cosas que a veces parecía que no iba con ella; ya le tenía cogido el truco y, en aquel caso, no era que lo relatara sin más.

—Y nada, ¿no? —añadió, al ver que se quedaba callada.

—Exacto, nada. De hecho, por la mañana apenas si lo vi porque ya estaba preparado para ir a trabajar, me dijo dónde estaban las cosas para desayunar y salió pitando. Creo que no le soy indiferente, pero algo falla... Tendré que cambiar la estrategia.

Otra vez, que ya no sabía ni qué hacer. Quizá tendría que hacer un ataque frontal, o engañarlo para conseguir que se quedaran a solas, porque con aquel grupo de amigos que aparecían por todas partes, era imposible conseguir nada. La única idea que se le ocurría era intentar la cita por coacción, si nadie más volvía a interrumpir.

—Bueno, seguro que tienes razón —la animó Kayla—. No te mira como si no le gustaras, yo creo que el otro día hasta se puso celoso de Jaden.

Winter movió la cabeza, aunque aquello la animó. Si Kayla lo pensaba también, entonces no era cosa solo de su imaginación.

Capítulo dieciocho

Winter dio varias vueltas en el lavabo, en un intento por verse en el espejo desde todos los ángulos. Al final se les había olvidado comprar uno nuevo y claro, después llegaban esos momentos en los que había por delante una cita por coacción y maldecía su mala cabeza.

El último intento se había saldado con un fracaso al aparecer de repente el grupito de marras, pero ese día lo tenía todo planeado para que no volviera a ocurrir. Y estaba dispuesta a utilizar todas las armas posibles, o sea que el vestuario importaba.

Como no era su intención agobiar a Travis, su plan era secuestrarlo del trabajo una hora antes de que se cerrara el taller, así podrían tomarse algo en el Canyon sin preocuparse de que aparecieran los demás. Una forma de iniciar un acercamiento, aunque fuera breve, y así saber si tenía alguna posibilidad con él o estaba malinterpretando las señales.

Y para dejar claro que aquello era una cita —por coacción—, decidió eliminar los vaqueros y ponerse una falda corta y una blusa azul ligeramente escotada. Si iba vestida como cualquier otro día no lo pillaría, aunque tampoco tenía claro que lo fuera a pillar de esa manera.

Comprobó que su pelo estaba perfecto, se puso las botas y bajó a la planta principal con el bolso colgado del brazo. Logan estaba en una esquina del sofá, bien alejado de Kayla, y las caras de ambos le hizo pensar que los acababa de interrumpir.

—No hace falta que disimuléis —dijo—. Ya lo sé y, aparte, se os nota a la legua.

—¿En serio? —Logan frunció el ceño, pensando que iba a tener que esforzarse un poco o sus amigos no tardarían en tomarle el pelo.

—Me lo contó Kayla.

—Tranquila, estábamos hablando —carraspeó esta, con un gesto destinado a quitarle importancia al tema—. ¿Dónde vas tan arreglada?

—A ver a Travis —contestó ella.

Logan parpadeó, sorprendido, al ver la claridad con la que lo decía.

—¿Habéis quedado? —siguió Kayla.

—Sí. —Ambos la miraron—. Aunque aún no lo sabe. Es una sorpresa.

Logan y Kayla volvieron a mirarse, guardando silencio. Mejor no decir nada, porque ninguno tenía clara la historia entre aquellos dos. Kayla suponía que sería su nueva estrategia, y esperaba que tuviera suerte.

—¿Vas a llevarte el coche? —le preguntó.

—No, como los obreros están a punto de irse voy a ver si alguno me lleva.

—¿Y cómo vas a volver?

Winter le lanzó una mirada exasperada. Lo de parecer preocupada por ella, ¿a qué venía? En un par de meses se iría a vivir a algún lugar bien lejano y dudaba mucho que fuera a interesarse entonces por cómo iba y volvía de los sitios.

—No hace falta tenerlo todo planeado, Kayla —contestó—. A veces hay que improvisar. Salgo y ya pensaré después cómo vuelvo. Divertíos.

Fue hacia la puerta sin entretenerse más. Kayla la observó con cierta inquietud. Los últimos días notaba a su hermana rara, más similar a como habían estado al principio de ir a Santa Claus. Algo que no entendía, justo cuando empezaban a llevarse bien, Winter volvía a ponerse rara, tal y como le había sucedido tras su accidente de moto.

—Tranquila —le dijo Logan—. Tirada no se va a quedar, no te preocupes. Si la trajimos hasta aquí cuando no la conocíamos…

—Lo sé, lo sé. Es que es tan confiada que no sé, no puedo evitar preocuparme por si le pasa algo.

—Los chicos la cuidarán, ya ves que el otro día le dieron alojamiento. —Logan sonrió—. Por otro lado, en cuanto los obreros se marchen, podríamos aprovechar el tiempo hasta que tu hermana vuelva.

Kayla correspondió a su sonrisa, sabiendo que no sería capaz de resistirse. Desde el domingo no podía dejar de pensar en él, aunque claro, tampoco ayudaba que se hubieran liado en el coche el lunes como si fueran adolescentes y hubieran tenido algún encuentro más en el rancho… y eso que seguía teniendo muy presentes las palabras de Daisy sobre lo inútil que era enamorarse de él.

Al darse cuenta de su línea de pensamiento se apresuró a desecharlo, ¿quién había hablado de enamorarse? No, así estaban bien, era divertido y sin compromiso, como debía ser.

Cuando Winter salió hasta la entrada, descubrió que allí solo quedaba Lemuel y su equipo de albañiles, dado que carpintería ya se había marchado.

—Hola a todos —saludó con una sonrisa, y se dirigió a Lemuel—. ¿Me podéis acercar hasta Dolan Springs?

—Por supuesto que sí. —Lemuel se giró hacia la furgoneta y le hizo un gesto al chico que ya estaba acomodado en el asiento del copiloto—. Tú, siéntate detrás y déjale el sitio a Winter.

—Oh, no hace falta, puedo ir detrás yo…

—Ni hablar, no te dejaré ahí con este grupo de lerdos —Lemuel sonó inflexible—. Sube.

El ocupante salió a toda prisa y le sujetó la puerta a la chica, que sonrió a modo de disculpa antes de subir. Lemuel le dio conversación durante el viaje y, al llegar, la dejó en el principio de la calle principal para después encaminarse hacia su propia lonja.

Winter tardó cinco minutos en llegar al taller y, una vez allí, se asomó de forma prudente. Reece y Harrison estaban con sendas motos, mientras que Travis se encontraba al fondo del taller, al parecer revisando algo.

—Hola, Winter —saludó Reece, con una llave en la mano.

—Hola —corroboró Harrison—. ¿Te ayudamos en algo?

—Pues… —Ella miró a Travis y lo que tenía entre manos—. ¿Todavía no se han llevado la friki moto de Spiderman?

Se acercó hasta allí, ignorando a Reece y Harrison, que se miraron entre ellos. El primero señaló con la cabeza hacia la puerta, aunque Harrison no captaba el mensaje que pretendía enviar su amigo y no hacía más que encogerse de hombros.

—Al dueño le surgió un viaje de negocios, de modo que estará conmigo toda la semana —comentó Travis, dejando la moto para acercarse a ella—. Así aprovecho para hacerle alguna cosa más.

—Oh, y has terminado de pintar la moto de Regina… ha quedado muy bien.

—Sí. ¿Necesitas alguna cosa?

Travis fue consciente de que su tono había sonado quizá más brusco de lo que pretendía… pero la chica lo ponía nervioso. Se presentaba allí sin avisar, lo que estropeaba su intención de cruzarse con ella lo menos posible. Por más que se repetía que todo iba bien y que no iba a caer, aquellas palabras perdían la mayor parte de su fuerza cuando la tenía delante.

—Tengo una consulta sobre aceite —contestó la chica—. ¿Podemos salir un momento?

Reece y Harrison alzaron la ceja al mismo tiempo. ¿Una consulta sobre aceite? La cara de Travis no estaba muy alejada de la de los chicos.

—¿Sobre aceite?

—Kayla me ha pedido que te pregunte al respecto, pero es un tema amplio y va a llevarme un rato muy largo, ¿nos tomamos algo?

Reece y Harrison se quedaron mudos y miraron a Travis, al igual que Winter. Este se dio cuenta de que estaba siendo observado por demasiada gente y carraspeó.

—Vale. —Miró a sus chicos—. Enseguida vuelvo.

Ambos se apresuraron a asentir, así que Travis se metió en el baño para lavarse las manos y volvió a salir. Fue hasta la salida con la joven detrás, aunque ella se rezagó unos segundos para dirigirse a los dos amigos.

—No va a volver «enseguida» —comentó, bajando la voz.

—Ah, vale —aceptó Harrison, desconcertado.

—Tenemos la llave, no pasa nada. Podemos cerrar nosotros —añadió Reece.

—Así me gusta.

Winter se apresuró a marcharse, dejando a ambos chicos con la misma cara que tenían puesta prácticamente desde que la habían visto llegar. Alcanzó a Travis en la entrada y se acercaron hasta el Canyon, donde Regina sufrió un pequeño lapsus al verlo entrar.

—¿Ya son las ocho? —Buscó su reloj desesperada—. ¡Imposible, me queda mucho por hacer!

—Son las cinco, tranquila —aclaró él—. Tráenos un par de cervezas, por favor.

Le señaló una mesa a Winter y ambos se sentaron.

—Bueno, ¿de qué va eso del aceite?

—Nada, solo era una excusa para traerte aquí sin tus amigos.

—Ah —respondió Travis, y entonces pareció caer—. Ah.

—No tengo nada en contra suyo, me caen bien, solo que están en todas partes, a todas horas... así es muy difícil hablar contigo.

—¿Entonces no hay ningún tema sobre aceite?

—Sí, pero no tiene importancia —contestó Winter, dejando claro con un gesto que eso quedaba zanjado momentáneamente.

—Vale —dijo Travis, intranquilo porque sin el tema del aceite no sabía bien cómo iba a salir de aquella situación.

Regina dejó las cervezas entre ellos y se marchó con una sonrisita.

—¿Qué tal las obras? —se apresuró a preguntar Travis.

—Han mejorado un poco, aunque todavía está hecho un desastre. Kayla se pasa el día enfadada con los albañiles.

—Yo creo que se podría dejar perfectamente en «Kayla se pasa el día enfadada». ¿Siempre ha sido tan…?

—¿Amargada? No sé, nunca ha sido normal. Vale que su vida no ha sido fácil, nuestra madre se divorció cuando tenía dos años y la dejó con su padre, pero ella nunca ha querido formar parte de la familia. Es muy despegada.

«¿Y de dónde has salido tú, entonces?», se preguntó Travis, porque era obvio que no se parecían en nada a pesar de tener la misma madre.

—A lo mejor fue cosa de su padre…

—No, yo lo conocía y era muy simpático. Mi madre nos reunía cuatro veces por semana para que tuviéramos trato y nos lleváramos bien. —Winter se encogió de hombros—. Y fue así durante años, fue raro porque éramos casi hermanas. —Lo miró—. ¿Tú tienes hermanos?

—No —contestó Travis—. Soy hijo único. Y mimado, añado.

Winter sonrió y se dio cuenta de que él también lo hacía, señal inequívoca de que empezaba a relajarse. Bien, primer obstáculo salvado.

—No tienes pinta para nada de niño mimado.

—Seguro, más bien de camorrista, pero con accesorios caros.

—¿Tus padres eran normales? Dime que sí, por favor.

—Mi madre era como todas las madres, me daba la tabarra con mi forma de vestir, aunque después me cosía las tachuelas en las cazadoras. Mi padre era guay, fue quien me inició en el tema de las motos. Todavía se viste de cuero y asiste a encuentros, aunque vive en Kingman y solo nos vemos un par de veces al mes.

—El mío me visita en modo holograma.

—¿Qué?

—Es un hombre de negocios muy ocupado. —Ella se encogió de hombros—. Cuando era pequeña nunca estaba, mi madre tampoco, así que realmente, Kayla era a quien más veía. Pero luego su padre tuvo un infarto fulminante y murió, ahí todo cambió.

—¿No fue a vivir con vosotros?

—¿Ves? Tú también crees que hubiera sido lo más lógico, ¿verdad? Y yo también, hasta le dije a mi madre que la convenciera,

¿cómo iba a vivir sola una cría de dieciocho años? Ni siquiera había empezado en la universidad. Pero Kayla no quiso, dijo que prefería ser independiente y que no nos necesitaba. —Winter suspiró—. Nunca entendí su decisión, habíamos hablado muchas veces de vivir juntas… a partir de ahí, perdimos bastante el contacto.

—Bueno, trabajáis juntas —apuntó Travis—. ¿Eso no une? Solo pregunto, en este momento me alegro mucho de ser hijo único y mimado.

—Ella va por su cuenta y yo por la mía, es demasiado importante para llevar proyectos en conjunto. Lo de Santa Claus fue imposición materna, Kayla odia trabajar conmigo.

—¿Qué? ¿Por qué?

¿Cómo iba alguien a odiar a Winter? Imposible.

—A ver, es verdad que no soy muy buena en decoración. Sobre ese tema no puedo hacer nada, lo mío es la gestión de empresas. Es como si a ti te valoraran año tras año por tu destreza arreglando canoas, ¡absurdo!

—Ni siquiera sabía que ese trabajo existía —sonrió él.

—Es muy frustrante.

—¿No has pensado, en fin, hablar con ella de todo esto?

—A Kayla le da igual. Ni siquiera fue a verme al hospital, ¿no crees que eso es un mensaje de lo más claro?

—¿No fue a verte al hospital?

Travis no conocía lo suficiente a Kayla como para saber si Winter exageraba sus historias o no, aunque al recordar la ligereza con que había descrito su grave accidente, pensó que en todo caso la historia sería aún peor. La chica no tendía al dramatismo, sino todo lo contrario: parecía proclive a banalizar las cosas que le dolían como mecanismo de protección.

—No vino —confirmó ella—. Me mandó un mensaje preguntando cómo estaba. Bueno, no lo vi hasta que salí de cuidados intensivos, claro.

Cogió la cerveza y se bebió la mitad de un trago.

—Ya que sacas el tema del accidente… —empezó él.

—Puedo volver a guardarlo —se apresuró a decir Winter—. No es por nada, ya hice terapia en su momento.

—Pero no has vuelto a subirte a una moto. Eso está mal. —Ella soltó una risita—. ¿Qué?

—Nada, nada, te has puesto muy serio. Perdona.

—Si lo hubieras superado, habrías vuelto a montar.

—Bueno, solo he dicho que hice terapia, no que esta funcionara. —Winter se encogió de hombros con una mueca de obstinación en la cara—. Quiero decir que sí, funcionó, porque no volví a tener bloqueos, malos sueños o ansiedad.

Y entonces Winter se dio cuenta de que estaba hablando demasiado sobre cosas muy íntimas y decidió cerrar el pico. No había sido consciente porque estaba cómoda, solo que su idea al llevar a Travis allí era tener una charla divertida con la que dejarle claro que valía la pena ligar con ella, no deprimirle con sus diversos traumas.

Él la observaba, estudiando sus gestos. No era experto en comunicación no verbal, pero se veía que, aunque intentaba aligerar la conversación, el tema todavía escocía. Y lo sentía por ella, estaba seguro de que, si volvía a subir en una moto —de forma consciente, claro—, lo disfrutaría.

—¿Nunca has pensado en la terapia de choque? —preguntó.

—¿Como qué?

—Enfrentarte directamente a tus miedos. Ya sabes, como a la gente que tiene pánico a las arañas y los llevan a tocar una tarántula.

Winter se imaginaba a su hermana haciendo eso y estaba segura de que no solo no superaría el miedo, sino que le daría un síncope *ipso facto*. Vamos, que ella no salía corriendo si veía una, cierto, aunque si le ponían una tarántula tampoco le haría ninguna gracia.

Al ver su cara de susto, Travis se dio cuenta de que no había puesto el mejor ejemplo.

—Olvídate de la tarántula —dijo—, no ha sido buena idea. Mira, aunque no lo recuerdes bien, ya has subido en una moto conmigo.

—Eso no cuenta.

—No te estoy diciendo que cojas una y te vayas a hacer la ruta sesenta y seis, mujer. Te estoy proponiendo dar una vuelta conmigo.

Ella parpadeó. Subir con él, de forma consciente. Cogerle de la cintura, porque iría detrás, conducir ni se le pasaba por la cabeza. Aquello era mucho contacto físico, ¿seguro que lo había oído bien?

—Contigo —repitió—. Yo, de paquete.

—Eso es. Cojo un par de cascos del taller para más seguridad y te llevo despacito, por aquí cerca.

Y ella pensando en secuestrarlo para un rato tranquilo, una cita, y ahí estaba Travis añadiendo emoción al asunto. Emoción para lo que no estaba segura de estar preparada.

—Piénsalo mientras cenamos algo.

—¿Cenar?

—Siempre tengo hambre cuando termino de trabajar. —Le hizo un gesto con la mano a Regina, que se apresuró a acercar las cartas con una sonrisita—. Así tienes tiempo para decidirte.

Winter estaba tan anonadada por su propuesta que ni siquiera interiorizó que aquello ya era una cita de verdad, con cena incluida. Lo mismo parecía pensar Regina, que no hacía más que lanzar miraditas mientras les tomaba nota, pero ella seguía dando vueltas a la oferta del paseo en moto y no podía pensar en nada más.

—No me has dicho qué era lo del aceite —preguntó Travis, para ver si así la distraía del tema del paseo—. ¿O era solo una excusa?

—Ah, eso. No, no, bueno, sí era una excusa pero también una consulta real.

—Vale, te escucho impaciente.

—¿Qué haces con el aceite usado de las motos?

—¿Me estás auditando, a ver si lo hago correctamente? —Sonrió—. La recogemos en unos contenedores especiales para ello y se los lleva una empresa de reciclaje.

—¿Y podrías darme un bote?

—¿Un bote?

—Sí, no sé, de un par de litros. Tendría que confirmar con Kayla.

—¿Qué pasa, os habéis aburrido de la reforma y queréis prender fuego a todo?

Winter sonrió, imaginándose el pueblo en llamas. Al verlo por primera vez no le hubiera costado nada plantearse aquello, dado el estado en que se encontraba. Regina les llevó la comida y miró su ensalada, preguntándose cuándo había pedido eso.

—No, es para Kayla —dijo—. Para sus proyectos de restauración, dice que es bueno para envejecer madera o algo así.

—Ah, pues ni idea. —Se encogió de hombros—. No hay problema, os podéis llevar lo que queráis. Me avisas y os lo preparo.

—Genial.

Eso alegraría a su hermana, aunque en aquel momento a ella le diera un poco igual si estaba feliz o no. Removió la ensalada mientras Travis hacía lo mismo con su comida.

—Logan no me cuenta mucho, últimamente está más por ahí que en el taller —comentó—. Pero dice que va a quedar bien. Tendré que pasarme a ver qué pinta tiene.

—No lo reconocerás, eso ya te lo digo. Si te pasas cuando estén los obreros ten cuidado, que te enganchan en cualquiera de los grupos y te ponen a mezclar cemento.

Así, hablando sobre las obras y su evolución, Travis la tuvo distraída hasta que Regina apareció con el café y él se lo tomó casi de un trago.

—Ahora vuelvo con los cascos —avisó.

Y entonces Winter dejó la taza que había cogido, puesto que notó que el pulso comenzaba a temblarle. Casi había olvidado el tema de la moto, y se daba cuenta de que no le había dado tiempo a hacerse a la idea.

No bien hubo salido Travis por la puerta, Regina se sentó en el sitio que él había ocupado con una sonrisa curiosa.

—¿Qué está pasando aquí? —le preguntó—. ¿Una cita a escondidas?

—¿Qué? No, nada de eso, me va a llevar… vamos a dar una vuelta en su moto.

—¿Y eso es nada? No sé, no sé, yo aquí veo tema, igual que tu hermana con Logan. Otra cosa no, pero estar detrás de la barra hace a una muy observadora. —La llamaron de otra mesa y ella suspiró—. Travis es tan mono… bueno, ya me contarás.

La dejó sola y Winter removió el café sin llegar a tomarlo. Cafeína era lo último que necesitaba, desde luego. La cita por coacción, de alguna forma, parecía haberse vuelto en su contra. A ella le habría bastado con una charla, tomar algo… lo normal, no acabar subida en su moto. El pensamiento le producía nervios, aunque se dio cuenta de que no era solo por la perspectiva del hecho de subirse a una moto en sí, sino también por estar tan cerca de él.

Quizá sí que había funcionado lo de la cita y para Travis aquello era una parte más.

Fuera lo que fuera, escuchó que su moto regresaba y fue a la barra para pagar, a lo que Regina negó con la cabeza.

—Tranquila, ya ha pagado Travis. Pásalo bien.

Le guiñó un ojo y ella abandonó el local. Travis estaba sentado en su moto, con el casco puesto, y tenía otro sujeto bajo el brazo. Por supuesto, el suyo estaba customizado: negro con serpientes de cascabel y una erre mayúscula en la parte trasera.

—¿Lista? —inquirió.

—No mucho.

Solo podía ver sus ojos, pero estaba segura de que estaba sonriendo. Cogió el casco que le tendía y se lo colocó en la cabeza, deslizándolo despacio. La sensación del acolchado interior rozando sus mejillas le produjo un escalofrío de anticipación. Tragó saliva y abrochó la cinta debajo de la barbilla, ajustándola hasta asegurarse de que estaba bien y no había posibilidad de que se cayera, aunque Travis había acertado bastante con la talla.

Se acercó y él extendió el brazo. Winter se sujetó, notando la tensión que ejercía para que no cayera, y elevó la pierna para pasarla al otro lado. Apoyó los pies en los estribos y, sin dudarlo, le rodeó la cintura con los brazos.

Travis le dio una palmadita en las manos entrecruzadas sobre su estómago y giró la cabeza hacia ella.

—¿Todo bien? —le preguntó.

Winter afirmó, aunque sentía todo su cuerpo en tensión. Notaba la vibración del motor bajo ella, y cuando él aceleró para avanzar, le dio hasta vértigo notar que estaban en equilibrio. Se sujetó con más fuerza, apoyando el casco en su espalda, y Travis movió la moto hasta salir del aparcamiento.

Winter esperaba que diera una vuelta a la manzana y ya; sin embargo, vio que seguía avanzando hacia la carretera. Pensó en protestar, pero no lo hizo cuando notó un hormigueo en el estómago y lo reconoció al instante. Según sorteaban la carretera y Travis se metía por otra secundaria, el hormigueo se fue extendiendo por sus brazos hasta llegar a la punta de los dedos, que apretó aún más contra el chico para no soltarse. Sus manos querían imitar los movimientos de Travis al acelerar, como si fuera ella quien llevara el control.

Dios, lo había echado de menos, muchísimo, y aquello le recordaba los momentos buenos que había disfrutado encima de una moto. La sensación de libertad, de estar pegada al asfalto, de convertirse en parte del paisaje... y madre mía, menudo escenario tenía ante ella. Kilómetros y kilómetros de semi desierto, las montañas a lo lejos por las que el sol comenzaba a descender, llenándolas de sombras y reflejos dorados.

Era como en *Easy Rider,* casi podía escuchar *Born to be wild* en su cabeza.

Poco a poco, la presión que ejercía sobre Travis se fue aflojando sin que se diera cuenta. Seguía sujetándole, aunque sin amenazar con romperle las costillas como hasta entonces.

La moto giró hacia una colina y se dio cuenta de que estaba desacelerando. Cuando frenó, sintió una punzada de desilusión, que pronto pasó cuando él se bajó y se quitó el casco, mirándola con una sonrisa que le hizo recuperar el hormigueo... por otros motivos.

—No ha estado tan mal, ¿verdad? —preguntó Travis.

Ella negó con la cabeza y se quitó su casco, aceptando su mano para ayudarla a bajar.

Travis cogió ambos cascos y los dejó colgados en la moto antes de señalar una roca.

—Vamos ahí, es el mejor sitio.

—¿Para qué?

—Ya lo verás.

—¿Dónde estamos?

—En el área Mount Tipton wilderness. Es un parque nacional, el más cercano a Dolan.

Llegaron a la roca y ella notó que se quedaba sin aire de pronto. Si ya por el camino le había parecido todo espectacular, desde allí era impresionante.

—Es… como estar en otro planeta —susurró.

Él sonrió, satisfecho por haber logrado su objetivo. Arizona podía ser muy calurosa, seca, llena de cactus y zonas desérticas… y también tenía esos anocheceres que, aunque no había viajado tanto para poder comparar, estaba seguro de que eran de los mejores del mundo. Sin polución ni edificios que estropearan la vista, ni siquiera tráfico cercano, en aquel lugar y otros muchos que conocía era como si el tiempo no pasara.

Se sentó en la roca y poco después lo hizo ella, que no apartaba la vista de las montañas por las que el sol comenzaba a desaparecer. Estaban a cientos de kilómetros de distancia, sin nada que rompiera la perfección de la naturaleza.

Winter se abrazó las rodillas sin quitar la vista del horizonte, hasta que el sol desapareció y todo a su alrededor comenzó a oscurecer. Entonces se giró hacia Travis, que se había reclinado y estaba apoyado en un codo observando el paisaje.

—Muchas gracias —le dijo—. Por esto y por el paseo en moto. Me has hecho recordar cómo se sentía, es… —Movió la cabeza—. Muchas gracias.

Él levantó la mirada y sonrió.

—De nada.

Le pareció que la chica se había acercado más, o quizá era su propio deseo, puesto que a duras penas había logrado mantenerse a distancia. La idea le había parecido buena en el Grand Canyon: llevarla a dar una vuelta y que superara su trauma, como si fuera la obra de un buen samaritano.

Solo que no lo era. Durante el trayecto, sus manos agarradas a su cintura no habían ayudado a que pensara en aquello como un simple paseo.

Y, encima, la había llevado allí. No alrededor del pueblo, no de vuelta a casa, no. Al lugar más solitario e íntimo de los alrededores de Dolan. Si es que le daban ganas de pegarse en la cabeza por tonto.

Ella se tocó el pelo, humedeciéndose los labios, y Travis se dio cuenta de que no eran imaginaciones suyas: Winter se estaba acercando. Durante unos segundos se quedó quieto, pensando en qué era lo peor que podía pasar. ¿Que se besaran? Bueno, no era algo en lo que no hubiera pensado… Solo que sí en lo que venía después y que era lo que lo detenía: Winter solo estaba allí por poco tiempo.

Cuando ya su precioso rostro estaba a solo un par de centímetros, carraspeó y se sentó de pronto, apartando la mirada.

—Bien, me alegro —dijo—. De que te haya gustado esto. Y el paseo, y todo.

En fin, si por ella fuera, Winter tenía mucho que añadir a ese «todo», solo que él ya se estaba levantando y sacudiéndose el polvo de los vaqueros, lo cual era una señal clara de que se marchaban.

No entendía nada. Si solo había querido darle una vuelta, ¿para qué la llevaba a un lugar que era de lo más romántico? Para dejarla así, con cara de tonta, bien podía haberle dado una vuelta a la manzana y punto.

—¿Te llevo a casa?

«No, mira, me dejas aquí y vuelvo andando, no te fastidia», pensó ella, tentada de soltarle alguna burrada incluso peor.

En cambio, le sonrió y se incorporó.

—Sí, claro.

Bajaron con cuidado hasta la moto y Travis le entregó el casco, de nuevo evitando el contacto visual.

Cuando arrancó, ella lo sujetó otra vez, aunque no tan fuerte como a la ida. Se notaba que su cuerpo recordaba bien lo que era ir sobre una moto y no tenía ningún temor a la sensación.

Mientras avanzaban por la carretera y llegaban a Dolan, Winter tuvo una punzada de esperanza al ver que pasaban cerca del taller… para pasar de largo y volver a la carretera principal.

La madre que lo parió, ¿en serio?

Pues sí, porque en la recta aceleró y pronto tomó el cruce que llevaba al rancho, donde se detuvo unos minutos después sin llegar a parar el motor.

Winter se bajó y se quitó el casco, que él enganchó en el manillar.

—Nos vemos por ahí —dijo Travis.

Y sin darle tiempo a contestar, dio la vuelta a la moto y se alejó. Winter refunfuñó para sí y se metió en la casa con un portazo. Estaba segura de que no era cosa suya, las señales estaban ahí y seguían siendo confusas. No era una loca acosando a un pobre chico inocente, ¡allí había algo!

—¿Te pasa algo? —preguntó Kayla, asomándose desde el salón.

Estaba despeinada y con la camiseta de dormir arrugada, lo que le dio una idea a Winter bastante clara de que Logan acababa de irse.

Y ella a dos velas.

—Travis me ha llevado a dar un paseo en moto —resopló.

—Oh. Vaya, qué bien, ¿no? Hacía años que no…

—Me llevo el coche.

Cogió las llaves que estaban en un mueble de la entrada y se fue dando otro portazo, dejando a Kayla sin entender nada de lo que estaba ocurriendo.

Winter condujo de vuelta a Dolan refunfuñando todo el camino. Aquello acababa esa noche sí o sí, para mal o para bien se terminaría. Los jueguecitos y el despiste eran divertidos un tiempo, hasta que cansaban. Y necesitaba saber qué pensaba Travis. Si solo era un tío que mandaba señales confusas, pues perfecto, le gustaba y le fastidiaría mucho que se quedara en nada, pero se aguantaría.

Y si no, bueno, el viaje habría merecido la pena.

Pensaba aparcar cerca de su edificio. Sin embargo, al pasar por delante del taller, que estaba justo al lado, vio que salía luz por debajo de la persiana y se detuvo ahí. Ahora que lo pensaba, recordaba haber visto su moto dentro, así que debía utilizar el taller para guardarla.

Se bajó del coche, cogió aire y se acercó a la puerta para dar un par de golpes con los nudillos, que repitió un poco más fuerte al ver que no le abría.

Esa vez escuchó pasos en el interior y, poco después, Travis abría la puerta.

En aquel momento, a Winter le hubiera gustado tener una cámara para inmortalizar su expresión. Se había quedado literalmente pasmado.

—¿Qué…? ¿Cómo…? —tartamudeó él.

—He venido en coche. ¿Puedo pasar? —Sin esperar a que contestara, entró—. Será un segundo.

Travis miró al exterior y luego de nuevo a ella, por si acaso tenía visiones. ¡Joder, si acababa de dejarla en su casa!

Cerró la puerta y esperó, puesto que Winter se había quedado justo en el medio con los brazos cruzados.

—Pues… tú dirás —carraspeó.

—No, mejor tú. Quiero que seas sincero conmigo, porque o yo estoy chiflada o tú no haces más que enviarme señales confusas. Me invitas a ver motos, a tomar algo, cenamos juntos…

—Mmm… Eso has sido tú más bien la que…

—¡No he terminado! ¿Y el paseo? ¡No me digas que no había más sitios donde llevarme!

—Winter…

—¿Acaso no sabes ligar? —Él levantó una ceja—. ¡No sabes ligar! ¿O es que estás desenfrenado?

—¿Desenfrenado?

—¡Desentrenado! Si no te gusto, dilo ya, pero entonces no te pongas celoso si Jaden intenta ligar conmigo, no me lleves a sitios románticos ni nada, que ya estoy mareada y chico, ¿necesitas un mapa? ¡Porque más claro no puedo ponértelo!

—¡Es que sí me gustas!

Eso la dejó muda, porque a pesar de todo, había esperado que Travis se pusiera a buscar excusas o a decir que se imaginaba cosas. Estaba pensando qué contestar a eso cuando, de pronto, él avanzó y sin más le cogió la cara entre las manos para besarla de una forma que la dejó sin aliento. Empezó de forma intensa, casi brusca, para seguir cada vez más despacio. Travis bajó el ritmo para tomarse su tiempo y explorar sus labios por fuera y, poco a poco, por dentro. Ella suspiró y lo agarró de la cintura con fuerza.

Un escalofrío parecido al que había sentido al subir a la moto recorrió su cuerpo y pensó que aquello que siempre decía su hermana del beso perfecto podía ser verdad. ¿Le había tocado a ella? Nunca se había planteado el tema de forma tan seria como Kayla y, sin embargo, ahí estaba, sintiéndose como si fuera su primer beso.

Travis se separó un segundo para mirarla y después echar un vistazo a su alrededor, algo que hizo ella también al intuir lo que buscaba. Con tanta moto y material alrededor, el taller no era el lugar más adecuado para desmelenarse, esto estaba claro, y ambos miraron a la vez hacia la puerta de la oficina.

Travis la cogió de la mano y la llevó hasta allí. Con la otra hizo un barrido de todo lo que había encima de la mesa y, a continuación, la levantó por la cintura para sentarla encima. Automáticamente, Winter le rodeó con las piernas y lo atrajo hacia ella, atrapándolo. Se sujetó a su cuello y le besó, casi sin poder creer que por fin estuviera ocurriendo lo que tantas veces había imaginado. Le quitó la cazadora y, seguido, tiró de su camiseta para sacársela por la cabeza. Palpó sus hombros, sus brazos, como para asegurarse de que era real. Le rozó el pecho y el estómago, mientras él luchaba con los botones de la blusa. Cuando notó que un par de ellos salían disparados, Winter pensó que quizá esa prenda no había sido tan buena idea... aunque le dio igual en cuanto Travis se la abrió del todo y bajó la cabeza para rozar con su lengua la piel que asomaba por el borde del sujetador, que por suerte tenía cierre frontal y no tardó en soltar también. Después, bajó las manos para meterlas por debajo de la falda, que por extraño que fuera aún seguía allí, y enganchar con los dedos la tela de debajo.

Winter se apoyó en la mesa para ayudarle a que le quitara la ropa interior, ropa que salió volando y que perdió de vista. Volvió a acercarlo con sus piernas y, mientras él la acariciaba entre ellas, tiró de su pantalón hasta conseguir desabrochárselo. Él la besó, sujetando sus caderas, y la colocó en el borde de la mesa para poder juntar sus cuerpos y penetrarla.

Winter lo abrazó, besándole, e hizo presión con los tobillos para asegurar aún más la postura. El hormigueo, los escalofríos que había sentido aquella tarde a su lado en la moto se multiplicaron por mil. Gimió mientras se intensificaban aún más, haciendo que todo desapareciera a su alrededor y perdiera el control, abrazada con toda la fuerza de la que era capaz.

Tenía la mente confusa, la piel erizada y hasta se había olvidado de respirar...

Poco a poco, fue volviendo a la realidad y al hecho de estar semidesnuda sobre una mesa en equilibrio precario. Miró de reojo a Travis, que tenía la cabeza oculta en su hombro y le acarició el pelo, pensativa.

—Menuda bronca me has echado —comentó él.

Winter detuvo su caricia, pensando si habría escuchado mal, y sonrió al ver que él se separaba para mirarla con expresión burlona.

—Cuando saco el genio, no hay quien me pare —contestó.

Travis le dio un beso y la sujetó mientras la ponía de pie, aunque Winter tuvo que apoyarse en la mesa porque notó que le temblaban un poco las piernas.

—¿Te ha parecido que estaba muy desentrenado?

Winter enrojeció y le dio un pequeño manotazo en el hombro, aunque le gustó que bromeara, eso podía significar muchas cosas... sin embargo, tampoco quería iniciar ninguna conversación seria. Ya sabía que no solo le gustaba, sino que encima eran compatibles a nivel sexual y de qué manera... Con que él quisiera repetir aquello —y unas cuantas veces— mientras estuviera allí, le valía.

—Más bien desenfrenado. —Le guiñó un ojo.

Él sonrió y la besó otra vez. Y aunque se dio cuenta de que ella estaba dispuesta a seguir, movió la cabeza y la apartó.

—Es tarde —dijo—, y mañana tenemos que madrugar.

—¿Otro día?

Travis ladeó la cabeza, sopesando la pregunta, aunque ya sabía que estaba perdido. Lo había sabido desde que la viera aparecer en la puerta de su taller, con aquella expresión furibunda. Afirmó con la cabeza y cogió su camiseta del suelo para vestirse, dándose cuenta entonces del desastre en el que se había convertido su oficina.

Mejor, así tenía con qué distraerse al día siguiente.

Capítulo Diecinueve

—¿Qué tal anoche? —preguntó Kayla.

Winter acababa de bajar a desayunar en lo que ya era una cocina propiamente dicha, y carraspeó antes de tomar el primer trago de café.

—Bien —se limitó a responder.

—¿Nada reseñable?

Winter se sentó frente a ella con su taza y suspiró. No le apetecía andar de confidencias con su hermana, aunque también suponía que debía notarse en su cara lo bien que había dormido y lo contenta que estaba al levantarse.

—Más bien sí —contestó—. Lo pillé en el taller… —sonrió—, bien pillado, ya me entiendes.

Kayla esperó a ver si decía algo más, pero Winter se limitó a coger una tostada y comenzó a untarla de mantequilla.

—Me alegro —le dijo.

Removió su café, notando que el silencio se volvía incómodo entre ellas… o al menos eso le parecía, así que buscó algo con qué rellenarlo.

—¿Le comentaste lo del aceite, por cierto? —preguntó.

—Sí, sí, que puedes coger el que necesites.

—Genial. ¿Le mandas un mensaje ahora a ver si puede prepararlo y lo vamos a recoger? Tengo un par de muebles preparados esperando.

Winter masticó despacio, mientras meditaba si era buena idea. Había pensado enviar algún mensaje a Travis, pasarse por el taller o esperar a verlo en el Grand Canyon, sin llegar a decidir qué era mejor porque no habían llegado a concretar nada. No quería que sonara a una excusa para coincidir, después de la cita por coacción y de presentarse en su taller sin avisar era suficiente por su parte. Kayla seguía esperando, así que sacó el móvil y le envió un mensaje, tampoco quería que su hermana pensara que la situación entre ellos era rara o algo así.

La respuesta afirmativa de Travis no tardó en llegar, así que se lo confirmó a Kayla y terminaron de desayunar para dirigirse al taller.

Harrison y Reece estaban trabajando juntos en la misma moto en un extremo del taller y las saludaron al verlas entrar, sin quitar ojo después para ver a dónde iban.

Logan estaba con un par de contenedores de litro en las manos, llenándolos del aceite usado que tenían ya preparado para recoger en otro más grande.

—No me acerco que os mancho —les dijo, guiñándoles el ojo.

—Ah, ya estáis aquí. —Travis salió de la oficina y sonrió a Winter, aunque no llegó a acercarse—. Logan está preparándolo. No imaginaba que pudiera servir para nada aparte de enviarlo a la empresa de reciclaje.

—Da un aspecto envejecido genial a la madera —explicó Kayla—. Cuando lo utilice ya te enseñaré, estoy sacando fotos a todo del antes y después.

—¿Y eso?

—Mi idea es preparar una web sobre el pueblo y el rancho, para atraer más turistas. A la gente le gusta ver cómo eran las cosas antes y seguro que la diferencia llama la atención.

—¿Qué más vas a poner? —preguntó Logan, cerrando el bote.

—Lo típico: fotos del entorno, del hotel aunque aún no se pueda reservar... Estoy pensando en añadir enlaces a lugares turísticos, como el Skywalk, que está cerca, para que la gente no crea que no hay nada más que desierto por aquí. Todavía tengo que investigar.

Tal y como ellas habían pensado al llegar, más o menos, aunque no lo comentó.

—Con eso podemos ayudarte. —Logan limpió los botes con un trapo y se acercó—. Hay ranchos que ofrecen excursiones a caballo o paseos guiados, podemos hacer una excursión y así lo ves *in situ*.

Ella cogió los botes, gratamente sorprendida por la oferta. Con alguien que conociera la zona, siempre era más sencillo que buscar por su cuenta. No le había preguntado iporque lo suyo era solo sexo y nada más, y algo así se parecía a lo que las parejas hacían cuando salían de forma «normal». También se dio cuenta de que Logan había hablado en plural al principio incluyendo a Travis, así que dedujo que se refería a hacer algo los cuatro juntos.

—Eso estaría genial —contestó—, ¿verdad, Winter?

Ella miró a Travis, que se había apoyado en el marco de la puerta de la oficina, y él afirmó con la cabeza.

—¿Qué os parece mañana? —preguntó este—. Libramos todos, es sábado.

—Perfecto —contestó Kayla—. ¿A qué hora os venimos a buscar?

—¿A buscar? —repitió Logan.

—Claro, en el coche cabemos los cuatro y…

—No, no, de eso nada. Hacer una excursión así en coche es casi un sacrilegio, iremos en moto.

Kayla puso cara de susto. Winter habría hecho lo mismo un par de días antes; ahora, solo de pensarlo, notó la excitación crecer en su interior. Un viaje en moto de más de media hora, bien cerquita de Travis… Ya estaba impaciente.

—Es que yo no he subido en moto nunca —replicó su hermana.

—Ni a caballo, y ya lo has hecho —contestó Logan—. Tranquila, te llevaré un casco.

—Es lo mejor —afirmó Winter, a lo que Kayla se giró hacia ella—. Seguro que cuando lo pruebes, pensarás lo mismo.

—¿Tú no estabas alejada de las motos?

—Ah, eso. —Miró a Travis de reojo—. Ya está olvidado. —Carraspeó—. ¿Compramos provisiones o comeremos por ahí?

—Con alguna botella de agua vale —contestó el chico—. Ya encontraremos algún sitio para comer. Arizona no está hecha para hacer picnics al aire libre en días de calor como el que hará mañana. ¿Os recogemos a las diez?

—Vale.

Se escuchó el ruido de un motor y un chico entró en el taller en una moto.

—Os dejo, que tengo clientes —dijo Travis.

Miró a Winter y, al pasar a su lado, le rozó el brazo de forma imperceptible para el resto, lo que le sacó una sonrisa.

—Pues nos volvemos al rancho, estoy deseando probar el aceite —aseguró Kayla—. Nos vemos mañana.

Logan le guiñó un ojo y las chicas salieron del taller.

—¿Y cuándo ha sido lo de la moto? —preguntó Kayla—. ¿También ayer?

—Sí, fue una tarde muy completa.

Se encogió de hombros. Kayla dejó los botes dentro de una bolsa en el maletero y le dio un pequeño abrazo que la pilló desprevenida.

—Me alegro por ti —murmuró.

Se separó y Winter se subió al coche sin mirarla para evitar corresponder o contarle nada. Era difícil, porque su instinto la llevaba a ser amable con ella, quería hacerle confidencias y compartir su felicidad por haber subido de nuevo en moto, pero la revelación de Francine flotaba de forma ominosa sobre su cabeza y la frenaba. Podía notar la confusión en Kayla; después de las semanas que habían pasado llevándose bien, era normal que no entendiera qué ocurría.

Solo que no tenía ninguna gana de tener una conversación al respecto.

Al menos Kayla ya tenía el aceite, por fin podía ponerse con las mesas apartadas, y así estaría entretenida el resto del día.

En el taller, en cuanto se marchó el nuevo cliente y Travis se fue al despacho, Logan se metió también y cerró la puerta tras él.

—¿Vas a contármelo o qué?

—¿El qué?

—Venga, que aquí ha pasado algo y no me he enterado. He dicho lo de la excursión para daros un empujoncito, pero me da que no os hace falta.

—¿Por qué lo quieres saber? ¿Alguna apuesta de la que no me haya enterado?

—Qué preguntas haces… Ya sabes lo que hay.

Travis movió la cabeza y lo miró. Su amigo permanecía de pie en la puerta con los brazos cruzados, así que sabía que no se movería de allí hasta obtener una respuesta. Encima, se había metido él solo de cabeza al apuntarse a aquella excursión… ¿En qué estaba pensando?

En nada, ni siquiera se había parado a ver si era buena idea o no. Simplemente, le había apetecido hacerlo, pasar el día con Winter por ahí como si…

—Ayer Winter se presentó aquí.

—Sí, eso ya lo sabía. Estaba en el rancho cuando le dijo a Kayla que iba a venir a verte.

—Ah, pues muy bien, ¡gracias por avisar!

—Dijo que era una sorpresa. —Sonrió—. No iba a estropeártela. Entonces su plan salió bien, deduzco.

—Fuimos al Canyon, estuvimos hablando… cenamos y la llevé a dar una vuelta con la moto.

—¿A dónde?

—Al área Tipton wilderness. —Logan elevó una ceja—. No me mires así, solo quería que se le quitara el miedo a montar en moto, no lo hice con ninguna intención oculta.

—Ya. Vale, lo compro. Continúa.

—La llevé a casa, ¿contento? No pasó nada.

—¿En serio? ¿Y no se mosqueó?

—Supongo, porque volvió y me pilló aquí en el taller… bien pillado. —Miró a la mesa y carraspeó—. En fin, me echó una bronca del doce.

Logan había seguido la dirección de su mirada y sacudió la cabeza.

—No volveré a tocar tu mesa en la vida.

—Vete a la porra. Así que ya está, ¿alguna duda más?

—Muchas, pero te dejo tranquilo, ya hablaremos otro día.

Como al siguiente, después de la excursión, que ahí podría ver de qué iba esa historia. Dudaba mucho de que la cosa se quedara en solo una noche, le sorprendía que Travis se hubiera apuntado con ella como si nada. Lo conocía como la palma de su mano y no era de ir a pasar el día por ahí con una chica con la que se había acostado si no estaban saliendo, para empezar.

Y él tampoco, aunque lo suyo no quería ni analizarlo: sabía que estaba descolocado con Kayla, pero había decidido dejarse llevar por los impulsos. De momento, no le iba mal… y de cara a futuro, no lo pensaba, como era habitual en él.

Puntuales a las diez de la mañana, las dos motos llegaron al rancho. Por una vez, Winter no se había puesto vestido… aunque sí pantalones cortos con las botas vaqueras. Kayla suponía que ella tendría calor con los largos que llevaba, pero no estaba dispuesta a que no hubiera nada más que su piel entre la carretera y ella. Claro que, si se caía como temía, probablemente le daría igual.

Le tranquilizó un poco ver que ambos llevaban los cascos y que tenían uno para cada una, tal y como habían prometido.

Winter le dio a Travis unas botellas de agua que había metido en el congelador, para que así se mantuvieran frescas, y él las guardó en un compartimento de la moto.

—¿Listas? —preguntó Logan.

—No. —Kayla suspiró—. Pero qué más da.

—Tú solo sujétate fuerte. —Se inclinó para colocarle el casco, no sin antes susurrarle al oído—: Igual que en el caballo.

Kayla enrojeció, aunque con el casco no se vio. Esperó a que Logan se lo ajustara y se acercó a la moto, calculando cómo subir. Al menos no era tan alta como el caballo ni mucho menos, lo cual era un avance. Esperó a que él se sentara para hacer lo mismo detrás, y se sujetó a su cintura pensando que también era más cómodo.

—¿Dónde vamos primero? —interrogó.

—Hay un rancho de caballos cerca, el C Bar —contestó él, arrancando—. Hacen rutas por la zona. Pararemos ahí antes de seguir hasta el Skywalk.

Movió la moto y Kayla se apretó contra él, aunque la sensación que tuvo no fue como sobre el caballo. Era diferente, aunque iba más rápido; también era un movimiento más fluido, le daba la sensación de ir deslizándose sobre la carretera en lugar de a trompicones. La primera curva la pilló desprevenida y le hizo replantearse las leyes de la física, ¿cómo podían inclinarse tanto y no caer?

Pronto, sin embargo, se había hecho a la moto, al movimiento, y empezó a mirar el paisaje, libre de armazones metálicos y ventanillas como sucedía en el coche. Era casi como volar, como si formara parte del entorno.

Vaya, ahora entendía mejor a Winter. Lo de conducir la moto lo veía más improbable, eso sí, por el momento disfrutaba bastante de ir detrás.

Antes de lo que había esperado, Logan giró en una carretera de tierra y vio una señal de madera que indicaba que estaban entrando en un rancho. Bordearon un cercado también de madera, dentro del cual había varios caballos.

El rancho en sí estaba formado por el establo y un granero, no había una casa principal como en el suyo. Tenían una caseta con información y poco más, por lo que dedujo que solo era un negocio y no donde vivían.

Logan y Travis detuvieron las motos y se quitaron los cascos.

—¿Todo bien? —le preguntó Logan, con una de aquellas enormes sonrisas suyas.

—Más que bien. —Se puso de puntillas y le besó—. ¡Me ha encantado!

—Ya lo sabía.

Le rodeó los hombros con el brazo y la llevó hasta la caseta, donde cogió un folleto para entregárselo. Tenía fotos y descripciones de los trayectos que hacían, y una nota al final explicando que también eran un lugar de rescate de caballos.

—Hola, Logan —saludó un hombre que se había acercado, vestido de vaquero como él solía hacer.

—Preston, hola. —Logan le dio una palmada en el hombro—. Te presento a Kayla. La que está restaurando Santa Claus.

—Ah, sí. —El hombre se acercó y le estrechó la mano vigorosamente—. Logan me ha hablado de ti. ¿Cómo se os ocurrió comprar eso? ¡Si no hay nada!

—Ya, bueno, es una historia larga.

Estaba aturullada, pensando quién era ese hombre y por qué Logan le había hablado de ella.

—Travis, ¡qué sorpresa! —comentó Preston, tocándose el sombrero—. Hacía años que no te veía por aquí.

—Ya sabes que los animales no son lo mío. —Señaló a Winter—. Ella es Winter, son hermanas.

—Algo me ha explicado Logan, sí. —Dio una palmada—. ¿Una visita a las instalaciones?

—Claro.

Logan cogió de la mano a Kayla y siguieron a Preston hacia el establo.

—Eso es algo que me da curiosidad —comentó Winter, mientras avanzaba junto a Travis.

—¿El qué?

—Nunca te he visto con sombrero vaquero. Ni a caballo, ya puestos.

—No, no, lo mío son las motos. De pequeño montaba, como todos por aquí, pero no me convence subirme a un animal que no deja de ser salvaje, por muy domesticado que crean que está. La moto te obedece siempre.

—No te voy a discutir eso.

A ella le gustaban los animales, desde luego, aunque ese punto de vista lo compartía, que los caballos eran además muy altos.

Según entraron en el establo, Logan se acercó al primer compartimento y Kayla reconoció a Calcetines al instante.

—Ah, así que es aquí —murmuró.

—¿El qué?

—Me he preguntado más de una vez dónde lo guardabas.

—Sí, lo tengo aquí. Preston no me cobra porque vengo unos cuantos días al mes de voluntario.

Ella lo miró, sorprendida. Vaya, ese hombre era una caja de sorpresas. Cierto que no habían tenido muchas conversaciones, y, si se ponía a pensar, ella había hablado más de sí misma y su hermana que Logan de su vida. Entonces, se dio cuenta de que sí le interesaba saber más cosas sobre él.

—¿Voluntario? —Miró el folleto—. ¿En el refugio?

—Esto empezó como refugio, pero como necesitan el dinero para mantenerse, hacen las rutas. Recogen caballos que nadie quiere, los cuidan y después se donan o venden, depende. Así que colaboro en su cuidado. No sé si lo sabes, los caballos son mi debilidad. Aparte de que es una buena manera de mantenerse en forma —bromeó, palpándose el estómago—. No veas lo que ejercita levantar paja y limpiar establos.

Ella sonrió pensando en esos abdominales, aunque decidió que mejor se concentraba en otra cosa y miró al caballo. Acarició la cabeza de Calcetines, pensativa. Recordaba bien los caballos salvajes que había visto correteando por el rancho, además de otros bichos.

—¿Recogen caballos salvajes?

—No, no tienen sitio. Aquí pasa mucho lo que en la ciudad con los perros. La gente los regala en Navidad o por cumpleaños y cuando crecen, ven que es caro mantenerlos o no tienen sitio, así que los abandonan. Los caballos salvajes suelen ser de ranchos de la zona que han cerrado y no vendría mal tener un sitio para ellos y otros animales.

—Por el nuestro había hasta vacas.

—Eso es. De esas nadie se encarga. Hay todo tipo de animales que deberían ser recogidos, una gallina no sobrevive fuera de un rancho o granja, y además algunas especies no vienen nada bien para el medio ambiente.

—Especies invasoras.

—Exacto. La gente compra y cuando se aburre, las sueltan sin más. O cuando se escapan no las van a buscar si no son animales caros. O, como en Santa Claus, cuando cerraron soltaron todos los que no pudieron vender.

—Entiendo.

Se quedó pensativa, pensando en posibilidades. Estaba claro que se necesitaba algo así, pero lo complicado del asunto era cómo mantenerlo. Si allí tenían que hacer visitas porque las donaciones o lo que obtenían de las ventas no eran suficientes, cualquier cosa que se hiciera en el rancho debía tener una fuente de ingresos para poder mantenerse.

—¿Seguimos? —preguntó Preston, que estaba algo más adelante con Travis y Winter.

Logan afirmó y cogió una zanahoria de un cubo para darle a Calcetines antes de continuar. Kayla siguió con la visita, con la idea aún rondando su cabeza. Tendría que tomar apuntes aunque fuera mentales de lo que Preston les iba contando y ver si ahí había algo o solo era una idea sin posibilidades reales.

Preston les enseñó las instalaciones, los caballos que tenían y les explicó las rutas que realizaban, así como el número de turistas que solían recibir en el año. Según la temporada, a veces tenía que contratar gente para hacer de guía, y otras solían apañarse con los voluntarios.

Tras la visita, regresaron a las motos y Kayla ya no se sujetó tan fuerte a Logan, sino que se dedicó a disfrutar del paisaje. Cada vez era más árido, las montañas más rojizas… parecía salido casi de otro planeta o de una película antigua. Si aparecía una diligencia por alguna de las carreteras de tierra que pasaban, no le habría extrañado.

Tras más de media hora, aparecieron las señales para el Grand Canyon Skywalk y en unos minutos divisaron el edificio, que casi se confundía con el paisaje al estar pintado en tonos rojizos y marrones. Había gente en la cola de las taquillas, pero no tuvieron que esperar mucho para poder entrar.

Lo malo fue cuando traspasaron la puerta… y de pronto el Gran Cañón se extendió ante ellos, inmenso, profundo, majestuoso. Sobre él, formando una U como una herradura, el paseo de cristal transparente.

Kayla había cogido un folleto en la entrada y tragó saliva mientras lo leía, tanto para ganar tiempo como para asegurarse de las distancias.

Aunque daba igual un kilómetro de altura que dos: si eso se rompía, no salía nadie vivo.

—¿Vértigo? —preguntó Logan.

—Un poco —contestaron ambas hermanas a la vez.

—No se va a romper —dijo Travis.

—Eso ya lo imagino, menudo negocio sería si se hubiera roto alguna vez —replicó Kayla.

—No hace falta que te mosquees —murmuró Winter.

Kayla cerró la boca; no había pretendido sonar mal, le había salido la réplica sin más y lo último que quería era estropear el buen ambiente entre todos.

—Está solo a veintiún metros sobre el borde —aclaró Logan, como si aquello no fuera nada.

—Bueno, y a más de un kilómetro del fondo… —añadió Travis, lo cual no ayudaba en absoluto, aunque de eso se dio cuenta después de decirlo—. Lo mejor es no pensarlo y ya está.

Y dio un paso para pisar la plataforma transparente. No era cuestión de ponerse a explicar que a todos les había pasado eso la primera vez que lo habían pisado, porque mirar hacia abajo mareaba al más valiente. Alargó la mano y cogió la de Winter.

—Vamos, avanzaremos juntos.

Ella tragó saliva y dio un paso, concentrada más en mirarle a él que al cristal que pisaba. Tenía tres metros de ancho, lo cual tampoco la animaba mucho porque hubiera preferido un camino más estrecho y así poder sujetarse a ambas barandillas. Al menos tenía a Travis, así que pensó que tampoco iba a quejarse. Por los laterales, el suelo tenía losas blancas, lo que daba la sensación de ir por el borde del precipicio.

—Venga, Kayla —dijo Logan, extendiendo la mano—. No mires todavía hacia abajo, vamos juntos y cuando estemos en el extremo sobre el borde nos asomamos.

«Sí, encima», pensó ella. «Asomarse, como si no fuera suficiente que no haya suelo.»

Logan tiraba ligeramente de su mano, así que cogió aire y avanzó cogiéndose a su brazo como si le fuera la vida en ello. Había esperado hasta que el suelo fuera resbaladizo, esa sensación daba, aunque menos mal que no era así.

Poco a poco, avanzando con paso lento, los cuatro llegaron por fin hasta el extremo de la curva del camino, la parte que más sobresalía sobre el cañón. Ambas chicas se sujetaron a la barandilla con las manos antes de asomarse… y poder ver el río Colorado a lo lejos bajo ellas, como una serpiente plateada que centelleaba y se movía sinuosa por el cañón.

—Se puede hacer *rafting* por ahí —comentó Logan—. Aunque no contéis conmigo para eso.

A su lado, Travis negaba con la cabeza.

—No, no, yo tampoco, los rápidos no me dan ninguna confianza.

—No hace falta ir, tranquilos —se apresuró a aclarar Winter.

Kayla no dijo nada, absorta en el paisaje. No tenía palabras para describirlo, se sentía muy pequeña en comparación con lo que le rodeaba… más de lo normal, claro. Notó que Logan ponía los brazos a ambos lados de su cuerpo y apoyaba la barbilla en su hombro.

—¿Mejor ahora? —le preguntó.

Ella afirmó, rozándole el rostro con su mejilla.

—Mucho mejor —confirmó.

Y era verdad, aunque no solo se refería al vértigo sino a todo en general. Quizá era el paseo en moto, la sensación de libertad subida a ella, el paisaje que cada vez la enamoraba más o una mezcla de todo, pero por primera vez en mucho tiempo sentía… como si allí pudiera ser feliz.

Había muchos factores en todo eso, claro, que influían y que no sabía si se extenderían en el tiempo. Solo sabía que cada vez se sentía más como si estuviera en casa, y que cuando pensaba en Boston, definitivamente era en pasado. Los trajes ya los había metido en un armario y ni se planteaba volver a ponérselos, solo de pensarlo le entraba calor.

Como el que le estaba dando Logan, aunque por otros motivos. Levantó la vista y, como lo tenía tan cerca, aprovechó para besarlo. El gesto espontáneo iba a ser corto, pero él le rozó los labios con la lengua… y Kayla se movió para profundizar el beso. Antes de darse cuenta, le estaba rodeando el cuello con los brazos y casi se olvidó de que estaba pisando un suelo transparente. ¿Por qué siempre lograba hacerla flotar cuando la besaba? Tanto tiempo buscando el beso perfecto… y estaba más que convencida de que los de Logan lo eran.

—Buscaos un hotel —escucharon la voz de Travis.

Ellos dejaron de besarse, aunque sin separarse del todo.

—Aguafiestas —bromeó Logan—. Vosotros no os soltéis, no vaya a pasaros algo.

Travis lo ignoró; seguía cogiendo la mano de Winter, pese a que ella ya estaba mucho más relajada y hasta le parecía de lo más natural caminar así. Los cuatro continuaron el paseo hasta hacer todo el trayecto de la herradura y después se unieron a un grupo para una visita guiada al poblado indígena que había al lado y que estaba incluida en el *tour*. Al terminar, ya era la hora de comer, por lo que decidieron quedarse en el propio restaurante del Skywalk y disfrutar de las vistas.

La vuelta a Dolan no la hicieron por el mismo camino: Travis y Logan cogieron el recorrido largo, que seguía el río Colorado por la frontera con Nevada, y así Kayla descubrió tantos sitios para completar la web que pensó que tendría trabajo para varios días o semanas.

Cuando por fin regresaron al pueblo era casi de noche, por lo que directamente se fueron al Grand Canyon. Después de todo, era sábado, y ellos eran animales de costumbres.

Al ver que eran los primeros en llegar, fueron a su mesa habitual cerca de los dardos para esperar allí a los demás.

—¿Cerveza o algo más fuerte? —preguntó Logan.

—Cerveza me parece bien —contestó Kayla.

No estaba segura de cómo le sentarían unos cócteles a su estómago después del viaje en moto. Winter afirmó también y los dos chicos se fueron a la barra.

Regina estaba limpiando la superficie con un trapo y, cuando se acercaron, se lo echó al hombro con una sonrisita.

—Vaya, vaya —observó—. ¿Doble cita?

—Pues… —empezó Logan.

—Esto… —dijo Travis, a la vez.

—Ya veo que sí. —Sonrió—. ¿Qué os pongo?

—Cervezas.

La chica se alejó y Logan echó un vistazo a las chicas antes de mirar a su amigo.

—No ha estado mal el día —comentó.

—No, ha estado bien, ¿no?

—Sí, bastante. ¿Qué vas a hacer?

—¿A qué te refieres?

—Bueno, a que hace poco estabas convencido de no empezar nada con Winter. Pensaba que quizá te valía con acostaros y que lo de hoy era… no sé, sin más, pero os veo muy bien juntos.

—Será que por una vez he decidido seguir tus consejos.

Regina dejó las botellas frente a ellos volviendo a lanzarles una sonrisita y Travis sacó la cartera para dejar unos billetes. Esperó a que se hubiera alejado para continuar:

—No soy como tú, eso está claro, pero… —Movió la cabeza—. No sé, quizá por una vez no esté mal dejarse llevar.

—Llevo diciéndote lo mismo años.

Los mismos que lo conocía y sabía a la perfección cómo era. En ningún momento se le ocurriría convencerle de cambiar su forma de ser, del mismo modo que Travis no lo hacía con él, eran amigos y se aceptaban como eran. A pesar de sus comentarios, le preocupaba que Travis acabara pasándolo mal, solo que no podía ponerse en ese plan cuando era precisamente él quien le había recomendado «soltarse» el pelo.

—Tú tampoco estás haciendo cosas normales —replicó Travis.

—¿Qué quieres decir?

—No recuerdo que fueras de excursión por ahí con Daisy jamás. Y eso que ella te lo pedía mucho.

Logan se encogió de hombros. Estaba claro que Travis había decidido que la mejor defensa era el ataque, así que quizá era el momento de dejar aquella conversación.

—Mejor llevamos las bebidas, nos están esperando.

—Cobarde. —Le sonrió.

—No te lo voy a negar.

Cuando se estaban acercando, vieron que entraba Jaden con Reece y que, sin verlos, se dirigían directos a la mesa de las chicas, por lo que aceleraron el paso. ¡Lo que había que ver! Qué rápido se acostumbraban allí a la presencia femenina, en ningún momento parecían sentirse invadidos.

Travis se apresuró a sentarse junto a Winter, dejar las cervezas delante y pasar el brazo por encima del asiento de forma descuidada. No llegaba a tocarla, y aun así, fue lo primero en lo que se fijó Jaden cuando llegaron allí.

—Hola —saludó, a lo que todos contestaron—. Esto… ¿Sois los primeros?

—Eso parece —contestó Logan, junto a Kayla.

—Y… ¿habéis llegado a la vez o…? —preguntó Reece.

—Hemos venido juntos —especificó Travis, por si no estaba del todo claro. Tenían que haber visto que no estaba el coche de las chicas fuera—. Id a pedir lo que queráis, nosotros acabamos de venir de la barra.

—Sí, vamos —dijo Reece, tirando de la manga de Jaden.

Travis los observó mientras se alejaban, murmurando entre ellos. Cuando llegaron a la barra, se giraron un par de veces a mirarlos y no tardaron ni un minuto en sacar sus móviles.

Para cuando volvieron con sus bebidas, el resto acababa de llegar y no tardaron en acomodarse con sus respectivas bebidas.

—¿Qué tal el día? —preguntó Ezequiel—. Mi mujer me ha tenido arreglando la tubería de la cocina, me he sentido como si estuviera en el rancho trabajando.

—Pues ya será más de lo que haces ahí —le picó Logan.

—Oye, que me estoy ganando el sueldo.

Kayla dio un codazo a Logan, que la besó en la frente ante la mirada atenta de los componentes del grupo.

—No te metas con él, que trabaja bien —contestó.

—Nosotros hemos estado en el Skywalk —informó Winter, como si tal cosa.

El grupo se miró entre ellos; pese a recibir los mensajes de Reece y Jaden, el tema había causado confusión y por eso no habían tardado en aparecer todos por allí.

—Hemos ido los cuatro —especificó Travis.

—Kayla va a hacer una web de Santa Claus y quería ver sitios turísticos cerca —añadió Logan—. Así que las hemos acompañado.

—Sí, sí, muy lógico —dijo Jaden, cogiendo su cerveza—. Así que… todo guay.

—Ajá —contestó Travis.

Lo miró, bajando entonces la mano al hombro de Winter, y ya no hizo falta continuar la conversación. Los dardos quedaron libres, así que Ezequiel corrió a cogerlos para la partida de siempre, Harrison fue a pedir algo para picar y Morty, a poner música en la máquina.

Conociendo el nivel de cotilleo del grupo, Winter suponía que se morían de curiosidad, y pilló a más de uno escribiendo en el móvil, así que sonrió al imaginar el estado de sus diferentes grupos de WhatsApp.

¡Debían estar echando fuego!

Capítulo veinte

—Y *voilá*.

Kayla giró el portátil que había llevado al Grand Canyon y todos formaron un círculo a su alrededor para mirar la pantalla. Llevaba un mes trabajando en la web, sacando fotos a los avances y creando todo el contenido de cara a suscitar interés y estudiar de paso el mercado.

En la semana transcurrida desde que la había subido, ya había recibido visitas y unos cuantos mensajes, por lo que el último paso fue crear un apartado especial para el hotel y comenzar a recibir reservas a unos meses vista, cuando estuviera terminado. Si no lo habían vendido aún, al menos podrían ir ganando algo de dinero.

Claro que la idea de hacerse cargo ella cada vez era más factible en su cabeza, solo que con el precio de venta calculado le era imposible comprarlo. No había hecho números en serio aún, claro, no lo veía como una posibilidad real. Miró de reojo a Logan, quien sin querer le había dado una idea para el rancho.

En la zona había muchos ganaderos y criadores de caballos, pero pocos refugios para animales y estaba esperando contestación de la administración para ver si era viable. De ser así, se lo plantearía a Winter, a ver qué le parecía.

Y esa era otra opción que se planteaba: quedarse en el rancho, que sí creía poder pagar. Quizá tuviera que buscar algún inversor y tampoco sabía cómo se tomaría Logan el hecho de que ella se quedara, cuando lo suyo era algo temporal desde el principio. Aunque tampoco lo hacía por él, sino por sí misma: ese era el proyecto de vida que buscaba, solo que la había encontrado a ella y no al revés. Y no le resultaba disparatado compartirlo con su hermana en absoluto, sentía que allí podían llevarse bien y no terminar cada una por un lado.

Eran demasiadas dudas y preguntas a las que tenía que hacer frente, solo necesitaba un poco de tiempo para aclararse y ver qué hacer, por eso no lo verbalizaba.

—Está genial —dijo Logan, dándole un beso en la mejilla.

—No parece el mismo sitio —comentó Travis, que se había apropiado del portátil—. Si te soy sincero, no tenía todas conmigo de que esto fuera a buen puerto.

—Desconfiado. —Winter le dio un empujón—. Aunque bueno, nosotras tampoco, la verdad.

—Todavía faltan detalles —afirmó Kayla, mientras el portátil iba pasando de manos—. El tren infantil aún no funciona, la gasolinera está por completar y se están tramitando los permisos para conseguir que tenga la denominación de parque temático.

Menos mal que seguían en buenos términos con Daisy y se estaba encargando de ayudarlas con todo el papeleo. Cuando su lío con Logan se había convertido en *vox populi* no había sabido qué esperar, quizá que a la chica le sentara mal, como mínimo, pero no percibió ningún cambio. Lo único que le dijo al coincidir un día en el restaurante fue:

—Disfruta mientras puedas.

Lo cual no le había molestado porque era lo que estaba haciendo. Solo que cada vez más, se sorprendía pensando en qué pasaría después. O en si habría un después, aun en el caso de que se quedara.

Esos pensamientos no eran normales en ella y no quería que la distrajeran del trabajo ni de sus momentos con Logan, así que los apartaba.

Hasta que volvían a salir.

—Te has puesto seria —comentó Logan, tocándole la frente con una sonrisa.

Solía hacerlo cuando la veía así y ella relajó el gesto al momento, aunque también se dio cuenta de que se había acostumbrado a que él la sacara de esos momentos «gruñones», como Logan decía, y que le gustaba cómo lo hacía.

Y ya estaba otra vez dándole vueltas a todo.

—Los números, ya sabes —contestó.

—Lo tengo todo controlado —se apresuró a intervenir Winter—. Pero ya la conocéis, tiene que fruncir el ceño una vez al día o no sería ella.

Kayla le sacó la lengua, aunque su hermana no le devolvió el gesto. A pesar de bromear con ella, la notaba distante, como si tuviera la cabeza en otra parte. Muchas veces lo achacaba a su relación con

Travis, algo normal de no ser porque había notado la distancia antes. Quizá también era culpa suya, al estar tanto tiempo alejadas sentimentalmente, a lo mejor había metido la pata en algún momento sin darse cuenta.

Lo malo era que le daba miedo preguntárselo directamente por si acaso las cosas se estropeaban aún más.

—En fin —dijo, recuperando el portátil—, tenemos que irnos, que va a pasarse un inspector de obra en media hora.

Winter suspiró fastidiada. ¿No podía encargarse sola? Que ella estaba muy a gusto con Travis ahí sentada.

—Te veo mañana —le dijo él, dándole un beso en la mejilla.

Pues nada, ya era una despedida oficial, así que se levantó mientras su hermana besaba a Logan y salieron juntas del restaurante para subir al coche.

Kayla condujo hasta Santa Claus y no pudo evitar sonreír al ver el cartel de la entrada, tan diferente al antiguo. No quedaba ningún rastro de pintura roja y blanca, bastones de caramelo o referencias a la Navidad. Faltaban detalles aquí y allá, pero tenía todo el aspecto de un pueblo vaquero. Se veía polvoriento, antiguo… y precioso.

Vislumbraron un coche aparcado y un hombre que miraba a su alrededor con un portafolios en la mano, así que aparcó a su lado, recogió el portátil, los papeles que tenía preparados en el asiento trasero y bajó con una sonrisa que ya salía de forma natural.

Winter la imitó, aunque se quedó a su lado sin decir nada después de saludar al hombre. Los acompañó por el pueblo pensando de nuevo que estaba perdiendo el tiempo, de buena gana cogería el coche para volver al Grand Canyon… aunque un rato después, Travis le envió un mensaje deseándoles suerte con la visita e informando de que se iba a casa. ¿Qué hacía allí cuando lo que quería era estar con él?

El inspector hizo algunas preguntas sobre los presupuestos que contestó de forma automática y por fin se marchó.

—Bueno, creo que ha ido bien, ¿no? —comentó Kayla.

—Eso parece. Escucha, te llevo a casa y me quedo con el coche, ¿vale?

—Ah. —Había esperado algo más de entusiasmo, la verdad—. Como quieras.

Le pasó las llaves y Winter se encargó de dejarla en el rancho para dirigirse después a Dolan. Aparcó junto al edificio de Logan y Travis y, al llegar al portal, vio que justo salía el primero con una bolsa de basura.

—Vaya, Winter —saludó él, sorprendido—. ¿Qué haces aquí?

—Me vienes de lujo, así no tengo que llamar.

Pasó por debajo de su brazo y entró en el portal. Imaginaba que Travis no la esperaba y que lo pillaría desprevenido… así era ella, impulsiva. No iba a cambiar a esas alturas.

Llamó al timbre y, mientras esperaba, pensó en qué momento se pasaba de la «diversión» a agarrar el coche y tocar una puerta por pura necesidad.

—No tengo nada para cenar —oyó que decía Travis, justo antes de que abriera.

«Pues ahora sí», pensó ella con una sonrisa.

Travis abrió la puerta y la miró, sorprendido.

—¿Te he llamado?

—No, he pensado que antes nos hemos despedido muy rápido, ¿no te parece?

Él sonrió y se hizo a un lado para que pasara. Winter lo miró, reprimiendo las ganas de relamerse. Parecía que lo había pillado a mitad de ponerse cómodo y solo llevaba los vaqueros, estaba para comérselo. De nuevo, sus hormonas empezaron a correr arriba y abajo, descontroladas como la panda de *gremlins* que eran. Eso sí, nunca se cruzaban con las neuronas, jamás.

—¿Quién pensabas que era? —preguntó.

—Logan, siempre está pidiendo comida.

—¿Y tienes hambre?

Travis la miró de una forma que dejaba claro lo que pensaba. Se acerco a ella para besarla y subió las manos por sus brazos hasta llegar a los tirantes del vestido. Enganchó los dedos por debajo de ellos, acariciándole así la base del cuello y la clavícula, y se aproximó hasta que Winter pudo sentir el calor que su cuerpo semidesnudo desprendía sin que su piel llegara a tocarla.

—Travis… —susurró.

Él subió para besarla de nuevo y, sin separarse, avanzaron por el pasillo. Al menos eso creía ella, que tenía los ojos cerrados y le daba igual a dónde fueran, hasta que notó algo blando detrás de sus piernas y que Travis la empujaba con suavidad.

Le soltó para tocar la superficie y vio que era su cama. Sonrió y le cogió la cara para darle un beso que dejó sin aliento a ambos. Travis le bajó los tirantes, besó cada uno de sus hombros y la tumbó sobre la colcha, bajando las manos para acariciarle las piernas por debajo del vestido, que ya se le había subido hasta la cintura. Deslizó una de ellas por el muslo hasta llegar a la zona interna, donde empezó a acariciarla de esa forma que le hacía perder el sentido.

Winter se movió bajo su peso y, a su vez, metió las manos por dentro de su pantalón para bajárselo también, sin dejar de presionarlo contra ella. Lo de jugar a provocarse mutuamente era algo que excitaba a ambos.

Travis le cogió las manos y entrelazó sus dedos, colocándoselas por encima de la cabeza mientras se acomodaba sobre ella y permanecía quieto, mirándola, hasta que la joven se agitó y lo atrapó con sus piernas, impaciente.

—Eres malo —murmuró Winter, levantando la cabeza para poder besarle.

Él la soltó, pero solo para poder sujetar sus caderas y guiarse hacia su interior, donde encajaba perfectamente como si fueran las dos piezas de un puzle. Winter se arqueó contra él, gimiendo, y alargó las manos para abrazarlo.

Siempre era mejor que la vez anterior, sí, mucho mejor… Travis se movía tan despacio que ella no hacía más que retorcerse bajo su peso, aun así lo estaba disfrutando tanto que no quería que cambiara nada de lo que estaba haciendo.

Sentía esas manos por todas partes, sus labios recorriendo el cuello, el pecho, su piel prácticamente fundida con la suya… Le encantaba cómo conseguía hacer que subiera a lo más alto, cómo cada caricia suya era capaz de estremecer todo su cuerpo y hacerlo explotar en mil pedazos.

Poco a poco, fue descendiendo de aquel universo paralelo, y notó que él se dejaba caer sobre su cuerpo, con la respiración acelerada. Le acarició la espalda de forma distraída, pensando en que debería irse a casa como siempre, a pesar de lo a gusto que estaba allí tumbada. ¿En qué estado estaría su vestido?

En cambio, notó las manos de Travis sobre la prenda y escuchó el deslizar de una cremallera. No dijo nada mientras terminaba de desnudarla y tiraba el vestido, hecho una bola, a un lado. Sin una palabra, Travis abrió la cama y se deslizó dentro, llevándola con él, y la acomodó contra su pecho.

Winter se adormiló tan deprisa que no tuvo claro si soñaba o no cuando lo oyó decir:

—¿Podrías explicarme qué demonios es un «alpa chino»?

—Mañana —murmuró, antes de caer en los brazos de Morfeo.

Winter se despertó al día siguiente gracias a la potente luz vespertina. Se revolvió entre las sábanas mientras se frotaba los ojos, recordando que Travis jamás cerraba las persianas, y consultó el reloj. Era temprano, sí, pero olía a café y a algo más, lo que hizo que se levantara.

Llevaba una camiseta suya encima y no tenía ni idea de cuándo había sucedido, así que se puso la ropa interior y se asomó en la cocina. Apenas logró creer lo que veían sus ojos: Travis seguía sin la camiseta —al parecer algo habitual— y estaba haciendo tortitas. ¿Se podía ser más perfecto? ¡Ni en sus mejores sueños!

—¿Tienes hambre? — le preguntó él, al verla entrar—. No es que sea un as de la cocina, pero las tortitas me salen bien.

—Sí, me muero de hambre.

Lo siguió con la mirada, pensando en la suerte que tenía. Como nunca se quedaba a dormir, no sabía muy bien qué esperar, si la situación sería rara o incómoda. Sin embargo, él se portaba con naturalidad y le hacía ver qué podía esperar si seguían por aquel camino.

Le despistó el ruido del móvil, cuyo WhatsApp echaba fuego.

—¿Qué pasa?

—Están alterados por la concentración de motos en Elbow —contestó Travis, apagando la sartén para echar las tortitas en un plato.

—Suena bien.

—También está cerca el cumpleaños de Ezequiel. Los chicos quieren hacerle la puñeta, así que van a meter a Laura en la ecuación para organizar la fiesta.

—¿Y eso es buena idea? No sé yo…

Winter pensó que sí que era hacerle la puñeta, que Ezequiel y su mujer se llevaban regular y nadie comprendía por qué seguían casados. En fin, no era asunto suyo, mejor se dedicaba al hombre que tenía presente.

—¿Sabes que nadie me había hecho tortitas nunca? —comentó.

—Me cuesta creerlo. —Travis le puso el plato delante y se sentó con su taza de café.

—Podría acostumbrarme. —Ella le guiñó el ojo.

Travis dio un sorbo a su café y la miró. Observó a esa chica preciosa, vestida con su camiseta, sentada en su mesa y para la que había cocinado de forma natural, sin pensar. Él también podría acostumbrarse, ese era el problema.

—Se me hace tarde —dijo, levantándose.

—No has comido nada… —observó Winter, extrañada.

—Tranquila, quédate hasta que quieras. Nos vemos por la tarde, ¿vale?

La besó en la mejilla de forma apresurada y fue a terminar de vestirse. Winter entrecerró los ojos, observando las tortitas, ¿le hacía el desayuno y después se largaba? ¿Otra vez volvían a los mensajes confusos?

Pensó que volvería para despedirse de forma definitiva, pero cuando escuchó la puerta tuvo claro que algo pasaba. Después de desayunar, no quiso molestarlo más y decidió regresar al rancho.

Kayla estaba entretenida con la web y sus cosas, así que fue a revisar unas cuentas y tomar el sol hasta que, a media tarde, optó por ir al Grand Canyon a tomar algo. Su hermana debía haber quedado con Logan en el rancho porque le dijo que se fuera sola, cosa que le dio igual: no la necesitaba para pasárselo bien.

Allí estaban varios del grupo hablando todos a la vez, Travis incluido, y se unió a la conversación como siempre hacía. Era como si ya fuera parte de todo ello y no solo una extranjera de pasada, esa era la sensación que tenía.

Sin embargo, minutos después de sentarse notó que la sensación extraña de la mañana seguía ahí: Travis parecía taciturno e incómodo, y no conocía el motivo.

Tras varias rondas, fue a coger algo de picar y se entretuvo charlando con Regina, como siempre hacía. Cuando abandonó la barra del bar —y a Regina con ella—, se dio cuenta de que hacía un rato largo que Travis había salido a tomar el aire.

Después de un mes a su lado, lo conocía bastante bien. Cuando estaba inquieto o preocupado, necesitaba estar solo para aclarar sus ideas. Ponía aquella cara de concentración con la que tan familiarizada estaba y sabía que lo mejor era no intervenir, pero esa tarde… todo iba mal. Y no entendía por qué.

Su humor había cambiado de repente, y por más que Winter repasaba la última charla una y otra vez, no lograba encontrar el motivo. Hasta ese momento no habían discutido nunca, es más, podía decir que se llevaban de maravilla: Travis no era un hombre complicado en absoluto. Podía hablar con él de cualquier cosa, trabajaba mucho para sacar su negocio adelante, que le gustaran las motos era un plus y físicamente… no sabía ni cómo expresarlo, excepto que todo su cuerpo temblaba con una sola mirada suya.

Volvió a hacer memoria mientras se encaminaba hacia la puerta, ¿qué había podido molestarle?

En realidad, no recordaba ninguna conversación demasiado trascendente, porque aún estaban en ese punto en que cualquier charla terminaba en la cama. ¿Y de qué habían hablado después? Algo de un artículo sobre una concentración motera en un pueblo próximo a la que Winter iría de cabeza, ¿qué más? Un cumpleaños, el cumpleaños de alguien, ¿Ezequiel? Sí, Ezequiel, y una fiesta sorpresa que estaban preparando compinchados con su mujer.

Hizo una mueca, sin encontrar nada reseñable en todo aquello. Tampoco podía ser lo del día anterior, a menos que el hecho de dormir juntos lo cabreara… esperaba que no fuera eso, porque a ella le había encantado.

Bueno, lo mejor que podía hacer era preguntar. Con suerte sería cualquier tema del taller, que sabía que la contabilidad le daba quebraderos de cabeza, y se sentiría mejor si descartaba algo que tuviera que ver con ella.

Abandonó la música y el algarabío del Canyon para darse cuenta de que estaba atardeciendo. Eso sí que lo echaría de menos en Boston, jamás había visto esos colores allí, al igual que las estrellas por la noche. Fue directa a «su» banco, no porque fuera suyo, sino porque era el único y sabía que Travis se encontraría allí. No se equivocó: tenía la cerveza al lado, las piernas apoyadas en la barandilla y la misma expresión taciturna que horas antes.

—Llevas mucho rato aquí fuera —comentó, sentándose a su lado.

Él asintió, acariciándose la barbilla.

—Ya sé que he dicho que no me parecía buena idea aliarse con la mujer de Ezequiel respecto a la fiesta porque en realidad no se aguantan el uno al otro, pero qué sabré yo. Es tu amigo, tú lo conoces mejor, así que haz como si no hubiera dicho nada, ¿vale?

—¿Y por qué crees que estoy pensando en eso? —preguntó Travis, estupefacto—. Falta mucho para el cumpleaños de Ezequiel, solo era una idea de los chicos.

—Porque es lo único que hemos hablado. Y de la concentración de motos, aunque dudo mucho que eso te preocupe.

Él asintió como para sí y bajó las piernas de la barandilla.

—¿O es que ya te has cansado de mí y de mi cháchara intrascendente?

Winter soltó la pregunta para relajar el ambiente… y la verdad, esperaba que la respuesta a aquello no fuera ni un «sí» ni otras variaciones que resultaran ser un «sí» encubierto. Ahora que había lanzado el comentario, notó como si algo le atascara la garganta.

Esperó unos segundos, y Travis no decía nada. Se cruzó de brazos, dispuesta a no presionar, porque no era de esas, nunca lo había sido. La bola de la garganta crecía por momentos, amenazando con absorberla por completo… aun así, aguantó.

—Soy un tío normal —Travis al fin habló.

La chica tardó un poco en reaccionar, porque no entendía a qué venía esa respuesta. Es más, no era una respuesta a nada, ni a su comentario, ni al posible motivo de su inquietud. Hasta le hizo dudar de qué había preguntado en realidad.

—Vale —murmuró, indecisa.

—Soy un tío normal —repitió él—. Tengo mi trabajo, mis amigos, una familia que vive a treinta minutos y una vida. Lo normal.

—¿A qué viene esto?

—Pues esto viene a que cuando una chica me gusta, lo que quiero es salir con ella. Quiero un orden.

—¿Orden?

—Conocerla, tener alguna cita, ver si funciona, si hay química, hacerlo oficial… ya sabes, orden. Yo no soy Logan, a él le vale con tener novias a ratos, a mí no. Soy una persona que se implica, me implico en las cosas y con la gente.

Winter se quedó sin saber qué decir. Vale, y ella pensando que era por algún comentario sobre la fiesta de Ezequiel… ¿se podía ser más idiota?

—No me gusta perder el tiempo, no me dedico a pasar el rato. Y, sobre todo, no me gusta empezar nada si desde el principio está destinado al fracaso.

La chica se recostó contra el banco, desinflada. Aquello pintaba mal, muy mal.

—Solo hay dos cosas que tengo en cuenta para estar con alguien —siguió Travis—. Una, que la persona sea compatible conmigo. Y dos, que no viva en otro estado.

Winter sintió como si cayera en una zanja cavada por ella misma. No estaba mentalizada para tener esa conversación, ni mucho menos. Llevaban un mes juntos, se encontraba en ese momento en que pensaba en él un noventa y nueve por ciento del tiempo, ¿y le hablaba de romper?

Abrió la boca para decir algo, y ahí estaba la pelota de la garganta, tan enorme que le había robado la voz. Casi mejor, ¿qué podía decir?

Mentiría si decía que no se había pensado vivir allí. Antes de estar con él, incluso antes de conocer las intenciones reales de Kayla, barajó la idea de comentárselo a ella por si acaso también había tenido la misma idea. Después, la llamada de su madre estropeó esa opción, ¡maldita Kayla!

Y sí, claro que había pensado en las cosas que comentaba Travis, solo que sin profundizar en el tema porque era mejor así, si lo hacía llegaría a la misma conclusión que él.

—Bueno —logró decir—, aún falta tiempo…

—¿Un mes, dos? No vas a estar para la concentración de motos, seguramente tampoco para el cumpleaños de Ezequiel.

A Winter un par de meses le sonaba bien. No bien del todo, pero sí mejor que nada, y tendría que aferrarse a eso, intentar vendérselo porque no podía imaginar que su ángel motero rompiera con ella.

—Dos meses en los que podemos…

—¿Qué, seguir complicándonos la vida? No creo que eso nos vaya a hacer bien. —Travis puso la mano sobre la suya—. Mira, Winter, quizá si yo fuera de otra manera esto sería perfecto. Cada persona tiene una forma distinta de entender las relaciones y todo es válido si ambos lo ven del mismo modo.

La chica no despegó los labios, pensando qué replicar. No veía cómo arreglar aquello, sabía que Travis decía lo que sentía, que su postura era lógica, aunque en ese instante solo le importaba cómo evitar lo que estaba sucediendo.

—No quiero pasarlo mal, no me va el rollo de tío atormentado. Y no es que ahora no duela, es que, si seguimos, después será peor, al menos para mí.

Ella cogió aire, sorprendida ante su sinceridad. Movió la cabeza de forma negativa mientras ordenaba a su cerebro que pensara algo, lo que fuera, una genialidad, la frase perfecta, la observación correcta… cualquier cosa que revirtiera la situación.

Travis aún tenía la mano sobre la suya, y tuvo que vencer el impulso de apretársela porque, en ese momento era consciente, no quería que la soltara.

—No quiero oírlo —murmuró.

—Bueno —comentó él, con voz serena—, entonces no me obligues a decirlo.

Winter asintió con lentitud y le soltó la mano para levantarse. Bueno, al parecer no había nada que pudiera hacer. Era lo malo de los chicos que sabían lo que querían con exactitud, que rara vez conseguías hacerles cambiar de opinión.

—Será mejor que me marche, ¿me despides de los otros?

Travis asintió, aunque pensaba seguir allí un rato antes de regresar. Le dolía lo que acababa de hacer, pero pensaba cada una de las palabras pronunciadas. Winter era perfecta para él, en todos los sentidos, y no podía permitir que le rompiera el corazón en un par de meses, aunque en ese momento tampoco se encontraba muy allá. Pensaba que sentiría alivio por haber cortado algo a tiempo, sin embargo, ese corte también le había salpicado a él.

La vio coger el coche y salir del aparcamiento con un regusto amargo en la boca… a pesar de ello, no pensaba cambiar de opinión.

Al llegar a Santa Claus, Winter frenó el coche y se miró en el espejo retrovisor antes de entrar en el rancho. No le apetecía responder preguntas sobre si había llorado o no, ni tampoco hablar del motivo. El nudo que tenía en el pecho no se iba a pasar, eso lo sabía, pero por más que pensaba, no encontraba ninguna solución. Travis tenía razón en sus argumentos: la cosa se había ido de las manos, no era solo diversión, y la prueba eran las lágrimas en su cara.

¿Cómo había llegado a creer que no se iba a enamorar de él? ¡Si desde el primer día, borracha, casi en coma y entre nebulosas, se había sentido atraída! Menuda gilipollas integral estaba hecha, Travis desde luego era mucho más listo que ella, no cabía duda.

Aguardó unos minutos hasta que se encontró más calmada y salió del coche para entrar en el rancho. Su intención era murmurar un saludo y subir a su habitación sin interactuar, pero no tuvo suerte, pues Kayla salió de la cocina en cuanto escuchó la puerta.

Joder, parecía que la estaba esperando y todo.

—Hola —saludó, con un cuchillo en las manos—. Estoy preparando la cena.

—No tengo hambre —dijo Winter, girándose en dirección a las escaleras.

—Winter, ¿podemos hablar un momento?

La chica se detuvo, exasperada. No se veía con ánimos para tener ninguna charla con Kayla, la verdad, solo quería tirarse en la cama y llorar a gusto. Al parecer, no iba a poder ser. Su hermana era tan inoportuna que ni deprimirse en condiciones podía.

Se dio la vuelta con las manos en la cintura.

—¿Qué? —preguntó, en tono desafiante.

Kayla la observó, extrañada por su tono.

—Bueno, es sobre el rancho, he tenido una idea: un centro de rehabilitación de animales.

Winter la miró con expresión desencajada, algo que Kayla no esperaba. ¡Por favor, si su hermana no mataba ni a las arañas! Imaginaba que la idea la entusiasmaría, ¿a qué venía esa cara de amargura? ¿Dónde estaba la Winter de todos los días?

—¿No te gusta la idea? —insistió.

—¿Y qué importa si me gusta o no?

—¿Cómo?

—¿Cambiará eso algo, de repente cuenta mi opinión?

—Claro que tu opinión cuenta, esto lo llevamos entre las dos —respondió Kayla, confusa.

—¿Lo llevamos entre las dos? ¿De verdad? —Winter se acercó hasta quedar frente a ella—. Qué cosas, y yo que pensaba que era tu proyecto... solo hizo falta un mes para que me dejaras hacer una simulación de gastos y así darme tu aprobado.

Kayla retrocedió ante el tono hiriente de su hermana, un tono que no estaba acostumbrada a escuchar.

—¿Estás enfadada por algo?

—Mira, haz el refugio y cualquier cosa que te apetezca, que a mí me da igual. De todos modos, en un par de meses nos iremos de aquí y nada de esto importará, así que no hace falta fingir que tienes que contar conmigo.

—Cuento contigo, ¡estoy contando contigo!

—¿En serio? ¿Y cuándo pensabas contarme que vas a largarte del trabajo y posiblemente de la ciudad?

Kayla dejó caer los brazos, consternada. Vaya, eso sí que no lo esperaba, ¿cómo demonios se había enterado de eso? ¿Y por qué no se lo había contado antes? En ese instante, cualquier cosa que pudiera decir al respecto no iba a creérsela.

—¿Cómo te has enterado?

—Mamá. Dice que has pedido cerrar tu cuenta del banco, y todos sabemos lo que eso significa: que piensas marcharte. ¿Me equivoco?

¡Maldita Francine! ¿Acaso no podía estarse callada? De modo que por eso Winter había estado distante, gracias a los chismes de su madre.

Quería explicarle que su idea de largarse prácticamente había desaparecido, que le daba vueltas al rancho, a tener un proyecto común con ella... pero no en ese momento, no era el adecuado, iba a sonar a excusa de mierda.

—No te equivocas, esa era mi idea.

—¿Y en todos estos meses no has encontrado un mísero minuto para contármelo? ¡Qué idiota soy! Yo pensaba que por fin empezábamos a estar unidas, pero contigo es imposible. Cuando creo que recuperamos el camino, siempre encuentras la forma de estropearlo todo.

Kayla se cruzó de brazos.

—Mira, no es que tenga que dar explicaciones al respecto —contestó—. Tampoco es tan raro que quiera trabajar por mi cuenta.

—No, está claro, mientras estés lejos de tu familia todo bien para ti.

—¿Y eso qué significa?

—No entiendo por qué eres tan despegada, ¿qué te hemos hecho para que nunca hayas querido pasar tiempo con nosotros?

Las dos se miraron unos segundos. Winter frustrada, y Kayla, estupefacta.

—Yo...

—No te importamos nada, es eso, ¿no? Sé que perdiste a tu padre y lo mucho que eso te dolió, pero nosotros estábamos ahí. Esperando que decidieras venirte a casa, que pudiéramos ser tu familia... y nada, tú decides vivir sola. Solo eras una cría y ya preferías ir a tu aire, como de costumbre.

Kayla parpadeó, confundida. ¿Eh? ¿Que ella había decidido vivir sola? ¿Qué versión le estaba contando Winter, aparte de una muy distorsionada de la realidad? Porque las palabras de Francine jamás había podido olvidarlas, se grabaron a fuego en su mente.

—Winter, eso no fue así exactamente —empezó.

—No me vengas con excusas, ya es un poco tarde para eso.

—¡No son excusas!

—Yo quería una hermana, joder —protestó Winter—. Quería una hermana porque no veía a mi padre, y tampoco veía a mi madre. Tú eras lo más parecido a mi idea de la familia, ¡quería que estuvieras conmigo! Poder cogerte la ropa, que habláramos de chicos, o de música, de cualquier cosa, y tú te portaste como si fuera invisible. Como si no te preocupara nadie excepto tú.

Kayla abrió la boca y la cerró un par de veces, sin creer lo que oía. Era la primera vez que escuchaba algo semejante por parte de su hermana... y no se parecía en nada a la versión que Francine le contó en su día.

Cogió aire para ordenar sus pensamientos y la miró.

—Sí que me preocupaba por ti, Winter...

—¿Que te preocupabas por mí? —Winter sacudió la cabeza—. ¿Qué coño dices? ¡Ni siquiera viniste a verme al hospital cuando tuve el accidente de moto!

Kayla estudió su expresión dolida. ¿Cuánto tiempo llevaba Winter guardándose aquello? ¿Podía ser la causa de su cambio de comportamiento hacia ella, aunque fuera exagerado por su parte?

Recordaba estar en el aeropuerto cuando su madre la avisó del accidente, a punto de coger un avión de camino a un trabajo en otra ciudad. Buceó entre el grupo de sensaciones de ese momento exacto, el motivo de que su hermana se lo reprochara seis años después, pero…

—Te envié un mensaje —explicó.

—Un mensaje. —Winter parecía exhausta de pronto—. Casi me muero y tú me mandas un puto mensaje.

—¿Que casi qué?

—Cualquier persona normal se hubiera preocupado de venir o llamar si se enterara de que a su hermana la ha arrollado un camión. Tú no, tú mandas un mensaje. ¿Pues sabes qué? ¡En la unidad de cuidados intensivos no podía leerlo!

—No, eso no fue así.

—¿Que no fue así? ¿Tú crees que tu recuerdo del accidente es más exacto que el mío? Perdona, pero fue mi bazo el que explotó en la camilla de urgencias. Fue a mí a la que tuvieron que operar de urgencia, y también la que estuvo jodida una temporada.

Winter se dio cuenta de que Kayla parecía obnubilada, como si le costara reaccionar.

—El bazo —la oyó murmurar, como en sueños.

Winter hizo un ruido irónico, como si no pudiera creer lo que escuchaba.

—No me apetece seguir hablando.

—Winter, tienes que escucharme un momento.

—No, lo que tenemos que hacer es acabar la obra lo antes posible para que así cada una pueda volver a su vida, ¿no te parece? Yo a lo mío y tú a donde sea que hayas pensado marcharte, de ese modo no nos molestaremos más la una a la otra.

La chica se dio la vuelta de nuevo en dirección a las escaleras, y Kayla dio un par de pasos hacia ella para tratar de detenerla.

—Tengo que explicarte una cosa.

—Oye. —Winter la miró por encima del hombro—. Tú tienes tus planes, vale, lo respeto. Resulta que yo no tengo ninguno, Travis acaba de dejarme y no sé qué coño hacer, porque estoy enamorada de él y ahora comprendo por qué no quería que empezáramos nada. De verdad, solo quiero meterme en mi cuarto, ¿crees que podrías dejarme en paz?

El brazo que Kayla había alargado hacia ella se detuvo en seco. Parecía que su hermana necesitaba consuelo más que nunca, solo que, por lo visto, ella no era la persona adecuada para dárselo. Con todo lo que acababa de decirle, que resumía sus veintiocho años de vida juntas y al mismo tiempo separadas, le dejaba claro que la brecha entre ambas era enorme.

Solo que esa brecha no era cosa suya, ni de Winter. Así que le iba a tocar investigar un poco que había ocurrido allí exactamente.

—Sí —dijo en voz baja.

—Gracias.

Winter desapareció escaleras arriba y, segundos después, escuchó la puerta de su cuarto cerrarse. Se frotó las manos, nerviosa, sin saber cuál era el siguiente paso que debía dar. ¿Llamar a su madre para contarle todo lo que acababa de escuchar y averiguar qué había sucedido en realidad? Porque la versión sobre el accidente de Winter no se parecía en nada a la suya, al igual que la «supuesta» decisión de vivir sola al fallecer su padre.

¿Qué sucedía allí? ¿Por qué su versión era tan diferente a la de Winter? No podía creer que su hermana mintiera respecto a su accidente, y de ser así... Su madre era más lianta de lo que jamás habría imaginado. Ya sabía que iba por libre y solo pensaba en sí misma, pero aquello superaba todas sus expectativas.

Le dolía, solo que no por Francine, sino por ella y Winter, por lo que les había hecho. Tenía que arreglarlo como fuera; lo complicado iba a ser demostrar su versión, puesto que solo Francine conocía la verdad y seguro que, si Winter le preguntaba, le mentiría.

Así que tenía que pensar un plan.

Capítulo Veintiuno

La última semana, Kayla había adquirido una extraña costumbre: madrugaba, mucho antes de que aparecieran los albañiles, e iba caminando hasta el pueblo de Santa Claus. Resultaba raro hasta para ella; sin embargo, a esa hora el sol no castigaba y el lugar transmitía una paz como pocas veces había visto antes.

Mientras caminaba hacia allí, se fijó de forma inconsciente en las deportivas que llevaba. Del día de compras con Winter, lo único rescatable era que tenía botas, vaqueros y ropa cómoda como para abrir una tienda propia. Su hermana compró un par de sombreros, que ahora le venían muy bien para esconderse dentro de ellos. Y es que lo que debía ser un día entretenido de charla y compras con su hermana, había resultado un fiasco... Winter no parecía enfadada, pero tampoco estaba muy comunicativa. Justo lo que Kayla más temía.

Ella nunca había sido muy de hablar las cosas, cierto, solo que en este caso concreto creía que debían solucionar el problema. No sabía bien cómo empezar, tampoco cómo convencer a Winter de que su intención era buena.

Se detuvo al llegar a Santa Claus y lo examinó, disfrutando al mismo tiempo de la brisa de la mañana. Al mirarlo, no podía creerse el estado en que lo habían encontrado. Sí, lo habían pasado fatal los dos primeros meses, eso era innegable. Y ahora... bueno, estaba increíble. Su madre había acertado de pleno, aunque la muy maldita fue muy lista al enviarlas a ellas para batallar con la primera fase, la más conflictiva.

La restauración iba de maravilla, a pesar de la necesidad de hacer muchos bocetos con todos los detalles bien claros. Todo encajaba en el lugar: la gasolinera de la entrada, en breve operativa, el hostal y el *saloon* abajo, tan real que parecía sacado de una antigua película del Oeste… incluso los vagones del tren, ya pintados y decorados.

El restaurante, una vez libre de aquellos tonos rojos, verdes y blancos, era muy espacioso. En un principio dudó sobre si montarlo por dentro como tal, ya que podía ser que su nuevo dueño no quisiera ese negocio allí, pero Winter la convenció diciéndole que «todo pueblo necesita un lugar de reunión» y se dio cuenta de que era cierto.

Así que montó el bar-restaurante después de buscar millones de fotos en internet para darle un aire rústico y al mismo tiempo atractivo.

Al empezar no tenía claro si todos los elementos funcionarían, al fin y al cabo, aquello no era como decorar un piso. Y cuando echaba un vistazo global se daba cuenta de que encajaban, todo era perfecto. Si la persona que lo comprara sabía llevarlo, haría mucho dinero.

Al pensar que pronto Santa Claus estaría en otras manos, sintió una pequeña opresión. Aquello era su obra, suya y de Winter, el hecho de que otro se fuera a encargar de todo no le hacía la menor gracia. No volvería a encontrar otro proyecto de la misma envergadura, eso seguro, otro donde pudiera desplegar su potencial como había hecho allí.

«Cómpralo», le sugirió una voz en su cerebro.

Ojalá pudiera. Ojalá su dinero fuera suficiente, que no lo era, ¿por qué no había ahorrado más?

La idea de dirigir aquel sitio… bueno, era como un sueño hecho realidad. Sabía que invertir ahí era arriesgado, que la última vez no funcionó, pero ahora era distinto. Lo del parque navideño no tenía sentido. Un parque temático con hostal, restaurante, tiendas, espectáculos… eso sí podía funcionar, ¡estaba convencida!

Música *country* en vivo por las noches, luces de colores para dar un ambiente festivo, quizá los empleados con ropa a juego. Joder, sonaba tan bien que no le importaría quedarse a vivir en el rancho. Además, después de la reforma parecía un sitio completamente nuevo: solo faltaba una piscina en el jardín. Y lo llamaba jardín porque Simon, aún sin saber cómo y en qué momento, lo había convertido en uno. La sorpresa fue mayúscula: Kayla pensaba que en el desierto no crecería nada excepto cactus, y no era así, había una gran variedad de flores vistosas… acacias blancas, cinacina, tamarindos, y hasta plantas de aloe vera. Allí solo faltaba la piscina o *jacuzzi* propuesta por su hermana. Algo que le pareció una tontería en un principio y que ahora se le antojaba de lo más apetecible. Porque una piscina en mitad de la nada no era algo que se viera a menudo, y poder bañarse de noche sin ropa era de lo más tentador.

Ese pensamiento la llevó hacia Logan, aunque tenía claro que no pensaba mezclar conceptos. Sí, estaba genial con él y sus encuentros no podían ser mejores, pero no le interesaba Santa Claus por él. Además, tenía bastante claro que en algún momento esa relación entre ellos terminaría, como tantas veces le recordaba Daisy. No, no fantaseaba con quedarse a dirigir aquello por Logan, sino porque esa oportunidad era lo que llevaba buscando tanto tiempo. Algo que la llenara y, total, ya tenía pensado marcharse de Boston, ¿qué más daba si se mudaba al desierto?

Hizo un cálculo por encima. Su madre había pagado tan solo sesenta mil dólares por Santa Claus en la subasta, un precio ridículo que rayaba en lo increíble. Sí, era un lugar fantasma en medio de la nada y necesitaba una reforma enorme, aun así, era muy poco. ¿Acaso nadie había pujado?

Las reformas habían duplicado el precio inicial, incluso un poco más si se sumaban los impuestos, permisos, licencias… la inversión final rondaría los ciento cincuenta mil dólares más o menos. No lo sabría hasta terminar del todo, era solo un cálculo aproximado.

No iban a venderlo por menos del doble, lo cual era inviable para que ella se hiciera con él, así que sacudió la cabeza con una mueca.

Era un sueño bonito que le venía grande, obvio.

Regresó a paso ligero, disfrutando de los breves momentos de frescor que regalaba el desierto. Una cosa tenía clara: no vería muchos paisajes como esos cuando se marchara, seguro. Antes de vivir allí, el Oeste le parecía una mezcla poco apetecible de polvo y piedras… sin embargo, había descubierto que era mucho más. Incluso su cuerpo empezaba a acostumbrarse al calor, ya no le producía rechazo ni la ponía colorada la mayor parte del tiempo.

Una vez en el rancho, se preparó un café y comenzó a mirar un catálogo de piscinas, buscando una que encajara bien en el jardín. Cualquiera lo haría, en realidad, este era extenso.

—Has madrugado —comentó Winter, apareciendo en la cocina.

—Sí, me despierto pronto todos los días. Desde que tenemos cama y casa en condiciones duermo mucho mejor —respondió Kayla—. Estaba mirando catálogos de piscinas, ¿me ayudas?

—¿Una piscina? ¿Dónde?

—Pues en el jardín, ¿dónde sino? Fue idea tuya, ¿lo has olvidado?

—Ah, ya. —Winter se sentó a su lado con una taza de café—. Bueno, será mejor que lo dejes a gusto del futuro dueño. Nos saldríamos del presupuesto.

—Seguro que no es mucha diferencia, mira los precios.

—No podemos pasar de ciento cincuenta, ya lo sabes, y aún faltan muchos pagos. Olvida ese tema hasta que no esté todo cerrado, entonces ya veremos si podemos poner una piscina.

—Pero…

—No es algo básico, olvídalo. —Winter dejó la taza—. Voy a vestirme, tengo que ir a ver a Daisy para empezar a mirar todo el papeleo que vamos a necesitar.

—Vale. —Kayla la miró dejar el café en el fregadero—. ¿Te veo en el Canyon a la hora de comer?

—Sí, intentaré llegar, pero tampoco me esperes mucho. No sé cuánto tiempo vamos a tardar, si se hace tarde comeré con ella.

No añadió más, así que Kayla volvió la mirada otra vez hacia el catálogo. No podía culparla: Winter hacía lo que podía para superar lo suyo, y pasarse todo el día metida en el Canyon no ayudaba mucho, de modo que dosificaba sus ratos allí.

Además, que se llevara tan bien con Daisy les venía bien, ¿verdad? La chica agilizaba los trámites que daba gusto, todo eran ventajas.

Aunque no podía negar que le molestaba una pizca. Porque así empezaban las cosas, primero una reunión de papeleo, luego un café, luego una comida de trabajo, una cerveza al acabar y de pronto, esa tía terminaba siendo la mejor amiga de su hermana, ambas salían de fiesta los fines de semana y ella se veía excluida como de costumbre.

Cuánto mejor les había ido sin destapar la caja de los problemas familiares…

Debía hacer algo, no podía permitir que la relación con Winter se fuera al traste por una serie de malentendidos inexplicables. Se levantó, enjuagó su propia taza y fue a su cuarto para coger el móvil. Después regresó a la cocina, justo a tiempo de ver a su hermana bajar, ya vestida para salir.

—Me llevo el coche —comentó.

—Sí, ya daba por hecho que andando no ibas a ir.

—No te preocupes, voy a ver si encuentro alguno de alquiler. O a lo mejor una moto, no sé.

—¿Vas a comprarte una moto? —Kayla no daba crédito.

—Comprarla no, aquí no. No tendría sentido puesto que nos marcharemos pronto… pero a lo mejor la alquilo, si es que eso se puede hacer en este lugar, claro. —Winter hizo una mueca—. Nos vemos luego.

Kayla observó cómo se marchaba, anonada. Bueno, no le parecía mal si se hacía con una moto, eso significaría que de algún modo el accidente quedaba atrás y Winter había superado el miedo a volver a conducir una.

Sacudió la cabeza y se centró en lo que iba a hacer: llamar a su madre.

Manipuló el móvil unos instantes y después marcó.

—¿Kayla? —la voz de Francine llenó la cocina—. Sí que te despiertas temprano.

—Aquí hay que madrugar y trasnochar, el resto del día hace calor —comentó Kayla.

—Será un verdadero infierno.

—Es acostumbrarse. Oye, mamá, me gustaría hablar contigo de un par de cosillas.

—Si vas a decirme que pretendes saltarte el presupuesto, la respuesta es no. Ciento cincuenta mil ya es demasiado para ese lugar, ni siquiera tengo claro que vayamos a encontrar un comprador.

—No es eso.

—Habría que estar muy loco para querer un parque en medio de la nada.

—Bueno, más loca estuviste tú al comprarlo —refunfuñó Kayla.

—No estaba en plenas facultades, Kayla, habíamos estado de celebración —protestó Francine—. No es comparable a comprarlo a propósito. ¿Quién demonios iba a ir allí a pasar sus vacaciones, o una escapada? No le veo mucho futuro.

Aquellas frases no eran las que más le apetecían escuchar a Kayla, aunque no iba a meterse en una diatriba al respecto con su madre. Discutir con ella era poco productivo; además, rara vez servía de algo y ambas malgastaban esfuerzos.

—Mamá —la interrumpió—, ¿puedo preguntarte un par de cosas sobre Winter?

—¿Por qué? ¿Le pasa algo?

—No, está bien. Más o menos. Hemos hablado un poco sobre ciertos temas de hace años y, en fin, parece ser que hay algunas diferencias.

—Claro que hay diferencias, no os parecéis en nada. Supongo que no te habrá pillado por sorpresa, Kayla.

—Ya, pero…

—Os envié allí a trabajar, no a que os pasarais los días de charla. Si me fío de vosotras es precisamente porque sé que no sois amigas.

Kayla miró el móvil, asimilando sus palabras.

—¿Por qué no fui a vivir con vosotros al morir papá? —preguntó, a bocajarro.

Era el único modo de sorprender a Francine, visto que podía salir por cualquier otro lado. Hubo un breve silencio al otro lado del teléfono.

—No sabía que ibas a retrotraerte tanto en el tiempo, ¿hablamos de algo que sucedió hace más de diez años?

—¿Por qué no me llevaste, mamá? Tenía dieciocho años, era muy cría para vivir sola.

—Estabas a punto de ir a la universidad que, por cierto, no estaba cerca. De igual modo pensabas ir a la residencia, ¿qué más daba?

—No. Decidí ir a la residencia cuando me dijiste que mejor no iba a casa porque lo prefería a vivir sola, no al revés.

—¿Y qué más da?

—¿Recuerdas que me dijiste que era mejor así porque no querías poner en peligro el equilibrio familiar con Stan y Winter? —Otro silencio—. Que sería difícil para ambos, que lo trastornaría todo, que Winter no estaba preparada para compartir su vida con otra hermana. ¿Te acuerdas?

—Winter estaba muy mimada, es verdad. Y Stan… tienes que entenderlo, Kayla. Lo que hice fue lo mejor para todos en su momento.

—¿Se lo preguntaste siquiera, o decidiste en base a lo que tu creías?

—¿Eso importa?

—Claro que importa. Importa. —Kayla movió la cabeza y contuvo un resoplido.

—Tú eras muy independiente, supuse que querrías vivir sola y…

—¿Con dieciocho años, mamá? Papá acababa de morir, ¿de verdad pensabas que lo mejor para mí era vivir sola?

Kayla hizo un esfuerzo por no alzar el tono. Si se ponía a gritar, Francine colgaría y era lo último que quería.

—Está bien —la oyó decir—, a lo mejor Amo tomé la decisión correcta, pero en aquel momento sí me lo parecía. No estaba segura de que funcionara, yo quería… mantener a mis dos familias separadas. Te ofrecí la solución de vivir sola y no pusiste pegas, así que el problema no fue más allá, y en casa no llegaron a saberlo. Asumieron que era tu decisión.

—No comprendo por qué querías apartarme.

—Porque para mí tú eras parte del pasado, Kayla —admitió su madre—. Eras parte de otra vida, una que no había salido bien. Eso no significa que no te quisiera, te quería, pero de otra forma.

—¿Como una hija de segunda? —murmuró Kayla, con sarcasmo.

—No. Solo que es complicado de explicar. —Francine parecía impaciente—. Aun así, siempre me he ocupado de ti. Pagué tus pisos, tus gastos, tus estudios y te di trabajo en mi empresa. Y con más poder del que tiene tu hermana, añado, así que no veo motivo para tanta queja.

—Pero nunca has querido que tuviéramos relación de hermanas. ¿Por qué?

—¿De dónde te sacas eso? ¿Acaso no os llevaba cuatro veces por semana a jugar? ¿No te quedabas a dormir en casa a menudo?

—Solo momentos que tú podías controlar. Cuando papá murió y me quedé sola, eso no lo podías controlar. Y si me iba a vuestra casa a vivir, tampoco podrías, ¿verdad? Por eso cuando tuvo el accidente no me dijiste que se había roto el bazo y que estaba grave.

Oyó un bufido de su madre y miró al techo.

—Claro que te lo dije. Te llamé al momento desde el hospital y te dije que se había roto…

—El brazo.

—¿Qué?

—Estaba a punto de embarcar en el vuelo hacia Nashua, para supervisar esa restauración que duraba un mes y poco. Me llamaste y dijiste que se había roto el brazo, algo sin importancia, que estaba bien y que no hacía falta que fuera al hospital, que vosotros estabais con ella.

Kayla hasta pudo escuchar como tamborileaba con los dedos, impaciente.

—¿Por qué iba a decirte una mentira?

—¿Qué? ¿Niegas haberme dicho eso?

—No niego nada, solo digo que quizás dije «bazo» y tú entendiste «brazo», no me parece nada muy disparatado. Nosotros estábamos con ella, es cierto.

—En serio, ¿tú crees que si yo hubiera sabido la gravedad del accidente no hubiera dado media vuelta para ir al hospital?

Y, de repente, Kayla se dio cuenta de que acababa de responder a su propia pregunta.

—Madre mía —murmuró.

—¿Qué?

—Es eso, ¿no? No me lo dijiste porque no querías que dejara el trabajo. De no haber ido, se habría retrasado el proyecto con las consiguientes pérdidas. —La chica se mordió el labio—. Pusiste el trabajo por encima de lo demás.

—No es así, Kayla. Las conversaciones por teléfono pueden ser malinterpretadas.

—No, no hubo ningún malentendido. Pensaste que como ya estabais con ella vosotros, daría igual que yo fuera o no, y así mejor porque el trabajo seguiría tal cual estaba planeado, por lo que me dijiste que se había roto el brazo, que no era nada, y que incluso ella misma había dicho que no pasaba nada.

Más silencio al otro lado de la línea, aunque Kayla ya no necesitaba sus respuestas.

—Kayla —la oyó suspirar—, era un momento delicado en mi empresa, pendíamos de un hilo. No me podía permitir más cancelaciones.

—¿Cómo no…? —empezó Kayla—. ¡Por Dios! ¿Cómo no te diste cuenta de lo mucho que eso nos iba a afectar a Winter y a mí? ¡Casi la palma y su hermana ni se molesta en ir a verla! Le mandé un puto mensaje, mamá, ¡un mensaje de texto!

—Estoy segura de que Winter lo ha olvidado, tu hermana no es rencorosa.

—¿Cómo va a olvidar algo así? —protestó Kayla—. Lleva años pensando que no me importa en absoluto, ¡eso no se olvida! No comprendo por qué nos has mentido así durante años, cualquier madre querría que sus hijas se llevaran bien, ¡no al revés!

—¡Yo no quería que fuerais amigas! —exclamó Francine al otro lado—. Quería que fuerais fuertes, independientes y trabajadoras. Que estuvierais conmigo hasta poder volar solas, todo eso no lo habría logrado de haberos permitido intercambiar ropa o chicos. Las dos tenéis vuestras cosas, tú eres introvertida y trabajadora, Winter se distrae fácil y es muy sociable, de haber llevado una vida juntas no habríais llegado a donde estáis hoy, eso seguro.

Kayla asimiló sus palabras, sin salir de su asombro. ¿Qué clase de excusa era aquella?

—Mamá, somos tus hijas, no solo personal de tu plantilla. Seguiríamos trabajando contigo, eso seguro… más felices.

—Sois felices. Ambas lo sois.

«Claro, por eso llevo ahorrando media vida para largarme de tus garras», se dijo Kayla. De lo feliz que había sido siempre en esa familia.

No obstante, guardó silencio y no reveló aquella información.

—¿Piensas decírselo a tu hermana? —preguntó Francine.

—¿Pasas tiempo con ella?

—¿Qué?

—Con Winter. ¿Pasas tiempo con ella? ¿Vais a comer, al salón de belleza, de compras?

—Si la pregunta es si quiero a tu hermana, la respuesta es sí.

—Sé que la quieres, de alguna forma retorcida, igual que a mí. Pero no pregunto eso, solo quiero saber si todo el tiempo que no has estado conmigo al menos ha servido para que estuvieras con ella.

—Soy una mujer de negocios ocupada, Kayla. Veo a tu hermana cuando puedo, lo mismo que a ti.

Y ella pensando que se pasaban los días juntas haciendo cosas. Ahora veía que las había tratado exactamente igual a las dos, sin ningún favoritismo. La falta de información jugaba a favor de Francine, y se había asegurado siempre de dosificarla para que ninguna tuviera demasiada. ¿Cómo había podido llevarlo a cabo tantos años?

—No se lo cuentes —volvió a decir Francine—. Sabes que Winter no es tan fuerte como tú. Le harás daño.

—No es tan floja como piensas, te lo aseguro.

—¿No podemos olvidarlo y listo? Son cosas que se hacen sin pensar, puedo disculparme. Es posible que no lo hiciera bien, pero…

—¿Es posible?

—Bueno, los hijos tampoco vienen con manual. No somos perfectos, podemos tomar decisiones incorrectas creyendo que es lo mejor en ese momento.

Kayla suspiró, exasperada. Lo peor de todo era que ahí sí que tenía claro que Francine no mentía, sin duda creía hacer lo correcto en el momento de hacerlo. Era como si en lugar de una madre fuera el entrenador de un equipo de *rugby*, más preocupado de que hicieran un buen partido en lugar de disfrutar por el camino.

—Te llamaré cuando la obra esté lista y los papeles a punto.

—Está bien —aceptó Francine—. Y si necesitas terapia, te recuerdo que tenemos una psicóloga en plantilla que podría…

Kayla cortó la llamada y después la grabadora. No le iba dar opción a su madre a que le contara cualquier versión desvirtuada a Winter, ni hablar. Podría escuchar las mismas palabras que ella, tal cual las había dicho, sin edulcorar ni suavizar.

Su madre tenía razón en que Winter era menos dura que ella; aun así, estaba segura de que podría encajarlo sin derrumbarse. Cierto que no era el mejor momento con lo de Travis, pero no quería dejarlo pasar más tiempo, llevaban demasiados años con mala relación gracias a las tretas de Francine. Y eso no podía ser, después del tiempo compartido allí, Kayla quería volver a llevarse bien con ella. Ahora era consciente de que esa idea que tenía de niña mimada y atontada era algo que se había creado sola, y seguro que a Winter le sucedía igual respecto a ella.

Necesitaba arreglar esa relación, no podía apostar al cien por cien por las que mantenía con hombres, pero por su hermana sí valía la pena hacerlo. Esperaba que la conversación grabada sirviera al menos para eso, aunque después tomaran caminos diferentes.

Pensar en aquello le produjo una punzada en el pecho, ojalá pudieran quedarse las dos, si hubiera alguna forma… Después de todo lo que habían pasado, lo que más deseaba era poder empezar de cero en todos los sentidos, y eso era algo complicado si cada una se encontraba en un estado diferente a cientos de kilómetros de distancia.

Demasiadas variables. Se frotó la frente como si así pudiera borrar parte de las preocupaciones, cosa que no ocurrió, por supuesto.

Escuchó el ruido de cascos de un caballo y se asomó a la ventana para ver llegar a Logan, algo que parecía que no se cansaba de hacer. De vez en cuando montaba con él, pero, al igual que con las motos, todavía no se atrevía a hacerlo sola.

Y si se iba, no creía llegar a hacerlo nunca.

Salió a la entrada y se aproximó a la cerca, ya completamente arreglada desde hacía un par de semanas. Logan le estaba quitando la silla a Calcetines para luego dejarle que corriera por allí sin ataduras.

Se acercó con la silla a cuestas y le dio un beso en la mejilla.

—Huy, ¿y esa cara? —le preguntó, al ver su expresión.

Dejó la silla en el suelo, apoyada en la valla, y se acercó a ella para pasarle el dedo por el ceño fruncido.

—¿Algún problema con las obras?

—No, no, es otra cosa.

—¿Quieres hablarlo con un café?

Kayla ladeó la cabeza; por norma, en cuanto aparecía por allí acababan el uno encima del otro en menos de cinco minutos, y las conversaciones venían después, si las tenían.

—Vale —contestó—. Justo hay una cafetera recién hecha.

Él le rodeó los hombros con el brazo y fueron hasta la casa. Logan se apoyó en uno de los muebles mientras ella echaba café en un par de tazas y tiraba el que se había quedado frío encima de la mesa.

Aunque tenían sillas, se sentó sobre la mesa porque, por un lado, se le había quedado la costumbre, y por otro, así estaba más a la altura de Logan.

—He descubierto que mi madre nos ha estado mintiendo a las dos durante años —soltó— para que no nos lleváramos bien.

Logan la miró, sorprendido. Ya había imaginado que la mujer muy normal no era, pero tanto como para hacer algo así... Escuchó mientras Kayla le contaba los detalles de la conversación con su madre, sin poder creer que incluso en el tema del accidente hubiera mentido así. Algo tan grave, y Kayla pensando que era una tontería. Normal que estuviera afectada.

—¿Winter no lo sabe ni lo sospecha? —preguntó, cuando ella terminó.

—No, tengo que hablarlo con ella y sé que va a ser una conversación difícil... Es que hay más cosas. —Él levantó una ceja—. Le contó a Winter que quiero dejar la empresa y claro, ella se enfadó.

—¿Vas a dejar la empresa?

—No quiero trabajar con mi madre más, llevo tiempo ahorrando... Lo que me lleva al siguiente tema. Porque pienso que... —Jugueteó un poco con su taza, evitando mirarle—. No sé, son cosas que estoy pensando, ¿vale?

—Ajá.

La observaba sin saber qué esperar, hacía tiempo que no la veía tan seria y preocupada como en ese momento.

—Me gustaría quedarme aquí. —Lo miró, buscando alguna reacción—. Aquí en Arizona, si pudiera ser incluso en el rancho.

Él asimiló aquella información. Por la forma en que lo miraba, suponía lo que estaba esperando, ya que él mismo se preguntaba por qué esa información no lo molestaba. Más bien, al contrario. El pensar que ella no fuera a marcharse en unas semanas no le produjo una sensación de agobio como cuando Daisy planeaba algo a largo plazo.

Qué raro... Miró la taza de café, como si el líquido tuviera algo que ver en todo aquello.

—¿Vas a comprarlo tú? —le preguntó.

—No puedo, aunque es lo que me gustaría. Llevo tiempo queriendo empezar algo propio y aquí sería... —Movió la cabeza—. Ojalá pudiera hacer algo con Winter, ¿sabes? Pero no sé si, aunque nos reconciliemos, ella querrá.

—Bueno, lo que está claro es que tienes que hablar con ella antes de decidir nada. ¿Has pensado cómo convencerla?

—He grabado a mi madre —confesó, carraspeando—. Le pondré la conversación.

—Vaya, sí que tienes recursos.

Sonrió y ella volvió a dar vueltas a la taza, buscando las palabras.

—También está… Lo nuestro.

No sabía ni cómo definirlo y casi esperaba que saliera corriendo, pero él seguía allí y ni siquiera pareció molesto al decirle que le gustaría vivir allí.

—Si me quedo, quiero que tengas claro que no es por ti —añadió.

Aquello sí lo hizo reaccionar, Logan se puso serio y dejó la taza, cruzándose de brazos.

—Bueno, por cómo lo has dicho no sé si tomármelo bien o mal —replicó.

—Quiero decir que… —Suspiró, mirándolo de nuevo—. Está claro que nos gustamos, que estamos bien y que no hay problemas porque desde el principio sabíamos que era temporal. No vas a dejar de atraerme de un día para otro porque me vaya, tampoco. Y si me quedo, me gustaría que siguiéramos… las cosas no tienen por qué cambiar. Solo digo que no eres la razón principal por la que me quedaría.

Logan se acercó a la mesa y le cogió las manos, pensativo. Unas semanas atrás, aquella frase hubiera sido hasta de sus favoritas. En aquel momento, sin embargo, se dio cuenta de que el hecho de que Kayla se marchara le molestaba.

Vaya, y él presumiendo siempre con Travis de pasar de todo… Se partiría de risa si supiera lo que estaba pensando.

—¿Y una razón secundaria? —le preguntó.

Le tocó un mechón de pelo que ya le había crecido y le caía sobre los ojos a menudo, apartándoselo con suavidad.

—¿No te molesta? —preguntó ella, en cambio.

Logan se encogió de hombros.

—Si te marchas, no voy a ir corriendo detrás como en las películas románticas a suplicarte que te quedes, ni me arrodillaré ahora aquí para pedirte que te cases conmigo.

Kayla negó con la cabeza, con cara de susto. Eso tampoco era lo que quería, por Dios.

—Dicho esto —continuó él—, sí, me gustaría que te quedaras. Y que siguiéramos como hasta ahora, a ver a dónde nos lleva.

Eso sonaba bien, justo lo que ella quería. De haberle prometido el sol, la luna y las estrellas que veían muchas noches juntos, no le hubiera creído, conociéndolo como lo conocía sería falso. Y ella tampoco podía prometer lo mismo, puesto que ni siquiera sabía si iba a quedarse fijo. Lo que sentía por él era diferente a otros, eso no podía negarlo, desde el principio sus besos así se lo habían demostrado. Si se paraba a analizarlo, aquello era lo más parecido a estar enamorada de lo que nunca había estado... solo que, para ella, aunque Logan importaba, Winter tenía prioridad en ese momento.

Logan le tocó el punto entre las cejas, alisándolo con cierta preocupación al ver que seguía seria. Quizá se había pasado... no quería mentir, no iba con él, y tampoco perderla, de ahí ser lo más sincero posible. No podía decirle que la quería: cuando esas palabras salieran de su boca, serían reales, no forzadas. Y no era por ganas, que más de una vez se le había cruzado por la mente, cuando paseaban sobre Calcetines o veían las estrellas juntos.

Dudaba si explicarle eso también, cuando ella le apretó las manos y tiró para que se acercara más, rozando sus labios.

—Me parece perfecto —contestó Kayla.

Logan suspiró aliviado antes de besarla. Al menos todo estaba bien entre ellos... en espera de ver si se iba o no.

Mientras le desabrochaba la blusa, cruzó los dedos mentalmente para que no fuera la segunda opción.

Capítulo veintidós

Tras pensarlo durante unos días, Kayla decidió que el momento de arreglar las cosas con su hermana había llegado. Solo quedaba ultimar detalles en Santa Claus, quizá el papeleo alargara su estancia un par de semanas más, pero eso era todo. Y una vez volvieran a Boston, sabía seguro que no volverían a retomar el contacto.

«Ahora o nunca», se dijo, decidida.

Después de comer, se había dado una vuelta por Santa Claus para supervisar por tercera vez los avances. Satisfecha al descubrir que se encontraban en la fase de pintar fachadas y demás, regresó a casa dando vueltas a cómo encarar la charla con Winter. Continuaban comiendo juntas, pero habían llegado a un punto en que la chica no se molestaba en disimular y en lugar de hablar con ella, miraba su móvil. Exactamente igual que al llegar, y por más que Kayla trataba de sacar temas de conversación, solo obtenía respuestas monosilábicas.

No podía seguir así, y le sorprendía lo mucho que el tema le afectaba. Si retrocedía cuatro meses atrás y recordaba cómo apenas se dirigían la palabra, eso no lo echaba de menos. Lo de después, sí. Porque, de no haber sido por Winter, no habría disfrutado tanto de la estancia allí.

Comprobó que el salón estaba vacío, así que dedujo que se encontraría en su cuarto, sitio donde pasaba la mayor parte del tiempo cuando no andaba por ahí. Subió las escaleras, como siempre maravillada por el cambio en el rancho y el aspecto de hogar que tenía ahora, y tocó en su puerta.

—¿Winter? ¿Puedo entrar un momento?

—Sí, adelante —le respondió esta.

Kayla empujó la puerta y la encontró sentada en la cama. Había un montón de papeles a su alrededor, además de la calculadora y todas las carpetas del proyecto.

—No quería interrumpir —comentó.

—Da igual, ¿qué pasa?

Kayla se sentó en el otro extremo de la cama y miró todo aquel papeleo.

—¿Son los permisos?

—Sí, las solicitudes de apertura —explicó Winter—. Después habrá que ponerlo a la venta y esperar compradores, aunque imagino que eso podemos moverlo desde Boston. O tal vez mamá quiera ocuparse.

A Kayla le pareció detectar en su tono cierta desilusión, algo que comprendía. Ella sentía lo mismo, por descontado, parecía que ambas se habían adaptado demasiado a Santa Claus.

—Muchas veces he pensado cómo sería quedarnos —comentó Winter, a lo que Kayla alzó la cabeza como un resorte—. Sé que es una tontería, supongo que nos quedaría grande, pero… ¿cómo crees que sería si fuéramos las dueñas del parque temático?

Kayla se quedó sin respiración durante unos segundos, con los ojos abiertos como platos. ¡Vaya, su hermana pensaba a lo grande! Ella dando vueltas al rancho y Winter iba más allá, ¡nada menos que el parque! Jamás había sospechado que le interesara el tema.

Y lo mejor era que había utilizado el plural, se refería a ambas.

—Bueno, sé que odias el desierto y el calor —añadió Winter, antes de que contestara—. Por eso he dicho que era una tontería.

—¿De verdad lo habías pensado?

—Es que a mí me gusta esto. El calor, el paisaje, la idea de manejar el parque… incluso vivir en este rancho me gustaría. Siempre pensé que era una chica de ciudad y sorpresa.

—No es una tontería.

—Ya.

Winter se cruzó de brazos y volvió su atención a las carpetas que ocupaban su cama.

Kayla sacó su móvil, abrió la galería de fotos y movió el dedo arriba y abajo hasta encontrar lo que buscaba. Después alargó la pantalla para que su hermana pudiera verla.

—Mira —pidió.

—¿Qué? —La chica se acercó un poco—. ¿Son fotos de tu piso?

—Sí, ese es el mueble de mi salón, ¿te acuerdas? Yo misma lo restauré, tenía tantos cajones que pensé que no terminaría jamás. —

Kayla meneó la cabeza—. ¿Sabes lo que hay dentro de esos cajones que tanto me costó adecentar?

—No.

—Un montón de cajas metálicas llenas de fotos. Fotos de mi padre, y nuestras. Tuyas y mías.

—¿Qué? —Winter la miró como si le faltara un tornillo.

—Guardo todas nuestras fotos de cuando éramos niñas, ya sabes que papá… nos hacía un montón, cada vez que podía. Los cumpleaños, cuando íbamos de excursión, los días de verano y casi cualquier cosa que se saliera de lo normal.

—Me acuerdo. Tu padre era muy simpático.

—Lo era. —Kayla miró la pantalla con cariño—. No me gustan mucho los álbumes de fotos, así que sigo conservándolas ahí, en las cajas metálicas. Por lo menos hay cuatro, ¿sabes por qué están ahí? Porque tienen valor.

Sujetó el móvil por segunda vez hasta encontrar otra foto, esta vez de un armario. Menos mal que había sacado de todas sus cosas antes de marcharse y dejar encargado el traslado al guardamuebles.

—Ahí guardo los disfraces. En la balda de arriba todos los juegos de mesa. —La miró—. Y en el trastero, los juguetes, lo que usábamos en las fiestas de pijamas, todo. No he tirado nada.

—¿Qué pretendes decir con esto?

—Siempre he estado ahí, Winter. Nunca he dejado de preocuparme por ti, aunque comprendo que lo pensaras.

—No lo entiendo.

—Cuando murió mi padre, yo no quería vivir sola. No tenía ningún motivo para hacerlo, bastante tenía ya con lo ocurrido y el empezar en la universidad —murmuró, dejando el teléfono para retorcerse las manos—. Puede que estuviera muy apática unos días, eso es normal. Un infarto no es algo que se asimile rápido.

Tragó saliva porque hablar del tema hacía que se avivaran esos recuerdos que tanto le había costado suavizar. Aquellos días resultaron un caos, muy difíciles, una extraña mezcla de pena y soledad que habían dejado huella en su corazón.

—Eso lo comprendíamos.

—Tú lo comprendías, tal vez Stan también.

—¿Qué insinúas? ¿Que fue cosa de mamá?

—Si repasas nuestra vida en común puedes ver que no tenía el menor sentido que yo quisiera vivir sola y apartada. No es cierto. —Kayla negó—. Me hacía falta estar arropada. No sé, un piso de alquiler debería ser divertido, algo nuevo que avisa de una fase de tu vida interesante, no lo que fue… un sitio frío y vacío.

—Solo para que me quede claro, ¿dices que querías venir a casa y mamá no quiso?

Kayla asintió.

—Me explicó que el equilibrio familiar era delicado y que no quería desestabilizarlo, que no sabía si lo aceptaríais.

—¿Qué estás diciendo? ¡Nunca comentó nada semejante! Se limitó a decir que era decisión tuya, que no debíamos darte la lata porque tu padre acababa de morir. Que debíamos respetar tu opción, por rara que nos pareciera.

—Sí, ahora lo sé. En aquel momento me lo creí.

Winter se cruzó de brazos, con gesto obstinado. Sin embargo, segundos después su ceño fruncido se relajó a medida que asimilaba las palabras que acababa de escuchar. Su primera expresión había sido de incredulidad, cierto, pero Kayla esperaba que usara el sentido común.

—¿Por qué? ¿Por qué haría una cosa así?

—El tema de alterar una familia me pareció una razón a tener en cuenta, y como iba a empezar en la universidad, pensé que podría vivir en la residencia. No quería molestar, ni interponerme, así que le hice caso.

—Pero todo cambió —la cortó Winter—. Ya apenas venías.

—Tienes que entenderlo. Fue un *shock* darme cuenta de que me sentía parte importante de una familia y que no era recíproco.

—¿No se te ocurrió decírmelo?

—Tú tampoco me dijiste nada a mí, ¿no te resultó raro que tomara esa decisión?

Winter se calló. Claro que se lo había parecido, pero en ese momento, con la muerte de su padre tan reciente, pensó que era una fase de duelo o algo así. Y después, que en realidad Kayla prefería vivir en la residencia universitaria para así vivir la experiencia.

Kayla tenía razón, tendría que haber hablado con ella. Agarrar el teléfono y pedirle explicaciones, con algo tan sencillo se podían haber aclarado las cosas, no dejar que esas rencillas y malentendidos las separaran tanto.

—Y el accidente… ahí no tengo excusa, es verdad —admitió Kayla—. Tenía que haber ido sí o sí.

—¿Y por qué no lo hiciste?

—Porque estaba a punto de subir a un avión para un trabajo cuando mamá me llamó. Y bueno, no me contó la gravedad del asunto. Ella dice que fue un malentendido.

—¿Has hablado con ella? —Winter la miró con cara de sorpresa.

—La llamé cuando vi que tu versión y la mía no se parecían en nada… ¡ni siquiera sabía que te operaron del bazo! Me llamó, me dijo que estabas bien, que te habías roto un brazo. Que estaban contigo y que no pasaba nada, que siguiera adelante con el trabajo.

—No lo puedo creer —murmuró Winter—. ¿Sería capaz de hacer algo así?

El hecho de que lo preguntara en voz alta le dejó claro a Kayla que, de alguna manera, creía sus palabras. Por eso no había sacado la grabación en primer lugar, necesitaba saber si su hermana era capaz de concederle el beneficio de la duda.

Lo que hablaban no era agradable, sin embargo, la reacción de Winter era mejor de lo esperado. En el fondo, conocía a su madre y la veía capaz de aquello, por eso se preguntaba en voz alta si era capaz, porque sabía que lo era.

—Cuando me llamó, le dije que cancelaba el vuelo al momento. Ella no quiso, parece ser que la empresa estaba en un mal momento y no podía permitirse perder ese trabajo, de modo que tuve que ir. No sé si te acuerdas.

—Sí, me acuerdo. Los números no iban bien, no, demasiada inversión costosa para sacar poco beneficio. Tuvo que hacer reajustes.

—Te mandé esos mensajes y no recibí respuesta, no sabía qué pensar. Hablaba con mamá y según ella, evolucionabas bien físicamente, no tanto de cabeza.

Winter resopló.

—Me explicó que no lo tomara a mal, que no estabas bien. Que habías cogido miedo a subir en moto, que incluso no te gustaba ir en coche, y que te había buscado una terapeuta para salir de ello, que no era nada personal.

—Bueno, lo de la terapeuta debe ser la única verdad que te dijo. Una nunca sabe cómo puede afectarle que un camión le pase por encima. —Suspiró y la miró—. Tenía pesadillas, todas las noches. Todas. Era ver una moto y me temblaba el cuerpo… no volví a subirme a ninguna, eso ya lo sabes.

—Hasta ahora.

—Sí, pero eso no viene al caso. El día del accidente sigue siendo el peor que me ha tocado vivir hasta ahora, no te imaginas lo asustada que puedes llegar a estar en una camilla de hospital cuando no sabes qué te pasa.

—Siento mucho no haber estado ahí —a Kayla se le atragantó la frase.

No quería echarse a llorar, no era su estilo y no le apetecía que Winter pensara que estaba sobreactuando o algo similar.

—Podías haber venido a verme después —dijo esta.

—Podía haber hecho tantas cosas mejor… yo preguntaba, mamá respondía y siempre era parecido, que aquello llevaba su proceso, que tu equilibrio mental era delicado, que más adelante veríamos. Así que seguí trabajando, enviando mensajes que nunca respondías, y a lo mío.

—Hasta que la barrera se hizo insalvable —terminó Winter.

—Hasta que se volvió lo normal, Winter. Tampoco teníamos la relación de antes, así que supuse que era la evolución más lógica.

—Vamos, que mamá te convenció de que estaba en plan *Alguien voló sobre el nido del cuco* y te lo creíste.

Muy a su pesar, a Kayla se le escapó una sonrisa. ¿Qué importaba a esas alturas?

—¿Qué te decía de mí? —quiso saber.

—¿Mamá? —Winter hizo memoria—. No lo recuerdo bien. Cosas como que eras digna de admiración, en esa línea. Ponías tu trabajo por encima de cualquier distracción, no te desviabas del camino marcado, ibas a por lo que querías, blablablá. Como si fueras una heroína a la que no le importaba sacrificar cualquier cosa.

—Supongo que así era —admitió Kayla.

—Ella lo decía con orgullo, Kayla. Y a mí me hacía sentir insignificante, porque estaba claro que nunca iba a parecerme a ti. Y lo siento, pero eso era lo último que quería.

—Lo mejor de todo es que, una vez te incorporaste a trabajar, fue al revés.

—¿Qué quieres decir?

—Tú todo lo hacías bien. Te veía casi como su hermana gemela.

Winter movía la cabeza de manera negativa.

—Apenas la veo, Kayla.

—Sí, ella me lo ha reconocido, aunque no sé… siempre pensaba que hacíais cantidad de cosas juntas, era la sensación de cara a la galería.

—Ya, yo pensaba que te dedicaba más tiempo a ti por ser su primogénita.

Las dos permanecieron en silencio, procesando toda esa información nueva que, según iban haciéndose a la idea, ninguna encontraba tan disparatada.

—¿Por qué? —preguntó Winter, al final—. ¿Por qué lo hizo? ¿No se supone que las madres quieren que su familia esté unida y se lleve bien?

—¿Me crees entonces?

—Según ibas hablando me he dado cuenta de que nada de lo que decías me extrañaba, es un comportamiento que puedo asociar a ella. No comprendo el motivo, eso sí.

—Solo puedo ofrecerte lo que contestó.

Kayla puso el móvil encima de la cama y buscó la grabación ante la mirada curiosa de Winter.

—¿Y eso? ¿La has grabado? —Ella afirmó—. ¡Kayla, eso no está bien!

—No sabía si me haría falta…

Pulsó el botón y apoyó la espalda contra la pared. Observó cómo el rostro de su hermana iba cambiando según escuchaba la voz de Francine, reflejando los mismos sentimientos que había tenido ella al oír sus explicaciones por primera vez.

Aquello era una mierda, sí, pero era una mierda que ambas compartían, que tenían en común.

Cuando la grabación se cortó, otra vez apareció el silencio. Winter no dejaba de mover la cabeza negativamente, algo que Kayla comprendía: era difícil gestionar aquello así como así.

—¿Por eso querías marcharte? —preguntó, de repente.

—Llevo años ahorrando, sí. Siempre he tenido ese plan en mi cabeza, salir de su equipo y vivir mi vida… no solo por el tema familiar, sino por el laboral. Necesito averiguar hacia dónde me lleva mi potencial y eso no voy a conseguirlo bajo su ala.

—No me digas. Prueba a estudiar una cosa para luego trabajar en otra —refunfuñó Winter, escéptica.

—Después de esto no habrá problema, seguro, has demostrado conocer muy bien la gestión. Y mamá estará de acuerdo.

—¿Y qué te hace pensar que yo quiero seguir trabajando con ella? Aunque me deje meterme en la contabilidad, siempre será con supervisión. Y ya me conozco ese tema, seré una mera calculadora sin poder de decisión… no me interesa, no es lo que busco.

—Te entiendo, es lo mismo que me pasa a mí. Supongo que quiere tener el control en todo momento y no se da cuenta de que asfixia al personal.

—Entonces, ¿a dónde piensas ir a empezar tu nueva vida?

—No lo sé. ¿Quieres oír una estupidez?

—Claro, que no decaiga la fiesta…

Kayla soltó una risita y miró a su alrededor.

—Pensé en quedarme aquí, en el rancho.

—¿Qué? ¿Tú, en el desierto?

Winter sonaba tan incrédula que Kayla tuvo ganas de pegarle un manotazo.

—Antes has dicho que habías pensado cómo sería quedarte, ¿no? Pues yo también.

—No me digas más, ¿Logan?

—No es por él. Logan me gusta, no lo voy a negar porque es algo obvio.

—Muy obvio.

—¿Me dejas seguir? —protestó, y vio a su hermana alzar los brazos en gesto de rendición—. Me gusta y si me quedara está claro que disfrutaría de lo nuestro, no lo niego. Pero es algo intangible, no sé si saldrá bien o en dos meses se habrá terminado, ¿me entiendes? El rancho, Santa Claus, es un proyecto.

—Un proyecto de vida —terminó Winter por ella.

—Exacto, un proyecto de vida.

—Menudo cambio sería…

—Brutal, lo sé. Soy chica de ciudad y jamás habría podido imaginar que un sitio así… vale, no sé qué ha pasado, pero me he enamorado de esto.

Su hermana sonreía, sonreía como cuando eran niñas y Kayla negaba que le gustara un chico cuando ambas sabían que era cierto, o la cazaba en una mentirijilla sin importancia. Como si supiera algo que la propia Kayla no sabía.

Las dos se miraron unos instantes.

—¿Piensas lo mismo que yo? —preguntó Winter.

—No sé, ¿en qué estás pensando?

—Podríamos hacer esto juntas.

Kayla sintió vértigo solo de oírselo decir. Tuvo que luchar contra los sentimientos de felicidad que la animaban, porque por debajo escuchaba la voz sensata del sentido común diciendo…

—El dinero.

—¿Qué?

—Es demasiado caro. No podemos comprarlo.

Winter se mordió el labio, pensativa. Movió la boca como si hablara sola, por lo que Kayla dedujo que hacía cuentas mentales.

Bueno, ahí no pensaba meterse, los números eran la especialidad de su hermana, aunque sus cálculos no podían estar muy alejados de los hechos por ella misma.

—Doscientos mil —dijo, de pronto.

—¿Qué?

—Podemos sacarlo por doscientos mil. Mamá me dijo que tenías una cuenta y que querías cerrarla, ¿no?

—Sí, lo de que llevo años ahorrando es verdad. —Kayla tenía los ojos como platos—. Pero no es suficiente, Winter, tengo unos ciento veinte mil dólares.

La chica la observó, pasmada, y durante unos segundos, las dos se quedaron así, mirándose como un par de tontas.

—¿Cómo has podido ahorrar tanta pasta?

—Sin vida social —suspiró Kayla—. No llega con eso, tampoco sé si me darían un crédito… además, haría falta algo más para contratar personal.

—Lo sé, siempre hay que tener de más porque el primer año puede dar pérdidas. Eso no es problema, puedo preparar una especie de previsión de gastos que nos daría una idea de cuánto podríamos necesitar.

—Repito, solo tengo ciento veinte mil dólares.

—No importa, yo tengo dinero.

—¿Como para que esto pueda hacerse real?

—Sí, Kayla. No para la previsión de gastos, aunque siempre podríamos recurrir a un crédito si vemos que la cosa va cuesta abajo, que cabe la posibilidad de que no. Visto el éxito de la web y de que ya hay reservas, me permito ser optimista.

—¡Winter, tú no has ahorrado en tu vida! —protestó Kayla, sin poder creerla.

—Lo sé, es verdad. Aun así, tengo el dinero. —Se acercó a ella—. La indemnización por el accidente sigue ahí. El conductor iba borracho, me pagaron una buena suma y nunca he querido tocar ese dinero, no sé. Lo tenía asociado a algo muy malo, y ahora… en fin, puedo usarlo. Sería para algo bueno.

Ahí sí, las pupilas de Kayla empezaron a brillar al verlo como una posibilidad real.

—¿Cuánto? ¿Nos llega?

—Debe haber cien mil dólares más o menos, yo diría que sí.

—Madre mía, ¡esto es…! —Kayla había comenzado a pegar botes sobre la cama, hasta que se detuvo de golpe—. Un momento, ¿por qué has calculado doscientos mil? Yo pensé en doblar la inversión, trescientos. Y ahí sí que no llegaríamos.

Winter hizo un gesto tajante.

—Trescientos es un precio justo, pero seamos sinceras, nadie va a ofrecer eso de buenas a primeras, haría falta un comprador interesado de verdad y eso podría llevar mucho tiempo.

—Vale, cierto, eso no significa que haya que regalarlo.

—Por Dios, Kayla, no vamos a regalarlo. O sí, pero a nosotras dos.

Ambas intercambiaron una mirada mientras Kayla empezaba a entender por dónde iba su hermana, ¿desde cuándo tenía una mente tan…?

—¿Quieres decir que engañemos a mamá?

—Engañar suena feo. No, solo haremos que gane un poco menos —explicó Winter, con un tono de voz que dejaba claro que controlaba la situación—. Mira, las dos la conocemos y a estas alturas debe estar más que harta. Querrá deshacerse de Santa Claus, al comprarlo no pensó que requeriría tanta inversión y trabajo.

—¿Y?

—Si lo vende por doscientos, sigue ganando cincuenta mil. No pierde, no espera al comprador perfecto y se libra de este lugar. Para ella será una victoria.

Aguardó con una sonrisa a que Kayla hiciera la conexión que ella no había tardado en hacer. Estudió su rostro mientras valoraba la idea, la vio sonreír… y otra vez ponerse mustia. En fin, Kayla era una experta en aguar fiestas.

—Hay un problema —comentó—. Si se entera de que lo queremos nosotras, jamás nos lo venderá y lo sabes. Ella quiere que continuemos en la empresa, a su lado.

Winter se dio cuenta de que en eso llevaba razón.

—¿Sabes qué? —observó y Kayla se encogió de hombros—. ¿No te digo siempre que hay que tener amigos hasta en el infierno?

—Sí, pero ¿eso que…?

—Vamos a invitar a Daisy a un café. Todas sus amigas trabajan por la tarde y a estas horas suele estar de lo más aburrida.

Kayla no entendía nada. Estaba confusa porque apareciera el nombre de Daisy en medio de aquella charla, solo que no pudo preguntar, pues tres segundos después de que Winter le mandara un mensaje, le llegó la respuesta.

—Dice que le salvamos la vida, así que vamos.

Winter la agarró del brazo sin darle tiempo a pensar, de modo que la siguió hasta el coche a toda velocidad y media hora después estaban en el Canyon. Regina les preparó una jarra de limonada bien fría, que dejó en la mesa un minuto antes de que apareciera Daisy por la puerta.

—Anda, Daisy. —Sonrió a las chicas—. Al final se convertirá en amiga vuestra. Es una pena que estéis de paso, con lo extrovertida que es le hacen falta muchas más amigas.

Regina se dio cuenta de que las dos se miraban de manera cómplice y alzó la vista al techo.

—Me vuelvo a la barra —resopló—. Dentro de un rato vendrán vuestros chicos y no tengo cervezas suficientes.

Se dio la vuelta para volver al trabajo, y Kayla se dio cuenta de que la mención a los chicos había ensombrecido unos instantes la cara de su hermana. Le puso la mano sobre el brazo para intentar darle ánimos, sin llegar a decir nada porque entonces Daisy se dejó caer en el asiento a su lado.

—¡Hola, chicas! —Sonrió—. De verdad, me habéis salvado la vida. Las tardes se hacen un poco aburridas a veces, debería replantearme mi agenda social… un poco difícil, en este pueblo no hay bastante gente.

Sonrió y las hermanas hicieron lo propio.

—Bien, ¿de qué vamos a hablar? ¿De chicos? ¿De ropa?

—De lo que quieras, mientras nos soluciones un par de dudas primero sobre trabajo.

—¡Trabajo, siempre trabajo! —protestó Daisy sin dejar de sonreír—. Así que me habéis traído aquí bajo la falsa promesa de salida de chicas para abusar de mi posición laboral. No importa, lo asumo siempre y cuando Regina le eche un chorrito de tequila a esta limonada.

—Hecho —aceptó Winter sin dudar, y le hizo un gesto a Regina.

Kayla seguía tan anonadada que ni siquiera pensó en protestar por el hecho de ponerse a beber tequila un día entre semana a las cinco de la tarde. Se sentía en una vorágine, todo ocurría demasiado deprisa, ¡su futuro se estaba escribiendo ante ella en esos instantes! Con una jarra de limonada y tequila de fondo, nada menos.

Casi sentía como si estuviera soñando, aunque regresó a la realidad al escuchar a Daisy.

—Se puede hacer —respondió—. No es complicado, solo tenéis que formar una asociación y ahí no hace falta que aparezcan vuestros nombres.

Vertió parte de la jarra en su vaso y dio un sorbo.

—No existe mejor combinación en el mundo —murmuró.

—¿Así que una asociación es la mejor opción? —preguntó Kayla, con precaución.

—Chicas, quiero arreglar este tema rápido para que podamos hablar de cosas más interesantes, así que os diré lo que tenéis que hacer. Tantos años trabajando en lo mismo tienen su fruto, me sé todos los trucos habidos y por haber. —Sonrió a ambas—. Las solicitudes de apertura lo primero, me las pasáis y les doy prioridad.

—Eso debería ser después de vender, ¿no?

—Sí, eso es para empezar, pero lo tendríais que pagar de vuestro bolsillo. En cambio, si lo metéis ahora, digamos en el presupuesto de reformas…

Kayla y Winter se miraron, entendiendo a qué se refería.

—¿Eso es común? —preguntó la primera y Daisy se echó a reír—. Ya veo que sí.

—Después formáis la asociación y la llamáis de alguna manera exótica. Rancho KW, por ejemplo, o Corporación Santa Claus. Vuestra madre no pensará ni por asomo que sois vosotras, aparte de que si ninguna le ha dicho que quiere quedarse aquí no tiene por qué sospecharlo.

Dejó el vaso vacío y carraspeó.

—Lo que no entiendo es por qué os queréis quedar, ¿os gusta este agujero lleno de polvo y cactus?

Ninguna contestó, aunque verlas sonreír hizo que se diera por contestada.

—En fin, no seré yo quien os quite la idea —añadió—. Esto es más fácil de lo que parece, como estoy en el ayuntamiento os voy a aligerar todo para que lo podáis tener registrado y en orden. En cuanto ella firme, estará hecho.

Daisy dejó de hablar y apoyó las manos sobre la mesa, en espera de alguna reacción. No entendía cómo no veían lo sencillo que era: tener una aliada en el ayuntamiento era un lujo que no estaba segura de que realmente apreciaran.

—Joder —soltó Kayla, girándose hacia Winter—. ¿Es viable? ¿En serio? ¿Vamos a ser… las dueñas del parque? ¿De verdad?

Notaba una mezcla de emociones que amenazaban con explotar al mismo tiempo, tenía miedo de romper a llorar allí delante, aunque fueran lágrimas de felicidad. No se podía creer que, por una vez, las cosas le salieran bien. Con el extra de haber recuperado a Winter y lo increíble de que se fueran a convertir en socias. En ningún momento eso le había generado dudas, confiaba en ella al cien por cien, por eso le costaba terminar de creérselo. ¿Había un final feliz para ambas, después de tantos años?

—Dale un abrazo, mujer. —Daisy miró a Winter—. ¿No ves que se va a poner a llorar de un momento a otro?

Hacía mucho que no se abrazaban, excepto las pequeñas muestras de acercamiento que habían tenido durante los últimos meses. Winter sabía que las cosas no se arreglaban en un día, al menos no era lo habitual… sin embargo, la grabación con la voz de su madre era esa excepción a la regla. Porque aclaraba el motivo por el cual Kayla y ella jamás habían podido comportarse como lo que eran: hermanas.

No sin cierta vacilación, le dio una palmadita cariñosa en el brazo… y fue la propia Kayla la que la abrazó sin andarse con rodeos. Y no el achuchón vacilante de la última vez, sino uno fuerte, de los de verdad, de los que escaseaban.

Daisy volvió a sonreír mientras observaba aquello y le hizo un gesto a Regina, divertida.

—Creo que vamos a necesitar otra de estas, cariño —pidió, con un guiño—. Parece que tenemos algo que celebrar.

Capítulo Veintitrés

—Cuando me enteré de que alguien había comprado Santa Claus en una subasta, lo primero que pensé fue: «¿Para qué? ¡Si ahí no hay nada!»

Se oyeron risas ante las palabras del alcalde. Muchas, ya que el pueblo estaba lleno como nunca. Prácticamente todo Dolan estaba allí, además de turistas que habían reservado sus entradas para el parque en el día de la inauguración y, además, varios se quedarían en el hotel. Si aquello era una muestra de cómo iba a funcionar, desde luego era muy buena señal.

El alcalde estaba de pie en una plataforma de madera construida por Homer para la ocasión; a su lado, Daisy sujetaba unas enormes tijeras doradas para cortar la cinta inaugural que habían colocado entre dos de los edificios. Y, junto a ella, Kayla y Winter, esperando con paciencia su turno para hablar.

Todo el lugar estaba adornado con guirnaldas con los colores de la bandera nacional, luces para cuando se hiciera de noche y, a la espera de que acabaran los discursos, el grupo de música local aguardaba para amenizar el ambiente.

—Dolan Springs es un pueblo pequeño —continuó el hombre—, y todos nos conocemos. No exagero cuando digo que, al igual que todos, pensé en ellas como extranjeras la primera vez que las vi por el pueblo, porque ya sabemos todos que Boston es otro país. —Más risas—. Sin embargo, también es cierto que pronto se acomodaron a la vida tranquila de Dolan y creo que Regina tiene una gran carta de cócteles gracias a ellas. —La aludida se levantó e hizo una reverencia al público—. Después llegaron las obras… y, para mi sorpresa, los permisos aparecieron en mi mesa de forma bastante rápida. —Daisy se encogió de hombros—. Y los maravillosos gremios de Dolan respondieron con rapidez. Lo cual, he de decir, me ha sorprendido gratamente y tendré en cuenta para las fechas límite en las futuras obras que contrate el ayuntamiento. Ahora que sabemos lo bien que trabajáis, chicos, estoy seguro de que haréis lo mismo en nuestros contratos.

En sus sillas, Lemuel, Homer, Sam y Jennings se removieron inquietos, pensando en la que se les venía encima.

—En fin, nunca pensé que diría esto, pero… ¡En Santa Claus hay muchas cosas! Estoy deseando hacer la visita de rigor y verlas todas, imagino que igual que todos vosotros. Seguro que atraerá muchos turistas y movimiento que beneficiará a todos, por lo que desde aquí quiero agradecer a Kayla y a Winter su gran idea y el trabajo duro que han realizado. Ellas están aquí para cortar la cinta y hablar de los nuevos dueños, a quienes seguro todos estáis deseando conocer. Así que un fuerte aplauso para ellas.

Comenzó a aplaudir en su dirección y ambas se acercaron al micrófono, estrechando su mano cuando les cedió el sitio.

Situados en las primeras filas estaba todo el grupo de los Rattlesnakes, sin perder detalle. Travis había ido a regañadientes, no tenía ni pizca de ganas de ver a Winter y tener que despedirse definitivamente. Al final, Logan lo había convencido apelando a su conciencia: qué menos que mostrar su apoyo, aunque fuera de forma meramente presencial, las chicas habían trabajado muy duro y no podían hacerles ese feo.

Travis le dio un codazo, señalando con la cabeza a Daisy.

—Tu novia y tu exnovia juntas con unas tijeras.

Logan se encogió de hombros, a lo que él volvió a darle un codazo.

—En serio, Logan. Tu novia y tu exnovia son amigas. A mí me da mal rollo.

—Todo controlado —contestó este.

Travis lo miró, mosqueado. Había esperado algún comentario, un «no es mi novia» o algo parecido.

—Gracias a todos —dijo Winter, cuando se detuvieron los aplausos—. No solo por esto, sino por habernos acogido con tanta amabilidad. No voy a negar que cuando llegamos y vimos que no había nada, casi nos desesperamos. Ahora nos alegramos de no haberlo hecho. Estamos seguras de que Santa Claus va a suponer un gran cambio para toda la zona y esperamos que lo disfrutéis, aunque ya no haya rayas blancas y rojas. —Sonrió al escuchar las risitas—. Os dejo con mi hermana, que os va a explicar qué pasa con el rancho.

La miró y Kayla se adelantó para hablar.

—Gracias por mi parte también —comenzó—. Me han dicho muchas veces que no lo digo a menudo… —Miró a Logan, que le guiñó un ojo—. Así que vaya por delante. Bien, no quiero aburriros mucho, por lo que voy al grano. El rancho ha sido transformado en un centro de acogida y rehabilitación de animales salvajes y abandonados. Cuando llegamos había gallinas, vacas, caballos… ¡De todo! Ahora habrá un lugar en el que cuidarlos y poder darles una nueva vida. Como requiere mano de obra, ya hay gente del pueblo contratada, y en unos días acogeremos a los primeros animales.

Travis elevó una ceja. Miró a Logan, luego a ella, otra vez a su amigo… ahí pasaba algo.

Kayla carraspeó, al darse cuenta de las palabras que había utilizado.

—Bien, ahora es cuando iba a presentaros a los nuevos dueños y se me ha colado la primera persona del plural. —Sonrió y cogió la mano de Winter para que estuviera a su lado—. El rancho se llama ahora KW… por nuestras iniciales. —Hubo muchos murmullos de sorpresa—. Sí, no os engaño: hemos comprado el pueblo y el rancho como sociedad limitada. Winter se encargará de Santa Claus y yo del KW… así que, Regina. —Miró a la chica—. Nuestra mesa ya es definitivamente nuestra, porque no nos vamos a ninguna parte.

La gente comenzó a aplaudir, todos menos Travis, que permanecía estupefacto. No podía haber escuchado bien, ¿significaba eso que no volvían a Boston?

Claro que no se marchaban, Kayla acababa de dejarlo bastante claro. Mientras ellas cortaban la cinta, miró a Logan, que sonreía de oreja a oreja y lanzaba silbidos aplaudiendo. Le dio un empujón para que le hiciera caso, visto que ni lo miraba.

—¿Tú sabías esto? —le preguntó.

Logan tuvo la decencia de parecer avergonzado.

—¿Me puedo acoger a la quinta enmienda? —sonrió.

—Quinta enmienda mis narices. Suéltalo.

—Kayla me lo contó la semana pasada.

Y qué alivio había sentido al escucharla. Desde su conversación, no había hecho más que dar vueltas a si se marcharía o no, por mucho que había intentado no hacerlo. La verdad era que sabía que la echaría de menos, más de lo que quería admitir, y escuchar que se quedaba por fin… bueno, decir que se había alegrado era quedarse corto. Kayla había ido a su piso a contárselo y no había salido de allí hasta el día siguiente por la mañana, lo cual era toda una novedad para él a la que, estaba seguro, no tardaría en acostumbrarse. Despertar a su lado había sido toda una experiencia y el paso siguiente sería que ella se comprara una cama más grande. No porque fuera a mudarse allí, pero si alguna noche él se quedaba a dormir, que al menos tuvieran espacio.

—O sea, que uno de los empleados esos de los que ha hablado, eres tú.

Logan lo miró con cara de culpabilidad.

—Le he dicho que tenía que hablarlo contigo antes.

Travis resopló.

—A mí no me pongas ojitos —le dijo—. Por mí sabes que no hay problema, ¡si llevas queriendo volver a trabajar ahí desde que cerraron! —Levantó el índice de forma amenazadora—. Pero que quede claro que te odio por no contarme nada. Mal amigo, eso es lo que eres, ¡dejarme por una mujer! Aunque sé que no es solo por eso, y…

—¿Entonces tienes un puesto libre en el taller? —interrumpió Simon, de pronto.

Travis se sobresaltó, ya que lo tenía justo pegado a su lado.

—No, no, no es eso lo que… —empezó.

—Si Reece es capaz de arreglar una moto, seguro que yo también. Y mira, en la obra he durado…

Parpadeó entornando los ojos y Travis retrocedió.

—¿Te pongo ojitos? —insistió Simon.

—Quita, que no funciona ni contigo ni con nadie.

—Venga, que lo de la miradita era broma. Pero lo de trabajar no, ¿voy el lunes?

—Anda, me llaman.

Señaló a un punto indeterminado entre la gente y, cuando Simon se giró, aprovechó para darse la vuelta y mezclarse con el resto del público.

Winter y Kayla habían bajado de la plataforma y no hacían más que repartir sonrisas, estrechar manos y agradecer las felicitaciones, aunque la primera estaba deseando poder pasar aquella barrera humana y llegar hasta Travis. Lo había visto al lado de Logan, a quien sí tenía localizado, por lo que esperaba que siguiera cerca.

—¡Felicidades, chicas! —gritó Jaden, apartando a una pareja para colocarse delante—. Qué bien está todo, ¿a que os gustaría que siguiera así?

Ellas se miraron, sonriendo, y él no tardó en sacar un par de tarjetas para dárselas.

—Por si habéis perdido las anteriores. Todo esto tenéis que asegurarlo, así que… ¡nada mejor que un amigo para hacerlo!

—Jaden… —empezó Winter.

—Lo sé, lo sé. Que si queréis comparar, que si todavía os cubre un tiempo el seguro de obra, que si esto que si lo otro. ¡Cuanto antes mejor!

—No es eso lo que… —intentó Kayla.

—Soy amigo vuestro. Muy amigo, si me permitís. ¿En quién mejor para confiar vuestro proyecto y vuestro hogar? Porque viviréis en el rancho las dos, ¿no?

—Eso es —confirmó Kayla.

—Jaden. —Winter le cogió por los hombros para que la mirara—. Está todo decidido.

—Yo que os iba a preparar la oferta con descuento de amigo…

—Vamos a contratarlo todo contigo.

—… hasta os regalaría unos llaveros y… —La miró, abriendo los ojos sorprendido—. ¿Qué?

—Pásate el lunes a primera hora y arreglaremos los papeles.

Él miró a Kayla, por si estaba oyendo o entendiendo mal, y la chica afirmó con la cabeza.

—¿Estás bien? —preguntó esta.

—Sí, es que es la primera vez que me funciona con alguien conocido. —Abrazó a Winter y después a Kayla—. Tendréis postal todas las navidades.

—Oh, eso no es necesario —se rio Kayla.

—Y llaveros. Y bolígrafos, os regalaré los del día de la firma. Vais a ser mis clientas VIP.

—Estamos deseándolo —replicó ella.

—¡Voy a contárselo a todos!

Se alejó casi saltando de alegría y ellas se miraron.

—Pues nada, somos VIP —sonrió Kayla.

—Me da que pocos clientes más tiene. Voy a ver si encuentro a Travis.

—Creo que estaba con Logan, aunque ahora no lo veo.

Se acercaron al grupo, saludando y estrechando más manos por el camino, y cuando llegaron, vieron que faltaban Simon y Travis, además de Jaden, que seguía dando saltos por ahí. Winter iba a preguntar, cuando vio a una mujer morena junto a Ezequiel y tiró del brazo de Kayla.

—Oye, ¿quién es esa? —susurró.

—Ni idea.

Logan, que se había acercado para besar a Kayla, siguió la dirección de sus miradas y frunció el ceño.

—¿Os referís a Laura? —preguntó.

—¿Qué Laura? —repitió Winter.

—Si ya la conocéis… su mujer.

—Qué va, no la hemos visto nunca. —Winter se adelantó y le dio la mano—. Hola, soy Winter y ella Kayla.

La mujer sonrió y les estrechó la mano a ambas.

—Ya era hora —dijo—. He oído hablar de vosotras, pero dudaba si erais reales.

—Anda, ¡igual que nosotras! Pensábamos que eras un mito.

—Es que… —empezó Ezequiel.

—Tú callado, que al final me dejas en vergüenza delante de los demás. —Suspiró—. Por eso no voy con él al Canyon y tengo mis partidas de póker con las amigas esas noches. Seguro que me tendría todo el día jugando a los dardos.

—¿Al póker? Vaya, qué interesante.

—No juego a los dardos siempre —refunfuñó Ezequiel.

—No, y tampoco estáis siempre con apuestas en el WhatsApp. —Puso los ojos en blanco—. Se piensa que soy idiota. —Le palmeó un hombro a Kayla—. En fin, que te vaya bien con este, aunque no me fiaría mucho, que es un sinvergüenza.

—Laura, no digas eso —protestó Logan.

—¿Qué pasa, es mentira?

—Tranquila, ya le conozco —dijo Kayla, con una sonrisa—. Daisy me ha puesto bien al día. Pero creo que voy a arriesgarme.

Le rodeó la cintura con un brazo y lo besó, para que quitara el gesto de mosqueo, algo que él no tardó en hacer.

—Oh, qué bonito. —Laura le dio un codazo a su marido que le hizo doblarse—. En serio, tú ya no me miras así.

Él no replicó, ya había aprendido que cualquier cosa que dijera podía ser utilizada en su contra.

—Por cierto, ¿habéis visto a Travis? —preguntó Winter, mirando a su alrededor.

—Estaba aquí hace un segundo —contestó Morty.

—Creo que se ha ido por allí —señaló Harrison hacia un lado.

—Gracias, voy a ver si lo encuentro.

Se metió entre la gente y Kayla miró a Logan.

—¿Qué tal se lo ha tomado Travis?

—Me odia por callarme, se alegra por lo del rancho. Al menos eso he entendido, a ver qué pasa cuando lo encuentre Winter… no he podido hablar con él sobre eso, Simon lo ha espantado.

—¿Por qué?

—Quiere mi puesto en el taller.

—Si no tiene ni idea de mecánica, ¿no?

—Al parecer, eso es lo de menos. —Le pasó un brazo por los hombros—. Bien, ¿qué te parece si me enseñas todo esto, señora inversora?

Kayla sonrió y se despidió de los demás para ir a pasear por el pueblo.

Winter llegó hasta la gasolinera y resopló, ya que allí no se veía ni a Travis ni a Simon por ninguna parte.

—¿Has visto a Travis? —le preguntó a Regina, que pasaba por allí.

—Creo que estaba por el tren.

—¿El tren?

—Sí, Simon iba detrás.

El tren infantil no era el mejor lugar para esconderse, aunque tendría que ir a mirar por si acaso. Con toda la gente que había, el tema de la búsqueda se estaba complicando y no hacía sino ponerla más nerviosa. No tenía ni idea de qué habría pensado el chico al enterarse de que no se marchaban: si estaría enfadado, molesto, o si le daría igual porque habían roto.

Esperaba que no fuera lo último, porque entonces significaría que ya no sentía nada por ella.

En la estación de tren, Travis subió por un lado al vehículo y descendió por el contrario, pensando que así despistaría a Simon… y justo se lo encontró al bajar.

—Madre de Dios, ¿quieres dejar de seguirme?

—¿Qué necesitas de mí?

—¡Que me dejes en paz!

—No, me refiero a si te hago un currículum, una prueba o qué.

—Mira, eso no es mala idea. Vete a tu casa y mandas un currículum.

—Pero si ya te lo sabes… ¿En serio me vas a hacer escribir todo?

—Tampoco has trabajado en tantos sitios, no seas exagerado. No creo que llegue a una hoja.

—Una hoja muy intensa.

Travis se pasó la mano por la cara, sobre todo para no estampársela a Simon y ponerle la cabeza del revés.

—Mira, no te voy a contratar, ¿vale? Así que no me sigas más.

—Eres injusto. ¡Menos mal que somos amigos!

—¡Anda, mira! ¡Tu ex!

Simon se giró, aunque demasiado tarde se dio cuenta de que no tenía ninguna ex que pudiera estar por allí ni de casualidad. Bueno, si no lo pillaba ese día, lo buscaría el lunes en el taller, tampoco era tan difícil encontrar a alguien en Dolan, la verdad, y menos a uno de sus amigos.

—¿Has visto a Travis?

Simon se giró hacia la voz y sonrió a Winter.

—No, se acaba de escapar.

—¿Está huyendo?

Aquello la preocupó. ¿Y si la estaba esquivando para no hablar con ella? Quizá estaba mosqueado, lo cual era de esperar y podía entenderlo… pero ahora que sabía que iba a quedarse, también tenía que deducir que no podía evitarla para siempre. Tarde o temprano se encontrarían, en el Grand Canyon o por Dolan.

—Sí, de mí.

—Ah, menos mal —suspiró.

—¿Perdona?

—No, no, digo que muy mal. —Puso cara de preocupación—. ¿Y eso?

—Ya que Logan deja su puesto, me he ofrecido voluntario y no hay manera. ¡No lo entiendo!

Winter pensó en todas las excusas que podía tener Travis. Ella había visto de primera mano cómo trabajaba el chico, cuando trabajaba, es decir. Porque Logan había tenido que ponerle las pilas más de una vez y de dos. Le dio un par de palmaditas a modo de consuelo.

—Tranquilo, ya tendrás tu oportunidad. Voy a ver si lo encuentro yo también.

—Este capaz de haberse metido en el pozo para esconderse —refunfuñó.

Winter miró hacia la zona, donde había varias personas lanzando monedas al interior. No había mirado allí aún, así que se acercó, realizó los saludos de rigor y preguntó por él, recibiendo tres respuestas distintas.

Así no lo iba a encontrar, y empezaba a anochecer. Las luces que se habían colocado por todo el pueblo se encendieron, iluminándolo con tonos alegres, y escuchó que el grupo comenzaba a tocar.

Se apoyó en el borde del pozo y se mordió el labio, pensando dónde podría haberse metido. ¿Se habría ido? Lo mejor sería ir al aparcamiento a ver si estaba la moto, no fuera a estar dando vueltas a lo tonto.

Al incorporarse, vio una sombra detrás del edificio que se ajustaba al chico, y corrió a ver si le pillaba… solo para ver la manga de su cazadora desaparecer en la esquina. Resoplando, corrió y consiguió alcanzarlo cuando estaba a la altura del pozo.

No, si al final iba a tener razón Simon y pensaba esconderse allí.

Travis se giró sorprendido al notar que tiraban de su chaqueta y se detuvo en seco al ver a Winter, que cogía aire como si acabara de correr una maratón.

—¿Estás bien? —le preguntó.

—Sí, es que eres muy escurridizo.

Él levantó las cejas, pensando que nunca le habían llamado eso.

—No hay quien te encuentre… —añadió ella.

—¿Te manda Simon?

—¿Qué? No, no, te estaba buscando yo… —Miró por encima de su hombro—. Tranquilo, no le veo por aquí ahora, sé que te está acosando con lo del puesto de Logan.

—Ya. Parece que todo el mundo sabe todo lo que pasa por aquí menos yo.

Frunció el ceño y Winter se dio cuenta de que estaba mosqueado. Le hubiera gustado decirle lo que tenían planeado, solo que quería estar segura de que todo estuviera bien atado antes. Además, después de cómo habían acabado, le daba reparo hablar con él. Por eso lo había ido retrasando hasta esa noche, cuando al fin el proyecto se había vuelto real.

—Quería hablar contigo —le dijo—, pero no sabía si tú querrías.

—¿Por qué no iba a querer?

—Desde que… —Tragó saliva—. Desde que rompiste conmigo no hemos vuelto a hablar, ni siquiera cuando hemos coincidido en el Grand Canyon. Pensaba que, si pasaba un poco de tiempo, sería más fácil.

—¿Cuándo decidiste quedarte?

—Lo llevaba pensando semanas, Travis.

Él se cruzó de brazos, porque estaba molesto y porque así era más fácil evitar la tentación de abrazarla. ¿Ahora le venía con eso? ¿Semanas?

—¿Y por qué no me lo dijiste en ningún momento?

Ella suspiró, moviendo la cabeza.

—No quería hablar de algo que no era viable, ¿y si te decía que quería quedarme y luego al final no era posible? Hubieras pensado que te estaba mintiendo.

Travis ladeó la cabeza, meditando aquello. Lo más probable era que hubiera pensado eso, pero el mosqueo persistía.

—¿Y cuándo ha sido viable?

—Ya habíamos roto. Las cosas han sido… Mira, discutí con Kayla y después me enteré de que casi todo lo que pensaba sobre ella no era cierto, sino obra de mi madre.

—Me tomas el pelo.

—Da igual, es una historia larga y ahora no importa. Lo que importa es que nos hemos reconciliado y la idea de quedarnos aquí también se le había ocurrido a ella, por eso hicimos una asociación con ayuda de Daisy, para comprar el pueblo y el rancho.

—Sí, eso lo he deducido.

Winter lo miró, porque él seguía hablando con tono de fastidio. ¿Le molestaba que se quedara o era solo porque no se lo había contado?

—Sí, nos quedamos —confirmó. Alargó la mano para tocarle el brazo, aunque la retiró antes de hacerlo—. Me gustaría… Travis, yo también soy una chica normal. Y tampoco me gusta perder el tiempo, nunca pensé que lo nuestro fuera un pasatiempo ni algo de poca importancia. Puede que no pensara en el tema a largo plazo como tú, lo admito… eso no significa que me implicara menos. —Notó de nuevo el nudo en la garganta y tragó saliva—. No quería hacerte daño, supongo que fui un poco ilusa o preferí no pensarlo porque estábamos demasiado bien juntos. ¿Podríamos volver a empezar?

—¿Me estás pidiendo que salga contigo?

—¿No es obvio?

—¿De ti? Esperaba otra cita por coacción, que te presentaras en el taller o que tiraras tantas monedas al pozo que al pobre no le quedara otra que concederte el deseo.

Ella enrojeció y señaló el agujero.

—Que sepas que está cerrado a un metro y que todo lo que se saca es para el refugio.

—O sea, que has tirado monedas.

—Travis…

Él por fin se acercó y la cogió por los hombros, pasando las manos por sus brazos arriba y abajo en una caricia que la hizo estremecer.

—Creo que lo de ocultarme que te quedabas me va a tener mosqueado una temporada —comentó, mirando sus labios—. Pero supongo que me dejaré convencer para ir a cenar, pasear en moto y que te tires encima de mí en la oficina.

—Oye, perdona, que eso fuiste tú… —Sonrió y le rodeó el cuello con los brazos—. Bueno, vale, me apunto a todo eso.

Se besaron y Winter sintió que se cerraba el círculo por completo, que la posibilidad de ser feliz allí al cien por cien ya era una certeza.

Escucharon que se acercaba alguien y Travis levantó la cabeza, sin mirar.

—Que no voy a dejar que te acerques a ninguna moto, pesado —gruñó—. Vete a ver si ligas con alguna turista… aunque lo dudo.

—Deja, deja, no necesito turistas, no vaya mi mantis personal a arrancarme la cabeza —bromeó la voz de Logan.

Travis y Winter se giraron, sin soltarse, para descubrir a la otra pareja sonriendo de oreja a oreja al verlos juntos.

—He mandado a Simon a la gasolinera, es lo más alejado que hay —informó Kayla—. Aunque no aseguro que no vaya a volver.

—Para no aguantar en ningún trabajo, ya es insistente el chico —dijo Winter, con una sonrisa—. ¿Qué tal la gente?

—Todos se lo están pasando genial —contestó Kayla—. El alcalde feliz, creo que le ha salido el símbolo del dólar en los ojos.

Notó que su móvil vibraba en el bolsillo y lo sacó. Al ver la pantalla, se la enseñó al resto.

—Y hablando de dólares… —murmuró Winter.

—Creo que voy a cogerle con el manos libres —dijo Kayla.

Winter afirmó y ella pulsó el botón.

—Hola, mamá —saludó.

—¿Qué es ese ruido de fondo? ¡Espero que sea el de alguna estación de servicio y estéis de vuelta!

—No exactamente.

—No, ¿a qué?

—A ninguna de las dos cosas.

—Kayla, no estoy para bromas. Bastante tiempo habéis estado en ese sitio perdido del mundo…

—Gracias a ti.

—Y ya deberíais estar aquí. Te mandé un mensaje diciendo que me había llegado el dinero del comprador.

—Sí, lo vi. Y Winter también.

—¿Entonces? ¿Dónde estáis?

—En Santa Claus, en la inauguración del parque.

—¿Para qué? ¿Os ha invitado el dueño?

—Algo así.

—Mira, estás muy rara, ¿quieres decirme cuándo vais a venir o tengo que llamar a Winter?

—No hace falta, estoy aquí —contestó ella, acercándose al móvil para que la escuchara bien.

—Perfecto, pues ya podéis iros despidiendo de esa gente y cogiendo el coche. Esta mañana he participado en un par de subastas y empieza a acumularse el trabajo, así que…

—Verás, mamá, creo que vas a tener que subcontratar esos proyectos.

—Yo si quieres te hago presupuestos, pero a distancia —dijo Winter, con una risita.

—¿Estáis borrachas? ¿Es eso? Porque si es así, mejor cogéis el coche mañana, claro, aunque tendréis que hacer menos paradas para llegar antes.

—No vamos a coger el coche ni volver —dijo Kayla—. Ya tenemos trabajo aquí.

—¿Habéis encargado algo a nombre de la empresa?

—No de la tuya —contestó Winter.

—¡Me estás empezando a cansar con tanto misterio!

—Mamá, mañana recibirás un burofax con nuestras renuncias —informó Kayla—. Para que no haya dudas ni problemas legales. Nos vamos a quedar en Santa Claus.

—Me estáis tomando el pelo. ¡Winter! ¡Dime que es una broma! ¿Cómo vais a trabajar para unos desconocidos?

—No —contestó esta—, es que resulta que el rancho KW es nuestro. Ahora somos Santa Claus, sociedad limitada.

Casi podían imaginársela boqueando al otro lado, mientras asimilaba aquella información. Escucharon ruido de papeles, y la respiración agitada de su madre. Debía estar repasando el contrato de compraventa.

—Aquí solo hay una firma —replicó, con tono enfadado.

—Sí, Daisy, la apoderada para este caso. No queríamos que reconocieras nuestra letra —explicó Kayla.

—Os voy a matar.

—Para esto tienes que venir —se rio Winter.

—Ya hablaremos cuando estés más calmada.

—¿Yo? ¡Si estoy tranquilísima!

—Que te prepare Armando un té y en unos días hablamos, ¿vale? —dijo Winter—. Seguro que si no en el *spa* se te pasa todo. ¡Besitos!

Envió unos cuantos bien sonoros y Kayla colgó, riendo. En el fondo le daba hasta pena, seguro que estaría unos días refunfuñando, otros tantos buscando si el contrato se podía romper y más sin hablarles… hasta que necesitara algo y las llamara como si no hubiera pasado nada.

En fin, en aquel momento Francine ya no era problema de ninguna de las dos y lo que importaba lo tenía junto a ella: su hermana, feliz con Travis a su lado, su proyecto común lleno de luz, color y música y el abrazo del vaquero que le daba esos besos perfectos.

¿Se podía estar mejor?

Levantó la vista hacia el cielo nocturno y vio pasar una estrella fugaz, solo que no le hacía falta pedir ningún deseo, y sonrió feliz antes de que Logan la arrastrara a bailar en línea.

Sí, felicidad completa, aunque fuera con pisotones de por medio.

Epílogo

Kayla aguardaba impaciente ante la puerta de llegada asignada, sin dejar de cambiar el peso de un pie a otro. Pocas veces recordaba sentirse tan insegura, aunque la situación no era para menos y desconocía cómo iba a reaccionar ante aquella visita.

El vuelo llegaba con retraso y se planteaba darse una vuelta por la cafetería cuando al fin vio en la pantalla el número que esperaba.

¿Cómo reaccionaría al verla? Recordaba que a Francine no le había hecho excesiva gracia la decisión de sus dos hijas, sin embargo, ahí estaba, de visita. Algo que no hubiera imaginado jamás en su vida, a su madre no le pegaba en absoluto dejarse caer por un lugar como Santa Claus.

Kayla había dado por hecho que lo ocurrido las separaría del todo. Entre sus mentiras para alejarla de su hermana y la forma en que habían conseguido convertirse en dueñas del parque temático… lo menos que esperaba era que Francine les retirara la palabra.

Se equivocó. A Francine no le gustó la jugada, pero no se retiró de escena. Siguió llamando para interesarse por sus cosas hasta que, finalmente, anunció que iba a hacerles una visita para asegurarse de que estaban bien.

De ese modo, Francine cogió un largo vuelo que la dejó en el aeropuerto de Kingman. Ese mismo vuelo que acababa de aterrizar. Así que sí, estaba nerviosa, no era lo mismo mantener las formas por teléfono que en persona, y desconocía si su madre pensaba aprovechar la visita para echarles la bronca que no habían llegado a recibir.

No tardó en verla aparecer, tan aristocrática como siempre, y con Stan a su lado. ¡Vaya, eso sí que resultaba toda una sorpresa! Con lo ocupado que estaba siempre el padre de Winter, el hecho de que tuviera unos días para ir hasta allí la dejaba sin palabras.

No sabía qué esperaba sentir al ver a su madre. Imaginaba que una mezcla de enfado, decepción, tristeza, sensaciones negativas en general… y tuvo una sorpresa mayúscula al darse cuenta de que también se alegraba. De alguna manera, el hecho de que hubiera sabido aceptar la decisión de sus hijas sin enfadarse le parecía positivo.

Con un elegante vestido color crema, zapatos de tacón y un abanico, Francine atravesó la galería y pasó por el arco. Murmuró algo a Stan, miró en su dirección y desvió la vista como si nada hasta que volvió a mirarla, sorprendida.

—¿Kayla? —articuló, incrédula, y le dio un toque a su marido.

Este alzó los ojos hacia ella y esbozó una sonrisa.

—¡Vaya, Kayla, estás estupenda! —exclamó, acercándose.

Una anonadada Francine fue tras él, sin dejar de examinarla de arriba abajo. Por lo visto, no la reconocía sin uno de sus trajes y el pelo bien recogido en una coleta.

Kayla abrazó a Stan con una sonrisa, admirada del buen aspecto que tenía. Stan siempre había sido un hombre guapo, incluso a sus años, y, a pesar de la poca relación entre ambos, simpático. Suponía que Winter lo había heredado de él, esa propensión a sonreír y esa facilidad para caer bien. Una pena que siempre tuviera tanto trabajo.

—Tú también. —Kayla le devolvió el abrazo con el mismo cariño.

—¿Sabes que pareces una auténtica vaquera? ¿También voy a encontrarme así a Winter?

—Ella le da otro aire, uno menos rústico. Ya la conoces. —Se echó a reír—. ¿Qué tal el vuelo? ¡No sabía que también venías!

—Ahora que vivís lejos tendré que coger vacaciones más a menudo.

Se apartó al ver que Francine llegaba hasta ellos. La mujer miró bien a Kayla, como si todavía dudara de que fuera ella en persona, algo que la joven comprendía. Si se comparaba con la Kayla que había abandonado Boston hacía ocho meses, la presente no tenía nada que ver. Y se alegraba muchísimo de ello, la verdad.

—Ven aquí —dijo Francine segundos después, y la estrechó.

Kayla correspondió a su abrazo, un gesto tan poco usual en su madre que no lo esperaba.

Dios, debería estar enfadada, odiarla, retirarle la palabra… y no podía. Francine había cometido muchos errores, pero seguía siendo su madre y debía encontrar la forma de superar todo eso. El hecho de ir a verlas hasta el desierto era un claro intento por su parte de arreglar las cosas, así que ella haría todo lo posible por enterrar el pasado. A ninguno le haría bien.

—Te veo muy bien —observó Francine, al separarse.

—Estoy genial, sí —confirmó Kayla y le echó un vistazo—. Tú también. Tienes la piel genial.

—Un tratamiento nuevo en la consulta del doctor Lee, solo eso. —Francine desplegó el abanico y resopló—. ¡Menudo calor hace por aquí! ¿Cómo lo soportáis?

—Te acostumbras. —Kayla le guiñó un ojo—. Bueno, vamos. Tengo el coche fuera.

Una vez en el vehículo, puso el aire acondicionado para que se les pasara un poco el calor y así su cuerpo se fuera adaptando a la temperatura del desierto. Y eso que estaban en octubre, mucho más soportable de lo que había sido el verano...

—¿Está lejos? —preguntó Francine, una vez acomodada en la parte trasera.

—Media hora. Disfruta del paisaje —le recomendó Kayla.

—Si es todo igual...

Stan, sentado en el asiento del copiloto, le lanzó a Kayla una sonrisa cómplice a la que ella correspondió. Este llevó la conversación sin problemas, haciendo todo tipo de preguntas sobre el parque, y de ese modo llegaron hasta el rancho sin apenas enterarse.

—Mamá, cuidado con los tacones al bajar... —avisó Kayla, una vez detuvo el coche.

—Ya veo, ya —murmuró ella.

Bajó despacio para no acabar tirada en el suelo y después se agarró del brazo de Stan, por si acaso, hasta que logró mantenerse derecha.

—¿No habéis pensado asfaltar un poquito la entrada? —sugirió—. Un camino o algo así.

—Sí, lo tenemos en tareas pendientes —asintió Kayla.

Francine hizo una mueca para dejar claro que algo tan vital ya debería estar listo, pero en ese momento se fijó en la moto aparcada fuera.

—¿Y esto?

—Ah, es de Winter.

Francine y Stan intercambiaron una mirada.

—¿Vuelve a tener moto? —preguntó él, preocupado.

—Sí. No os preocupéis, tiene mucho cuidado y las carreteras por aquí no son como en Boston, no hay mucho tráfico. —Kayla sonrió para que se relajaran.

Ellos la siguieron, intranquilos, aunque ver el rancho de lejos los distrajo momentáneamente del tema de la moto. Lo observaron, fascinados, sobre todo Francine, que recordaba las fotos del día de la subasta y le costaba creer que pudiera ser la misma zona.

—Menudo trabajo —murmuró—. Estoy deseando ver el parque.

—Sí, hemos pensado que podríamos comer en el Canyon y después os llevamos a visitarlo. Es fin de semana y hay mucha gente, pero así podréis verlo en todo su esplendor. Os va a encantar.

—No lo dudo —sonrió Stan—. Habéis heredado nuestro olfato para los negocios, desde luego.

Kayla no se molestó en hacer ningún comentario recordándole que ella no era su hija. Si Stan quería hablar de ella de ese modo, perfecto; al fin y al cabo, siempre había querido formar parte de la familia, el hecho de que la incluyera con tanta naturalidad era un cumplido.

—¿Qué es el Canyon? —preguntó Francine—. Con ese nombre no creo que sea un buen restaurante.

—Nos adaptamos a lo que hay. —Kayla se encogió de hombros.

—Sí, ya veo. —Francine se detuvo al ver la piscina—. ¡Vaya capricho! Me encanta, el reborde es de lo más elegante.

—Cosa de Winter.

—Todo lugar caluroso debe tener una piscina —dijo Stan—. No hay nada como unas buenas brazadas al amanecer para espabilar el cuerpo.

Kayla no recordaba haberla usado tan temprano, a no ser que la madrugada contara. Mejor no les aclaraba los múltiples usos que le daban a la piscina su hermana y ella, no fuera que les diera un infarto allí mismo.

Cuando estaban a punto de llegar al porche, la puerta se abrió y apareció Winter, con una sonrisa tan alegre y perfecta que seguro haría las delicias de todos los dentistas del mundo.

—¡Ya estáis aquí! —exclamó, y echó a correr hacia los dos—. ¡Qué bien que hayáis venido!

Los abrazó a la vez, sin hacer diferencias, y aunque Francine arrugó el morro por el hecho de ser estrujada de manera colectiva en lugar de individual, segundos después se relajó con una sonrisa.

—Estáis muy bien los dos —dijo Winter, separándose para echarles un vistazo—. ¡Mamá, te has hecho algo en la cara! ¿El doctor Lee?

—Calla, no hace falta revelar todos los secretos de belleza. —Le dio unas palmaditas—. Tú estás muy morena, te han salido pecas.

Debes controlar eso, ya sabes que cuando hay mucho sol la protección es básica.

—Papá, ¡no me creo que estés aquí! —Winter decidió ignorar la última observación materna para volver a abrazar a su padre—. ¿Cómo has conseguido sacar un hueco?

—Bueno, soy el jefe. Creo que puedo tomarme unos días sin tener que dar explicaciones —contestó él, afectuoso—. Y me alegro de haber venido, hay algunas cositas que tenemos que hablar, jovencita...

Winter miró a Kayla, que articuló despacio la palabra «moto».

—Ah, sí, sí. —Se hizo a un lado para cederles el paso dentro—. Antes quiero enseñaros el rancho, luego iremos a comer y después el parque. Ya hablamos de lo que queráis en la cena, que estaremos más tranquilos, ¿vale?

Stan aceptó la propuesta y entró en casa, mirando a su alrededor.

—¿Llevas botas vaqueras blancas, Winter? —preguntó Francine, siguiendo a su hija—. ¿A juego del vestido? No sabía que existían siquiera.

—Hay de todos los colores —aclaró ella.

—Sí —la apoyó Kayla—. No quieras ver su vestidor, te quedarías alucinada de lo bien que se puede conjuntar todo incluso en el desierto.

Kayla esperaba una mueca, pero se sorprendió de ver que Francine parecía satisfecha con que su hija mantuviera el estilo hasta en un rancho en mitad de la nada. Ciertas cosas no cambiaban, obvio, aunque el asunto le hizo sonreír.

Fue tras ellos, dejando que una entusiasmada Winter les enseñara el rancho. Ellas estaban acostumbradas a su tamaño, pero los recién llegados lo veían por primera vez, así que no dejaban de murmurar cosas como «enorme» y «espacioso».

—Bueno —comentó Francine, una vez recorrida entera—, ahora entiendo que me engañarais para quedaros con ella.

—¡Mamá! —protestó Winter—. No fue un engaño, ganaste dinero con la venta.

—Sí, pero podía haber ganado mucho más. —La mujer meneó la cabeza—. Y eso lo digo desde ya sin ver el parque temático.

—¿Qué tal funciona? —preguntó Stan.

—Genial —se apresuró a responder Kayla—. Por ahora solo hemos podido comprobar la temporada de verano y ha sido muy buena, la ocupación al cien por cien.

—Además, en teoría no va a bajar —añadió Winter—. Porque como hace buen tiempo casi todo el año, incluso las temperaturas son más soportables que en verano… la previsión es buena.

Francine miró a su alrededor, asintiendo.

—No os culpo —comentó—. Yo también me hubiera timado de estar en vuestro lugar.

—No queríamos timarte —explicó Kayla—. Solo creímos que… no estábamos seguras de que nos hubieras dejado comprarlo.

—Con razón. No os hubiera dejado ni loca —admitió y ambas la miraron, sorprendidas—. ¿Qué madre querría a sus hijas tan lejos? Ninguna.

Estaba claro que Francine no pensaba hacer alusión a los errores pasados, excepto la breve disculpa ofrecida a Kayla por teléfono. Sin embargo, ninguna de las dos tenía ganas de volver a desenterrar ese tema. Todos los presentes sabían lo que había, todos se arrepentían de alguna manera, y todos deseaban pasar página y seguir adelante.

Y eso era lo que iban a hacer: Francine había dado un gran paso decidiendo ir a verlas hasta allí, hasta Stan se unía al plan. O sea que mejor apreciaban su gesto y empezaban a pensar en recomponer la relación familiar.

—¿Vamos a comer? —preguntó Kayla—. Después os enseñaremos el parque y sus maravillas.

—Genial.

—Os sigo con la moto —dijo Winter.

Así que Kayla regresó al coche con Francine y Stan y puso rumbo a Dolan con Winter detrás. Cuando aparcaron, Francine esperó en el coche, pensando que era una broma, hasta que vio que Kayla se bajaba y abrió la puerta.

—¿En serio esto es el mejor restaurante de la zona? —preguntó.

—Bueno, es que es más bien el único —aclaró Winter, que había parado al lado—. Te gustará, ya verás.

Stan de nuevo le ofreció el brazo, ya que el suelo, aunque asfaltado, no era del todo liso. Cuando entraron, Regina no tardó ni dos segundos en aparecer con una sonrisa de oreja a oreja y directamente abrazó a ambos, dejando a Francine estupefacta.

—¡Estaba deseando conoceros! Vaya, chicas, ahora veo de dónde habéis sacado esa belleza y estilo.

—Oh, bueno, ¿gracias? —contestó Francine.

—Os llevo a vuestra mesa, he colocado un par de sillas más.

Los acompañó y les dejó las cartas. Sin preguntar, llevó una jarra de limonada con un poco de chispa, como decía ella. Francine había cogido la carta con dos dedos y la apartó, limpiándoselos con una servilleta.

—Pedid por mí, que sabréis lo que está bien.

—Una ensalada, algo fresco —propuso Stan—. ¿Verdad, cariño?

—Eso es.

—Yo igual.

Regina apareció con el cuaderno, cogió nota y los dejó solos. Francine miraba a un lado y otro; al menos el sitio parecía limpio, aunque tuviera cartas plastificadas, y si no había nada más…

—Ya somos como de la familia —dijo Kayla—. La verdad es que nos han acogido muy bien.

—Normal, con la inversión que habéis hecho y el dinero que habéis traído…

Las puertas del restaurante se abrieron y entraron Simon y Jaden. Al verlos, se acercaron con una sonrisa.

—Hola, somos amigos suyos, soy Simon —se presentó el primero.

—Yo soy Jaden, tienen todo asegurado conmigo. —Al instante, sacó dos tarjetas y le dio una a Francine y otra a Stan—. Por si me necesitan.

—Winter, una cosa. —Simon se inclinó para hablar en voz baja—. Habla con Travis, anda, que hasta me tiene prohibida la entrada al taller. Y aquí es terreno neutral, no puedo sacar el tema del trabajo.

—Sí, sí, tranquilo.

«Ni loca», pensaba.

Los dos chicos se despidieron y Francine miró a las dos hermanas.

—¿Moteros? ¿En serio? ¿Y ese Travis es el chico del que me has hablado?

—Si, ya te dije que son moteros, mamá.

Regina llevó los platos y los repartió con una sonrisa.

—Los Rattlesnakes —aportó, ya que había escuchado la última frase—. Un grupo de lo más.

Y se alejó, dejando a Francine con la duda de qué «lo más» eran. Al menos la comida estaba buena, lo cual fue una grata sorpresa, y la limonada muy refrescante y con un sabor especial, seguro que sería alguna receta local.

Después de comer, salieron al aparcamiento y justo vieron llegar una moto. Pelo semi largo, chaqueta de cuero, pantalones vaqueros, botas… el lote completo. Paró junto a ellos y Francine vio que el motorista se acercaba, mirándolos con una sonrisa. Vaya, vaya, pues si ese era parte del grupo, no estaba nada mal… Entonces le dio un beso en la mejilla a Winter y cayó en la cuenta.

—¿Tú eres Travis? —preguntó.

—Sí, encantado. —Estrechó la mano de ambos—. Winter me ha hablado mucho de ambos.

—Ya imagino.

—Aunque no me había dicho que se parecían tanto, podrían pasar por hermanas.

Francine emitió una risita y las dos chicas pusieron los ojos en blanco. Su madre le dio un golpecito en el brazo a Travis, que seguía sonriendo sabedor de que ya la tenía en el bolsillo.

—Adulador.

—Vamos a enseñarles Santa Claus —dijo Winter.

—Voy en cuanto coma algo, que se me ha hecho tarde.

—Vale, nos vemos allí.

Travis le guiñó un ojo y se metió en el restaurante. Francine se abanicó y miró a Winter.

—Hija, ¡parece un ángel motero!

Kayla lanzó una carcajada, ¡al final se parecían más de lo que pensaban! Winter empezó a reír y le señaló el coche.

—Anda, sube y que Kayla te ponga el aire acondicionado.

Stan movió la cabeza mientras la ayudaba a llegar al coche y Kayla condujo hasta el parque. En la zona de clientes había muchos coches, pero ellas tenían una parte en el hotel reservada y dejó el coche allí. Winter aparcó la moto al lado.

—Vaya, ¿seguro que esto es el mismo sitio? —inquirió Francine, en cuanto se bajó—. Yo solo recuerdo cosas blancas y rojas.

—Y un enorme Papá Noel, ¿no? —añadió Stan—. De lo poco que pude ver en esas fotos horribles que tenías.

—Sí, eso está eliminado —explicó Kayla, mientras avanzaban hasta el centro—. Ahora es todo como un antiguo pueblo, tenemos gente trabajando vestida a la antigua y así los visitantes lo disfrutan más.

—Ya veo, ya.

Francine tenía la mirada fija en el frente, donde un vaquero se acercaba subido en su caballo. Al llegar a su altura, se tocó el sombrero y mostró una sonrisa perfecta que hizo que Stan sacara un pañuelo y se lo diera a su mujer.

—¿Qué haces? —dijo ella.

—Para las babas.

—Tengo sesenta y dos años, no estoy muerta ni ciega.

El vaquero en cuestión se bajó y se quitó el sombrero para extender la mano.

—Hola, soy Logan.

—Ah, vaya, «ese» Logan. —Francine le estrechó la mano con fuerza y miró a Kayla—. Ya entiendo lo de las maravillas del parque.

—¡Mamá! —exclamó Winter, mirando a su padre.

Pero él no parecía afectado en lo más mínimo.

—Déjala, total, solo va a mirar —susurró.

Y tocar, puesto que de pronto Francine pegó un salto y se sujetó del brazo de Logan. Más que sujetar, aprovechó para palpar, ya puestos, mientras señalaba al suelo con un grito.

—¡Una tarántula! —gritó.

—Por Dios, mamá —resopló Kayla—. Si es una pequeña, no te va a hacer nada.

Dicho esto, le pegó un pisotón que dejó al bicho seco y a Francine mirándola como si no la conociera. Porque una cosa era no haberle hecho mucho caso, y otra no saber que había tenido pánico a las arañas toda su vida.

Aún sujeta al brazo de Logan, vio que Travis se acercaba por el camino, y en cuanto le tuvo a tiro, le enganchó con el otro.

—Creo que mejor iré así, bien escoltada. Stan, ve con las niñas, que te cuenten ellas cosas y a mí estos chicos tan majos. Así vamos repartidos.

Travis y Logan se miraron y, viendo que estaban bien agarrados, no les quedó otro remedio que avanzar así y hacer de guías.

—Pues ya que estamos, tengo una duda —comentó Travis, dirigiéndose a Francine—. ¿Qué es un «alpa chino»? Porque es lo primero que me dijo Winter y no ha querido explicarme lo que significa.

—Al-Pacino. El actor, no «alpa chino» por separado. Buen actor, aunque no precisamente agraciado, diría que es un cumplido.

Travis le lanzó una mirada a Winter, que se encogió de hombros con una sonrisa, con lo cual dedujo que no pensaba darle más explicaciones y que mejor olvidaba esa expresión extraña.

Stan movió la cabeza, divertido, y cogió a las hermanas, a su vez.

—¿Cómo la aguantas? —preguntó Winter.

—A estas alturas no va a cambiar, ya sabía cómo era cuando firmé —contestó—. Es lo que tiene el amor, a veces te hace hacer cosas que no imaginas. Aunque de eso podéis dar testimonio también, ¿verdad?

Ambas asintieron, pensando en todos los cambios que habían sufrido en aquellos ocho meses. Kayla no solo mataba arañas como una experta, también montaba a caballo, hacía de guía por el pueblo y no pisaba a nadie durante el baile en línea. De hecho, se estaba preparando con Logan para un concurso y estaba convencida de que ganarían.

Y Winter… seguía montando en la moto con Travis y recorriendo aquellas carreteras interminables solo por el gusto de ir abrazada a él, porque el miedo a conducir lo había perdido por completo y, dos meses atrás, había ido a Kingman a escoger una nueva moto con la ayuda del chico.

Estaban haciendo cosas que no se habían imaginado por amor a ellos, sí, pero era el que se profesaban mutuamente el que más influía, el que había conseguido que, juntas, aquello funcionara, que su proyecto fuera viento en popa. Ya no se imaginaban viviendo en diferentes ciudades o trabajando separadas, todo fluía entre ellas, en concreto la comunicación que hasta hacía unos meses había sido tan escasa o equívoca.

Hermanas, para siempre, en lo bueno y en lo malo.

SOBRE LAS AUTORAS

Eva M. Soler, nacida en Cruces, Vizcaya, un 7 de junio de 1976, empezó a escribir desde muy pequeña, tras desarrollar un fuerte interés por la lectura alimentado por una extensa imaginación.

Idoia Amo, nacida en 1976 en Santurzi, durante toda su vida ha escrito relatos, pero siempre de forma personal y para su círculo más cercano.

Ambas autoras se conocieron a los catorce años, volviéndose amigas y lectoras de sus propios escritos, pero hace unos años decidieron que sus estilos podían complementarse bien, lo cual ha dado como resultado una veintena de libros publicados. Uno de ellos, "Maldita Sarah", consiguió el sello *Best Selling Books* de Amazon.

Han recibido el premio Hemendik que otorga el periódico Deia por su labor como difusión de la literatura romántica.

Para más información, www.idoiaevaautoras.com

Cosas que haces cuando tu novia te deja:

1) Odiar a su nuevo novio, como corresponde.

2) Evitar coincidir con ella.

3) Refugiarte en tu familia y tus amigos.

4) Pensar que de buena te has librado.

5) Plantearte si quieres seguir trabajando para su padre.

6) Tragar bilis cuando se dedica a restregarte a ese puñetero musculitos.

7) Buscar a una chica que te deba un favor y hacerla pasar por tu pareja, aunque tengas que refinarla antes.

8) Espera… borra eso…

En los planes de Liam no entra que su novia actual, Sarah, le abandone tras enamorarse de otro durante sus vacaciones en Australia. Tampoco que peligre su posible ascenso en el bufete donde trabaja, que su hermana se ponga a salir con un guaperas que a todas luces le partirá el corazón, y mucho menos que su atractiva, aunque plebeya vecina, Summer, le destroce el coche durante un accidente en el aparcamiento.

Harto de que Sarah se dedique a amargarle la vida paseando a su nuevo ligue ante sus ojos, este abogado estirado decide seguir un consejo poco sensato: convencer a Summer de que se haga pasar por su novia ante ciertos eventos del bufete. Para que todo salga bien solo necesita refinarla un poco, pero lo que en principio parecía algo sencillo acaba derivando en un giro inesperado…

En el departamento de bomberos de Pensacola (Florida) llevan dieciséis años sin que una sola mujer ingrese en el cuerpo. Un dato de lo más interesante para Abby, una periodista harta de malgastar su talento en una revista de cotilleos y que aspira a escribir artículos serios.

¿Por qué no presentarse a las pruebas y preparar un reportaje acerca de las trabas que encuentran las mujeres en ese campo? Como muestra, además de la propia experiencia, tendrá a sus dos únicas compañeras entre una treintena de aspirantes: Talisa, para quien ser bombero es un sueño desde niña y que está decidida a lograrlo a pesar de los obstáculos; y Camilla, una joven cansada de la monotonía que desea dar un punto de emoción a su vida. El día a día en la academia es duro e intenso, pero estos chicos son material inflamable y hasta encontrarán tiempo para el amor.

¿Cuántos conseguirán llegar hasta el final y quiénes se quedarán por el camino?

¡La segunda parte de la bilogía "Inflamable"!

¿Qué futuro aguarda a nuestros aspirantes una vez han abandonado la academia?

Abby pretende continuar con su artículo secreto y en la estación a la que ha sido destinada tiene un montón de material con el que hacerse famosa, empezando por el irascible capitán Pearson, ¿podrá seguir adelante hasta el final?

A Talisa tampoco se le presentan bien las cosas, pues en su nuevo destino encuentra una sorpresa que, lejos de facilitarle la existencia, le impide disfrutar del trabajo de sus sueños.

Y Camilla quizá esté a punto de descubrir que la amistad no siempre es lo que parece.

La vida real es muy complicada, más allá de aulas y simulacros, como todos ellos están a punto de comprobar…

«Esta es la lección más importante y que parece que tanto os cuesta entender: los bomberos son una unidad.»

En todo grupo de amigas existe esa que se alegra de que las cosas te salgan mal. Esa incapaz de disimular su sonrisa cuando apareces con unos kilos de más. Esa que se regocija cuando te despiden de tu último trabajo. Esa que sonríe cuando tu corte de pelo se descontrola y acabas pareciendo un crestado chino. Esa cuyos piropos son, en realidad, insultos. «Me encanta tu maquillaje, disimula tu enorme nariz».

Una invitación de boda pone patas arriba el mundo de Audrey y Briana, dos chicas adineradas acostumbradas a tenerlo todo. Audrey tiene una cuenta pendiente con el novio y no dudará en planear la manera de estropear la celebración con la ayuda de Briana, aunque arrastren al resto de sus amigas durante el proceso.

Érase una vez un plan maquiavélico y una venganza salpicada de romance. Una historia donde, ni los buenos son tan buenos, ni las villanas tan villanas…

Alexander Green es un joven cirujano plástico que vive en Los Ángeles, entre fiestas y surf, hasta que es testigo de un crimen que lo obliga a entrar en protección de testigos. Para su asombro, es enviado a Sutton, un pequeño pueblo de Alaska, todo lo contrario a lo que está acostumbrado. Un lugar tan lejano como el corazón de la jefa de policía local, Rylee Scott, una treintañera que ha renunciado al amor, y que pronto despertará el interés de Alex.

Romance, comedia y nieve, juntos en una sola historia...

Alexandra es la oveja negra de la familia. Profesora de instituto, divorciada y de aspecto común, nunca ha conseguido estar a la altura de lo que su madre esperaba de ella. Y tampoco va a lograrlo en esta ocasión... ¡todo lo contrario!

En la boda de su estúpida perfecta hermana menor con el guapísimo senador Ethan Lewis, a quien Alex ama en secreto, se monta tal follón que el enlace acaba por no celebrarse. Y Alex decide que es un buen momento para aprovechar ese viaje de novios a la Riviera Maya que tiene pinta de quedar relegado al cajón de «cosas para devolver».

Ni corta ni perezosa, se embarca en un vuelo con su mejor amiga Skye, dispuesta a desconectar y divertirse durante cuatro maravillosas semanas. Quieren playa, sol, excursiones y margaritas, pero cuando llegan allí les espera una gran sorpresa: el senador, su jefe de campaña y una sola suite que compartir...

¡La esperada continuación de "Luna sin miel"!

Skye no está en el mejor momento de su vida. Un año después de las vacaciones en México con Alex, su carrera como fotógrafa se ha estancado, tiene ciertos problemas económicos y su vida sentimental es un desierto desde que abandonó a Owen sin darle ninguna explicación.

Alex le pone en bandeja de plata la oportunidad de dar una vuelta de tuerca a eso con una oferta muy tentadora: el puesto de fotógrafa oficial en la gira de campaña a la presidencia de Ethan, su ahora prometido. para Skye significa recuperar el amor por su trabajo y olvidarse del dinero durante un tiempo, pero también está la parte difícil: lidiar con Owen y los sentimientos que aún tiene por él.

Owen es un adicto al trabajo, Skye es un espíritu libre.

Entre kilómetros y gasolina, ciudades de Estados Unidos y discursos de campaña, equipos revoltosos y tabletas de chocolate, ¿podrán dos personas tan diferentes reencontrarse en el punto donde lo dejaron un año atrás?

Bienvenidos a Kiltarlity. Un pequeño pueblo escocés donde no faltan los hombres rudos, los dialectos imposibles, la tradición de los clanes milenarios y, por supuesto, la persistente lluvia.

A sus treinta y dos años, Leslie Ferguson ha logrado alcanzar el éxito en el trabajo y posee un alto nivel económico, pese a que su carácter avinagrado no despierta demasiadas simpatías en sus relaciones sociales. Cuando es enviada a un pequeño pueblo de Escocia por motivos laborales, la estirada joven no tiene más remedio que viajar hasta allí acompañada por su ayudante personal, Shane. Pronto, Leslie descubrirá que su refinado estilo de vida no es compatible con este lugar: sus empleadas no la respetan, no tiene centros comerciales donde satisfacer su vena consumista, y el encargado de ayudarla en su proyecto es un atractivo *highlander* que no para de burlarse de ella.

Pero lo que parecía ser una pesadilla compuesta por niebla, humedad y gente tosca, no solo pondrá a prueba su paciencia durante un año, sino que cambiará su vida de forma radical…

Hay parejas que se casan porque la llama del amor es tan fuerte que solo quieren pasar el resto de su vida juntos. Otras, porque desean formar una familia llena de cariño y respeto.

Y luego están Callum y Alissa.

Callum y Alissa trabajan juntos, pero no se llevan bien.

Callum y Alissa no tienen nada en común, y nada es nada.

Callum pasa de Alissa porque es seria, controladora y mandona. Alissa desprecia a Callum porque es vago, mujeriego y cuentista.

Callum y Alissa cometen el error de beber más de la cuenta durante la fiesta de fin de año del trabajo. Lo que podía haber quedado como una terrorífica anécdota pronto se complica al darse cuenta de que durante la borrachera se han casado.

Sí, exacto, has leído bien: casado.

Por circunstancias que no vamos a revelar aquí, ambos van a tener que aprender a convivir el uno con el otro, una tarea ardua y difícil porque son polos opuestos. Y ya sabemos lo que sucede con los polos opuestos...

A veces, el destino se ríe de ti en tu propia cara.

Dominic, April y Wanda forman una familia casi perfecta: se conocen desde la universidad, llevan compartiendo piso ocho años y tienen una amistad a prueba de bombas.

Sin embargo, durante la fiesta de celebración de su treinta cumpleaños, Dominic sufre una especie de crisis y cree que su vida es un desastre: los ascensos son para otros más agraciados y las chicas no parecen percatarse de su existencia. Y aquí es cuando sus dos mejores amigas deciden tomar cartas en el asunto. ¿Qué tal un cambio de imagen radical y unas clasecitas sobre cómo ligar para no parecer tan aburrido?

Aunque no todo es tan sencillo como parece: Wanda no está en condiciones de ayudar mucho a nadie en temas amorosos porque su propio novio acaba de plantarla y no puede dejar de llorar, y April... April está a punto de descubrir que buscar novia a su mejor amigo quizá no le parezca tan divertido como ella esperaba.

«Era un viaje de… no sé, no me gusta decir eso de descubrimiento, me suena a cliché, aunque es lo más parecido. Yo sabía que me encontraría muchas dificultades en el camino y así fue: tuve que trabajar, estuve muy enferma, me robaron varias veces, destrocé un montón de botas, en ocasiones dormí en casas ajenas sin saber casi quiénes eran, en ciertos momentos tuve miedo, en otros me sentía muy feliz… es complicado de expresar.»

¿Y si un día decides romper con todo y cambiar de vida? ¿Quién no ha soñado alguna vez con coger un avión y viajar sin billete de vuelta?

Bezan es un alma libre que nunca ha seguido las reglas ni cumplido lo que se esperaba de ella.

Cuando abandonó Nashville en busca de una felicidad que su vida actual no podía darle, no imaginaba lo que le depararía su viaje. Dejó atrás una complicada relación con su madre, una rutina que empezaba a desgastarla… y también al amor de su vida.

Regresar al hogar después de tres años no es sencillo, pero Bezan está a punto de descubrir que nunca es tarde para cambiar las cosas.

Aisha, psicóloga del departamento de policía en Las Vegas, se dedica día tras día a unir los pedazos rotos de sus compañeros de profesión, además de asesorar a víctimas de todo tipo de violencia. En este entorno, se presenta ante ella un nuevo y difícil reto: tratar a Jackson, un sargento que ha sido degradado y trasladado tras ciertos comportamientos agresivos en el trabajo.

Pese a su carácter hosco, la doctora no puede evitar sentir una fuerte atracción por este hombre tan complicado, lo que la lleva a investigar su pasado. Convencida de que tiene que haber una experiencia traumática que le haga comportarse así, no duda en localizar a una persona que arroje cierta luz sobre él, algo que complicará todavía más las cosas.

¡Sumérgete en esta saga de novelas New adult que exploran la vida de un grupo de universitarios en un exclusivo internado de Montreal!

En lo alto de una montaña de Montreal se encuentra el lujoso internado Sharidan. Un lugar selecto y elitista donde las familias adineradas envían a sus hijos para que cursen sus carreras universitarias. No es solo el dinero lo que le da su buena reputación, sino el alto rendimiento de la universidad y la vigilancia a la que someten a los polluelos de los millonarios.

En ese marco nevado tenemos a nuestros protagonistas: JD, un americano de clase media que ha conseguido una beca para estudiar audiovisuales y Syd, una británica cuya posición social es tan alta como fría es su relación con su progenitor. Ambos simpatizarán desde el primer momento, desarrollando una amistad que poco a poco se irá transformando en algo más, mientras son secundados por otros personajes. Como Dennis, líder del grupo musical Black Legend, o los mellizos Gauthier, los chicos más populares de la universidad. Sin olvidar al equipo de profesores, cuya tarea va más allá de la simple enseñanza.

Todos ellos se darán cita en un ambiente diferente lleno de líos amorosos, mucha música, hockey sobre hielo, clases, profesores, carreras y las siempre difíciles relaciones entre padres e hijos.

Little Falls es un pequeño y tranquilo pueblo de Minnesota donde nunca sucede nada.

Los habitantes de este idílico lugar desconocen los turbios asuntos que se gestan en Camp Ripley, la base militar afincada a unos kilómetros, donde se están llevando a cabo una serie de peligrosas pruebas virales.

La desaparición de una joven del lugar pone sobre aviso a la jefa de policía Emma Jefferson, quien no tarda en descubrir que se ha propagado un virus, resultado de un proyecto llamado Anxious: un virus que produce infectados rabiosos y que pronto se convertirá en pandemia con consecuencias catastróficas.

Drama, supervivencia, miedo… ¿estás preparado para que tu mundo cambie por completo?

Me dirijo a todos los supervivientes del desastre que está asolando nuestra querida nación para darles un mensaje de esperanza. Me he visto obligado a declarar el estado de excepción, pero el ejército está ahí para ayudarles. Si se encuentran con algún soldado, no huyan: identifíquense y serán evacuados a un lugar seguro.

No todo está perdido.

Nuestro país se encuentra inmerso en una lucha por la supervivencia y pasarán años antes de que sea habitable de nuevo. Nuestro ejército y científicos se están encargando de ello. Hasta entonces, estamos organizando varios lugares donde poder reinstaurar nuestra sociedad y modo de vida americano.

Aquellos que se encuentren en la costa Oeste, diríjanse a los puertos de Seattle, San Francisco y San Diego.

En la Costa Este, a los puertos de Jacksonville, Nueva York, Boston y Portland.

La frontera con México se encuentra cerrada y Canadá está en la misma situación que nosotros, por lo que las únicas salidas son por mar.

Unidos, lo lograremos.

Buena suerte.

Imagina un concurso televisivo dispuesto a todo con tal de subir la audiencia.

Imagina que alguien desaparece sin dejar rastro en un área de servicio.

Imagina que tu deseo más preciado se cumple, y debes pagar el precio.

Imagina que un reflejo hace aflorar tu lado más perverso.

Imagina que el mundo llegara a su fin, y solo tuvieras un último día.

Imagina un túnel de terror en vivo, cuyo macabro recorrido se convertirá en una experiencia aterradora.

Imagina…

Adolescentes sin escrúpulos, lugares de pesadilla, desapariciones misteriosas, padres perversos, demonios internos, rituales de iniciación, una pizca de amor, y sangre… mucha sangre.

«He trazado un círculo, hecho con sangre. Un círculo que delimita Salvación de principio a fin. Nadie puede salir de aquí, y el que lo intente, morirá. Vais a pagar... un sacrificio cada doce meses. Uno por año, como ofrenda por mi sufrimiento.»

Si te gustan nuestros libros, te pedimos que apoyes nuestra carrera de forma legal y rechaces el pirateo. Es la forma de que podáis seguir disfrutando de cómo escribimos, ya que sin ventas es muy difícil seguir publicando, tanto en Amazon como en editorial.

Apoya a tus escritores de la manera correcta.

¡Gracias!